mtb

Zum Buch:

Für einen alten Kater bin ich ein echter Glückspilz. Ich habe gleich zwei Menschen gefunden, die auf mich aufpassen und mich mit Leckereien und Streicheleinheiten versorgen. Mein Herrchen Lukas mag zwar etwas steif daherkommen, aber sein Kühlschrank ist immer reichlich gefüllt. Und mein Frauchen Lina ist vielleicht chaotisch, doch sie hat ihr Herz am rechten Fleck. Seit ich zwischen ihnen hin- und herstromere, bin ich rundum zufrieden. Doch die beiden sind es leider nicht. Es wäre doch gelacht, wenn sie nicht erkennen würden, dass sie wie füreinander geschaffen sind. Zum Glück haben sie ja mich. Mein Frauchen nennt mich Picasso. Mein Herrchen Karlo. Und dies ist meine Geschichte.

Zur Autorin:

Liane Mars ist Jahrgang 1984, wird aber noch immer von Erwachsenen geduzt. Ihre erste Berührung mit einem Verlag hatte sie, als sie zur Verlagskauffrau ausgebildet wurde – sie gehörte allerdings zum letzten Jahrgang dieses mittlerweile ausgestorbenen Berufszweiges. Flugs wechselte sie über zu den neuen Medien, dem Radio. Weil das geschriebene Wort aber immer noch ihre heimliche Leidenschaft ist, tippt sie Fantasy- und Liebesromane in ihren urzeitlichen Laptop. Liane Mars lebt zusammen mit ihrer Familie und zwei Wellensittichen in Schwerte.

Liane Mars

Ein Kater für zwei Herzen

Roman

mtb

MIRA® TASCHENBUCH

FSC
MIX
Papier
FSC® C014496

1. Auflage: August 2019
Originalausgabe

Umschlaggestaltung: zero-media.net, München
Umschlagabbildung: Life On White / Getty Images
Lektorat: Anna Hoffmann
Satz: GGP Media GmbH, Pößneck
Printed in Germany
Dieses Buch wurde auf FSC®-zertifiziertem Papier gedruckt.
ISBN 978-3-7457-0021-3

www.mira-taschenbuch.de

Winterkälte

Ich gebe es zu: Ich bin ein Kater mit Identitätsproblemen. Das ist aber nicht meine Schuld, sondern die der verrückten Menschen. Als ich noch klein war, hieß ich noch »Oh, wie süß« oder »Bist du niedlich«. Später dann »Hau ab«, »Katzenvieh« oder »Wo ist meine Wurst?« Letzteres wurde ich sehr oft genannt, da ich mich auf das Plündern von Frühstückstischen spezialisiert hatte. Mäuse aß ich eher ungern. Erstens waren sie schnell und zweitens roh. Ich mochte lieber geräuchertes Fleisch.

Je älter ich wurde, desto deutlicher erkannte ich: Auf Dauer würde ich mit meiner Methode auf der Straße draufgehen. Es war also Zeit, sich ein Zuhause zu suchen. Es musste jedoch eins sein, wo ich stets mein Fressen und ein paar Streicheleinheiten bekam, ansonsten aber frei ein und aus gehen und mein eigener Kater bleiben konnte.

Ich probierte es zunächst mit einer Familie mit Kindern, aber die kleinen Quälgeister zogen mir am Schwanz oder fassten mir in die Augen. Also suchte ich weiter. Bei einem älteren Mann hätte es mir gut gefallen, doch der faselte was von »Kastration« und bedauerte mich dabei. Ich weiß bis heute nicht, was das ist, aber ich ging auf Nummer sicher und verließ ihn.

Ein Schneesturm führte mich schließlich zu Charlottes Haus. Es sprach mich sofort an: ein verwilderter Garten mit Maulwürfen, Mäusen und Vögeln als Zwischensnack, dazu ein etwas windschiefes Gebäude plus knarzender Veranda, Schiebefenstern und löchrigen Gardinen. Besonders letztere gefielen mir, denn Charlotte fand es nicht schlimm, wenn ich mich daran hochhangelte, um von der Gardinenstange auf sie hinunter zu maunzen.

Ein Paradies!

Die Schindeln hingen genauso schief auf dem Dach wie das Gebiss im Mund von Charlotte. Das machte beide irgendwie sympathisch. Da mein neues Frauchen eine Künstlerin war, roch es stets nach Farben, Ton und wilden Ideen. Absolut mein Ding.

Ich hatte mir Charlotte also selbst ausgesucht. Ihre Aufmerksamkeit zu erlangen, war nicht weiter schwer. Ich musste nur ins Haus eindringen, ein paar ihrer Farbeimer umschmeißen und dann als arme verfärbte Katze mittendrin hocken. Charlotte fotografierte mich zunächst als Kunstwerk, machte mich dann zu ihrer Muse und adoptierte mich schließlich. Seitdem heiße ich Pablo Picasso, Rufname Picasso oder schlicht »Schätzchen«.

Das Leben hätte so einfach sein können, allerdings vergaß Charlotte ständig, mich zu füttern. Theoretisch hätte ich mich ja selbst aus dem Kühlschrank bedient (ich war ja schließlich groß und erwachsen), doch dummerweise war meine süße alte Künstlerin Vegetarierin.

Ich musste schon sehr lange und sehr laut maunzen, bis sie eine Dose für mich öffnete. Der Inhalt war dann leider … nicht immer mein Geschmack. Meist billiges Zeug aus dem Discounter. Daher stand ich bald vor dem Problem meines Lebens: verhungern, das Zeug runterwürgen oder mir eine neue Bleibe suchen.

Da ich Charlotte wahrhaftig in mein steinhartes Katerherz geschlossen hatte, fiel mir die Entscheidung überraschend schwer. Zum Glück schlug das Schicksal zu.

Auf einem meiner zahlreichen Streifzüge nach einem Alternativzuhause entdeckte ich eine Villa, die im deutlichen Kontrast zu Charlottes Hutzelhäuschen stand. Die Schindeln lagen streng aufgereiht wie Zinnsoldaten, Maulwürfe wagten sich nicht hinter den militärisch anmutenden Riesenzaun, und alles schrie nach Geld, Luxus – und gutem Essen.

Normalerweise mied ich solche Anwesen, weil hier häufig eines dieser versnobten Schoßhündchen wohnte. Die kläfften zwar nur und machten einen auf Larry, waren aber ansonsten total einfach zu vertreiben. Trotzdem war es nervig, vor allem, weil die Frauchen immer so taten, als wollte ich ihren süßen Knuddelhunden ans Leder. Nichts lag mir ferner! Ich hatte nur vor, in den Fressnapf zu gucken und diesen gegebenenfalls zu plündern.

Dass ich trotzdem das Grundstück betrat, zeigte meine Verzweiflung. Ich hatte heute Morgen lediglich ein ausgetrocknetes Stück Tofu als Frühstück erhalten. Charlotte meinte das keineswegs böse. Sie war dürr und klapprig. Für sie reichte solch ein Fressen. Für mich nicht.

Ich stromerte also Richtung Haupthaus und entdeckte in einem Gebäude direkt neben der Haustür mehrere Kartons. Im Kartonöffnen war ich mittlerweile großartig. Augenblicklich huschte ich dorthin. Kein Mensch weit und breit.

Allerdings hatte ich die Rechnung ohne das automatische Rolltor gemacht. Bevor ich es hinausschaffte, fiel es ins Schloss, und ich war gefangen. Zunächst lenkte ich mich ab, indem ich sämtliche Kartons durchstöberte. Kleidung. Fotos. Computerzubehör. Mist. Schließlich sah ich ein, dass ich hier nichts Essbares finden würde, und suchte intensiver nach einem Ausgang. Ohne Erfolg. Erst jetzt begriff ich, dass ich mich in einer Garage befand. Das Auto fehlte, stattdessen stapelten sich Gepäck und anderes Zeug. Ein Umzug, schlussfolgerte ich. Danach geschah erst einmal sehr, sehr lange Zeit nichts, und ich wurde immer nervöser, hungriger und letztlich panisch.

In einer Garage zu sterben war einfach nur peinlich!

Als ich draußen Schritte hörte, warf ich meinen Stolz über Bord und miaute schrecklich weinerlich. Ich war am Ende meiner Kräfte und meiner Nerven, da war solch ein erniedrigendes Verhalten auch schon egal. Und tatsächlich: Meine Aktion hatte Erfolg. Das Rolltor ging auf – und da stand er. Ein Bild von einem Menschenmann. Groß, kräftig und gut im

Futter. Die äußere Erscheinung war in puncto Fressen wichtig, wie mir meine Erfahrung mit Charlotte gezeigt hatte.

Der Menschenmann riss entsetzt die Augen auf, hob mich entkräftetes Bündel sanft hoch und strich mir über den Kopf. »Oh, du armes Ding«, murmelte er.

Danach wurde es einfach großartig. Er brachte mich in ein schrecklich stylisches Haus ohne Charme, aber dafür mit jeder Menge technischem Schnickschnack. Mich interessierte dabei lediglich der gut gefüllte Kühlschrank mit den herrlichsten Dingen, die ein Katerherz höherschlagen ließ. Dankenswerterweise hatte der Typ keine Ahnung von Katzen und fütterte mich mit allem möglichen Krams: Geräucherter Schinken, Speck, Schlagsahne, Salami, noch mal Speck, etwas Crème fraîche und Tatar verschwanden in meinem ausgehungerten Bäuchlein. Ein wenig erbrach ich danach in seinem superstylischen riesigen Bad, aber bis er das herausfand und sich ärgerte, würde ich längst schon über alle Berge sein. So war zumindest mein Plan.

Dann aber bemerkte ich dieses Glänzen in seinen Augen. Der freute sich wirklich, mich in seiner Wohnung zu haben! Etwas, das ich bei seiner sterilen Lebensart ganz gewiss nicht erwartet hatte. So kam es, dass ich in den nächsten Tagen immer wieder bei ihm vorbeischaute, das beste Essen und die tollsten Leckereien abstaubte und schon bald den Garten als mein Eigentum markierte. Das hier war mein Schnellrestaurant! Da mussten sich andere Katzen fernhalten.

Ich fand schnell heraus, dass mein neuer Freund Lukas hieß, Single war und nur für seine Arbeit lebte. Tagsüber war er nie da, aber abends öffnete er mir grundsätzlich die Tür und ließ mich in sein Schlemmerparadies. Auf diese Weise schlich sich ganz unbemerkt eine Art Routine ein: Den Tag über verbrachte ich in Charlottes gemütlicher Bude, bei Sonnenuntergang lief ich zu Lukas und schlug mir dort den Bauch voll.

Er baute mir netterweise eine Katzenklappe ein, besorgte mir den größten, ausgefallensten und grandiosesten Kratzbaum der Welt und taufte mich auf den Namen »Kater Karlo«, Rufname »Karlo« oder einfach »Da bist du ja«.

Hach. Es hätte Ewigkeiten so weitergehen können. Doch dann schlug das Schicksal erneut zu. Meine süße, tattrige Charlotte starb, und ich wollte gerade schweren Herzens komplett zu Lukas umziehen, da tauchte Lina in meinem Leben auf. Sie ist Charlottes Nichte, und ich kannte sie recht gut. Ein lustiges, sehr (und damit meine ich SEHR) verwirrtes Wesen. Sie zog in Charlottes Haus ein, und ich begriff: Dieses Menschlein konnte ich unmöglich allein lassen. Sie brauchte meine Unterstützung. Lukas ganz aufzugeben, kam aber nicht infrage.

Also zog ich weiter mein Ding durch und behielt den Rhythmus bei. Allerdings war mir klar, dass Lina zwar genauso verträumt wie ihre Tante war, jedoch weniger senil. Ihre grauen Zellen waren noch völlig intakt. Und so kam es, wie es kommen musste. Sie erwischte mich – und mein Zweitwohnsitzsystem drohte zu einem Rosenkrieg auszuarten. Denn wer hätte das gedacht? Keiner der beiden war bereit, mich herzugeben. Auf diese Weise wurde aus einem alten Straßenkater die umkämpfteste Katze der Welt.

Mein Frauchen nennt mich Picasso. Mein Herrchen Karlo. Und dies ist meine Geschichte.

1

Das geheime Doppelleben von Kater P./K.

Lina

Lina war müde und erschöpft, freute sich aber auf zu Hause. Augenblicklich trat sie fester in die Pedale ihres altersschwachen Fahrrads. Drei Gänge hatte es, wobei nur der schwerste funktionierte. Das brachte Lina trotz der Kälte ins Schwitzen. Wenigstens konnte sie sich gleich ausruhen und den anstrengenden Arbeitstag hinter sich lassen.

Sobald sie ihr Heim vor sich auftauchen sah, radelte sie etwas langsamer. Das lag zum einen natürlich an der Steigung der schmalen Straße, zum anderen an dem Anblick, den sie genießen wollte. Sie liebte das windschiefe Fachwerkhaus aus dem 17. Jahrhundert, das sich zwischen modernere Bauten duckte und dabei klein und gleichzeitig einzigartig aussah. Die dunklen Holzstreben bildeten einen scharfen Kontrast zu den weißen Außenwänden. Dazu noch Fensterläden zum Ausklappen und geheimnisvolle Inschriften auf den Balken.

Lina übersah gerne, dass das Weiß des Putzes eher grau, die Fensterläden nicht mehr rot und die Inschriften kaum noch leserlich waren. Es war ihr Haus. Eine rustikale Lady, die mit Stil gealtert war. Der Schnee überdeckte dabei gnädig die vielen Unzulänglichkeiten wie die fehlenden Schindeln auf dem Dach oder das Chaos im Garten. Alles wirkte friedlich. Gemütlich.

Es begann abermals zu schneien. Dicke runde Flocken, die sich auf ihre Haare und ihre Jacke legten und die Welt verstummen ließen. Unter normalen Umständen mochte Lina diese Atmosphäre. Heute jedoch hatte der viele Schnee den Tag zu einer echten Herausforderung werden lassen. Es war Anfang Dezember, und der Weihnachtsstress hatte Lina voll im Griff. Das hieß für sie als Briefträgerin: Überstunden und hysterische Leute, die verzweifelt auf ihre Weihnachtspost warteten.

Wenigstens wurde nicht wieder gestreikt. Das hatte ihr vor einem Jahr das Leben zur Hölle gemacht. Lina schauderte, als sie an diese Zeit dachte. Nein. Es war besser, wenn sie die Erinnerungen verdrängte, sie so gut fortschloss wie ihre Tante ihr Testament.

Sie schmunzelte bei dem Gedanken und passte einen Moment nicht auf. Das Fahrrad geriet auf dem rutschigen Untergrund ins Schlingern, sodass sie hastig stoppte und abstieg. Gerade noch rechtzeitig.

Von oben kam die gefürchtetste Fahrradfahrerin von ganz Rurberg herangesaust. Alle nannten sie nur ›die rasende Radlerin‹. Niemand wusste, wer sie war, aber jeder hatte Angst vor ihr. Sie war überdurchschnittlich schnell und dabei unterirdisch rücksichtsvoll.

»Aus dem Weg«, schnauzte sie, dann war sie auch bereits vorbei.

»Ihnen auch eine schöne Weihnachtszeit«, schrie Lina hinterher. Wie immer trug ›die rasende Radlerin‹ eine komplett schwarze Fahrradkluft und einen Helm so tief ins Gesicht gezogen, dass niemand sie identifizieren konnte.

Eines Tages, schwor sich Lina, *eines Tages finde ich heraus, wer du bist! Und dann lass ich dir die Luft aus den Reifen!*

Den Rest des Weges schob sie ihr Rad. Dadurch hatte sie auch genug Zeit, um ihr Haus im fallenden Schnee zu mustern. Ihr Haus. Das war noch immer unfassbar. Früher hatte es Tante Charlotte, liebevoll Charly genannt, gehört. Vor ihrem Tod.

Die Schwester ihres Vaters hatte ihr Leben genauso verlassen, wie sie es gelebt hatte: absolut chaotisch. Da ihr Bruder der einzige direkte Erbe war, hatte man ihm das Haus und das Grundstück vermacht. Zumindest zunächst. Auf Tante Charlys völlig überfüllter Pinnwand für kreative Ideen hatte die Familie jedoch einen Zettel entdeckt, auf dem stand: *Lina erbt alles. Theobald hat doofe Ohren.*

Theobald war Charlottes Bruder. Linas Vater.

Das Papier hatte für ordentlich Wirbel gesorgt. Der Notar war sich unsicher gewesen, wie der Schnipsel gerichtlich zu bewerten war. Eine Unterschrift fehlte, und ein Testament sah definitiv anders aus. Zum Glück hatte Linas Vater überhaupt kein Interesse an der alten Bruchbude und sie nur zu gerne Lina überlassen.

Wobei sie ihr momentan graue Haare bescherte. Lina musterte die wilde Brombeerhecke, die das gesamte Grundstück inklusive Eingang umgab. Tante Charly hatte ihr immer erzählt, es sei ein Ableger jener Hecke aus dem Märchen *Dornröschen*. Eine Hecke, so unzähmbar und frei und unstutzbar, dass ihre Tante stets einen guten Grund gehabt hatte, es niemals zu versuchen. Entsprechend sah sie auch aus.

Müde wollte Lina das nur noch in einer Angel hängende Gartentörchen öffnen, als sie die Post im Briefkasten entdeckte. Ihr Kollege hatte den Brief wie immer nur halb reingeschoben, um sie zu ärgern. Damit sie auch definitiv sofort den Absender und den typischen Amtsumschlag in braunem Gewand erkannte.

Post von ihrer alten Gemeinde. Vom Bürgeramt.

Sie zog ihn hervor und warf einen kurzen Blick auf den Adressaten. Natürlich. Der Ortsvorsteher von Goldenheim hatte ihr geschrieben. Schon wieder. Dahinter klemmte ein weiterer, etwas weniger amtlich wirkender Brief vom Förderverein des Goldenheim-Weihers und ein wie eine Rechnung aussehender Brief eines Anwalts.

Aufgewühlt zerknüllte sie die Post und steckte sie achtlos in ihre Jackentasche. Sie würde sie später feierlich verbrennen und sich vor der Zukunft gruseln. Zunächst wollte sie aber nur auf ihre Couch.

Eine Bewegung riss sie aus ihren Gedanken. Ihr Kater sprang behände von Nachbars Zaun auf die Straße und stolzierte in seiner typisch leichtfüßigen Art davon. Dabei wippte sein rot-weiß karierter buschiger Schwanz bei jedem Schritt.

»Picasso«, rief Lina ihm hinterher. Garantiert war das Tier ungeduldig geworden. Der Kater wusste genau, wann sie nach Hause kam, und wartete normalerweise brav auf seine Streicheleinheiten. Heute hatte sie sich allerdings verspätet. Das Ergebnis sah sie davonspazieren: Picasso war tödlich beleidigt. Na toll.

Seufzend ließ Lina das Fahrrad in die Dornenhecke plumpsen und folgte ihrem Haustier. Sie kannte Picasso. Wenn er beleidigt war, dann richtig. Er war schon mal mehrere Tage nicht nach Hause gekommen, nachdem sie ihn im Regen hatte stehen lassen. Sie hatte schreckliche Angst um ihn gehabt und war bei seinem Auftauchen so erleichtert gewesen, dass sie sogar aufs Schimpfen verzichtet hatte. Der Kater wusste, wie er sie manipulieren konnte. Momentan fehlte ihr aber die Kraft, ihn zu erziehen. Falls das überhaupt noch möglich war.

»Picasso«, rief sie abermals, diesmal lauter. Es schneite jetzt stärker, sodass sie kaum noch die Hand vor Augen sehen konnte. Weiße Weihnachten standen vor der Tür. Was die meisten freute, machte Lina nervös. Früher hatte sie Schnee geliebt, aber seit ihrem Postwagenunfall sah sie das anders. Schnee bedeutete Unglück. Gefahr. Davon gingen Postwagen und Lebensentwürfe kaputt.

Unter ihren Schuhen knirschte das Salz. Ihr Nachbar hatte den Bereich vor seinem Haus ordnungsgemäß geräumt und bis auf den Millimeter mit Salz bestreut. Sie selbst vertraute noch auf Tante Charlys windschiefes Schild, das seit Linas Kindheit an der Dornenhecke hing: *Schnee ist unser Freund. Hier darf er bleiben. Hier darf er euch nerven.* Sollte jemals irgendwer vor ihrem Haus ausrutschen, bezweifelte Lina jedoch, dass sie sich mit dem Hinweisschild herausreden konnte.

Wo wollte ihr Kater nur hin? Mittlerweile war Lina genervt. Sie war durchgefroren, müde und traurig. Das Letzte, worauf sie Lust hatte, war eine Verfolgungsjagd. Sie wusste aber auch, dass sie sich hinterher ärgern würde, sollte der Kater für mehrere Tage verschwunden sein. Wohin er in solchen Fällen floh, war ihr ein Rätsel.

Sie folgte der schmalen Straße Richtung Tal. Wenn sie sich etwas reckte, konnte sie vor sich den glitzernden Rursee sehen. Durch die anhaltende Kälte war er stellenweise gefroren. Die Dächer der meisten Häuser waren schneebedeckt, die Bäume auf den Anhöhen weiß gezuckert.

Fast hätte Lina verpasst, dass Picasso in die Querstraße zu den Neubaugebieten abgebogen war. Hier fanden sich keine windschiefen Fachwerkhäuser, die Rurberg ausmachten. Hier waren die Häuser moderner und die Gärten aufgeräumter.

Der Gedanke zerfaserte, als Lina Picasso wie selbstverständlich zwischen den Gitterstäben eines gewaltigen metallischen Zaunes durchhuschen sah. Es gehörte zu jenem Grundstück, das ihre Tante immer nur als »Bonzenbunker« bezeichnet hatte. Wobei »Bunker« nicht so ganz passte. Es war ein hochmoderner durchgeplanter Wohnkomplex mit einer Garage, von der man direkt ins Haus gelangen konnte, Außenleuchten zum An- und Ausklatschen und einem Pool, der von der Größe her jedes Fünfsternehotel-Schwimmbad wie einen Tümpel erscheinen ließ. Selbstverständlich war der Blick auf den Rursee vollkommen unverbaut.

Neugierig trat Lina näher an den Zaun und spähte durch die Gitterstäbe. Dabei war ihr die Videokamera nur allzu bewusst, die vermutlich in diesem Moment jede Pore ihres Gesichts scannte. Sie streckte der Kamera aufmüpfig die Zunge heraus und konzentrierte sich dann auf ihre abtrünnige Katze.

Picasso huschte über den mit schneeweißem Marmor ausgelegten Gehweg. Hier lag nicht mal eine einzige Flocke. Sobald eine den Stein berührte, schmolz sie. Gab es auch Fußbodenheizung für Außenfliesen? Lina hielt mittlerweile alles für möglich.

Dann jedoch vergaß sie ihre wilden Spekulationen. Nein! Das konnte doch nicht wahr sein! Picasso hielt zielstrebig auf eine Katzenklappe zu, die in die doppelflüglige Eingangstür eingelassen war. Ein leises Piepen ertönte, dann glitt das Törchen auf – und ihr Kater verschwand.

Was …?

Einen langen Moment starrte Lina die Katzenklappe an, die ihren Kater verschlungen hatte. Das musste ein Missverständnis sein! Vielleicht lebte hier eine andere Katze. Ein Freund von Picasso. Ja, so war das garantiert! Doch die Klappe sah aus wie eine von den Dingern, die Lina mal in einem Katalog gesehen hatte. Sie war darauf programmiert, nur eine bestimmte Katze durchzulassen. Aber das würde ja bedeuten, dass … nein!

Picasso hatte ihrer Tante gehört. Schon seit Jahren. Lina hatte ihn geerbt, und er war damit in ihren Besitz übergegangen. Das hier musste ein Missverständnis sein. Sie schwor sich, der Sache auf den Grund zu gehen, und atmete tief ein. Dann drückte sie auf die Klingel und wartete. Nichts passierte. Schließlich klingelte sie sogar Sturm, doch auch da fehlte jede Reaktion.

Komm du mir mal nach Hause, dachte Lina finster und gab letzten Endes ihren Beobachtungsposten auf. Langsam ging sie das kurze Stück zu ihrem Haus zurück, drehte sich dabei aber immer wieder um. Kein Picasso. Ihr Kater blieb verschwunden. Sehr mysteriös.

Den Rest des Tages wartete Lina nervös auf die Rückkehr ihres Haustieres. Normalerweise verließ ihr Kater das Haus gegen neunzehn Uhr und brach zu seinen Streifzügen auf. Erst am nächsten Morgen saß er wieder vor der Veranda und maunzte, bis sie ihn hereinließ. Eine Katzenklappe fehlte. Sie war noch nicht dazu gekommen, eine einzubauen.

Eine Gänsehaut bildete sich auf Linas Körper. Hoffentlich kam er zurück zu ihr. Lina hasste sich dafür, wie sehr sie an dem Kater hing. Im letzten Sommer hatte sie den Eindruck gehabt, dass er das einzige Geschöpf auf Erden war, das noch hinter ihr stand. Das sie lieb hatte – ganz ohne Wenn und Aber. Ganz ohne Bedingungen. Ihre Eltern hatten auf den Postwagenunfall extrem verärgert reagiert. Enttäuscht. Schlimm genug, dass sie nur eine einfache Postbotin war, anstatt wie sie in den höchsten mathematischen Sphären von Einstein und Co. zu schwelgen – doch nicht mal das bekam sie auf die Kette.

In dieser Sekunde vermisste sie den Rückhalt ihrer Tante mehr als jemals zuvor. Die hätte herzhaft über den Unfall gelacht und ihr geholfen, wieder Fuß zu fassen. Doch ihre Tante war zwei Monate vor dem Vorfall gestorben und hatte ein Loch hinterlassen so tief wie ein Krater.

Lina bemühte sich sehr, nicht in ihrer Trauer zu versinken. Sie hatte sich vor dem Kochofen, der Küchenherd und Kamin zugleich war, auf der Couch zusammengerollt und starrte ins Feuer. Im Haus gab es erst seit Linas Einzug wieder Strom. Ihre Tante hatte eines Tages vergessen, die Rechnung zu bezahlen. Da sie Kerzenschein und Kaminfeuer ohnehin viel gemütlicher fand, hatte sie das niemals nachgeholt. Mit dem alten Ofen aus der Vorkriegszeit bekam sie das bisschen Essen, das sie zu sich nahm, genauso gut erhitzt. Wozu dann Elektrizität?

Lina fiel es hingegen deutlich schwerer, ohne Strom auszukommen. Im Sommer hatte sie die Annehmlichkeiten eher weniger vermisst. Sobald es jedoch kühler geworden war, hatte sie die uralte Rechnung bezahlt, es dann aber bereut. Die alten Nachtspeicheröfen funktionierten nicht, und sämtliche Glühbirnen im Haus waren durchgebrannt. Lina hätte erst viel Geld in die Hand nehmen müssen, um alles wieder in Gang zu bekommen. Geld, das ihr fehlte. Tante Charly war so arm wie eine Kirchenmaus gewesen. Ein so großes Haus vom Gehalt einer Postbotin zu sanieren, war aber fast unmöglich.

Aus diesem Grund hatte sie ihre Habseligkeiten in die Küche geschleppt und lebte seitdem im einzigen warmen Raum des gesamten Hauses. Zum Duschen fuhr sie ins Schwimmbad, und die Katzenwäsche erledigte sie am alten Waschtisch. Das war natürlich wenig ideal, aber Lina brauchte keinen Luxus. Sie war hauptsächlich glücklich darüber, einen Rückzugsort zu haben. Vor allem, nachdem sie ihr altes Dorf Hals über Kopf hatte verlassen müssen.

Ein Geräusch schreckte sie auf. War das ein Miauen? Augenblicklich war sie auf den Beinen, hastete durch den eiskalten Flur und riss die Haustür auf. Picasso saß davor, den Schwanz akkurat um die Vorderbeine geschlungen, den Kopf schiefgelegt und mit einem eindeutig vorwurfsvollen Ausdruck in den Augen.

»Du bist beleidigt?«, fragte sie ihn. »Was soll ich denn sagen? Wo bist du gewesen?«

Der Kater gähnte betont desinteressiert, stand auf und stolzierte mit erhobenem Schwanz an ihr vorüber. Dass er ihr nicht an den Beinen vorüberstrich, zeigte deutlich, wie verstimmt er noch immer war. Grummelnd schloss Lina hinter ihm die Tür und folgte ihm in die Küche. Dort öffnete sie ihm erst einmal eine Dose Katzenfutter, die er betont lässig ignorierte. Stattdessen saß er wie der König von Frankreich vor dem Kamin und leckte sich ausgiebig in Regionen, die der König hoffentlich nicht vor Publikum gesäubert hatte.

Picasso wollte kein Fressen. Normalerweise war Lina das egal, doch heute machte es sie misstrauisch. Sie erinnerte sich an weitere vergangene Auffälligkeiten.

Ein Geruch seines Fells. Flüchtig, aber seltsam. Irgendwie männlich. Dazu auf zauberhafte Weise verschwundene Zecken und eine winzige Stelle am Hals, wo die Haare kürzer waren als das restliche Fell. War da eine Schere am Werk gewesen? Das alles waren lediglich Indizien. Nichts Greifbares. Bis jetzt.

Multiplizierte sie diese Begebenheiten jedoch mit Picassos Verschwinden in der fremden Katzenklappe und seinem fehlenden Hunger, gab es nur eine einzige Schlussfolgerung: Picasso hatte sich ein neues Zuhause gesucht. Im Bonzenbunker.

Linas Herz sackte ab. Ihr wurde schlecht. Nicht auch noch Picasso! Ihre Eltern hatten sich von ihr abgewandt, nachdem die Sache in ihrem Heimatdorf passiert war. Okay. Wenn sie ehrlich war, hatten sie sich schon lange zuvor von ihr abgekapselt. Sie waren entsetzt darüber, dass ihre Tochter so wenig Sinn für Mathematik hatte. Anstatt studieren zu gehen und einer glorreichen Professoren-Zukunft an einer renommierten Uni entgegenzusehen, hatte sie lediglich eine Ausbildung als Postbotin begonnen. Jetzt war sie also »Fachkraft für Postdienstleistungen«, was zwar besser klang, es aber auch nicht besser machte. Ihre Berufswahl hatte den ersten Bruch zwischen ihnen verursacht. Der zweite kam, als ihre Eltern realisierten, dass Lina nach ihrer Tante Charly kam: chaotisch, realitätsfremd, verträumt.

Zum Glück für Lina lebten ihre Eltern im fernen Bayern. Sie war vor Jahren ihrem strengen Elternhaus entkommen, um in Nordrhein-Westfalen die Ausbildung als Postbotin zu beginnen. Da ihre Tante in der Eifel lebte, hatte sie sich um eine Stelle in ihrer Nähe bemüht. Doch sie wollte erst einmal ihr eigener Herr sein und hatte die Einladung von Tante Charly ausgeschlagen und sich eine eigene Wohnung gesucht. In Goldenheim, etwa zwanzig Minuten Fahrzeit von Rurberg entfernt. Dort war dann auch das Drama geschehen, was ihre Eltern dazu veranlasst hatte, den Kontakt zu ihrer Tochter noch weiter einschlafen zu lassen.

Selbst ein Jahr danach telefonierten sie höchstens sporadisch, was Lina nur recht war. Telefonate mit ihrer Mama machten sie grundsätzlich traurig. Sie fühlte sich dann noch mehr wie das schwarze Schaf der Familie.

Sah Picasso das genauso? War er es leid, ständig auf sie zu warten? Aber sie war unschuldig an ihren längeren Arbeitszeiten! In der Weihnachtszeit war das nun einmal so.

»Du darfst mich nicht verlassen«, sagte sie zu ihm. Endlich sah er auf und musterte sie. Ein wenig bildete sie sich ein, dass er plötzlich besorgt wirkte. Sie straffte sich.

Schluss mit den trüben Gedanken! Sie würde nicht einfach darauf warten, dass Picasso fortging. Sie würde um ihn kämpfen. Und wer immer ihn ihr wegnehmen wollte, würde es bitter bereuen!

Zum ersten Mal seit ihrem Postwagenunfall fühlte sie eine Welle von Elan durch ihren Körper fluten. Es tat überraschend gut und erinnerte sie daran, dass sie sich die letzten Monate wirklich hatte gehen lassen. Sie hatte sich in ihrer Einsamkeit, in ihrem Selbstmitleid gesuhlt. Doch damit war jetzt Schluss!

Sie stand auf, kramte in den Schubladen des alten Küchenschranks in der Ecke herum und fand ein altes Katzenhalsband. Picasso hatte es nie leiden können, und weder Tante Charly noch Lina wollten ihn zwingen, es zu tragen. Momentan war ihr sein Seelenheil jedoch egal.

Der Kater merkte, dass sie etwas mit ihm plante. Er stand zur Sicherheit auf und machte sich groß. Lina ignorierte die Drohung. Zunächst schrieb sie einen Zettel, befestigte ihn sorgsam am Halsband und schnappte sich dann Picasso, bevor der die Gardinen hochturnen konnte.

»Das hast du dir selbst eingebrockt«, knurrte sie, während sie mit dem sich windenden Kater kämpfte. »Wenn du treu gewesen wärst, wäre das hier nicht nötig.« Geschafft. Sie ließ den fauchenden Kater los und beobachtete amüsiert, wie er wie der Blitz die Gardine hochsauste und sie von oben böse anfauchte.

Sie erwiderte seinen wilden Blick und genoss das Gefühl, wieder ein Ziel zu haben. Ein Projekt zu verfolgen. »Du gehörst zu mir«, schwor sie ihm.

Mit diesem neu gewonnenen Elan zog sie die Briefe aus ihrer Jackentasche hervor, um sie zu öffnen und zu lesen. Dann verharrte sie. Stopp. Ein Problem nach dem anderen. Sie ignorierte die Post vom Dorf seit gut einem Jahr, genau wie die unheimlich aussehenden Briefe des ominösen Anwalts. Da machte eine Woche mehr oder weniger auch nichts aus.

Sie drehte sich um, warf die Briefe theatralisch ins Feuer und sah zufrieden zu, wie die Flammen sie verzehrten. Danach nahm sie sich einen weißen Zettel vom Schreibtisch, auf den sie schrieb: *Briefe beim nächsten Mal öffnen.* Auf ein weiteres größeres Papier notierte sie: *Katzenklauer fertigmachen.* Das umkringelte sie noch einmal und heftete anschließend beide Zettel an die völlig überfüllte Pinnwand. Ihr Sammelsurium unerledigter dringender Aufgaben wie *Heizung in Gang setzen*, *Blumen gießen* oder *Mama anrufen*. Dabei wusste sie nur allzu gut, dass es den Zettel *Briefe öffnen* nun schon an die fünfundneunzig Mal gab. Ein Zeugnis dafür, dass es langsam Zeit wurde.

Eines Tages würde sie sich dem Dorf stellen. Irgendwann. Aber zunächst musste sie ihre Katze verteidigen.

Lukas

Die vollautomatische Kaffeemaschine piepte parallel mit seiner Mikrowelle und zeigte damit an, dass sie ihr Werk getan hatte. Perfekt. Es waren diese Kleinigkeiten in Lukas' Leben, die ihm gute Laune bescherten.

Ein Zettel lag auf seiner Küchentheke. Da dieser eigentlich nur von seiner Haushälterin sein konnte, hatte er ihn bislang ignoriert. Frau Adamski schrieb ihm regelmäßig und wies ihn auf verschiedene Dinge hin.

Jetzt zog er den Zettel zu sich und schmunzelte, als er ihre Zeilen las.

Essen Sie nicht wieder Fertiglasagne. Ich habe Ihnen eine Portion Bigos in den Kühlschrank gestellt.
Herzliche Grüße, Agnes Adamski

Die Gute. Lukas wusste genau, was er an ihr hatte. Sie mischte sich erst seit etwa zwei Jahren ein klein wenig in sein Leben ein. Vermutlich war sie es leid, die vielen Verpackungen von Fertiggerichten zu entsorgen.

Normalerweise hasste er es, wenn man sich ungefragt in seine Angelegenheiten drängelte. Da er aber wusste, dass sich Frau Adamski nur um ihn sorgte, akzeptierte er die Einmischung seiner Haushälterin. Wenigstens gab es noch einen Menschen, dem er wichtig war.

Wobei das unkorrekt war. Seine Familie hatte häufig nachgefragt, wie es ihm ging. Vor sieben Jahren war er allerdings nicht in der Lage gewesen, ihre Bemühungen zu honorieren. Er hatte sich belästigt gefühlt und war auf Abstand gegangen. Bis heute.

Lukas seufzte leise. Da war es wieder. Das schlechte Gewissen. Es quälte ihn schon seit ein paar Jahren. Dass er sich von seiner Familie entfernt hatte, tat ihm leid. Doch wann immer er sich vornahm, es zu ändern, kam etwas dazwischen. Und er wusste, dass er dieses »Dazwischenkommen« nur allzu gerne zuließ.

Für das polnische Nationalgericht war es jetzt zu spät. Die Lasagne war schon fertig. Egal. Morgen war ja auch noch ein Tag. Lukas hatte es nicht so mit dem Kochen. Entweder benutzte er seine Mikrowelle, aß im Restaurant oder bestellte sich was beim Lieferservice. Für ihn war das völlig in Ordnung. Für Frau Adamski grenzte seine Art der Ernährung offenbar an Körperverletzung.

Lukas zog die Fertiglasagne aus der Mikro, angelte sich mit der freien Hand seine volle Kaffeetasse und kehrte an den Schreibtisch zurück. Dort wartete bereits sein aufgeklappter Laptop. Abends um 21 Uhr ging er grundsätzlich noch mal den Arbeitsplan für den nächsten Tag durch, bevor er sich ein wenig Zerstreuung gönnte und die Aktienkurse überprüfte.

Dass das für andere Leute seltsam erschien, störte ihn schon lange nicht mehr. Die Zeiten, in denen er sich eine eigene Familie gewünscht hatte, waren vorbei. Vor sieben Jahren waren seine Träume in Rauch aufgegangen. An jenem schrecklichen Tag, als er nach Hause gekommen war und Nicole …

Lukas schüttelte energisch den Kopf, um den Gedankengang zu verdrängen. Selbst nach so langer Zeit tat es noch unendlich weh. So weh, dass er sich seinen Erinnerungen einfach nicht stellen konnte. Das hätte bedeutet, sich auch mit dem Verlust, dem Schmerz und seinem aktuellen Leben auseinandersetzen zu müssen. Sein altes Ich wäre entsetzt darüber, wenn es ihn an einem Freitagabend mit fettiger Fertiglasagne allein am Esstisch in einem viel zu klinischen Haus gesehen hätte.

Sein altes Ich hätte dieses Gebäude gehasst. Den Außenpool hätte es vielleicht noch ganz cool gefunden, allerdings nicht den Innenpool mit Gegenschwimmanlage. Lukas' heutiges Ich fand die Technik in erster Linie praktisch, um sich fit zu halten. Gegen den Strom schwimmen war genau sein Ding.

Spätestens beim gut ausgestatteten Fitnessraum, der Videoüberwachungsanlage draußen am vollautomatischen Tor und dem riesigen, aus der Decke fahrbaren Flachbildschirm hätte sich sein altes Ich totgelacht. Früher hatten er und Nicole gerne auf einem Röhrenfernseher Schwarz-Weiß-Filme angesehen. Das hatte auch gereicht. Genau wie die Klappcouch und der Campingkocher zum Aufwärmen von Dosenessen.

Vielleicht vermisste Lukas doch nicht alles aus seinem alten Leben. Er mochte den Komfort, benutzte allerdings weder den Flachbildschirm noch den Beamer im Kinozimmer. Diese Dinge hatte Lukas beim Kauf des Hauses einfach übernommen. Der Vorbesitzer war von einem Tag auf den anderen zu einer Weltreise aufgebrochen, um den Sinn des Lebens zu suchen. Er hatte sich dabei von allen weltlichen Gütern trennen wollen und daher das komplette Haus inklusive Ausstattung verkauft.

Es hatte null Charme. Das musste Lukas zugeben. Er hatte aber damals einfach keine Lust gehabt, sich großartig mit Inneneinrichtung auseinanderzusetzen.

Das Scheppern der Katzenklappe zeigte ihm an, dass sein Kater soeben zurückgekommen war. Lukas war erleichtert. Eine willkommene Ablenkung und der Ausweg aus seiner Einsamkeit. Karlos Pfoten auf dem frisch gebohnerten Eichenparkett machten kaum einen Laut. Sekunden später tauchte er in der Wohnzimmertür auf und miaute ihn an.

»Da bist du ja«, rief Lukas erfreut. Er gab es nicht gerne vor sich selbst zu, aber der Abend war erst rund, wenn der Kater zu Hause war. Sofort stand Lukas auf, um Karlo sein Futter zuzubereiten. Dass seine Lasagne kalt wurde, war ihm egal. Dem Kater war Essen wichtiger als ihm, also ging er vor.

»Pfoten weg von meiner Lasagne«, rief Lukas über seine Schulter hinweg. Er hatte ganz genau gehört, wie Karlo auf einen der Edelstahlstühle gesprungen war, um einen Blick auf Herrchens Futter zu werfen. »Du bekommst deins jetzt!«

Lukas war am Morgen noch mal extra beim Feinkostladen vorbeigefahren, um seine Bestellung für den Kater abzuholen. Edles Rotwild mit Kartoffeln, Pastinaken und Waldbeeren. Das würde ihm schmecken.

Erst als er mit dem Futternapf zurück ins Wohnzimmer kam, registrierte er das seltsame Band um Karlos Hals. Was war das? Der Kater bemerkte natürlich seinen starren Blick und bewegte sich unruhig, ließ den Futtertopf dabei aber nicht aus den Augen.

Bevor Karlo fliehen konnte, hatte Lukas ihn einhändig gepackt und das Futter achtlos auf dem Tisch abgestellt. Tatsache. Ein Halsband. Aber wer sollte seinem Kater solch ein hässliches Teil umschnallen? Es war recht zierlich und verschwand im dicken Fell des rot-weiß getigerten Tieres. Allerdings war vorne eine Art Fliege befestigt, sodass es aussah, als würde Karlo auf einen Ball gehen wollen. Gruselig. Und sehr merkwürdig. Erst jetzt bemerkte er den aufgestickten Schriftzug.

»Für Schnurrgeräusche bitte streicheln«, las er laut. Was für ein idiotischer Spruch. Lukas schnaubte verärgert, hielt mit einem Arm den störrischen Kater fest und öffnete mit der anderen den Verschluss. In der gleichen Sekunde wand sich Karlo aus seinem Griff, sprang auf den Boden und flitzte auf den höchsten Kratzbaum.

Lukas beachtete ihn nicht, denn sein Blick klebte an dem kleinen rosafarbenen Post-it, das beim Lösen des Halsbandes auf den Tisch gefallen war. Er hob es auf und wunderte sich über sich selbst: Sein Herz schlug mit einem Mal viel schneller als zuvor, und ein ungutes Gefühl breitete sich in ihm aus.

Er hasste Unvorhergesehenes. Sein Leben war durchgeplant bis ins kleinste Detail. Selbst spontane Entwicklungen hatte er meist bereits einkalkuliert und konnte entsprechend schnell reagieren. Das hier jedoch kam unerwartet.

Er faltete das Post-it auseinander und las mit gerunzelter Stirn.

Dieser Kater gehört Ihnen nicht. Sollte er sich in Ihr Heim verirren, schicken Sie ihn wieder weg. Finger weg von Picasso! Er braucht weder eine Maniküre, Pediküre noch Futter. Das bekommt er alles von mir. Gruß, L.

Lukas spürte augenblicklich, wie ihm heiß wurde. Zorn wallte in ihm auf. Was für eine Unverschämtheit! Er versorgte den Kater schon seit fast sieben Jahren, und nie hatte sich jemand darüber beschwert. Das Tier war ein Streuner, den Lukas am Tag seines Umzugs bei sich aufgenommen hatte. Damals hatte er völlig verängstigt in der Garage gesessen: abgemagert, struppig und verlassen.

Um ehrlich zu sein, hatte Lukas sofort eine Verbindung zu ihm gespürt. So wie der Kater aussah, hatte er sich gefühlt. Man hatte ihn durch die Mangel genommen, verraten, vernichtet und dann einfach sich selbst überlassen. Kein Wunder, dass er das Tier augenblicklich ins Herz geschlossen hatte.

Lukas hatte zunächst abgewartet, ob sich doch noch ein Besitzer meldete. Da der Kater aber immer wieder zu ihm kam, hatte er ihn schließlich adoptiert und chippen, kastrieren und impfen lassen. Das war sieben lange Jahre her!

Karlo war ganz klar sein Tier. Und überhaupt! Was war Picasso denn bitte für ein dämlicher Name?

Er zögerte keine Sekunde. Per Online-Expressversand orderte er das männlichste Katzenhalsband, das er finden konnte. Dann schnappte er sich ein einfaches Blatt Papier und schrieb mit dem Zorn der Gerechtigkeit eine Antwort.

Der würde er es zeigen! Dass es sich um eine Frau handeln musste, war unzweifelhaft. Kein Mann hätte rosafarbenes Papier verwendet. Und erst diese alberne, rundlich geschwungene Handschrift. Fehlten nur noch die Herzchen über jedem i. Vom Aussehen des Halsbands ganz zu schweigen.

Einer Eingebung folgend stand er auf, fachte das Feuer in seinem Kamin an und warf das Teil samt dem Post-it der fremden Frau mit Schwung hinein. Es knackte und knallte, als es in Flammen aufging.

Lukas sah schweigend dabei zu und spürte, wie er ruhiger wurde. Und entschlossener. Karlo war seine Katze. Das konnte er auch dank des Chips beweisen. Und wer immer ihm diesen Brief geschrieben hatte: Die Person würde es bitter bereuen, sich mit ihm angelegt zu haben.

2

Der Zettelkrieg im Schlafanzug

Vor ihr lag eine Kriegserklärung in akkurat geschriebener, nahezu militärisch anmutender Schreibschrift. Jeder Buchstabe war perfekt geschwungen. Fast ekelhaft exakt. Und eindeutig ein fieser, gemeiner und ziemlich hinterhältiger Angriff auf sie und ihren Kater. Der im Übrigen ein Verräter war, das war jetzt amtlich.

Fassungslos starrte Lina den Zettel an, den sie am Halsband ihres Tieres entdeckt hatte. Es war ein anderes Band als das, was sie ihm umgelegt hatte. Das war verschwunden und ersetzt worden. Doch viel schlimmer waren die Zeilen, die sie gerade las.

Träum weiter. Der Kater gehört mir. Ebenfalls L.

Mehr stand da nicht. Das reichte jedoch, um Linas Magen zum Brodeln zu bringen. Unfassbar! Ihr Morgenkaffee wartete vergeblich auf dem kleinen Esstisch in der Ecke des Wohnzimmers und wurde kalt. Auch der Toast auf ihrem Pappteller weichte auf. Lina hatte mit einem Schlag keinen Hunger mehr. Wut und Angst wechselten sich ab.

Pablo Picasso gehörte ihr. Sie hatte ihn ebenso wie die altersschwache Villa geerbt.

Mit zitternden Fingern fummelte Lina das schlichte braune Halsband ab, das mit drei silbernen Schnallen um Picassos Hals gesichert war. Als wäre der Kater Fort Knox. Ein Eigentum, kein lebendes Wesen.

Wer tat so was? Niemand hatte das Recht, ihrem Tier etwas derart Hässliches umzuschnallen und es dann noch mit einem lieblosen Schnipsel Papier zu garnieren.

Sie hob die Notiz höher, um sie eingehender zu studieren, und schnupperte daran. Tatsache. Der Zettel roch genauso wie das Fell ihres Katers. Nach einem Hauch von Aftershave. Der Schreiberling war also wirklich ein Mann. Addierte sie die zackig geschwungenen, definitiv mit männlicher Hand geschriebenen Buchstaben und die kurze, knackige Botschaft hinzu, war er auch noch ein Ekel. Na prima!

Aber wie kam er auf die Idee, dass Picasso ihm gehörte?

Lina sah ihren Kater kritisch an, der vollkommen entspannt auf ihrem Schoß lag. Sein rot-weißes Fell glänzte feucht von den Schneeflocken, die dort geschmolzen waren. Konnte es sein? War es möglich? Nein! Hier musste es sich um einen Irrtum handeln. Ihre Tante hatte damals nichts davon gesagt, dass ihr der Kater zugelaufen war. Er hatte schon immer hier gelebt. Seit ... seit ...

Lina war sich nicht ganz sicher, wie lange Picasso hier zu Hause war. Das mulmige Gefühl in ihrem Magen verstärkte sich. Hatte sie etwa die größte Dummheit ihres Lebens begangen und mit ihrem Brief Geister erweckt, die sie nicht beherrschen konnte? Wobei ... die größte Dummheit hatte sie ja schon begangen. Viel schlimmer als das konnte es eigentlich nicht werden.

Für einen winzigen Moment stellte sie sich vor, wie der Eigentümer des Bonzenbunkers ihr Leben auseinandernahm.

Wie er ihr erst die Katze, dann ihr Haus wegnahm. Einfach, weil er es konnte. Und für einen Moment fühlte sie, wie sie ins Bodenlose stürzte und die Panik ihr die Luft zum Atmen nahm. Dann bemerkte sie, wie albern sie sich benahm.

Entschlossen stand sie auf. Sie würde sich nicht einschüchtern lassen. Sie wollte dem Kerl zeigen, wozu sie fähig war. Jawohl! Sie musste zu ihm gehen, ihn in die Schranken weisen und ihm klarmachen, dass mit ihr nicht zu spaßen war. Allerdings erst nach ihrer Schicht. Falls sie die überlebte.

Als Lina nach draußen trat, fröstelte sie. Es schneite schon wieder. Dicke weiße Flocken, die den verwilderten Garten in ein märchenhaftes Weiß hüllten und verbargen, wie chaotisch es hier aussah. Das verrostete Fahrrad, das wohl mal ein Kunstwerk ihrer Tante gewesen war, sah unter der dicken Schneeschicht richtig hübsch aus. Genau wie die Schubkarre und das vergammelte kleine Ruderboot, die vergessen mitten auf dem Rasen lagen.

Es roch nach Kälte und Frost. Lina atmete tief durch und verdrängte den Gedanken an rutschige Straßen, hypernervöse Autofahrer und schlecht gestreute Gehwege. Sie hatte sich geschworen, ihr Leben wieder positiver zu sehen. Es gab immer einen Ausweg. Man musste ihn nur finden!

Zwei Stunden später betete sie sich diesen Satz wie ein Mantra vor. Die Winterreifen ihres Postautos rutschten auf den glitschigen Straßen herum, ihre Finger spürte sie kaum noch in den dicken Handschuhen, und ihre Nase hatte Ähnlichkeit mit einer roten Tomate. Ihr Zustellbezirk lag in der Gemeinde Simmerath, etwa eine Viertelstunde Fahrzeit von Rurberg entfernt. Hier könne sie weniger Schaden als in Goldenheim anrichten, hatte ihr Boss ihr damals zugeraunt und damit gemeint: Hier gab es keinen Weiher.

Lina sehnte sich dem Ende ihrer Schicht entgegen und hatte gleichzeitig Angst davor. Das hieß nämlich auch, dass sie sich dem geheimnisvollen Bonzenbunkerbesitzer stellen musste. Es brachte ja nichts, einen Zettelkrieg zu beginnen. Oder?

Je länger sie darüber nachdachte, desto mehr erwärmte sie sich für den Gedanken. Vielleicht war es besser, sich ihm zunächst nicht zu offenbaren.

Ihr war klar, dass sie gerade ihre berühmte Vermeidungsstrategie benutzte. Problemen ging sie gerne aus dem Weg. Darin war sie wirklich großartig. Andererseits musste sie sich ja niemandem gegenüber rechtfertigen als sich selbst.

Kaum war sie also zu Hause angekommen, schrieb sie den nächsten Zettel.

Sehr geehrter Herr Katzenklauer. Ich gehe einfach davon aus, dass Sie männlich sind, den unhöflichen Worten und der grobschlächtigen Schreibschrift nach zu urteilen. Ich fordere Sie abermals auf, Ihre diebischen Klauen von Sir Pablo Picasso zu lassen. Er ist seit zwei Generationen im Besitz meiner Familie. Ihn als Ihr Eigentum zu bezeichnen, grenzt an eine Unverschämtheit. Gruß, L.

Sie holte ein weiteres Halsband aus der Schublade und stattete Picasso damit aus. Der wirkte eher unglücklich.

Die Antwort erhielt sie bereits einen Morgen später.

An die hysterische Katzendiebin Frau L. Sie haben den Kater ernsthaft Sir Pablo Picasso genannt? DAS grenzt meiner Meinung nach an Tierquälerei. Von diesem gruseligen Halsband ganz zu schweigen. Ich habe gewiss nicht viel Ahnung von Farblehre, aber etwas Rosafarbenes (allein das gehört verboten) an einem rot-weiß gestreiften Fell zu befestigen, zeugt von so viel Ge-

schmacksverirrung, dass mir die Worte fehlen. Der Kater ist seit sieben Jahren in meinem Besitz. Das kann Ihnen mein Tierarzt gerne bestätigen. Er ist in meinem Auftrag gechippt, geimpft und kastriert worden. Es ist MEIN Kater. Suchen Sie sich einen eigenen und lassen Sie mich und Karlo in Ruhe!

Lina musste sich die unfreundlichen Worte einige Male durchlesen, bis sie eine Antwort zu Papier bringen konnte.

An den Tierentführer Herrn L. Sie machen sich über den Namen Sir Pablo Picasso lustig? Wenigstens zeugt er von Kreativität. Den Kater einfach stumpf »Kater Karlo« zu nennen, ist ja wohl so was von trivial, dass wiederum mir die Worte fehlen. Es zeigt auch, dass Sie die Seele des Tieres nicht erkannt haben. Meine Tante gab ihm den Namen, weil er ein künstlerisches Herz hat und Farben liebt. Er hat es nicht verdient, nach einer Figur aus einem Comic benannt zu werden – und dann auch noch nach einem Bösewicht. L.

Diesmal wählte sie ein schlichtes dunkelgrünes Halsband aus, das perfekt mit Picassos Fell harmonierte. Da ihr das aber nicht weiblich genug war, steckte sie das Papier in einen winzigen Briefumschlag und streute etwas Glitzer hinein. Theoretisch hätte sie dem Kater jetzt auch erst einmal für eine Weile Hausarrest verpassen können, aber dazu war sie zu stolz. Sie wollte, dass Picasso freiwillig bei ihr blieb, ganz ohne Zwang. Außerdem wäre das die Lösung eines Feiglings gewesen. Und das wollte Lina nicht mehr sein.

Sie gab es ungern zu, aber die Antwort vom Bonzenbunkerbesitzer erwartete sie mit gespannter Vorfreude. Es beschäftigte sie den gesamten folgenden Arbeitstag, beherrschte ihre Gedanken und Gefühle. In der Nacht schlief sie schlecht und horchte immer auf ihre Katze, die womöglich einen Zettel mit dabei hatte. Und tatsächlich. Am nächsten Morgen saß Picasso auf der Veranda, allerdings trug er dasselbe grüne Halsband, das sie ihm umgeschnallt hatte. Hatte ihr Gegner etwa schon klein beigegeben?

Ein wenig enttäuscht ließ sie den Kater herein und untersuchte dann seinen Halsbereich. Ein paar Glitzerflitter hatten sich in seinem Fell verfangen. Der Beweis, dass er ihre Nachricht überbracht hatte. Und tatsächlich! Sie fand einen neuen Brief.

Liebe 12-jährige Lilly. Ab sofort duze ich dich, denn solch eine hinterhältige Glitzerattacke kann nur von einem kleinen Mädchen kommen. Das passt auch besser zu deiner Handschrift und der Art, sich auszudrücken. Da deine Tante meiner Katze den Namen Picasso verpasst hat, scheint sie ihn als ihr Haustier auserkoren zu haben. Sie soll sich bitte mit mir in Verbindung setzen. Wir finden bestimmt eine Lösung. Als Erwachsener sehen wir viele Dinge weit weniger dramatisch als mit Kinderaugen. Auf ein Halsband haben wir uns ja schon mal geeinigt. Das Grün gefällt mir. Mit freundlichen Grüßen, L.

Lina musste zunächst tief durchatmen, um nicht sofort auszurasten. Was bildete sich dieser Typ eigentlich ein? Gut, die Glitzerattacke war wirklich wenig erwachsen gewesen. Sie aber gleich als Kind abzustempeln, war eine Unverschämtheit.

Mit vor Zorn zitternden Händen schrieb sie ihre Antwort auf besonders intensiv duftendem Rosenpapier ihrer Tante.

Lieber Opa Ludwig-Leopold, ausgehend von deinen altbackenen Ansichten nenne ich dich jetzt so. Und wer mich duzt, wird zurückgeduzt. So einfach ist das. Gerne kannst du dich mit meiner Tante in Verbindung setzen. Du findest sie in der Friedhofstraße, dritte Reihe, fünftes Grab von rechts. Nimm aber besser einen Geisterbeschwörer mit. Sonst wird das mit dem Diskutieren sehr einseitig. Und wenn du schon mal mit ihr sprichst, frag sie gleich, wo ihre Heckenschere abgeblieben ist. Die wird dringend benötigt.

Diesmal dauerte es ungewöhnlich lange, bis sie eine Antwort erhielt. Picasso kam am nächsten Morgen ohne Nachricht zurück, was an Linas Nerven zerrte. In der folgenden Nacht machte sie kaum ein Auge zu und bewegte sich unruhig hin und her. Sie ahnte, dass sie allmählich um eine Begegnung mit Lukas Dennhorst nicht mehr herumkam.

Ja, sie kannte mittlerweile seinen Namen. Sie war unauffällig am Bonzenbunker vorbeigelaufen und hatte einen Blick auf das Türschild geworfen. Dr. Lukas Dennhorst. *Brrruah*. Sie hasste Leute, die auf ihren Doktortitel bestanden und ihn überall wie Leuchtreklameschilder zur Schau stellten.

Schließlich hielt sie es in ihrem Bett nicht mehr aus und stand auf. Picasso wartete wie gewohnt auf der Veranda und maunzte leise. Als er um ihre Beine strich, entdeckte sie den Zettel.

Liebe Lilly, das mit deiner Tante tut mir ehrlich leid. Dann hätte ich gerne einen anderen Erziehungsberechtigten von dir gesprochen. Deine Eltern zum Beispiel. Gruß, L.

Wie kam er nur auf den Namen Lilly? Fand er ihn etwa kindisch? Lina mochte den Klang und konnte sich nicht erklären, warum Lukas sie so nannte. Das war aber nicht das Schlimmste. Die Sache mit ihren Eltern beunruhigte sie. Kurz überlegte sie, ob sie ihm wirklich die Telefonnummer geben sollte. Der würde sich wundern. Ihr Vater verstand bei solchen Sachen keinen Spaß und würde Lukas Dennhorst zur Schnecke machen. Oder gemeinsam mit ihm über seine sich kindisch benehmende Tochter lästern.

Lina schauderte. Die Möglichkeit bestand tatsächlich. Ihr Vater war ein verbohrter, verbitterter Mann, der nicht besonders stolz auf seine Tochter war. Das ließ er sie auch regelmäßig spüren. Lukas und er wären garantiert ein gutes Gespann. Schaurig.

Die Vorstellung, wie sich Lukas und ihr Vater gegen sie verbündeten, beflügelte sie. Bevor sie es sich anders überlegen konnte, hatte sie bereits ihre alten Sneaker übergestreift, sich ihren Mantel geschnappt und war auf dem Weg zu Lukas. Picasso folgte ihr, wie er es jeden Morgen tat. Er begleitete sie meist bis zur ersten Kreuzung, ehe er umdrehte, ein wenig umherstreifte und darauf wartete, dass sie von der Arbeit zurückkehrte.

Lina hätte schwören können, dass er einen Moment stutzte. Statt nach rechts bog sie diesmal nach links ab und stapfte geradewegs hinüber zur Luxusvilla. Die Eiseskälte spürte sie nicht einmal, da der Zorn der Gerechtigkeit in ihr loderte.

Sie klingelte. Erst dann wurde ihr bewusst, wie sie aussah. Ungeschminkt, ungekämmt, im Schlafanzug. Keine guten Voraussetzungen, um Eindruck zu schinden. Egal, dachte sie. Sie war ja auch nicht hier, um ihn für sich zu gewinnen, sondern um ihn ein für alle Mal aus ihrem Leben zu verbannen.

Da sich zunächst nichts rührte, klingelte sie Sturm. Picasso lehnte mittlerweile an ihrem Bein und bewegte nervös seinen Schwanz von rechts nach links.

»Genau, du Verräter«, sagte sie zu ihm. »Das ist jetzt der Moment, um Muffensausen zu bekommen. Wir beenden dein Doppelleben und deine Karriere als Doppelagent!«

»Diskutieren Sie immer mit der Katze? Kein Wunder, dass Karlo eine Persönlichkeitsspaltung hat.«

Lina quiekte erschrocken, machte einen Satz zurück und sah sich hektisch um. Wer sprach da mit ihr? Sie bemerkte die Gegensprechanlage an der Mauer neben sich und erinnerte sich an die Überwachungskamera. Offenbar nahm diese auch Ton auf.

»Machen Sie auf! Wir müssen reden«, forderte sie möglichst würdevoll.

»Schon mal auf die Uhr gesehen? Es ist sieben Uhr morgens!«

Das war Lina tatsächlich nicht bewusst gewesen. Als Postbotin stand sie grundsätzlich früh auf. Heute war allerdings ihr freier Tag. Sie hatte eine ganz normale Fünftagewoche, musste aber immer wieder mal samstags austragen. Dafür bekam sie dann in der darauffolgenden Woche einen Tag frei. In letzter Zeit war das etwas schwierig geworden, weil so viele Postboten erkältet waren und die Weihnachtspost sich stapelte. Ihr Chef hatte aber letztlich Mitleid mit ihr gehabt.

Sie hatte frei. Warum stand sie dann in dieser Eiseskälte am frühen Morgen vor dem Haus eines Wildfremden?

Der Summer ertönte, und das Tor sprang wie von Geisterhand auf. Zum Fliehen war es daher zu spät. Also stapfte sie mit großen Schritten hinüber zur Eingangstür. Das Haus selbst sah aus, als hätte ein Riese mehrere Glaswürfel übereinandergestapelt. Der Bunker wirkte edel und modern, musste Lina zugeben. Da es draußen noch stockdunkel war, waren sämtliche Außenlampen angeschaltet und tauchten das

Gebäude in ein sanftes Gelb. Der Schnee glitzerte dabei wie goldene Diamanten. Es wirkte einschüchternd und gleichzeitig hübsch – und teuer. Die Stromrechnung wollte Lina nicht bezahlen.

Ihr Traumhaus sah definitiv anders aus, aber sie musste zugeben, dass das Haus Stil hatte. Klare Strukturen, ein überstehendes Flachdach und große Fensterfronten.

Picasso huschte an ihr vorüber die schneeweißen Steinstufen hoch und verschwand durch die Katzenklappe. Musste er das ausgerechnet jetzt vorführen? Das demotivierte sie total.

Sie schnaubte genervt und kam oben am Treppenabsatz an. In der gleichen Sekunde ging die Haustür fast lautlos auf, und da stand er.

Lukas Dennhorst.

Er sah definitiv nicht wie ein Ludwig-Leopold aus. Nicht mal annähernd. Kein fliehender Haaransatz, kein Gebiss, kein Gehstock.

Stattdessen sah sich Lina einem Mann um die dreißig im Business-Anzug gegenüber. Schwarze Hose, schneeweißes Hemd und Krawatte, darüber ein dunkles Jackett und … war das da etwa ein Einstecktuch?

Sie starrte das Teil einen Moment ungläubig an, bevor sie es endlich schaffte, ihm in die Augen zu blicken. Verdammt, sah der gut aus! Wie ein etwas jüngerer Chris Evans ohne Dreitagebart.

Auch Lukas musterte sie intensiv, was ein Kribbeln auf ihrer Haut verursachte. Die Härchen stellten sich auf, und ihr stockte für einen Moment der Atem. Ihr Gegenüber hatte genau die richtige Mischung aus lässig und gepflegt, ohne aufgesetzt zu wirken. Männlich.

Seine Haare waren dunkelblond mit einem Schuss ins Mokkafarbene. Kurz, aber sehr stylisch geschnitten. Dabei brauchte er keine Pomade oder Gel. Die Frisur sah natürlich und frisch aus. Dazu ein recht sanftes, aber trotzdem männliches Gesicht mit hellen Augen. Grün mit jeweils einem kleinen gelblichen Kranz um die Pupille.

War es plötzlich heißer geworden? Mit einem Schlag machten ihr die Kälte und der Wind kaum noch etwas aus, stattdessen wurde ihr ganz warm.

»Ich wollte ja eigentlich fragen, ob Sie aus dem Bett gefallen sind. Aber jetzt, wo ich Ihren Schlafanzug sehe, habe ich die Antwort vor mir. Sie sind eindeutig aus dem Bett gefallen«, unterbrach Lukas ihre Versunkenheit.

Lina spürte, wie ihr augenblicklich die Röte ins Gesicht schoss. Was tat sie hier? Jemanden anzuschmachten war völlig untypisch für sie. Und dann auch noch auf diese Weise! Sie straffte sich und schob das Kinn nach vorne. »Was ich zu sagen habe, kann keine Minute länger dauern«, erklärte sie fest. »Darf ich reinkommen, oder müssen wir das hier draußen besprechen?«

Lukas zögerte kurz, dann trat er zur Seite und ließ sie passieren. Picasso wartete bereits im Flur und sah sie aus schillernden Augen fragend an. Als er sich umdrehte und losrannte, folgte sie ihm einfach.

Sie betrat ein Wohnzimmer, in das ihre gesamte erste Etage hineingepasst hätte. Durch die schneeweiße Decke mit den vielen Lichtleisten am Rand, das helle Parkett und die riesige Fensterfront wirkte alles geräumig und luftig. Eine gigantische Couch fesselte ihren Blick, dahinter ein Kamin, der fast die komplette Breite des Raumes einnahm. Ansonsten gab es hier … nichts. Keine Deko, kein Schnickschnack. Lediglich eine einzige Pflanze.

Kalt und unpersönlich, war ihr erster Gedanke. Dann sah sie nach rechts und musste ihren Eindruck revidieren. Die gesamte Stirnseite war voll mit Kratzbäumen, Hängematten, Schlafnischen und Höhlen in verschiedenen Höhen. Ein

Katzenparadies. Als wollte er das bestätigen, hüpfte Picasso auf einen der vielen Hochsitze und sah triumphierend zu ihr hinunter.

»Karlos Reich«, merkte Lukas überflüssigerweise an. Er stand dicht hinter ihr. Sie spürte seinen amüsierten Blick wie Nadelstiche auf der Haut. »Ich dachte mir, ich mache es meiner Katze schön gemütlich.« Das »meine« betonte er dabei besonders deutlich.

Lina warf ihm ihren besten Blick der Vernichtung zu und ging hinüber zur Couch. Dann entdeckte sie das Esszimmer, das sich etwas versteckt um die Ecke direkt ans Wohnzimmer anschloss. Hier gab es einen so gigantischen Tisch, dass eine ganze Fußballmannschaft samt Groupies daran Platz nehmen könnte. Aktuell standen allerdings nur eine einsame Kaffeetasse, ein leerer Teller und ein Laptop darauf. Ein paar Krümel zeugten von einem bereits gegessenen Frühstück.

Lukas schwieg und wartete offenbar, dass sie etwas sagte. Ihr war bewusst, dass er sie absichtlich seine Wohnung bewundern ließ. Passiv-aggressive Kriegsführung. Leider funktionierte es. Lina war hinreichend eingeschüchtert. Das war Picassos Zweitwohnsitz? Sie war so was von geliefert!

Ihre Blicke begegneten sich. Lukas wirkte amüsiert, was sie am Funkeln seiner Augen erkannte. Zeit, wieder Boden wettzumachen, doch er kam ihr zuvor.

»Kaffee? Ich glaube, Sie könnten einen gebrauchen.«

Das war eindeutig nicht nett gemeint, aber leider hatte er recht. Lina brauchte dringend Kaffee. Am besten mit Schnaps oder Rum, um dieses Gespräch zu überleben. Sie nickte.

Lukas deutete auf den Stuhl am Esstisch neben seinem und ging an ihr vorüber in die offene Hochglanzküche. Alles blitzte und blinkte. Natürlich nahm er keine gewöhnliche Kanne von der Warmhalteplatte, sondern schob eine Tasse unter einen hochmodernen Vollautomaten.

»Normaler Kaffee, Cappuccino oder Latte Macchiato?«, fragte er süffisant.

»Kaffee. Schwarz. Ohne Zucker«, erwiderte Lina eine Spur zu aggressiv. Ihre Tante hatte recht gehabt. Das hier war ein Bonzenbunker. Einer von der schlimmsten Sorte.

Die Maschine brummte und sorgte dafür, dass jedes Gespräch versiegte. Lina entspannte sich etwas und lehnte sich in dem teuren Essstuhl zurück. Echtleder, schätzte sie. Und sehr bequem.

Lukas kam zu ihr, stellte die Tasse neben seiner ab und setzte sich. Dann faltete er geschäftsmäßig die Hände unter dem Kinn und sah sie betont lässig an.

»Was kann ich für Sie tun, was um sieben Uhr besprochen werden muss und so eilig war, dass Sie sich nicht mal die Haare kämmen konnten?«

Mist. War das so offensichtlich? Lina widerstand der Versuchung, sich die Haare glatt zu streichen. Stattdessen klatschte sie möglichst dramatisch Lukas' Zettel auf den Tisch. »Dieser Papierkrieg muss enden. Und zwar ab sofort. Picasso gehört mir, und damit ist eigentlich alles gesagt!«

Lukas

Lukas hatte geahnt, dass Karlos angebliche Besitzerin streitlustig sein würde. Aber in seinem Kopf war sie viel jünger gewesen und weit weniger … attraktiv. Ihm war bei ihrem Anblick als Erstes ein einziger Gedanke durch den Kopf gehuscht: Hilfe, ist die süß!

Das war sie wirklich, trotz oder gerade wegen ihrer zerzausten Sturmfrisur mit den wilden Locken und den in allen Richtungen abstehenden Ponyfransen. Er entdeckte ein paar hellere Strähnen in den braunen Haaren. Dass sie eindeutig noch ihren flauschigen Schlafanzug trug, amüsierte ihn mehr, als es sollte. Der Mantel darüber war wiederum viel zu groß, sodass sie etwas verloren wirkte und seinen Beschützerinstinkt weckte. Dazu noch die großen schokobraunen Augen und die fast unsichtbaren Sommersprossen. Klare Sache: Da saß ein Unikat vor ihm. Das zum wiederholten Male dunkelrot anlief.

Sie war eindeutig niemand, der Streitgespräche beherrschte. Lukas war ein Meister der Körpersprache und hatte seine Konkurrentin längst durchschaut. Sie tat zwar lässig, war aber in Wirklichkeit ein echtes Nervenbündel. Und impulsiv, sonst wäre sie nicht so spontan vor seiner Haustür aufgetaucht, um ihn zur Schnecke zu machen.

Konzentrier dich, ermahnte er sich. *Sie ist keineswegs nur klein und kuschelig. Sie will dir deine Katze wegnehmen! Sie ist dein Zettelfeind! Dein Rosenkrieggegner um das Sorgerecht von Karlo!*

Er musste sich schwer zusammenreißen, um die Sache ausreichend ernst zu nehmen. Was angesichts der Tatsache, dass ihr linkes Auge abgeschminkt, das rechte aber voll verschmierter Wimperntusche war, keineswegs einfach war.

In seiner Not beschloss er, den fiesen Bonzenschnösel zu mimen. Sie musste ja nicht wissen, dass ihm weder seine Elefantenriesencouch noch der Vollautomat etwas bedeuteten. Er trank lieber Filterkaffee, aber das war sein Geheimnis. Den Vollautomaten nahm er nur, wenn es schnell gehen sollte oder er Gäste hatte. Und seinen Doktortitel verschwieg er meistens, um nicht sofort als Akademiker abgestempelt zu werden. Status war ihm weit weniger wichtig, als es nach außen hin erschien. Aber unter gewissen Umständen war es ganz praktisch, in diese Rolle zu schlüpfen.

Betont lässig lehnte er sich zurück und ließ die Stille wirken. Die Technik hatte er bis ins Kleinste verfeinert. Damit machte er sogar harte Vorstandsbosse von Baufirmen nervös. Allerdings hatte er die Rechnung ohne seine Gegnerin gemacht.

Die nickte auf einmal zufrieden. »Sprachlos, was? Dachte ich mir. Kein Wunder. Sie haben ja auch kein einziges Argument auf Ihrer Seite.« Sie tippte mit dem Zeigefinger auf die Tischplatte und beugte sich drohend in seine Richtung. Hilfe! Die Kleine war gut! »Hier ist mein Ultimatum: Sie nageln die Katzenklappe zu, stellen augenblicklich Picassos Fütterung ein und halten ab sofort einen Sicherheitsabstand von hundert Metern zu ihm ein. Kein Kontakt mehr, kein Geschmuse. Das hier muss ein Ende haben, sonst wird es richtig hässlich. Für Sie.«

Sie lehnte sich zufrieden zurück und sah ihn aus funkelnden Augen an. Er hatte Mühe, ein Grinsen zu unterdrücken. Offenbar hatte er sie unterschätzt. Für einen Moment wog er die Möglichkeiten ab, dann hielt er ihr seine Hand hin.

»Vielleicht sollten wir uns erst einmal vorstellen, bevor wir um sieben Uhr morgens aufeinander losgehen. Ich bin Lukas Dennhorst. Nenn mich gern Lukas.«

Lina nahm seine Hand nur äußerst widerwillig. »Lina. Mehr musst du nicht wissen, da wir uns niemals wieder begegnen werden.«

»Das glaube ich aber durchaus, liebe Lina Mehr-musst-du-nicht-wissen. Denkst du wirklich, dass ich nur wegen deines dramatisch drohenden Vortrags klein beigebe? Dieser Kater da drüben gehört mir. Wer das Gegenteil behauptet, muss das beweisen. Hast du einen Kaufvertrag?«

»Hast du einen?«

»Nein. Du?«

»Nein. Aber so was wie einen Erbschein von meiner Tante. Sie hat mir alles vermacht. Inklusive Kater.«

»Der ihr nicht gehört hat. Daher konnte sie ihn auch nicht vererben.«

»Der Kater hat schon seit Jahren bei ihr gelebt«, protestierte Lina jetzt vehementer.

Lukas war versucht, sie noch weiter zu verärgern. Die geröteten Wangen standen ihr gut. Dann riss er sich zusammen. Das hier war zu wichtig, um es auf die leichte Schulter zu nehmen. Wenn er Lina nicht bald ernst nahm, haute sie ihn noch übers Ohr.

»Wie viele Jahre lebte er bei ihr?«, schoss er zurück.

»Äääh … zwanzig?«

»War das eine Frage oder eine Feststellung?«

»Eine Feststellung.«

»Aha«, machte Lukas triumphierend. »Damit ist es amtlich. Du lügst.«

»Ich lüg nicht. Warum sollte ich?«

»Weil Katzen in der Regel nur etwa zwanzig Jahre alt werden.«

Beide drehten sich synchron zu dem Kater um, der betont lässig im Türrahmen stand und tiefenentspannt wirkte. Steinalt sah anders aus. Er war gewiss kein Jungspund, aber auch kein Methusalem.

»Na gut«, gab sie zu. »Ich kann es nicht mit Gewissheit sagen. Aber acht oder neun Jahre sind es bestimmt. Ich finde garantiert noch alte Fotos oder Gemälde, die das beweisen.«

»Gemälde?«

»Meine Tante war Malerin. Sie hat Picasso ständig gemalt. Er war ihre Muse.«

Lukas dachte nach, wog die Risiken und Chancen gegeneinander ab. Was, wenn Lina wirklich beweisen konnte, dass ein Gemälde der Katze von ihrer Tante älter war als das älteste Foto, das er von Karlo gemacht hatte? Wollte er das Risiko eingehen?

Er war sich sicher, dass Lina genau das Gleiche überlegte. Sie sah ihn scharf an. »Wie lange lebt die Katze bei dir?«

»Sieben Jahre. Im Januar sind es acht.« Das Wochenende vor bald acht Jahren würde er so schnell nicht vergessen. An Weihnachten hatte er seine alte Wohnung verlassen, war über die Feiertage noch bei seiner Familie gewesen, hatte Neujahr bei einem Kumpel verbracht, sich freitags dieses Haus angesehen und war montags hier eingezogen. Jeder einzelne verdammte Tag hatte sich in seinen Kopf eingebrannt.

Falls sich Lina über seine genaue Zeitangabe wunderte, so ging sie nicht drauf ein. Stattdessen seufzte sie ergeben. »Heißt das, Picasso zieht sein Doppelleben schon seit fast acht Jahren durch?«

»Offenbar.« Sie schwiegen einen Moment und hingen ihren Gedanken nach. Schließlich gab sich Lukas einen Ruck. Es brachte ja nichts, aufs Ganze zu gehen. Das war ihm langsam zu gefährlich. Was, wenn Lina beweisen konnte, dass Karlo länger bei ihrer Tante gelebt hatte und er seinen heißgeliebten Kater an sie abtreten musste? Ja, verdammt, er liebte dieses alte zerzauste Vieh. Selbst wenn Karlo ihn nach Strich und Faden ausgetrickst hatte. »Pass auf: Das System hat sieben Jahre lang perfekt funktioniert, ohne dass uns das Doppelleben unserer Katze aufgefallen ist. Tagsüber war der Kater bei dir beziehungsweise bei deiner Tante, nachts bei mir. Wie wäre es, wenn wir uns zunächst auf ein geteiltes Sorgerecht einigen und mal schauen, wie das so läuft?«

Dass dieses Arrangement ein festes Ablaufdatum hatte, musste Lina nicht erfahren. Noch nicht. Erst einmal war es wichtig, sie in Sicherheit zu wiegen, zu besänftigen.

Sie zögerte. Ihr war die Lösung unrecht, das sah er an ihrer gekräuselten Stirn und ihrem verkniffenen Mund. Er zog fragend eine Augenbraue hoch und erhöhte damit passiv den Druck. Schließlich nickte sie.

»In Ordnung. Aber erst einmal nur auf Probe. Wenn es Probleme gibt, müssen wir neu verhandeln.« Sie sah ihm tief in die Augen. »Und keine Tricks! Wir lassen den Kater entscheiden. Er wird nicht eingesperrt, um ihn bei sich zu behalten. Tierarztbehandlungen sprechen wir ab sofort miteinander ab. Und das mit den Halsbändern sollten wir auch wieder aufgeben. Er hasst die Teile.«

»Einverstanden.«

Lukas hielt ihr feierlich die Hand hin. Dass sie eine ganz entscheidende Bedingung vergessen hatte, ließ er natürlich ungesagt. Sie hatte nicht erwähnt, dass der Kater weiterhin in Rurberg wohnen musste.

Lina schlug ein und schüttelte ihm die Hand wie ein richtiger Macho. Lukas musste ein Schmunzeln unterdrücken. Lina war aus härterem Stahl gegossen, als zunächst angenommen. Ihre zierliche Gestalt hatte ihn auf die falsche Fährte geführt. Sie war eine würdige Gegnerin. Etwas skurril und eindeutig einen Touch irre, aber durchaus eine ernst zu nehmende Gefahr. Er musste aufpassen, dass er sich von ihr nicht einlullen ließ.

Eins war jedenfalls amtlich: Karlo gehörte ihm. Da war es auch erlaubt, mit unfairen Mitteln zu kämpfen.

3

Der adipöse Kater mit dem Drogenproblem

Lina

Lina war den Rest der Woche völlig durch den Wind. Die Begegnung mit Lukas war ihr unter die Haut gekrochen. Warum hatte sich Picasso ausgerechnet ihn als Herrchen ausgesucht? Mit einem alten Tattergreis wäre sie besser klargekommen als mit einem attraktiven jungen Mann. Das erinnerte sie nur schmerzhaft daran, dass sie seit einem Jahr kein Date mehr gehabt, ja, es nicht einmal versucht hatte. Gut. Ihr letzter Versuch war auch wirklich ein absoluter Reinfall gewesen.

Ihr damaliges Date hatte sie auf der dicken Rechnung für das teuerste Restaurant in Monschau sitzen lassen. Ein Restaurant, das er ausgesucht hatte. Noch heute rätselte Lina, ob er heimlich durchs Toilettenfenster geflohen war oder sich unauffällig an ihr vorbei Richtung Ausgang geschlichen hatte.

Seit diesem Vorfall machten sie Männer in Schlips und Anzug nervös. Sie waren in ihren Augen unberechenbar, völlig aus der Welt geschossen und total inkompatibel mit ihrem Leben. Und ausgerechnet mit solch einem Exemplar musste sie sich ab sofort herumschlagen.

Zum Glück für alle Beteiligten waren die letzten sieben Tage erstaunlich friedlich vorübergezogen. Lukas und sie lebten wie zuvor aneinander vorbei, ganz ohne Zettel und Drama. Picasso hatte in seinen alten Rhythmus zurückgefunden, sodass die beiden keinerlei Berührungspunkte mehr hatten. Fast vermisste Lina ihren Zettelkrieg. Er war eine willkommene Abwechslung gewesen und hatte sie abgelenkt. Von der Weihnachtszeit und … dem bevorstehenden Heiligabend.

Sobald Lina an diesen Tag dachte, verkrampfte sich alles in ihr. Vor einem Jahr hatte sich ihr Leben radikal verändert. Die Presse hatte sich auf die Geschichte wie Aasgeier gestürzt. Sie hatten sie zerfetzt, vernichtet, bis ins Kleinste seziert. Zum Schluss hatte Lina fast selbst geglaubt, dass sie den Postwagen absichtlich in den Weiher gesetzt hatte.

Der Weiher.

Sie träumte fast jede Nacht von ihm. Ein dunkler unheimlicher Tümpel am nördlichen Rand des kleinen Dorfes Goldenheim. Auf den ersten Blick hatte er so lieblich, so idyllisch gewirkt. Lina erinnerte sich noch bis ins Kleinste an jede Einzelheit: Er war zugefroren gewesen, aber nur ein klein wenig. Eine dünne Eisschicht, durchzogen von einzelnen Rissen.

Nach dem Unfall hatte er ausgesehen wie ein Schlachtfeld. Das Eis war ebenso entzweigerissen worden wie ihr Herz. Das Wasser so aufgewühlt wie ihr Gemüt. Und dann die ganzen durchweichten Päckchen. Die Feuerwehrautos drum herum. Das Blinklicht der Polizeiwagen. Das Blitzlichtgewitter der Fotografen.

Und ihr verdammtes Postauto, das mit einem Blubb in seinen Tiefen versank.

Ein Miauen riss Lina aus ihren finsteren Albträumen. Picasso saß auf der Veranda und wartete auf Einlass. Wie jeden Morgen. Noch nie war sie so dankbar für seine Hartnäckigkeit gewesen. Er hatte sie schon oft aus ihren Träumen gerettet. Verschlafen und noch immer mit dem dumpfen Gefühl des Versagens in der Magengegend öffnete sie die Tür und musterte Picasso im Licht der aufgehenden Sonne. Hmmm … irgendwas war anders. Als er an ihr vorbeilief, pflückte sie ihn vom Boden und erschrak. Hilfe, war der schwer geworden!

Dank eines Maßbandes und einer Waage erhielt sie auch gleich die Bestätigung. Ihr Kater hatte zugenommen. Und zwar deutlich. Da er bei ihr grundsätzlich so gut wie nichts fraß, gab es nur einen Schuldigen. Lukas!

All der aufgestaute Zorn der vergangenen Monate brach sich in diesem Moment Bahn. Unter normalen Umständen hätte sie noch mal über ihre Handlungen nachgedacht, doch gerade war sie nicht mehr Herrin ihrer Sinne.

Also schrieb sie einen Brief in dem festen Wissen, dass sie damit Unheil heraufbeschwor.

Lieber Lukas,

bitte überfüttere meinen Kater nicht ständig. Der Gute hat momentan einen BMI, der jeden Sumoringer vor Neid erblassen lässt. Im Namen seiner Gesundheit muss ich ein Machtwort sprechen und klarstellen: Hör auf, ihn mit gutem Fressen an dich zu binden. Wenn du Picasso nur durch Köstlichkeiten dazu überreden kannst, ständig zu dir zu kommen, läuft ohnehin was schief. Stell mal deinen Egoismus hintan und setz Picasso auf Diät. Danke.

Die Antwort kam prompt und war mindestens so unverschämt wie erwartet.

Liebe Lina,

bitte übertrage deinen Schlankheitswahn nicht auf MEINEN Kater Karlo. Er und ich stehen auf gutes Essen. Ihn als fett zu bezeichnen, ist gemein. Ja, er hat etwas zugenommen. Das gebe ich zu. Aber wer tut das nicht, sobald Weihnachten vor der Tür steht? Schick mal deinen Moralapostel zurück ins Kloster, wo er hingehört. Ich gebe Karlo so viel Fressen, wie er will. Gruß, Lukas.

Also wirklich! So viel Unvernunft hätte Lina ihm gar nicht zugetraut. Direkt nach der Arbeit führte ihr erster Weg in ihre Lieblingsbuchhandlung, wo sie sich einen Ratgeber über Katzenernährung besorgte. Die wichtigsten Stellen markierte sie grellpink und sparte auch nicht mit rosafarbenen Herzchen-Post-its. Sie verpackte es als Geschenk, um es freundlicher wirken zu lassen, und warf es in Lukas' Briefkasten. Danach schrieb sie den nächsten Brief.

An Lukas,

bitte schau in deinen Briefkasten. Ein adipöser Kater kann schwere gesundheitliche Schäden davontragen. Das gilt es zu verhindern. Solltest du dich weiterhin weigern, muss ich dir leider das Sorgerecht entziehen.
Lies gefälligst die Lektüre und handele danach!
Lina, die gerne den Moralapostel spielt, weil der nämlich Katzenleben rettet.

Die nächsten zwei Tage hörte sie nichts, was sie etwas nervös werden ließ. Sie lenkte sich ab, indem sie ihre Wohnküche hübsch weihnachtlich dekorierte. Nach getaner Arbeit gab es Lichterketten an den Wänden, Sterne an den Fenstern, Zipfelmützen auf Stühlen und Mistelzweige an der Decke. Es sah wunderschön und heimelig aus. Ihr Reich.

Dann kam der nächste Brief.

Lieber Moralapostel,

guck du auch mal in deinen Briefkasten.
Gruß, der Mäster Lukas.

Lina war schneller am Postkasten als Picasso auf seinen vier Pfoten. Sie warf ihm einen bösen Blick zu. »Wohl nicht ganz in Form, was? Dann hör auf zu naschen!«

Der Kater gähnte sie lediglich gelangweilt an und schnurrte um ihre Beine, während sie ein kleines Päckchen aus der Post fischte. Den Brief von ihrem ehemaligen Ortsvorsteher ignorierte sie geflissentlich und bemerkte erst später, dass sein Anblick diesmal keine Hitzewallungen und Panikattacken auslöste. Dafür war sie viel zu fokussiert auf Lukas' Paket.

Es war ein Buch. »Körperliebe – wie ich lernte, moppelig glücklich zu sein«, las sie laut vor. Zunächst war sie zornig, dann musste sie lachen. »Gut gekontert, Lukas«, murmelte sie. Sie war bereits in das Buch vertieft, während sie zurück ins Haus ging. Dabei übersah sie beinah die erste Stufe und wäre wohl gestürzt, wenn eine dünne Frauenstimme sie nicht rechtzeitig gewarnt hätte.

»Obacht vor der Stufe, Madame«, rief jemand.

Lina verharrte und blickte nach links, von wo sie eine kleine drahtige Frau mit akkurat liegenden weiß-bläulichen Oma-Löckchen anstarrte. Ihr Gesicht war von Falten zerfurcht und hatte den leicht orangefarbenen Touch von zu viel Bräunungscreme. Ihre stahlblauen Augen hingegen wirkten fast erschreckend wach und jung.

»Danke für die Warnung«, sagte Lina verblüfft.

Die Alte starrte sie einen Moment an wie ein Habicht seine Beute, dann lächelte sie, und ihr Gesicht verwandelte sich in das einer lieben alten Oma. Zögernd kam sie näher. »Gern geschehen«, sagte sie mit einer weichen, sanften Stimme. »Allerdings hätte ich da etwas mit Ihnen zu besprechen. Bitte verzeihen Sie die Störung.«

»Kein Problem.« Hoffentlich bekomme ich keinen Anraunzer wegen meines Gartens, dachte Lina. Ihr Nachbar zur Rechten hatte sich schon mehrmals wegen der »wilden Blumenmischung aus der Tüte« und des Springkrauts bei ihr beschwert.

Sie bemerkte erst jetzt, dass ihre Nachbarin einen Gegenstand in den Händen hielt, den sie nun über den schief hängenden Gartenzaun hielt und in den Schnee plumpsen ließ. Es klang wie Plastik auf weichem Untergrund.

»Warum tun Sie mir das an? Habe ich Ihnen etwas getan? Oder stand das im Testament als Bedingung Ihrer Tante?«

Lina blinzelte verwirrt. »Was bitte meinen Sie?«

Noch immer wirkte die Alte verwirrend schüchtern. »Die Sache mit den Gartenzwergen. Seit dem Tod Ihrer Tante war endlich Ruhe, aber jetzt fängt es wieder an. Ich muss Sie, so unendlich leid mir das tut, ermahnen. Bei Ihrer Tante habe ich Ruhe bewahrt, weil die Gute etwas neben sich stand. Aber Ihnen lasse ich das nicht länger durchgehen. Im Namen unserer guten Nachbarschaft: Unterlassen Sie den Unfug.«

Mit diesen Worten drehte sie sich um und trippelte auf hohen Stöckelschuhen ihren wie mit dem Lineal gezogenen Pfad zur Haustür entlang. Ihr schienen ihre harten Worte selbst unangenehm zu sein. Oder warum floh sie so plötzlich? Kurz vor der Tür drehte sie sich jedoch wieder zu Lina um. »Und bitte, Frau Meyer-Schulze! Ich flehe Sie an! Bekommen Sie endlich diesen Dschungel in den Griff. Die drei Tannen da werden beim nächsten Sturm umstürzen und entweder Ihr oder mein Haus treffen. Ich war sehr geduldig mit Ihnen. Doch selbst meine grenzenlose Nächstenliebe ist langsam erschöpft. Ich wünsche Ihnen aber dennoch alles Gute und Gottes Segen.« Damit verschwand sie so schnell, wie sie aufgetaucht war.

Lina sah ihr sprachlos hinterher und regte sich auch dann noch nicht, als ihre Nachbarin längst hinter der gepanzerten Sicherheitstür verschwunden war. Was – zur Hölle – war das denn jetzt bitte gewesen?

Picasso war mittlerweile zu dem Objekt im schneebedeckten Gras geeilt und schnupperte daran. Sein Schwanz peitschte nervös hin und her. Mit der Pfote tippte er es an. Da nichts explodierte, wagte sich Lina ebenfalls näher.

Es war ein Gartenzwerg. Einer der besonders hässlichen Sorte. Er lag seltsam lasziv auf einem Felsen, lediglich bekleidet mit einer blau-weiß gepunkteten Badehose und einer roten Zipfelmütze. Sein weißer Bart wies bereits unansehnliche braune Schmutzflecken auf, als habe er eine Weile draußen gelegen.

Lina hob ihn auf und betrachtete ihn nachdenklich von allen Seiten. Dann zuckte sie mit den Schultern, schob ihn achtlos unter einen wuchernden Busch und schwor sich, ihrer Nachbarin zukünftig aus dem Weg zu gehen.

Im Haus angekommen schrieb sie die Notiz *Gartenzwergmysterium entziffern* und pinnte sie an ihre Wand. Dann kochte sie sich einen Tee, ließ sich auf ihre Couch fallen und las den Rest des Abends Lukas' Buch durch. Sie kam zügig voran, sodass sie ihm noch in der Nacht eine Antwort zukommen lassen konnte.

Lieber Lukas,

nach eingehendem Studium deiner Lektüre komme ich zu dem Schluss, dass man nur etwa ein Prozent der im Ratgeber beinhalteten Tipps auf eine Katze anwenden kann. Picasso ist es egal, wie er aussieht, solange es ihm schmeckt. Er ist also überhaupt nicht die Zielgruppe. Wir Menschen tragen ihm gegenüber die Verantwortung, daher müssen wir auf ihn aufpassen.
Falls das Buch für mich persönlich sein sollte, darf ich dich beruhigen: Ich mag meinen Körper. Ich bin weder zu dick noch zu dünn, bin dank meines Jobs gut trainiert und fühle mich vollkommen wohl in meiner Haut. Ich bin aber geschmeichelt, dass du dir offenbar Sorgen um mich gemacht hast.
Nun zu unserem eigentlichen Problem: Solltest du in Sachen Fütterung nicht umdenken, werde ich mit allen Mitteln verhindern, dass Picasso weiter zu dir kommen möchte. Keine Sorge. Ich sperre ihn nicht ein. Aber ab sofort wird das hier ein Katzenparadies, sodass dein Essen dagegen wie ein langweiliger Omabesuch wirkt.
Betrachte das hier als Eröffnung der Wettkampfphase.
Lina

Da der Brief zu lang geworden war, um ihn an Picassos Halsband zu befestigen, warf sie ihn in Lukas' Briefkasten. Danach schrieb sie eine endlose Liste an Dingen, die eine Katze liebte, und ging schlafen.

Operation Katzenherzgewinnung konnte starten.

Lukas

Sein Kater stank. Am ersten Abend dachte Lukas noch, dass Karlo unter irgendeinem seltsam riechenden Busch gelegen hatte. Doch auch am nächsten haftete in seinem Fell dieser mysteriöse Geruch.

Zur Probe drückte er ihn fester an sich und schnupperte. Zitrone? Er musterte den Kater und suchte nach weiteren Hinweisen. Da! Ein winziges Blättchen hatte sich an der linken Achsel verfangen. Er zupfte es heraus und zerrieb es zwischen den Fingern.

Minze! Katzenminze!

»Damit willst du mich also aus dem Rennen werfen«, brummte er. Ihm war nur allzu bewusst, wie sehr Karlo auf die berauschende Wirkung von Katzenminze stand. Er hatte das Zeug irgendwann aus der Wohnung verbannt, da sich sein Kater in einem permanenten Rauschzustand befunden hatte und die Pfoten nicht von der Minze lassen konnte. Und jetzt benutzte sie es gegen ihn.

Sie. Lina.

Lukas war selbst schleierhaft, warum er sich derart in die Sache mit den Zetteln verrannt hatte. Es war albern und eines erfolgreichen Geschäftsmannes unwürdig. Aber gerade WEIL es so albern war, war es auch so spannend. Eine Abwechslung in seinem streng getakteten Leben. Der nächste Brief schrieb sich daher wie von selbst.

Liebe Lina,

du beschwerst dich über meine Art zu füttern? Dann hör du mal gefälligst auf, meinen Kater mit Drogen vollzupumpen. Zu viel Katzenminze ist ungesund und bedeutet nur unnötigen Stress für das Tier. Wie du mir immer predigst: Wir sollten die Gesundheit des Katers über unsere Interessen stellen. Also weg mit der Droge. Ich möchte keinen Junkie zu Hause haben, der mich bestiehlt, um sich die nächste Dröhnung zu holen. Gruß. Lukas

Ein wenig ärgerte er sich anschließend über sich selbst, denn es war unglaublich, wie gespannt er auf ihre Reaktion wartete. Die kam prompt.

Lieber Drogenpolizist,

wenn du die euphorisierende Wirkung von Katzenminze kennst, weißt du auch, dass sie einen trägen Kater zu mehr Bewegung animiert. Da DU ja nicht mit der Völlerei aufhörst, bin ICH gezwungen, Picasso anzuspornen und so seinem Übergewicht beizukommen. Ich habe ein ausrangiertes Katzenklo hübsch bepflanzt, um ihm ein wahres Spielparadies zu bieten. Er liebt es sehr. Seitdem fährt er total auf seine brandneuen Kratzunterlagen, seine Spielmaus und den Pappkarton ab. Sein Baldrian-Kissen mag er genauso, aber keine Sorge: Im Gegensatz zu dir gehe ich verantwortungsvoll mit seiner Gesundheit um. Lina

Lukas wusste zunächst nicht, was er darauf antworten sollte. Zugegebenermaßen hatte er Karlos Rationen längst reduziert.

Ein wenig gab er Lina schließlich recht, was Karlos Übergewicht anging. Er sah allerdings nicht ein, ihr das auch noch auf die Nase zu binden. Ab jetzt musste er jedoch aufpassen, dass er sich nicht den Rang ablaufen ließ. Ihm war bereits aufgefallen, dass der Kater nicht mehr ganz so lange bei ihm blieb.

»Du bist eine treulose Tomate«, sagte er zu Karlos Hinterteil. Die Katze steckte gerade bis zum Popo in einem neu gekauften Rascheltunnel und spielte mit einem Leckerchenautomaten. Nicht nur Lina hatte aufgerüstet. Lukas war auf dieselbe Idee gekommen. Nur die Sache mit den Drogen war ihm nicht eingefallen. Im Nachhinein fand er das sehr ärgerlich.

Er loggte sich in ein bekanntes Katzenforum ein und suchte nach dem Schlagwort *Was lieben Kater ganz besonders?* Gleich darauf klappte ihm die Kinnlade runter.

Die Userin *LinasKatzenherz* hatte vor einer Woche genau diese Frage gestellt und zahlreiche Antworten erhalten. Die meisten empfahlen ihr, Katzenminze anzupflanzen. Lukas war in der ersten Sekunde empört, dann musste er schmunzeln. Offenbar dachten sie ähnlich, denn wenn sie die Frage nicht bereits gestellt hätte, hätte er es jetzt getan. Vergnügt tippte er eine Antwort ein.

Liebe LinasKatzenherz, was einen Kater ebenfalls begeistert, ist eine Katze an seiner Seite. Vielleicht denkst du mal über eine Zweitkatze nach? Das würde ihn bestimmt freuen. Oder du gibst ihm etwas besonders Leckeres. Wie Hühnerherzen in Brühe zum Beispiel. Viel Erfolg wünscht Katerherz555.

Er rieb sich die Hände und beglückwünschte sich für seinen Einfall. Gleichzeitig wunderte er sich über sich selbst. Noch vor nicht mal einem Monat hätte er hier gesessen und wäre über Bracheninfos und Börsenzahlen in Verzückung geraten. Jetzt gab er sich als Katerherz555 aus, um eine Frau auszutricksen.

Wenn Lina sich nämlich eine Zweitkatze anschaffte, hätte er nicht mehr so viele Skrupel, seine eigentlichen Pläne umzusetzen.

»Du bist wie ein Scheidungskind, das seine Eltern gegeneinander ausspielt«, sagte er zu Karlos Hintern. Der wackelte lediglich mit dem Schwanz. »Allerdings kennen sich die Eltern normalerweise recht gut. Hmmm … mal sehen, was ich so über die gute Lina herausfinde.«

Da er nur ihren Vornamen kannte und wusste, dass sie Postbotin war, würde das vermutlich recht schwierig werden. Sie war beim ersten Treffen ziemlich geheimnisvoll gewesen.

Zu seiner Überraschung wurde er jedoch viel schneller fündig als gedacht. Lina Meyer-Schulze. Konnte sie das wirklich sein? Wenn ja, gab es eine ganze Menge Zeitungsartikel über sie. Sogar überregional. Neugierig klickte er auf ein Foto und pfiff leise durch die Zähne.

Sie war es. Zwar mit dunklen Rändern unter den Augen und Verzweiflung im Blick, aber sie war es. Der strubbelige Lockenkopf und die süße Stupsnase waren eindeutig. Doch das, was da in den Artikeln stand, war wenig schmeichelhaft.

»Wenn wir zwei wirklich um das Sorgerecht unseres Kindes kämpfen würden, hättest du ziemlich schlechte Karten«, sagte Lukas zu einem Bild von Lina, auf dem sie eindeutig verweint aussah. Sie hielt eine Hand nach vorne gestreckt, als wolle sie den Paparazzo abwehren. Auch die Überschriften der Artikel waren böse. Einige fassten das Geschehen mit der nötigen Ernsthaftigkeit zusammen, wie: *Postbotin versenkt Weihnachtspost im Dorfweiher* oder *Weihnachten fällt dank Postbotin ins Wasser.* Andere waren weniger gnädig: *Postbotin des Grauens. Diese Frau hat Weihnachten zerstört. Die*

Heiligabendcrasherin. Schöne Bescherung: Die Weihnachtspost ist abgesoffen.

Lina konnte einem irgendwie leidtun. Nein. Sie tat Lukas wirklich leid. Er wühlte sich fast eine Stunde lang chronologisch durch die vielen Zeitungsartikel. Bei einigen musste er unwillkürlich schmunzeln, andere fand er beschämend.

Unter zahlreichen Artikeln gab es noch Links zu jüngeren Berichten über das Dorf, doch Lukas war zu gefesselt von den Bildern über die traurige Lina, um sie zu beachten. Sie sah dort so anders aus. So vollkommen verzweifelt. Zerstört.

Letztlich kam er zu einem einzigen Schluss: Ja, Lina war total durchgeknallt. Sie hatte einen wirklich dummen Fehler begangen. Aber die Art und Weise, wie die Reporter ihre Story aufgebauscht hatten, war gemein. Das hatte wirklich niemand verdient.

Im Stillen bewunderte er sie dafür, überhaupt wieder auf die Beine gekommen zu sein. Viele Leute hätten nach solch einem Desaster den Job hingeschmissen und sich im Elend verkrochen. Lina schien das nicht getan zu haben. Stattdessen wirkte sie kämpferisch. Ungebrochen.

Sie war wahrhaftig eine würdige Gegnerin, die er keineswegs unterschätzen durfte. Gleichzeitig begann er sich Sorgen zu machen. Sie schien eine harte Zeit durchgemacht zu haben. Eine sehr harte Zeit. Was würde geschehen, wenn sie ihren Kater endgültig verlor?

4

Der geenterte Heiligabend in Frischhaltefolie

Lina

Lina knallte stöhnend den Kopf auf den Frühstückstisch. Sie hatte in der Nacht kaum geschlafen und sich unruhig hin und her gewälzt. Um fünf Uhr war sie aus dem Bett gekrabbelt, hatte sich völlig übernächtigt ihre Augenringe überschminkt und mit halb geschlossenen Lidern ihren Morgenkaffee geschlürft. Picasso hatte bereits vor der Tür um Einlass gemaunzt und lag nun in seinem Körbchen in der Küche und ignorierte sie und ihre Nervosität. Ganz die Katze. Wieso hatte sie keinen Hund geerbt?

Weil du Angst vor Hunden hast, beantwortete Lina ihre Frage in Gedanken selbst. Als Postbotin blieb das nicht aus. Der legendäre Kleinkrieg zwischen Hund und Briefträger beruhte leider auf Tatsachen.

Um ihre Stimmung zu heben, schaltete sie die Lichter vom Weihnachtsbaum an. Den hatte sie gestern Abend feierlich geschmückt, genau wie den Rest ihres Hauses. Zum ersten Mal seit ihrem Einzug war sie froh, die Stromrechnung bezahlt zu haben. Sie hatte dadurch zwar noch immer keine funktionierende Heizung, aber wenigstens funkelte die

Weihnachtsbeleuchtung und erzeugte eine heimelige Atmosphäre.

Für einen winzigen Moment entspannte sich Lina. Dann wurde ihr wieder bewusst, was für ein Tag ihr heute bevorstand. Heiligabend. Vor exakt einem Jahr hatte sie den Fehler ihres Lebens begangen. Ein Unglückstag. Da sie extrem abergläubisch war, hatte sie Angst vor den kommenden Stunden. Was, wenn ihr wieder ein ähnlicher Riesenfehler passierte? Wenn sie abermals alles verlor?

»Beruhige dich«, sagte sie laut zu sich selbst. »Reiß dich zusammen!« Sie hatte alles versucht, um ihre Arbeitsschicht mit jemandem zu tauschen. Da sie aber als Einzige in der Belegschaft weder Kinder noch Familie in der Nähe besaß, hatte sie schlechte Karten gehabt. Sie war gnadenlos eingeteilt worden, wobei ihr der Abteilungsleiter einen scharfen Blick zugeworfen hatte. »Keinen Blödsinn machen, Frau Meyer-Schulze. Sie sind noch auf Bewährung. Kontrollieren Sie Ihren Hang zum Chaos wenigstens an diesem einen Tag.«

Lina hatte kleinlaut genickt und sich ihrem Schicksal gefügt. Und jetzt war es so weit. Der Tag aller Tage war da. Ein eisiger Schauer rieselte ihr über den Rücken.

Entschlossen stand sie auf, wusch schnell die Tasse ab und stellte sie zu ihrem Teller auf die Ablage. Dann verließ sie das Haus und stellte sich ihren Dämonen. Picasso trabte noch halb schlafend neben ihr her und verabschiedete sie an der Ecke. Es schneite. Dicke weiße Flocken. Die Kinder waren bestimmt völlig aus dem Häuschen. Wer träumte nicht von weißen Weihnachten?

Ich, dachte Lina verstimmt. Es durfte gerne schneien. Aber erst nach Dienstschluss.

Früher hatte sie ihren Job geliebt. Sie genoss die frische Luft, mochte die kurzen Schwätzchen mit den Kunden und das Gefühl, Verantwortung zu tragen. Mit Briefen hatte Lina schon immer ein gutes Lebensgefühl verbunden. Urlaubspost, Brieffreundschaften, Liebesbotschaften und Gehaltsabrechnungen. Das bekam doch jeder gerne, oder? Natürlich überbrachte sie auch Rechnungen, aber meist sorgte sie dafür, dass die netten Briefe als Erstes ins Auge stachen. Das war ihre Art, den Menschen ein wenig Glück zu bringen.

Leider war der Glücksbote vor einem Jahr zu einem Pechvogel mutiert und hatte ein ganzes Dorf gegen sich aufgebracht. Dabei hatte Lina doch nur dieser kleinen schwarzen Katze ausweichen wollen! Der Rest war dramatische Geschichte. Ihre Nachbarn hatten die Sache mit der Katze als billige Ausrede abgetan. Lina hatte schließlich aufgegeben, sich wieder und wieder zu erklären, und war geflohen. Seitdem versuchte sie die Erinnerung an diesen schrecklichen Tag zu verdrängen. Daher öffnete sie auch nie die Briefe, die sie aus der alten Heimat erhielt.

Konzentrier dich, ermahnte sie sich. *Heute darf nichts schiefgehen!*

Den Rest des Tages hielt sie akribisch nach schwarzen Katzen Ausschau, überprüfte jede Adresse doppelt und überquerte Straßen nur mit äußerster Vorsicht. Wer einen Teich oder Weiher besaß, hatte Pech: Sie unterschlug derartige Briefe konsequent. Die würde sie erst nach Weihnachten ausliefern. Das konnte zwar Ärger geben, aber Lina ging auf Nummer sicher.

Normalerweise schaffte Lina ihren Bezirk in Rekordzeit. Sie war eine gute, trainierte Briefzustellerin. Heute jedoch nahm sie sich für jeden Haushalt besonders viel Zeit, sodass sie erst mit drei Stunden Verspätung am Postverteilzentrum in Monschau ankam. Es war ihr egal. Hauptsache, es war nichts schiefgegangen.

»Frohe Weihnachten, Lina!« Jemand war noch später dran als sonst. Ihre Kollegin Natascha. Sie hatte schon häufiger versucht, mit Lina Kontakt aufzunehmen, doch die hatte jeden Annäherungsversuch abgeblockt. Seit der Sache in ihrem alten Dorf mied sie fremde Menschen. Die Einzigen, mit denen sie noch immer regelmäßig schrieb und telefonierte, waren ihre Jugendfreundinnen.

»Dir auch frohe Weihnachten«, rief Lina Natascha zu und beeilte sich, ihr zu entkommen. Sie wusste, dass sich ihre Kollegin gerne mit ihr unterhalten würde. Sie war neu im Team und suchte Anschluss. Im nächsten Jahr, schwor sich Lina.

Auch auf dem Rückweg sicherte sie sich doppelt und dreifach ab. Sie hatte nicht vor, kurz vor ihrem Haus unter die Räder zu kommen. Doch zu Hause angekommen, musste sie feststellen, dass Picasso nicht wie sonst vor der Haustür auf sie wartete. Sie hatte sich erneut verspätet und bekam jetzt den Denkzettel dafür. Vermutlich war ihr Kater wie beim letzten Mal beleidigt zu Lukas gegangen. Verdammt.

Ausgerechnet heute musste er so etwas tun! Sie wünschte sich nichts sehnlicher, als sich mit dem Kater zusammen auf ihrer Couch zusammenzurollen, den Kamin anzufachen und dabei ein gutes Buch zu lesen. Dazu der leise fallende Schnee, die Weihnachtsbeleuchtung und der Geruch nach Zimtsternen. Okay. Nach gekauften Zimtsternen. Im alten Bollerofen garten bereits der Fisch und der Braten. Da hatte sie keinen Platz für selbst gebackene Zimtsterne.

Normalerweise munterte sie der Anblick ihres alten Fachwerkhauses auf. Ihr Heim, selbst wenn es ein wenig heruntergekommen aussah. Einerseits könnte es einen Anstrich, neue Dachschindeln und einen radikalen Beschnitt des Efeus gut gebrauchen, andererseits wirkte es dadurch ungezähmt. Als würde es sich um keine einzelne gesellschaftliche Norm kümmern.

Eine Weile blieb Lina einfach draußen stehen und betrachtete ihr Heim. *Es ist an der Zeit*, beschloss sie in dieser

Sekunde. Ab morgen würde sie ihre Starre abschütteln und ihr Leben endlich wieder in den Griff bekommen. Sie wollte die Trauer und den Frust der Vergangenheit endgültig hinter sich lassen. Und was gab es da Besseres als ein Projekt, das ihr alle Kräfte abverlangte?

In dieser Sekunde spürte sie wieder die Energie, die sie bei ihrem Zettelkrieg mit Lukas wahrgenommen hatte. Das Kribbeln im Magen, die gespannte Erwartung und das Gefühl, etwas Aufregendes zu beginnen. Diesmal wollte sie den Elan festhalten und nicht erneut verlieren.

Sie holte ihr Handy hervor und rief ihre Jugendfreundin Marleen an. Die fröhliche Blondine hatte sich am Gymnasium zu ihr und ihrer Sandkastenfreundin Anna gesellt. Gemeinsam hatten sie ein von Lehrern und Erwachsenen gleichermaßen gefürchtetes Trio gebildet.

Marleen ging nach dem dritten Klingeln ran, und bevor sie einander überhaupt begrüßen konnten, sagte Lina feierlich: »Ich habe einen Chaosschub.« Das war ihr Geheimcode für: Wir müssen reden. Sofort.

»Ohhhh-ha«, brummte Marleen. »Moment! Ich muss nur kurz zwanzig Tüten sortieren, bevor wir weitertelefonieren können.«

Besorgt kniff Lina die Augen zusammen und lauschte. Tatsache. Im Hintergrund hallte es, Menschen redeten durcheinander, Türen wurden geknallt, Leute brüllten sich gegenseitig etwas zu, Verkäufer priesen ihre Waren an.

»Sag mir nicht, dass du gerade deine Weihnachtseinkäufe an Heiligabend erledigst«, seufzte Lina.

»Na klar. Vorher habe ich es nicht geschafft. Ich habe noch eine Stunde bis zum Ladenschluss. Massig Zeit. Für Mama und Papa habe ich bereits was, Daniel und Oskar bekommen jeder das Gleiche, da weiß ich schon, was ich kaufen muss. Tonja und Aaron wünschen sich Geld, was ich nur begrüßen kann. Oma und Opa erhalten wie jedes Jahr irgendeinen Bestseller in Großbuchstaben und äääāh … bei dir und Anna kann ich mir ja noch Zeit lassen. Wann sehen wir uns überhaupt mal wieder?«

»Wenn wir drei unsere Leben in den Griff bekommen haben. Also im Altenheim«, entgegnete Lina und musste lachen, als sie das Piepen einer Kasse hörte. Anscheinend bezahlte Marleen gerade.

»So«, brummte ihre Freundin einen Moment später. »Für Torben hab ich jetzt auch was. Ist nicht besonders originell, aber einen Schlips kann man ja immer gebrauchen.« Torben und Marleen waren seit vier Jahren zusammen, und seit vier Jahren bekam der arme Torben einen Schlips zu Weihnachten. Immerhin blieb Marleen ihrer Linie treu. »Was gibt es? Schieß los!«

»Ich werde Tante Charlys Haus renovieren. Ab morgen«, erklärte Lina und streckte dabei stolz die Brust raus.

Marleen schien wenig beeindruckt. »Das erzählst du uns seit einem Jahr. Und seit einem Jahr erzählen wir dir, dass du dringend was gegen die Ameisenhorde tun musst, die im Sommer durch deine Küche marschiert. Von den tausend Killerspinnen und der Kellerasselarmee ganz zu schweigen.«

Typisch Marleen. Sie hatte eine echte Ungezieferphobie. Ein einziges Mal hatte sie Lina in ihrem geerbten Haus besucht. Seitdem quartierte sie sich im nahe liegenden Hotel ein. Für sie war schon jeder kurze Besuch wie ein Abenteuerurlaub im Dschungel.

Lina überging Marleens unqualifizierte Bemerkung und hüpfte stattdessen beschwingt die Eingangsstufen hinauf. Die Bohlen knarzten und knackten unter ihrem Gewicht.

»Hörst du das Geräusch? Das ist pures Nachhausekommen! Die Eingangsstufen heißen mich willkommen«, erklärte Lina im Brustton der Überzeugung.

»Sie wollen dich wohl eher warnen, dass sie bald nachgeben werden und du bis zum Erdkern purzelst. Meinst du, dass Onkel Erwin einen rosa Pullover mit Herzchen drauf tragen kann? Der ist runtergesetzt auf neun Euro. Wir dürfen ja nur maximal zehn Euro ausgeben für jeden.«

»Hat dein Onkel nicht rote Haare?«, fragte Lina vorsichtig. Sie schloss die Tür auf, und das Knarren der Haustür war wie Musik in ihren Ohren. Warum hatte sie es bislang noch nie vernommen? Ihre Schritte auf dem alten Parkett schienen der passende Takt und das beständige Knacken des arbeitenden Holzes die Untermalung zu sein. Wunderschön!

»Stimmt. Aber der blaue ist zu teuer. Ach, was soll's. Ich kaufe ihm auch eine Krawatte.«

Lina blieb stehen und musterte die vielen Kratzer auf dem Boden. Ihr Vater hatte darüber stets geschimpft und sich lustig gemacht, um Tante Charly zu ärgern.

»Mhmm«, murmelte Lina abgelenkt von ihrem Flur. In den letzten Tagen war er Lina alt und schäbig vorgekommen, heute erkannte sie endlich, was Tante Charly immer mit den Worten »Das ist nicht alt und hässlich – das hat Charakter« gemeint hatte. Allerdings musste Lina zugeben, dass die Dielen wirklich gemeingefährliche Krater aufwiesen. Teilweise waren sie durchgebrochen, und die bröselige Bauschuttisolierung kam zum Vorschein. Das musste sie dringend in Angriff nehmen! Zwar nicht heute, aber bald.

»Zurück zu deinem Chaosschub: Du willst also endlich renovieren? Kannst du das überhaupt?«, meldete sich Marleen wieder.

»Nö. Aber das kann ich ja alles lernen. Wo ein Wille ist, ist auch ein Weg.« Beschwingt lief Lina in die Wohnküche und setzte sich an den Schreibtisch. Beim Klicken des Kugelschreibers seufzte Marleen abermals tief auf.

»Sag nicht, du schreibst wieder eine deiner gefürchteten To-do-Listen, die dann doch an deiner Pinnwand vergammeln.«

»Diesmal vergammelt hier gar nichts. Diese Liste wird mein Meisterwerk. Mein Eintritt in ein neues Leben. Und läster du mal nicht über meine Listen. Wenigstens versuche ich, Ordnung ins Chaos zu bringen.«

»Ich lebe halt das Chaos.« Marleen lachte herzhaft. »Mein Akku ist gleich leer. Ich habe schon mit Anna telefoniert. Sie erwartet deinen Anruf, also …«

Tuuuuuuut. Die Verbindung war weg.

Für Lina war das völlig normal. So ziemlich jedes Gespräch mit Marleen endete abrupt. Entweder ihr fiel das Handy in den Teich, sie wurde angefahren, es plumpste in die Badewanne oder wahlweise auch ins Klo, oder der Akku war eben leer. Mit Aufladen hatte es Marleen nicht so.

Lina legte ihr Handy zur Seite und begann mit Feuereifer, ihre Liste zu schreiben. Solange es kalt war, würde sie den Garten nicht auf Vordermann bringen können. Also konzentrierte sie sich auf das Innere des Hauses. Da war schon genug zu tun.

Treppe ausbessern, Küche entrümpeln, Dielen abschleifen, Türrahmen streichen, Fenster putzen, vertrocknete Zimmerpflanzen entsorgen, Steckdosen erneuern, Tapete abreißen, Gardinen waschen, Möbel entstauben.

Alles, was Geld kostete, umkringelte sie, nummerierte es durch und notierte auf den nächsten Seiten ihres Blockes eine grobe Kostenaufstellung. Ob die Preise wirklich stimmten, wusste sie nicht, aber sie ließ sich einfach von dem tollen Gefühl tragen, zu planen und zu überlegen.

Sie stöpselte den alten Schallplattenspieler ein, legte die einzige Schallplatte auf, die Tante Charlotte besessen hatte (Rolf Zuckowskis *Zeit für Kinder, Zeit für uns*), und drehte die Musik voll auf. Mit dieser musikalischen Unterstützung machte sie sich auf in die verschiedenen Räume, um dort eine Bestandsaufnahme durchzuführen. Besonders in Tante Charlys Werkraum wurde sie fündig.

Jede Menge Farbe. Lina hatte keine Ahnung, ob Leinwandfarbe auch auf alten Hauswänden hielt, aber sie würde das schon herausfinden. Einen uralten Schleifer entdeckte sie auch, ebenso Schmirgelpapier von sehr fein bis fein. Vermutlich für Gipsplastiken. Ob man damit auch Türrahmen abschmirgeln konnte? Bestimmt.

Sie beschäftigte sich noch gut zwei Stunden, bis es Zeit für sie wurde, ihr Weihnachtsfestessen anzurichten. Den Großteil hatte sie bereits gestern vorbereitet, um heute mehr Zeit für sich zu haben. Eigentlich musste sie nur noch den Kartoffelsalat umrühren, die Temperatur im Bollerofen kontrollieren und den Milchreis auf den Herd stellen. Sie hatte sich in diesem Jahr für Tante Charlys chaotisches Weihnachts-Sechs-Gänge-Menü entschieden und es aus dem Kopf nachgekocht. Etwas, das mit den ihr zur Verfügung stehenden Mitteln zwar nicht einfach, aber durchaus machbar gewesen war.

Erst als Lina das Festmahl auf dem Esstisch angerichtet hatte, kam die Ernüchterung. Picassos Fisch lag unberührt in seinem Napf, die anderen Stühle am Tisch blieben leer. Natürlich hatte sie die ganze Zeit gewusst, dass sie Heiligabend allein verbringen würde. Es zu wissen und es zu spüren, machte allerdings einen großen Unterschied aus.

»Das wird der letzte Heiligabend ohne Gesellschaft«, schwor sie sich. Sie ärgerte sich stumm über sich selbst. Da schlich sie sich wieder an. Die Melancholie. Die Angst vor der Einsamkeit. Die Langeweile.

Nein! Lina sprang auf, warf ihre Serviette auf den Teller und schnappte sich ihren Mantel. Sie wusste genau, wer fehlte. Mit Picasso an ihrer Seite war alles halb so schlimm.

Aber der Katzenklauer hatte ihn stibitzt. Er hatte sich nicht an seine Zeiten gehalten und beanspruchte ihren Kater ausgerechnet an diesem schwierigen Tag für sich. Damit war jetzt Schluss!

Im Gehen zog sie sich Stiefel und Jacke an, dann war sie auch schon draußen, um mit großen Schritten zu Lukas hinüberzustapfen. Das Haus war erneut hell beleuchtet, allerdings schienen keine Weihnachtslichter. War Lukas etwa nicht nur ein Katzendieb, sondern obendrein ein Weihnachtsmuffel?

Sie klingelte abermals Sturm und wählte dafür die Melodie aus Krieg der Sterne. Das ließ sich so schön dramatisch morsen. Außerdem passte es perfekt zu ihrer Stimmung.

Ein Seufzen hallte durch die Sprechanlage. Dann folgte ein »Lina, was kann ich so dringend für dich tun?«.

»Mach auf!«, schrie Lina. Der konnte was erleben.

»Ich glaube, ich verzichte«, kam es trocken zurück.

Lina brauchte einen Moment, um das Gehörte zu verdauen. »Na schön! Dann halt auf die harte Tour«, erklärte sie und begann, am Tor hochzuklettern. Das stellte sich als deutlich höher heraus als erwartet, doch aufgeben war keine Option. Wenn sie einmal in Fahrt war, dann richtig. Sie hatte allerdings nicht damit gerechnet, dass Lukas das Tor doch noch öffnen würde. Fast hätte sie den Halt verloren, als sie am Gitter hängend in den Garten schwenkte.

Sie fluchte erneut, hangelte sich vorsichtig wieder nach unten und joggte hinüber zum Haus. Ihr taten die Arme von der ungewohnten Kletterpartie weh, aber das ignorierte sie. Völlig aus der Puste kam sie bei der Haustür an, vor der Lukas bereits wartete.

»Gib Picasso her!«, keuchte sie. »Sofort!«

»Dein Auftritt war wirklich filmreif und hat Applaus verdient. Leider hast du mich dennoch nicht überzeugt. Sag mal, tickst du noch ganz richtig? Das ist Hausfriedensbruch!«

»Dann ruf doch die Polizei. Die kann dich gleich festnehmen. Wegen Diebstahl, Entführung und illegalem Festhalten einer Katze!«

Entschlossen schlüpfte Lina unter Lukas' Arm hindurch in den Hausflur. Seinen Protest ignorierte sie einfach, denn sie hatte soeben Picasso entdeckt. Der saß seelenruhig auf einem Stuhl direkt am langen Esstisch und bewachte eine … Tiefkühlpizza?!

»Du isst Tiefkühlpizza an Heiligabend?«, fragte Lina entsetzt. Sie wirbelte herum und sah Lukas vorwurfsvoll an. »Ich habe ja geahnt, dass du ein schlechtes Vorbild für meine Katze bist. Aber das ist wirklich unglaublich!«

Lukas starrte sie an. Eine Sekunde, zwei, drei. Offenbar hatte es ihm die Sprache verschlagen. Gut so. Sie benötigte auch gar keine Antwort.

Mit großen Schritten war sie beim Kater, schnappte ihn sich und wollte an Lukas vorbei zur Haustür stürmen, doch der erwischte sie am Ellbogen und riss sie zurück.

»Was hier unglaublich ist, ist dein Auftritt«, sagte er scharf. »Was glaubst du, was du hier tust?«

»Meine Katze vor dem Grinch retten!«

»Karlo ist keineswegs deine … egal. Mit dieser Diskussion kommen wir eh nicht weiter. Aber erinnerst du dich an unsere Abmachung? Wir lassen den Kater entscheiden, wo er leben möchte. Karlo kam freiwillig zu mir und ist aus eigenem Antrieb hiergeblieben. Du hast kein Recht, ihn gegen seinen Willen fortzuschleppen. DAS ist nämlich Entführung.«

»Er ist zurzeit in der Pubertät und weiß nicht, was gut für ihn ist. Du bist jedenfalls kein Umgang für ihn, daher nehme ich ihn jetzt mit.« Lina versuchte sich loszureißen, hatte damit aber kein Glück. Lukas war kräftig. Viel kräftiger als sie. »Lass mich los! Ich habe den weißen Gürtel im Karate im Schrank hängen!«

»Huuuu! Ich erzittere. Ist das nicht der Gürtel für die Anfänger? Und hängt er nur im Schrank, oder hast du ihn dir auch verdient? Lass den Kater hier, oder ich hetze dir meine Anwälte auf den Hals!«

Lina wollte gerade zu einer hitzigen Erwiderung ansetzen, da hieb Picasso seine Krallen in ihre Hand. Sie schrie erschrocken auf, hielt ihn jedoch weiter fest. So schnell gab sie nicht auf! Niemals! Jetzt zappelte der Kater noch vehementer, fauchte empört und zerkratzte ihr die andere Hand. Dabei wand er sich wie ein Aal. Das war zu viel. Lina musste loslassen, und Picasso flitzte mit gesträubtem Fell los, quer über eine mit einer Vase dekorierte Fensterbank. Es gab einen ohrenbetäubenden Lärm, als das Porzellan auf dem Boden zerschellte. Picasso juckte das nicht. Er hangelte sich eine teuer aussehende Samtgardine hinauf, rutschte ab, hinterließ einen langen Schlitz im Stoff und rettete sich letztlich auf den höchsten Kratzbaum.

Stille trat ein, lediglich unterbrochen vom laufenden Fernseher. Dort lief der Actionfilm *Stirb langsam*. Jemand wurde gerade erschossen. Die perfekte Untermalung für diesen schrecklichen Moment.

Lukas starrte zunächst die Scherben auf dem Boden, dann den Schlitz in der Gardine, die fauchende Katze in luftiger Höhe und letztlich Linas Blutstropfen auf seinem Fußboden an.

Die zog den Kopf ein. »Sorry«, sagte sie leise. »Das war mein Heiligabendpech. An diesem Tag passiert mir immer ein Unglück.«

»Ich kann mir gar nicht erklären, wieso«, erwiderte Lukas trocken. Dann tat er etwas Merkwürdiges. Lina hätte schwören können, dass er sich zunächst um die Scherben kümmern würde, doch stattdessen ergriff er behutsam ihre verletzte Hand und bedeutete ihr, sich zu setzen. Er betrachtete die tiefen Kratzer. »Sieht fies aus«, merkte er an.

»Ist auch fies. Brennt wie die Hölle.«

»Das hast du auch verdient. Hier. Drück das drauf. Ich hole den Erste-Hilfe-Kasten.« Er gab ihr ein Taschentuch und lief in die Küche.

Lina biss sich auf die Lippen und kämpfte mit den Tränen. Sie hatte ein Fiasko angerichtet. Schon wieder.

Schweigend ließ sie sich von Lukas verarzten. Er kniete sich vor sie, nahm ihre Hand und tupfte das Blut mit einem in Jod getränkten Wattebausch ab. Ein kurzer heftiger Schmerz durchfuhr sie.

»Tut mir leid wegen deiner Vase«, murmelte Lina zwischen zusammengebissenen Zähnen. Sie musste einfach was sagen. Die Stille war unerträglich.

»Ich bin sicher, Tante Dorothee wird dir verzeihen. Sie hat diesen Fußboden selbst ausgesucht. Es macht ihr bestimmt nichts aus, darüber verteilt zu sein.«

Lina spürte, wie ihr das Blut in den Magen sackte. »Das … das war eine Urne?« Panisch sprang sie auf. »Wir müssen deine Tante sofort einsammeln! Hast du eine Ersatzvase? Ein großes Einmachglas? Eine Tupperdose tut es zur Not auch.«

Lukas sah sie verdutzt an, dann lachte er leise. »Das war ein Scherz, Lina. Beruhig dich. Ich hab keine Ahnung, was das für eine Vase war. Ich hab sie vom Vormieter gekauft. Es ist ganz bestimmt keine Urne. Und jetzt setz dich wieder.«

Lina gehorchte ganz automatisch, eher erleichtert als verärgert über Lukas' Scherz auf ihre Kosten. Der schmunzelte immer noch vor sich hin. »Du hättest Tante Dorothee ernsthaft in einer Tupperdose untergebracht?«, fragte er schließlich amüsiert.

»Besser, als auf dem Boden verstreut herumzuliegen.«

»Auch wieder wahr.« Lukas hatte die Wunde nun ausreichend desinfiziert und klebte ihr ein großes Pflaster über eine besonders tiefe Schramme. Es waren Dinosaurier draufgedruckt.

»Ist das auch vom Vormieter?«, erkundigte sie sich.

»Jupp. Ich glaube, er hatte Kinder.«

»Gibt es auch etwas in diesem Wohnzimmer, das du nicht vom Vorbesitzer übernommen hast?«

Lukas überlegte kurz, dann deutete er mit dem Finger auf die Pizza. »Das Essen hab ich besorgt, die Katzenutensilien sind neu, und die Palme in der Ecke wohnt erst seit ein paar Wochen hier.«

Lina betrachtete das halb verdorrte Gestrüpp. »Es war ein echter Glückstag für die Palme, als sie hier einziehen durfte«, sagte sie trocken. Sie sah sich suchend um. »Für einen Weihnachtsbaum ist dir dann das Geld ausgegangen?«

Lukas zuckte mit den Schultern. »Ich bin eh kaum zu Hause. Eigentlich nur abends. Ein Weihnachtsbaum ist unnötig. Ich feier ohnehin nicht.«

»Offensichtlich. Das erklärt zumindest die Pizza. Du hast es dir wirklich gemütlich gemacht.«

»Hey, wenigstens arbeite ich nicht, sondern sitze ganz gediegen mit meiner Katze am Esstisch und schaue einen Film an, den ich schon tausendmal geguckt habe.« Lukas stand auf und räumte das Verbandsmaterial in den Kasten zurück. Dabei wirkte er völlig entspannt –, als sei es total normal, Weihnachten allein zu verbringen.

»Keine Familie?«, fragte Lina vorsichtig.

»Meine Eltern und meine Schwester samt Anhang leben in Hamburg. Vermutlich feiern sie zusammen, aber das weiß ich nicht genau. Ich selbst bin solo unterwegs. Keine Frau, keine Kinder, nur eine Katze.«

Das war eine klare Kampfansage. Doch Lina überging die Steilvorlage. »Ich dachte ja, ich würde das erbärmlichste Weihnachtsfest der Welt verbringen. Aber du toppst alles.«

Lukas brummte vor sich hin und brachte den Verbandskasten zurück in die Küche. »Und was machen wir jetzt?«, fragte er, nachdem er zurückgekommen war. Dabei deutete er auf den noch immer empörten Picasso. »Ich glaube nicht, dass Karlo freiwillig mit dir mitgehen wird. Du hast ihn verärgert.«

Das sah Lina genauso. Sie ließ den Kopf hängen, stand auf und schlurfte Richtung Haustür. »Ich geh dann wieder«, murmelte sie.

Lukas folgte ihr. Sie war gerade im Begriff hinauszutreten, als er leise aufseufzte. »Okay, na schön, du hast gewonnen. Wenn du willst, darfst du hierbleiben, bis der Kater von seinem Kratzbaum runterkommt. Vielleicht geht er dann ja mit dir mit. Bis dahin kann ich dir gerne eine Tiefkühlpizza in den Ofen schieben.«

»Ehrlich?« Lina war sprachlos, fing sich aber schnell wieder. Sie wusste aus Erfahrung, dass man unverhoffte Angebote möglichst rasch annehmen musste. Sonst verfielen sie. Allerdings war sie noch misstrauisch. »Ist das eine Falle?«

»Ich wüsste nicht, welche. Keine Sorge. Ich stelle dir die Pizza nicht in Rechnung und beanspruche keineswegs den Kater für mich allein.«

Lina zögerte noch immer. Das Angebot war verlockend. Sie wollte wirklich gerne bei Picasso bleiben. Ihr prall gefüllter Esstisch mit den tollsten Leckereien samt leuchtendem Weihnachtsbaum daneben war nur halb so schön ohne ihren Kater. Auf der anderen Seite erzeugte Lukas' Wohnzimmer null Weihnachtsstimmung.

Weihnachten alleine oder kein Weihnachten mit Kater? Schwierige Entscheidung. Es sei denn …

»Ich nehme das Angebot an«, sagte sie feierlich. »Allerdings verzichte ich auf deine Tiefkühlpizza und bin in zehn Minuten zurück. Bis gleich!«

Mit diesen Worten flitzte sie los und spürte, wie die Trauer in ihrem Herzen einer wohligen Wärme wich. Sie wusste, dass sie gerade eine ihrer chaotischen Ideen hatte, die Tante Charly vor Verzückung hätte auf und ab hüpfen lassen. Lina würde Weihnachten retten. Ihres und das von Picasso. Und selbst wenn er das vermutlich zunächst nicht so sah, auch das Fest von Lukas.

Lukas

»Das war eine ganz doofe Idee«, murmelte Lukas zu sich selbst. Linas Gesicht hatte sich derart aufgehellt, dass er sofort misstrauisch geworden war. Was hatte sie vor? Er kannte sie kaum, war sich aber einer Sache vollkommen sicher: Diese Frau hatte nicht mehr alle Tassen im Schrank.

Dummerweise hatte sie seine Neugierde geweckt. Anstatt also sorgsam das Tor hinter ihr zu verschließen und sich mit Karlo im Haus zu verbarrikadieren, wartete er geduldig auf ihre Rückkehr.

Um sich abzulenken, räumte er die Scherben weg, schaltete den Fernseher aus und versuchte, Karlo vom Kratzbaum herunterzulocken. Keine Chance. Der Kater hatte schlechte Laune.

Es klingelte. Das musste Lina sein. Ein Blick in die Außenkamera ließ Lukas allerdings stutzen. Was hatte sie da bei sich? Stirnrunzelnd sah er genauer hin. Es sah aus wie ein Bollerwagen und … Das durfte nicht wahr sein!

Für einen winzigen Moment weigerte sich sein Gehirn, den Summer zu betätigen. Ihm war nur allzu klar, dass er damit dem Chaos Tür und Tor öffnete. Doch sein Herz rebellierte, und seine Neugierde verpasste ihm eine deftige Kopfnuss. Also öffnete er das Tor und wartete ergeben an der Haustür.

Es rumpelte, als Lina einen alten, recht klapprigen, aber dafür riesigen Bollerwagen über den Weg zog. Das mit kleinen Sternchen geschmückte Gefährt schlingerte bedrohlich hin und her, doch das stoppte Lina nicht. Keuchend hielt sie vor den Treppenstufen zur Eingangstür an.

»Kannst du mir mal tragen helfen?«, rief sie zu ihm hoch.

Lukas konnte durchaus. Die Frage war, ob er wollte. Doch als er in ihre riesigen schokobraunen Augen blickte, gab er sich geschlagen. Außerdem schwebte ein verführerischer Duft zu ihm empor. Es roch nach Rotkohl und Braten.

Also zog er sich Schuhe und Mantel über und lief die Stufen zu ihr hinunter. Lina hielt ihm bereits einen großen Topf und mehrere Tüten entgegen. »Vorsicht mit der Suppe«, warnte sie und wedelte mit der Hand, als er neben ihr stand und das Teil auf dem Bollerwagen anstarrte.

»Ist das ein mit Frischhaltefolie umwickelter Weihnachtsbaum?«, fragte er, als er seine Sprache wiedergefunden hatte.

Lina folgte seinem Blick und grinste. »Klar. Geschmückt, wie er war, hätte ich ihn sonst nicht transportieren können. Geh schon mal vor. Ich komme hinterher.« Sie bückte sich und hob den Weihnachtsbaum vom Bollerwagen, sodass sie komplett dahinter verschwand.

»Nun mach schon«, forderte sie ihn erneut auf. »Der ist schwer!«

»Dann lass ihn stehen. Ich hole ihn später.«

»Neee. Tust du nicht. Ich hab deinen entsetzten Gesichtsausdruck gesehen. Du wirst dich weigern, mich und den

Baum bei dir reinzulassen. Also gehe ich auf Nummer sicher und folge dir dicht auf den Fersen.« Sie stolperte hinter ihm her und hätte fast die erste Treppenstufe übersehen. Langsam und ächzend quälte sie sich Stufe für Stufe hinauf. Lukas schüttelte den Kopf.

An der Haustür prallte sie erst einmal gegen den Türrahmen, manövrierte sich dann hindurch und setzte den Baum wenig später genau zwischen Wohn- und Essbereich ab. Dabei wirkte sie sehr zufrieden mit sich und der Welt.

Lukas lud die restlichen Mitbringsel zunächst auf dem Esstisch ab, ehe er sich Lina und dem Baum zuwandte. Unter der dicken Schicht aus Frischhaltefolie erahnte er rote Kugeln, ein paar Strohsterne und eine Lichterkette. Sie begann damit, die Folie vorsichtig vom Baum zu wickeln. Nadeln segelten zu Boden, Kugeln polterten hinterher, und das gesamte Konstrukt wackelte bedenklich.

Lukas beschloss, die Show einfach zu beobachten und sich herauszuhalten. Er setzte sich auf einen Stuhl, zog sein Bier heran und sah amüsiert dabei zu, wie sich Lina abmühte. Nachdem die Folie entfernt war, sortierte sie den reichlich zerrupften Baum, rückte die Lichterkette zurecht und sah sich suchend um.

»Eine Verlängerungsschnur findest du neben dem Fernseher«, bemerkte Lukas.

Nur wenig später erstrahlte der Baum in … blinkenden bunten Lichtern. Lukas gab einen erstickten Laut von sich. Hilfe!

Lina wirkte etwas schuldbewusst. »Ich habe die hübschen weißgoldenen Lichter leider schon Anfang Dezember bei mir zu Hause aufgehängt. Das hier war die einzige Kette, die noch übrig war. Sie ist zwar bunt und blinkt, erzeugt aber auch Fröhlichkeit.«

»Vor allem ist sie hässlich.«

Lina ignorierte seinen Einwand und klatschte in die Hände. »Punkt eins ist damit abgehakt. Der Weihnachtsbaum steht.« Sie kam zu ihm zurück, zog die größte Tüte heran und förderte eine Weihnachtsgirlande zutage. »Punkt zwei: die Weihnachtsdeko. Wo kann ich die aufhängen?«

»Gar nicht?«

Er hätte auch gut Chinesisch reden können. Sie ignorierte ihn und spannte die Girlande, ohne mit der Wimper zu zucken, quer durch den Raum zwischen Kratzbaum und Stehlampe. Sie kam zum Tisch zurück, zerknüllte die leere Tüte und wandte sich den anderen Beuteln zu. Zugegebenermaßen war Lukas durchaus neugierig, was sie sonst noch eingepackt hatte. Sie musste in Rekordtempo alles zusammengesucht haben.

Wenig später lag eine Tischdecke mit aufgedruckten Tannenbäumen auf seinem hochmodernen Hochglanztisch. Darauf platzierte sie fröhliche Rentierteller mit passenden Gläsern in Rentieroptik samt Rentierkerzenständer. Ein roter Weihnachtsstern vervollständigte seinen Eindruck, in einem kitschigen Weihnachtsfilm gefangen zu sein.

Als er jedoch entdeckte, was für Köstlichkeiten Lina auch noch eingepackt hatte, verkniff er sich jede Bemerkung über ihre Deko. Unter anderem kamen Klöße, eine ganze Weihnachtsgans, Kartoffelsalat und ein herrlich duftender Karpfen zum Vorschein. Als Nachtisch hatte sie Milchreis mit dabei.

»Welche Armee wolltest du denn verköstigen?«, fragte er amüsiert.

»Hey, spotte nicht über mein Sechs-Gänge-Menü. Ich hab das Essen für eine ganze Fußballmannschaft, du dafür den passenden Tisch.« Sie musterte sein Bier. »Allerdings passt das da weniger zum Essen. Hast du auch was Stilvolleres?«

Lukas sah anklagend auf die Rentierdeko, bemerkte dann

aber ihre funkelnden Augen. Besser, er machte sich jetzt nicht darüber lustig. »Ist Wein angemessener?«, fragte er betont freundlich.

»Der wäre perfekt. Da wir mit der Bouillon beginnen, wäre ein Weißwein gut. Sauvignon blanc zum Beispiel. Den könnten wir dann auch zum Karpfen genießen. Für die Gans müssten wir dann auf Rotwein umsteigen. Ein kraftvoller Wein wäre meine Wahl. Und für den Milchreis bitte einen süßen Dessertwein.« Sie sah ihn erwartungsvoll an.

»Wie? Den Wein hast du nicht gleich mitgebracht?«

»Nein. Für so was hab ich kein Geld. Du siehst aber aus, als würdest du einen gut gefüllten Weinkeller dein Eigen nennen.«

Lukas gab sich geschlagen. Sie hatte ja recht. Er hatte wirklich eine große Auswahl an Wein. Also ging er los und holte die gewünschten Sorten. Lina saß bereits am Tisch und schöpfte die Suppe in tiefe Teller.

Als er ihr formvollendet einschenkte, sah ihn Lina feierlich an. »Danke, dass ich dich überfallen durfte. Ich versichere dir, du wirst es keineswegs bereuen!«

Tatsächlich machte Lukas Linas Eindringen in seine Privatsphäre erstaunlich wenig aus. Vor allem, weil er nichts Besseres vorgehabt hatte. Ihm war nur allzu bewusst gewesen, dass es armselig war, Heiligabend alleine zu verbringen. Das hier war zwar seltsam, aber auf eine erfrischende Art unterhaltsam.

»Ich hoffe, du kochst besser, als du Weihnachtsbäume schmückst«, entgegnete er ausweichend, woraufhin Lina fast wölfisch grinste.

»Glaube mir: Du wirst begeistert sein!«

Das war er tatsächlich. Die Suppe war hervorragend und schmeckte selbst kalt. Den Karpfen und den Braten schoben sie solange noch einmal in den Ofen.

Und mit jedem Gang entspannte sich Lukas mehr. Lina erwies sich wie erwartet als total durchgeknallt, aber sie war auch ziemlich witzig. Je mehr Wein floss, desto lockerer wurden sie.

Als sie beim Milchreis angekommen waren, zogen sie vor den Kamin um. Karlo war mittlerweile von seinem Hochsitz runtergekommen und kuschelte sich zufrieden neben Lina. Die wirkte auf Lukas' riesiger Couch fast ein bisschen verloren. Verloren und … niedlich.

Sein Herz klopfte unwillkürlich ein ganz klein wenig schneller. Was war das denn jetzt bitte? Hastig rief er sich zur Raison. Lina sexy zu finden, war eine Sache, sie als niedlich anzusehen, eine ganz andere.

Er wollte gerne mehr über sie erfahren. Viel mehr.

»Also schön. Warum verbringst du Weihnachten ganz allein? Du wirkst eher wie jemand, der Gesellschaft liebt«, fragte er sie daher.

»Meine Eltern wohnen in Bayern, und ich musste heute arbeiten. Alle meine Freunde feiern mit ihren Familien. Ich konnte nirgendwohin.«

Lukas spürte, dass das nur die halbe Wahrheit war. Er hütete sich jedoch, genauer nachzuhaken. Dafür kannten sie sich einfach nicht gut genug.

»Und warum kochst du für eine ganze Armee? Kommen morgen noch Verwandte?«

Lina nahm erst einen tiefen Schluck vom Wein, bevor sie antwortete: »Ich bin eigentlich überzeugte Vegetarierin. Nur an Weihnachten mache ich eine Ausnahme. Ich kaufe mir eine Gans vom Bauern, die ein glückliches Leben hinter sich hat, bereite mir ein Festessen zu und friere den Rest ein. Das ist übrigens Henriette gewesen.« Sie grinste breit, als er sich an seinem Wein verschluckte. »Nein, das war Spaß. Ich weiß nicht, wie sie geheißen hat. Ich weiß nur, dass sie schon recht alt war. Deshalb war sie auch so zäh. Sorry dafür. Den Karpfen habe ich selbst geangelt. Den musste ich daher schnell aufessen, um die Beweise zu vernichten. Einen Angelschein habe ich nämlich nicht.« Sie gluckste fröhlich vor sich hin.

Lukas hatte bereits mit solch einer seltsamen Antwort gerechnet. Aber irgendwie gefiel ihm Linas Art zu denken – unkonventionell, kompliziert und eigenwillig.

Sie schwiegen einen Moment und sahen dem prasselnden Feuer zu, wie es einen Holzscheit nach dem nächsten verschlang. Es herrschte eine gemütliche Atmosphäre. Und doch spürte er, dass sich da etwas zwischen ihnen aufbaute. Noch konnte er es nicht benennen, aber es war da. Ein Knistern ähnlich wie das des Feuers. Keine triviale Leidenschaft oder heißes Begehren. Es war unterschwelliger. Sanfter.

Ein Gefühl, das er so überhaupt noch nie gespürt hatte. Als zwinge ihn zum ersten Mal in seinem Leben ein anderer Mensch zur Ruhe. Ja, das war es! Lina war zwar quirlig und aufregend, aber sie forderte dabei nichts von ihm. Sie ruhte in sich.

Die meisten Frauen fingen irgendwann an, mit ihm zu flirten, was Lukas unangenehm fand. Er wusste, dass er gut aussah und viele Frauen auf ihn standen. Für ihn war das aber eher nervig, weder brauchte noch wollte er ihre Anerkennung.

Lina hingegen machte keinerlei Anstalten, näher zu rücken, ihm geheimnisvolle Blicke zuzuwerfen oder aufreizend an ihren Haaren zu zwirbeln. Sie saß ein kleines Stück neben ihm und versank fast in seiner Couch. Eine Decke lag über ihren Knien, bei der er sich fragte, woher sie eigentlich stammte. Hatte er sie auch vom Vormieter übernommen? Oder hatte Lina sie etwa ebenfalls in ihrem Bollerwagen mitgeschleppt?

Als das Feuer runtergebrannt war, sahen sie sich gemeinsam den dritten Teil von *Stirb langsam* an. Zu seiner Überraschung überredete Lina ihn zu einem Trinkspiel. Jedes Mal, wenn Bruce Willis einen weiteren Kratzer abbekam, mussten sie einen tiefen Schluck Wein nehmen. Hing sein Hemd in Fetzen, waren es sogar zwei.

Als der Abspann lief, bemerkte Lukas, dass er viel zu viel getrunken hatte. Das war ihm seit Jahren nicht passiert, doch komischerweise gefiel es ihm, sich mal gehen zu lassen.

Lina reckte sich neben ihm, faltete ordentlich die Decke zusammen und stand auf. »Hasschu Frischhaltefolie?«, erkundigte sie sich undeutlich. Auch sie hatte einiges intus.

Lukas ging in die Küche und kam mit einer Packung zurück. Ihm war längst klar, was sie vorhatte. Gemeinsam umwickelten sie den Baum, damit Lina ihn wieder mitnehmen konnte. Dabei kicherten sie wie kleine Kinder. Wer eine Kugel fallen ließ, musste erneut einen Schluck trinken.

»So«, lallte Lina nach einer Weile. »Abfahrbereit. Warrschönn mit dir.« Sie gab ihm eine wirre Mischung aus Umarmung und Knuff gegen die Schulter und hielt ihm die Tür auf. Diesmal durfte er den Baum nach unten tragen und auf ihrem Bollerwagen verstauen.

»Picasssssssoooo, kommm«, rief sie dem Kater zu. Der huschte tatsächlich an Lukas' Beinen vorüber und war nur Sekunden später in der Dunkelheit verschwunden. Einzig seine Pfotenspuren im Schnee blieben zurück.

Lina drehte sich unten noch einmal zu Lukas um und winkte huldvoll wie Queen Mum. »Wir sehen uns, Schweinebacke«, zitierte sie Bruce Willis mit verstellter Stimme. Dann schwankte sie los, den leise quietschenden Bollerwagen hinter sich herziehend.

Sie hatte gerade das Tor passiert, als sie laut aufschrie. Ein Brausen ertönte, als würden schnelle Reifen auf nassem Asphalt ins Rutschen kommen.

»Pass doch auf«, hörte Lukas eine fremde Frau rufen.

Linas Antwort war undeutlich, aber er meinte ein »Frohe Weihnachten, du Grinch« gehört zu haben. Anscheinend ihr Lieblingswort an Heiligabend.

»Alles okay?«, rief er besorgt.

»Allesch klahr! Dat war nur die olle rasende Radlerin. Irjendwann erwisch isch sie, und dann …«

Lina ließ offen, was dann passierte. Stattdessen rollte sie wieder los, diesmal allerdings deutlich langsamer. Lukas sah ihr noch eine Weile nach.

Erst als er die Tür hinter sich geschlossen hatte, fragte er sich, was um Himmels willen da gerade geschehen war. Er war geentert worden. Eiskalt. Und zu seiner größten Verwirrung hatte es ihm einen Heidenspaß gemacht.

5

Die Renovierung mit null Ahnung von nichts

Lina

Am ersten Weihnachtsfeiertag war mit Lina wenig anzufangen. Sie hatte einen schrecklichen Brummschädel und verfluchte sich für ihren Alkoholkonsum. Doch sie musste zugeben, dass es ein amüsanter Heiligabend gewesen war. Wer hätte gedacht, dass der Bonzenbunkertyp so lustig war?

Erst gegen siebzehn Uhr schaffte es Lina, sich ächzend etwas Suppe einzuverleiben. Dann startete sie voll motiviert damit, die Türrahmen abzuschmirgeln. Ja, es war ein Feiertag. Ja, da machte man möglichst wenig Lärm und schmirgelte niemals Türrahmen ab. Aber Lina genoss das Gefühl, aktiv zu sein und ihr Leben anzupacken. Sie hatte sich viel zu lange verkrochen!

Nach einer guten Stunde bemerkte sie, dass sich ihre Muskeln allmählich lockerten und der Kopfschmerz verging. Sie aß noch ein paar Löffel Suppe, dann wagte sie sich an die Schleifmaschine. Damit ging die Arbeit schon wesentlich schneller voran. Fröhlich pfiff sie ein Weihnachtslied vor sich hin, bis es energisch an der Tür klopfte.

Davor stand ein sehr genervt aussehender Herr Rupert.

Ihr Nachbar. »Frohe Weihnachten, Frau Meyer-Schulze«, sagte er betont deutlich.

Lina lächelte ihn freundlich an. »Auch Ihnen frohe Weihnachten, Herr Rupert. Was kann ich für Sie tun?«

Er zeigte anklagend auf die Schmirgelmaschine in ihren Händen. »Ich will gewiss kein Spielverderber sein, aber allmählich rauben Sie mir den letzten Nerv. Könnten wir uns darauf einigen, dass wir an Weihnachten keine Häuser renovieren?«

»Oh. Das tut mir leid. Hört man mich etwa werkeln?«

»In erster Linie hört man Ihr schrecklich schiefes Pfeifen und Singen. Dagegen kann ich nichts machen, das sehe ich ja ein. Gegen diese Höllenmaschine in Ihren Händen aber schon. Also BITTE, Frau Meyer-Schulze! Wollen Sie nicht zu Ihren Eltern nach Bayern fahren und denen auf die Nerven gehen?« Er sah sie mit Dackelblick an.

Lina fühlte sich überrumpelt. Sie mochte es nicht, wenn man sie bevormundete – und schon gar nicht in Zusammenhang mit ihren Eltern. Allerdings war das mit der Schleifmaschine wohl tatsächlich keine gute Idee gewesen. »Sie haben recht, Herr Rupert. Ich werde natürlich mit dem Schleifen aufhören«, sagte sie in bemüht freundlichem Ton. »Kann ich sonst noch was für Sie tun?«

»Die Hecke schneiden, aber bitte erst im Frühjahr. Und das Indische Springkraut in den Griff bekommen, bevor es endgültig zur Plage wird. Rasenmähen wäre auch keine schlechte Idee, und wo wir schon mal dabei sind …«

»Wäre Tapetenabreißen denn an Weihnachten erlaubt?«, ging Lina dazwischen.

Herr Rupert zögerte und sah sie dann aus zusammengekniffenen Augen an. »Nur, wenn Sie nicht länger pfeifen.«

Lina war zwar ein Rätsel, was er gegen ihr Pfeifen hatte, ging aber auf den Deal ein. Herr Rupert wirkte zufrieden, ging ein paar Schritte Richtung Gartentor und kam dann wieder zurück. »Und kein Wort zu meiner Frau über diesen Deal. Ich war niemals hier, verstanden?«

»Äääh … Ich werde mich bemühen.« Ihr Versprechen einzuhalten, würde allerdings kompliziert werden. Wann immer Frau Rupert sie in ihrem Garten entdeckte, kam sie rüber, um Lina mit Vorwürfen, unerwünschten Ratschlägen und neuestem Tratsch zu überhäufen. Es war schwierig, sie wieder loszuwerden. Sie war damit das komplette Gegenteil von ihrer anderen Nachbarin. Die huschte stets wie ein Schatten davon, sobald sie Lina auch nur in der Ferne erblickte. Seit ihrem Zusammenprall mit dem Gartenzwerg hatten sie kein Wort miteinander gesprochen.

»Und erst recht nicht zu Frau Winkelmaß. Die hat Sie eh schon auf dem Kieker.« Herr Rupert sah Lina beschwörend an.

Zunächst verstand sie nicht, doch dann fiel der Groschen, und sie musste schmunzeln. »Meine Nachbarin zur Linken mit dem eindeutigen Hang zu geraden Linien und Formen heißt wirklich … Frau Winkelmaß?!«

Auch um Herrn Ruperts Mundwinkel zuckte es verräterisch. »Sie haben es erfasst. Und genauso geradlinig denkt Sie. Ihre Tante und sie haben eine kleine Privatfehde ausgefochten. Alles sehr unschön. Ich bin froh, dass es jetzt ruhiger geworden ist, und möchte, dass das so bleibt.«

Herr Rupert nickte ihr verschwörerisch zu und verschwand so schnell, wie er gekommen war. Nachdenklich kehrte Lina ins Haus zurück, legte die Schleifmaschine weg und nahm stattdessen einen Spachtel zur Hand. Nach zwanzig Minuten bereute sie ihre Entscheidung: Sie hatte lediglich eine kopfgroße Stelle entfernen können, und darunter erschien eine weitere Tapete. Blümchenmuster auf grüner Wiese.

Sie überlegte gerade, ob sie sich lieber eine andere Aufgabe suchen sollte, als es schellte. *Nicht schon wieder Herr Rupert!* Ergeben legte Lina den Spachtel zur Seite und öffnete die Tür.

»Hallo, Lina, ich dachte mir, ich bringe dir deinen Bräter zurück.« Lukas hielt ihr den alten verbeulten Pott erwartungsvoll hin.

Zunächst rührte sich Lina nicht. Sie war viel zu überrascht, ihre Heiligabendbekanntschaft so unvermittelt wiederzusehen. Dann fing sie sich und lächelte ihn an. »Lukas! Was machst du denn hier? Und woher weißt du, dass ich hier wohne?«

Sie schob sich durch die Tür und drängte ihn dadurch einen Schritt zurück auf die Veranda. Auf keinen Fall würde sie zulassen, dass er ihr Heim betrat! Das war noch nicht vorzeigbar. Für die nächsten hundert Jahre.

Lukas deutete auf den Kater, der neben seinen Füßen hockte. »Karlo hat mir einen Besuch abgestattet, und ich bin ihm zurück zu dir gefolgt. War ganz einfach.«

Na toll. Lina warf dem Tier einen bösen Blick zu. Eine peinliche Pause trat ein, in der sie scharf nachdachte. Was nun? Aus Höflichkeit sollte sie Lukas hereinbitten, aber das war unmöglich. Solange die Villa so aussah, schämte sie sich viel zu sehr.

In Lukas' neugierigem Blick las sie aber genau, warum er hier war. Nachdem sie ihn aus dem Nichts in seinem Heim überfallen hatte, verlangte er den Gegenbesuch!

Hastig nahm sie ihm den Bräter ab. »Danke fürs Bringen! Einen schönen ersten Weihnachtstag noch!« Sie trat den Rückzug an, doch Lukas folgte ihr unverfroren bis ins Haus.

»Ich würde gerne sehen, wie der Zweitwohnsitz von meinem Kater aussieht. Nur, damit ich beruhigt schlafen kann. Eine sichere Umgebung ist wichtig für ein langes erfülltes Katzenleben, weißt du.«

Lina bemerkte genau das amüsierte Funkeln in seinen Augen. Sie waren tatsächlich grün mit jeweils einem gelben Kranz um die Iris herum. Schöne Augen, schoss es ihr durch den Kopf. Dann erinnerte sie sich an seine Worte.

»Äääh«, brachte Lina schwach hervor. »Das ist gerade schlecht. Ich habe vergessen aufzuräumen.«

Das war wahr. Nicht nur Lina hatte vergessen aufzuräumen, sondern auch ihre Tante Charly. Schätzungsweise in den letzten drei Jahrzehnten. »Ich brauche auch keine Schlossführung wie du, sondern will mich nur kurz umsehen.« Lukas grinste breit, was Lina bei näherer Betrachtung ein wenig wölfisch vorkam.

Sie kniff die Augen zusammen. Lukas wusste genau, dass er störte. Es war ihm aber anscheinend egal. Doch sie würde nicht kuschen. »Ein anderes Mal vielleicht«, sagte sie vehement und versuchte ihn zurückzudrängen. In Gedanken setzte sie hinzu: wenn ich tot bin!

Lukas jedoch rührte sich keinen Millimeter. Neugierig sah er sich um. »Renovierst du gerade?«

»So was in der Art.« Lina hatte nicht vor, ihm von ihren Plänen zu erzählen. Das war privat.

Er lief ins alte Esszimmer, das Lina nicht benutzte, und blieb dort wie angewurzelt stehen. Sie wusste genau, was er dachte: Herrje, wie sieht das denn aus? Sicher hatte er keinen Sinn für die Schönheit des Raumes, der seit Jahrzehnten nicht renoviert worden war und noch immer den eigenwilligen Stil von Tante Charly zeigte.

»Wow«, stieß Lukas entgegen ihrer Erwartungen begeistert aus. »Das Esszimmer muss ja uralt sein. Schau nur, die Holzvertäfelung. Die ist ja der Wahnsinn!« Bevor sie ihn aufhalten konnte, war er bereits im Raum und strich fasziniert über die alte Wand. »Und der antike Buffetschrank erst. Ein wenig neue Farbe, ein paar Ausbesserungen – der ist echt gut erhalten! Die gedrechselten Verzierungen mit den Eichenblättern sind wunderschön. Dreißiger Jahre, schätze ich.« Begeistert ging er vor dem alten Schrank in die Hocke und öffnete eine der Türen. Sie fiel ihm entgegen, und er lachte auf. »Okay. Er fällt auseinander, aber ein paar Schrauben, und das Ding ist wieder wie neu.«

Sprachlos sah Lina ihm dabei zu, wie er langsam durchs Zimmer wanderte und sich an den Möbelstücken, dem zugestaubten Porzellan in den Schränken und dem restlichen Interieur erfreute. Lukas wusste die altmodische Atmosphäre des Raumes tatsächlich zu schätzen.

»Willst du auch den Rest des Hauses sehen?«, fragte sie schließlich vorsichtig. Konnte es sein? Hatte sie da eines jener seltenen Exemplare vor sich stehen, die einen ähnlichen Sinn für Ästhetik hatten wie ihre Tante Charly? Die trotz Staub, Macken und anderen Makeln das Schöne erkannten? Kaum zu glauben, dass der Bunkertyp womöglich zu dieser Gattung gehörte. Lukas folgte Lina durch den Flur, blieb aber immer wieder stehen und klopfte am Putz herum. »Die Wände sind trocken, das ist schon mal gut, allerdings muss der Putz überarbeitet werden. Da sieht man ja schon den Lehm. Die Eichenbalken sind noch total in Ordnung. Wenigstens hat hier niemand mit Styropordämmungen herumgepfuscht.« Er blieb wie angewurzelt stehen, als er die kleine Kammer entdeckte, die vom Flur abging. Hier hatte Lina versucht, die Tapete abzuziehen.

»Die muss natürlich runter«, sagte er mit Blick auf die Wand. »Ist die oberste Lage Vinyltapete? Tödlich für jedes Fachwerkhaus! Gut, dass du das Zeug runterholst.« Lukas klang regelrecht empört, als habe man ihn höchstpersönlich mit Tapete zugekleistert. »Allerdings wirst du niemals fertig, wenn du die Tapete nicht vorher einweichst. Aber nicht zu viel! Du willst ja nichts kaputt machen.«

»Äääh«, brachte Lina etwas ratlos hervor. Mit dieser Reaktion hatte sie gewiss nicht gerechnet. Sie beschloss, Lukas einfach mal hinterherzutrotten und abzuwarten. »Sind die Lampen defekt?«, erkundigte sich Lukas. Draußen war es bereits stockduster, und im Haus herrschte nur dämmriges Licht.

»Die meisten.«

»Man kann die Glühbirnen ganz leicht austauschen, weißt du?«, ermahnte er sie, aber er klang eher freundlich als besserwisserisch.

»Schon, aber dazu bin ich noch nicht gekommen.« Jetzt geht es los, dachte Lina, doch Lukas ließ das Thema fallen. Er hatte die alte Holztreppe entdeckt, die in den ersten Stock hinaufführte. Seine Augen wurden riesig.

»Vergiss es«, stoppte sie ihn, bevor er auch nur einen Fuß auf die unterste Stufe setzen konnte. »Im Dunkeln solltest du da nicht hochgehen. Die Treppe ist etwas marode.« Etwas war die Untertreibung des Jahrhunderts, aber das verschwieg sie lieber.

Lukas warf den Stufen noch einen sehnsüchtigen Blick zu, dann folgte er ihr in die Wohnküche. Hier war es dank der Lichterketten und des Feuers im Küchenofen angenehm hell und freundlich.

»Willkommen in meinem Reich«, sagte Lina feierlich. Erst jetzt bemerkte sie, wie angespannt sie gewesen war. Sie hatte Angst vor Lukas' Urteil gehabt. Sie liebte ihr unkonventionelles Heim, aber sie wusste auch, dass es in keinem vorzeigbaren Zustand war.

Lukas hingegen wirkte zwar irritiert, aber keineswegs amüsiert oder gar herablassend. Er inspizierte eingehend die dicken knarzenden Bohlen, strich fasziniert über die alte Steinwand und rüttelte an dem riesigen Holztisch.

»Der ist eine echte Antiquität«, stellte er fest. »Total schön!«

»Warum lebst du denn in einem Bonzenbunker aus Chrom,

Hochglanz und Schickimicki, wenn du eigentlich auf Antiquitäten stehst?«

»Keine Ahnung. Ich bin da eingezogen, weil die Hütte frei geworden ist und ich schnell eine möblierte Bleibe brauchte. Mein Haus ist repräsentativ, aber deines ... das atmet Vergangenheit. Es hat wirklich Stil.« Er lächelte sie an. »Allerdings hast du es vernachlässigt. Wenn du nicht bald was tust, wird es dir unterm Hintern wegfaulen. So wie die Treppe.«

Lina ließ die Schultern sacken. Also hatte er es doch bemerkt. »Ich weiß«, murmelte sie leise. »Deshalb fange ich ja auch an zu renovieren.«

»An Weihnachten? Das freut die Nachbarn.«

»Einer war schon da, um sich zu beschweren. Aber unter der Woche habe ich keine Zeit. Wenn nicht jetzt, wann dann? Kann ich dir einen Kaffee anbieten? Oder Tee?«

»Ich nehme das, was du willst. Darf ich mich setzen?«

Zu Linas Überraschung machte ihr Herz einen kleinen Sprung, und sie nickte begeistert. Tatsächlich war sie plötzlich froh über die Gesellschaft. Sie entschied sich für Tee und schürte das Feuer im Ofen. Lukas ließ sich auf das alte Küchensofa plumpsen, in dem er fast verschwand. Eine Staubfontäne vernebelte seinen Kopf.

»Kann es sein, dass das Teil ein wenig durchgesessen ist?«, fragte er gequält.

»Quatsch. Das ist die Spezialfederung aus dem letzten Jahrhundert. Dafür ist das Sofa aber auch extrem gemütlich, und Flecken fallen auf dem alten Karomuster gar nicht auf. Hier, dein Tee!« Lina überreichte ihm die rosa Tasse mit den roten Herzchen darauf und grinste, als er sie naserümpfend musterte. »Ich dachte mir, ein Ingenieur, der Glitzer liebt, wird auch eine Herzchentasse mögen«, zog sie ihn auf.

Er prostete ihr daraufhin zu. »Soso, du hast dich also über mich erkundigt.«

»Natürlich. Ich muss schließlich wissen, wer der Ersatzpapa von meiner Katze ist. Beschäftigst du dich auch beruflich mit alten Häusern? Deine Begeisterung war nicht zu übersehen.«

»Nein, leider nicht. Ich baue Brücken. Momentan restauriere ich sie allerdings hauptsächlich. Und so marode, wie die Brücken in NRW sind, habe ich wohl auch die nächsten Jahre gut zu tun. Ich habe früher aber viel handwerklich gearbeitet. Mit sechs bekam ich meine erste Laubsäge, mit zwölf einen Akkuschrauber, und mit achtzehn stand ich auf dem Bau und hab mir was dazuverdient.«

»Und jetzt bist du Schreibtischtäter?«

Er nickte. »Leider ja. Ich habe ein eigenes Bauunternehmen, da gibt es viel Papierkram, ich muss Leute anleiten, kontrollieren, verhandeln.«

»Das klingt, als würdest du die körperliche Arbeit vermissen.«

»Ach, das ist nur eine Phase. Die Firma läuft gut. Sobald ich einen fähigen Mitarbeiter gefunden habe, der einige meiner Aufgaben übernehmen kann, werde ich auch wieder praktischer arbeiten.« Er entdeckte Linas To-do-Liste auf dem Tisch und lehnte sich gespannt nach vorne.

Hastig schnappte sich Lina das Papier. »Nix da! Du musst nicht alles wissen, du neugierige Nase!«

»Das sah nach einer völlig undurchdachten Handwerkerliste aus. Dein Renovierungsplan? Lass sehen!«

»Nein! Das ist mein Projekt. Nicht deins.«

»Das mag durchaus sein, aber du hast hier einen Profi vor dir sitzen. Ich kenne mich sogar mit Fachwerkhäusern aus, weil ich selbst in einem aufgewachsen bin. Da kann man viel falsch machen. Wenn du zum Beispiel einen schlechten Dämmstoff verwendest, fault dir dein Haus unterm Hintern weg.« Er hielt ihr auffordernd die Hand hin. »Komm schon, zeig her! Sieh es als Weihnachtsgeschenk für mich an. Ich lache auch nicht.«

Er lachte dann doch – und zwar tief und herzlich. »Bei ›Treppe ausbessern‹ bin ich ganz bei dir. Aber der Rest hat wenig mit Sanieren zu tun. Das sind alles Schönheitsreparaturen, quasi die Garnitur. Bevor du mit Backen loslegst, überprüfst du ja auch erst mal, ob der Ofen funktioniert, und fängst nicht an, die Kirschen auf die ungeschlagene Sahne zu legen.«

»Bist du jetzt unter die Bäcker gegangen?«

»Nein, aber ich dachte, dass Frauen eine Haussanierung am ehesten anhand eines Backbeispiels verstehen.«

»Ziemliches Machodenken. Frauen gehören an den Herd, Männer an die Bohrmaschine, oder was?«

Immerhin hatte Lukas den Anstand, ein wenig rot zu werden. Doch noch gab er nicht auf. »Hast du dir die Bausubstanz mal angesehen? Das Dach und die Fenster überprüft?«

Abwehrend verschränkte Lina die Arme vor der Brust. »Das Haus ist aus dem 17. Jahrhundert. Es hat Kriege und Überschwemmungen, Stürme und Hitze überstanden. Da wird es nicht ausgerechnet zu meiner Lebzeit auseinanderfallen.« Sie wurde gegen ihren Willen bockig. Er drängte sich in ihr Projekt. Dazu hatte er überhaupt kein Recht!

Lukas spürte offenbar, dass er zu weit gegangen war. Sorgfältig legte er das Papier zurück auf den Tisch und ließ sich tief in die Sofakissen sinken. »Ich mag dieses Haus. Es hat Flair und eine Geschichte. Aber wenn du nicht bald was tust, wird es zu marode sein, um es noch zu retten. Und dann hätte Picasso kein Dach mehr überm Kopf.« Er zwinkerte ihr zu.

Sofort entspannte sie sich. Er hatte ja recht. Sie musste aufhören, sich angegriffen zu fühlen. Das Problem war nur, dass sie in den letzten Jahren so viel kritisiert worden war, dass es ihr reichte. Sie war hierher geflohen, um ihr eigener Herr zu sein. Um ihren strengen Eltern zu entkommen. Sie wollte alles richtig machen. Allein.

»Ich komme schon klar«, sagte sie mit fester Stimme. »Aber danke für das Angebot.«

Lukas wirkte enttäuscht. Fast, als hätte er es kaum erwarten können, sich in die Arbeit zu stürzen. Lina spürte jedoch, wie ihr Ehrgeiz erwachte. Sie wollte es allen beweisen – ihren Eltern, die nie an sie geglaubt hatten, Lukas, der so skeptisch war, und ihrer Tante, die dieses Haus geliebt hatte.

Sie nahm die Liste und schrieb schwungvoll als letzten Punkt *Alles allein machen* darunter. Dann nickte sie zufrieden. »Das Haus, Picasso und ich sind ein Team. Wir schaffen das auch ohne Männermuskeln und Testosteron. Jetzt trink du mal schön deinen Glücksbärchentee aus deiner Herzchentasse und überlass die Arbeit den Erwachsenen.«

Lukas

Linas Haus ging ihm einfach nicht aus dem Kopf. Es war wunderschön und gleichzeitig schrecklich heruntergekommen. Sie musste jetzt etwas tun, um es zu retten. Dafür brauchte sie professionelle Hilfe. Warum bloß hatte sie ihn weggeschickt?

Wahrscheinlich war er übers Ziel hinausgeschossen. Er hatte sie verärgert, sich aufgedrängt. Etwas, das er selbst überhaupt nicht leiden konnte. Aber als er dieses renovierungsbedürftige Haus betreten hatte, war da seit langer Zeit mal wieder dieses Kribbeln in seinem Bauch gewesen. Die Freude darüber, eine schier unüberwindbare Aufgabe vor sich zu haben, die seinen Ehrgeiz weckte.

Wann immer er seitdem an Lina und ihr Haus dachte, kämpfte er mit einer seltsamen Unruhe. Er spürte, dass sie Hilfe brauchte, sie freiwillig aber niemals annehmen würde. Gab es eine Möglichkeit, sie zu ihrem Glück zu zwingen?

Lukas musterte Karlo, der entspannt neben ihm auf seiner Ledercouch lag und leise vor sich hinschnarchte. Morgen früh zog der Kater wieder los. Zurück zu Lina. Sie hatten einander seit drei Tagen nicht gesehen. Da er die Baufirma zwischen Weihnachten und Neujahr geschlossen hatte, schlich sich bei ihm Langeweile ein. Nichtstun war ungewohnt für ihn.

Wie weit Lina wohl mit ihrer Sanierung war? Hatte sie mittlerweile die Fenster geputzt? Er schnaubte leise, als er daran dachte. Dreckiges Glas war das kleinste Problem. Die Sprossenfenster hingen nur noch halb in den Rahmen.

Nachdenklich trommelte er mit den Fingern auf dem rechten Knie herum, bis er es nicht länger aushielt. Wo war sein alter Werkzeugkasten?

Sofort eilte Lukas in die Garage.

Den Rest des Abends beschäftigte er sich damit, sein Werkzeug zusammenzusuchen. Es war ein seltsames und gleichzeitig beflügelndes Gefühl: Statt Excel-Tabellen und Börsenkurse zu studieren, sortierte er seine Schraubzwingen, Nägel und Hämmer. Erst als Karlo empört maunzend in der offenen Garagentür stand, wurde ihm bewusst, wie spät es war. Weit nach Mitternacht. So schnell war die Zeit schon lange nicht mehr rumgegangen.

Er zwang sich, das Licht auszuschalten, ins Bett zu krabbeln und zu schlafen. Allerdings lag er noch eine ganze Weile wach und starrte die Decke an. In seinem Heim war alles so modern, dass es für einen Handwerker kaum etwas zu tun gab. Aber irgendwohin musste er mit seiner Energie. Er spürte Karlos Körper, der sich wie jede Nacht gegen seine Unterschenkel drückte. Der Kater schlief grundsätzlich am Bettende.

Natürlich! Karlo war die Lösung für sein Problem! Die Eintrittskarte in Linas Reich. Unwillkürlich fing Lukas an zu grinsen. Er wusste, dass sich Lina sträuben würde. Garantiert. Seltsamerweise freute er sich auf das unausweichliche Streitgespräch genau wie auf die Arbeit, die vor ihm lag.

Am nächsten Morgen stand er um sieben Uhr drei vor Linas Haustür. Das war exakt die Zeit gewesen, zu der sie ihn das erste Mal überfallen hatte. Er klingelte, allerdings tat sich nichts. Aha. Sofort zückte er einen alten Notizblock und schrieb schwungvoll *Klingel reparieren* drauf. Danach fing er an, gegen die Tür zu wummern.

Karlo saß neben ihm und sah ihm interessiert bei seinem Tun zu. »Wart's ab, Kumpel, es wird noch besser«, versprach Lukas ihm. Der Kater gähnte herzhaft und putzte sich ausgiebig eine getigerte Pfote.

Lukas holte noch einmal aus, um vehementer gegen die Tür zu hämmern, als sie sich plötzlich öffnete und eine verschlafene Lina zum Vorschein kam. Sie trug einen kuscheligen braunen Hausanzug mit Bärenohren an der Kapuze und flauschige Pantoffeln in Form von Pfoten. Als sie Lukas erkannte, riss sie die Augen auf.

»Was willst du denn hier?«

Zugegeben. Begeisterung klang anders, aber darauf hatte sich Lukas bereits eingestellt.

»Ich kann nicht zulassen, dass Karlo hier seine Tage verbringt. Wenn das Dach einstürzt und ihn unter sich begräbt, werde ich mir das nie verzeihen. Im Namen meiner Aufsichtspflicht verlange ich, mir die Bausubstanz ansehen zu dürfen. Und zwar jetzt!«

Lina blinzelte. Dann kniff sie die Augen zusammen. »Hast du die Rede einstudiert? Das klang so auswendig gelernt!«

Erwischt. Lukas hatte seine Worte tatsächlich vor dem Spiegel geübt, immerhin war er seit fünf Uhr auf den Beinen. Der Elan und die Vorfreude hatten ihn aus dem Bett getrieben.

»Lass mich rein«, bat er jetzt deutlich freundlicher. »Ich kann dir wirklich helfen!«

Er hielt die Luft an und wartete, während Lina nachdachte. Sie rieb sich verschlafen etwas Sand aus den Augenwinkeln, dann hob sie eine Hand … eindeutig, um ihn wegzuschicken. Bevor sie das tun konnte, drückte er sie zur Seite und huschte in den Flur. »Dauert auch nicht lange!«

»Hey! Das ist schon wieder Hausfriedensbruch! Wohin willst du?«

»Zur Treppe und hoch zum Dach.« Entschlossen eilte er durch den dunklen Flur zur alten Holztreppe. Lina stolperte in ihren seltsamen Pantoffeln hinter ihm her und fluchte dabei.

»Wir sind bereits quitt, Lukas! Du bist einmal bei mir, ich bin einmal bei dir eingedrungen. Also verschwinde jetzt!«

»Du bist einmal um sieben Uhr morgens bei mir aufgetaucht und einmal an Heiligabend. Das zählt doppelt. Wir sind noch lange nicht quitt. Also mach keinen Aufstand. Ich will mich nur mal umsehen!«

Vorsichtig belastete er die erste Stufe. Es knarzte, aber sie hielt tadellos. Mit geschultem Blick musterte er die restliche Treppe. Sie war alt und teilweise morsch, aber so solide gebaut, dass sie im Vergleich zum Rest des Gebäudes in sehr gutem Zustand war.

»Wenn du dir den Hals in meinem Haus brichst, werde ich nicht dafür haften«, warnte Lina ihn mit drohender Stimme. Sie folgte ihm ungefragt nach oben.

»Wie wäre es, wenn du dir erst einmal was Vernünftiges anziehst, bevor DU dir in deinem eigenen Haus den Hals brichst? Ich brauche keine Aufpasserin.«

»Und ob du die brauchst! Das ist immer noch mein Haus, und wenn schon ein Fremder ungebeten hier eindringt, werde ich ihn bestimmt nicht unbeobachtet durch meine Zimmer vagabundieren lassen. Und im Übrigen bist du keineswegs in der Position, mein Outfit zu kritisieren. Es ist sieben Uhr morgens, und wir befinden uns bei mir zu Haus. Da kann ich tragen, was ich will. Sei lieber froh, dass ich überhaupt was anhabe.«

Fast hätte sich Lukas verplappert und das ausgesprochen, was ihm auf der Zunge lag: Er hätte nichts dagegen gehabt, wenn sie unbekleidet gewesen wäre.

Doch er sparte sich eine passende Antwort und sah sich stattdessen im ersten Stock um. Die Decken waren extrem niedrig, die Dachbalken dominant und die Türrahmen auf bedrohlicher Höhe für jede große Person – typisch für ein Fachwerkhaus. Andere hätten es als einengend empfunden. Er jedoch assoziierte es mit Gemütlichkeit.

»Kein Mäusekot, kein Mardergeruch«, sagte er laut zu sich selbst. Er hatte eine Taschenlampe mitgebracht, knipste sie nun an und leuchtete in die Ecken. »Das ist schon mal gut.«

»Dieses Haus mag zwar alt sein, es ist aber schädlingsfrei. Und es hat eine empfindliche Seele und findet es überhaupt nicht lustig, wenn du es voller Vorurteile als unhygienisch einstufst. Hey! Bleib hier, wenn ich mit dir rede!«

Er ignorierte Lina, lief langsam den schmalen Flur entlang und sah sich alles genau an. In Gedanken begann er bereits, eine To-do-Liste zu erstellen. Die war lang. Aber machbar. Er pfiff leise durch die Zähne, als er den hintersten Raum betrat. »Was ist das denn hier?«

»Tante Charlys altes Atelier. Lass das stehen! Das ist wertvoll!« Lina riss ihm ruppig ein Bild aus der Hand, das nur halb fertiggestellt wirkte. Eine Skizze von einer Katze. Karlo.

In der kleinen Kammer roch es intensiv nach Farbe, Lehm und Aceton. In einer Ecke stapelten sich Kleidungsstücke neben einer eingestaubten Nähmaschine. Dahinter entdeckte er ein Spinnrad und einen Webrahmen.

Durch das schmale Fenster fiel der Schein der Straßenlaterne herein, sodass er hier besser sehen konnte als im Flur. Lukas verstand sofort, warum Linas Tante Charly sich diesen Raum für ihre Kreativität ausgesucht hatte. Auf seine vollgestellte, chaotische Weise wirkte die windschiefe Kammer fast schon magisch.

Dann entdeckte er die Stiege hoch zum Dach. Lina, die seinen Blick richtig interpretierte, schob sich daraufhin vehement an ihm vorbei und breitete theatralisch die Arme aus.

»Du wirst auf keinen Fall da raufsteigen. Erst, wenn es hell ist. Ich kann nicht zulassen, dass Picasso zu einem Halbwaisen wird. Schon gar nicht so kurz nach Weihnachten.«

»Machst du dir etwa Sorgen um mich?«

»Nicht um dich. Aber um Picassos Seelenleben.« Sie atmete tief durch und fröstelte sichtbar. Hier oben war es empfindlich kalt. »Also schön. Ich gebe auf. Da du dich bereits so hübsch als Handwerker verkleidet hast, darfst du gleich auch ein bisschen Handwerker spielen. Aber bitte erst zu einer christlichen Zeit. Ich habe heute frei. Mich um sieben Uhr mit dir herumzuschlagen, ist einfach gemein, erst recht, wenn ich so aussehe, wie ich aussehe. Lass uns runtergehen, du kochst Kaffee, und ich ziehe mich an. Danach können wir reden.«

Sie sah ihn finster an, woraufhin er nachgab. Er wusste, wann er verloren hatte. Außerdem wollte er ihre Geduld nicht überstrapazieren. Also nickte er und deutete mit einem Handschwenk eine Verbeugung an. »Bitte sehr, die Dame. Ich folge Ihnen.«

Hintereinander durchquerten sie den Flur und gingen vorsichtig die Treppe hinunter. Aufgrund ihrer übergroßen Pantoffeln watschelte Lina etwas, was Lukas im Stillen amüsierte. Zum ersten Mal bemerkte er ihren wirklich hübschen Po. Klein und fest geformt. Sofort zog sich etwas in seinem Magen zusammen. Wenn er nicht aufpasste, begann er sie doch noch zu begehren, doch das war gefährlich. Es konnte nur zu Komplikationen führen.

Er folgte Lina in die Wohnküche und stellte überrascht fest, dass sie auf der Couch geschlafen hatte. Das sonnengelbe Bettzeug lag noch darauf. Es wirkte ausgeblichen und war an vielen Stellen geflickt. Erst jetzt fielen ihm auch die vielen anderen Kleinigkeiten auf, die er bei seinem vorherigen Besuch übersehen hatte: der Schreibtisch in der Ecke zum Beispiel, der völlig überladen war mit Stiften, Zeichenutensilien, Briefen und einer riesigen Pinnwand darüber, die überquoll vor Zetteln. Arbeitete sie etwa in der Küche? Oder das Bücherregal daneben, das zwischen Tisch und Wand gequetscht worden war und genauso schief aussah wie der Rest des Hauses. Die Einlegebretter bogen sich unter der Last von ledernen Büchern, den neuesten Liebesromanen in quietschbunten Umschlägen, Folianten und Comics. Ein buntes Sammelsurium, das gut zur Ansammlung der verschiedenen Teppiche auf dem Boden passte. Vom Perser bis zum IKEA-Lammfell-Imitat war alles dabei.

»Kannst du mal den Bollerofen stochen? Dann mach ich mich eben schnell frisch«, brummte Lina und wedelte mit den Händen grob in Richtung Küchenherd. Sie wartete die Antwort nicht ab, sondern schlurfte in ihren riesigen Tigerpantoffeln zu einer uralten Porzellanschüssel. Aus einem cremeweißen Krug mit Sprung oben am Rand goss sie Wasser hinein und wusch sich das Gesicht.

Lukas sah ihr sprachlos dabei zu. Plötzlich fügte sich jedes Bild zusammen: das Brot auf dem Tisch. Das provisorische Bett auf der Couch. Der Küchenofen mit dem Tee. Die überquellende Kleiderstange in der Ecke. Lina lebte einzig und allein in diesem Raum, genauso, wie es die Menschen vor hundert Jahren getan hatten.

Er ahnte, dass er sie nicht darauf ansprechen sollte. Wahrscheinlich war es ihr unangenehm, dass er herausgefunden hatte, wie sie wohnte.

Er brauchte eine Weile, um den alten Küchenofen anzuheizen und Wasser aufzusetzen. Das Prinzip war zwar simpel, musste aber erst verstanden werden. Danach war Lukas schweißgebadet, doch er empfand deutlich mehr Stolz, als hätte er einfach nur seinen Wasserkocher bedient. Fast wie ein Jäger und Sammler.

Der Gedanke ließ ihn grinsen. Lina sah ihn mit tropfendem Gesicht fragend an. »Amüsierst du dich etwa über mich?«

»Nein«, sagte er schnell. »Ich war nur erstaunt, wie befriedigend es sein kann, einen Bollerofen zu bedienen.«

Lina lachte leise, während sie sich ihr Gesicht abtrocknete und hinter einem zerschlissenen Paravent in der Ecke verschwand. Früher war er vermutlich mal schneeweiß gewesen, mit bunten, schillernden Kranichen darauf. Heute war das Weiß einem Grau gewichen, und die aufgedruckten Vögel wirkten ebenso verblasst wie alte Erinnerungen.

Von Lina waren nur noch ihr Kopf und ein nackter Arm zu sehen, den sie gerade durch einen Pulloverärmel zwängte. Sie war gebräunter, als es für Dezember typisch war. Natürlich. Als Postbotin arbeitete sie viel an der frischen Luft.

Er bemühte sich, den nackten Arm nicht zu genau zu betrachten, doch das war schwierig. Er konnte seinen Blick kaum von ihren langen Fingern, dem schmalen Handgelenk und den feinen Härchen auf ihrem Unterarm nehmen …

Schluss damit, ermahnte sich Lukas. *Reiß dich mal zusammen! Du bist schließlich kein liebestoller Jungspund mehr. Außerdem willst du nichts von Lina.*

»Wie kommst du überhaupt auf die Idee, um diese Uhrzeit bei mir aufzutauchen und handwerkern zu wollen?«, fragte Lina ihn. »Ist das dein Hobby? Alleinstehenden Frauen nachzulaufen und ihre Häuser zu kritisieren?«

Sein Herz machte einen kleinen Hüpfer. Alleinstehend.

»Du bist nicht irgendeine Frau«, stellte er richtig. »Du bist Karlos Co-Besitzerin. Einfach in fremde Häuser einzudringen und die Bewohner zu ihrem Glück zu zwingen, habe ich noch nie getan, aber es gibt für alles ein erstes Mal. Insofern freu dich doch. Du kannst Hilfe definitiv gebrauchen!«

Lina hatte sich nun umgezogen und kam zu ihm herüber. Sie trug jetzt eine blaue Latzhose mit Farbklecksen und einen dunkelbraunen Strickpullover. Ihre Haare hatte sie zu einem Pferdeschwanz hochgebunden, was sie femininer, ja geradezu mädchenhafter wirken ließ. Auf Make-up hatte sie verzichtet, und Lukas entdeckte nun dunkle Ränder unter ihren Augen. Bei aller Schlagfertigkeit, Lina wirkte heute müde und verunsichert.

»Ich bin harmlos«, setzte er sanft hinzu.

Sie ließ sich in das alte Sofa sinken und lehnte den Kopf gegen das dicke Nackenkissen. »Das glaube ich dir sogar. Aber viele Leute neigen dazu, mich zu bevormunden. Lina, tu das, Lina, tu dies auf keinen Fall, Lina, das ist eine dumme Idee … Das Haus ist mein Projekt. Ich will da niemanden mitmischen lassen.«

»Du bist der Boss. In allen Belangen.«

Sie sah ihn skeptisch an und kniff die Augen zusammen. »Das kannst du gar nicht. Niemals! Du bist durch und durch

Leithengst, Meinungsführer, Vorarbeiter und Führungsnatur. Dich unterzuordnen liegt dir nicht im Blut. Nicht mal im Blutplasma.«

»Dann sieh es als zweites Projekt an: Bring dem sturen Unternehmensboss bei, sich unterzuordnen. Könnte für uns beide lehrreich werden.«

»Wir werden uns umbringen!«

»Da bin ich anderer Meinung.« Er zog eine Augenbraue hoch. »Komm schon, Lina! Wer einen Weihnachtsbaum in Frischhaltefolie einpackt, der wird ja wohl auch mit einem dominanten Chefingenieur fertig. Es soll ja auch eine Herausforderung sein!«

»Herausforderungen habe ich genug! Das Haus reicht mir, vielen Dank auch.« Sie wirkte entschieden, aber Lukas bemerkte, dass sie längst schwankte. Ohne Hilfe ging es nicht. Das wusste Lina genau. Eine Weile ließ er sie still vor sich hingrübeln, dann seufzte sie. »Was erwartest du denn überhaupt dafür? Die Bezahlung eines Handwerkers kann ich mir nicht leisten, schon gar nicht die eines überbezahlten Chefingenieurs. Also? Warum willst du das machen?«

»Weil ich Lust drauf habe.« Er zuckte mit den Schultern. »Ehrlich gesagt habe ich mich in letzter Zeit recht eingeigelt. Ich liebe meine Arbeit, aber sie erfüllt mich nicht mehr. Da fehlt dieses Prickeln, die Aufregung. Ich möchte zu gerne wieder handwerklich tätig werden. Wenn ich damit auch noch was Gutes tun und dieses herrliche Fachwerkhaus retten kann, dann ist das doch umso besser.«

Sie sahen sich tief in die Augen. Lina versuchte sicherlich abzuschätzen, ob er es ernst meinte. Daher bemühte er sich, möglichst vertrauenswürdig und freundlich auszusehen. Schließlich nickte sie leicht. »Also schön. Ich erlaube dir huldvoll, mir zu helfen. Aber sei lieb zum Haus und zu mir. Wir sind Künstler, und nicht alles, was wir tun, erscheint auf den ersten Blick logisch. Und wenn du das Projekt anfängst, dann führst du es auch zu Ende! Mitgehangen, mitgefangen!« Sie kniff abermals die Augen zusammen, offenbar ein Tick von ihr. »Ich bin der Boss. Ich sage, wo es langgeht. Du darfst lediglich Vorschläge machen. Sobald du nervst, setze ich dich vor die Tür und erteile dir Hausverbot. Du wirst nicht einen Cent in dieses Haus stecken. Einverstanden?«

Sie stand auf und hielt ihm die Hand hin. Er schlug ein.

»Einverstanden.«

»Und wenn ich sage, du musst ein rosa Hasenkostüm beim Streichen tragen, dann wirst du das tun«, setzte sie würdevoll hinzu.

Lukas lachte laut. »Übertreib es nicht!«

6

Das Dornröschenschloss mit Aufwachproblemen

Lina

Lina war auf seltsame Art erleichtert und beunruhigt zugleich. Sich von Lukas bei der Renovierung des Hauses helfen zu lassen, war ein großer Schritt. Ging sie abermals den Weg des geringsten Widerstandes? Vermutlich. Auf der anderen Seite hatte sie sich selbst geschworen, von nun an auf ihr Bauchgefühl zu hören. Und das sagte ihr eindeutig, dass sie Lukas trauen und es allein nicht schaffen konnte.

Wie sich schnell herausstellte, war Lukas tatsächlich eine große Hilfe. Nachdem sie ihren Pakt geschlossen und den Kaffee ausgetrunken hatten, waren sie durch das alte Haus gewandert. Lukas hatte eine eigene To-do-Liste erstellt, die sie anschließend mit ihrer verglichen.

Viele Gemeinsamkeiten gab es nicht, und sie brauchten eine Weile, um sich auf die Prioritäten zu einigen. Du bist der Boss, ermahnte sie sich dabei immer wieder und bestimmte, dass sie die restliche Tapete abreißen würde. Wenn er in der Zeit unbedingt die Heizung in Gang bringen wollte, sollte er das tun.

Lukas stand fortan jeden Morgen um Punkt acht Uhr auf ihrer Matte und werkelte vor sich hin. Er hatte noch zwei

Wochen Weihnachtsurlaub, was ihm genügend Zeit gab, sich bei ihr auszutoben. Lina musste zwischendurch arbeiten gehen, aber schon bald hatte sie sich daran gewöhnt, dass Lukas wie selbstverständlich bei ihr ein und aus ging. Er war wie ein Hausgeist, der fröhlich vor sich hinpfiff und mal in diesem, mal in jenem Raum sein Unwesen trieb. Zunächst bemerkte Lina keine großen Veränderungen, bis sie eines Abends nach Hause kam – und ihr mollige Wärme im Hausflur entgegenschlug. Das Haus war in ein warmes, gemütliches Licht getaucht.

Lukas hatte anscheinend auf sie gewartet, um sich in Pose zu schmeißen. Er hob einen Arm, ballte die Faust und küsste seine Oberarmmuskeln wie ein selbstverliebter Bodybuilder. Dabei strahlte er vor Freude.

In diesem Moment machte ihr Herz einen kleinen Hüpfer. Ihn so zu sehen – mit der zerzausten Frisur, den dezenten Dreckspuren auf der Stirn und vor Zufriedenheit geradezu ausgelassen –, bewegte etwas in ihr. War es nur die ehrliche Freude, die sich auf sie übertrug? Nein, es war mehr als das.

Er sah in diesem Moment verboten sexy aus. Wie ein Mann aus ihren wildesten Mädchenträumen. Mit genau der richtigen Portion Muskeln, Körperspannung und Ausstrahlung. Vorsicht, ermahnte sie sich. *Denk nicht mal dran! Du hast ganz andere Probleme.*

»Ich habe Feuer gemacht«, sagte er in verstellter Neandertalersprache. »Ich gut. Du loben!«

Lina lachte herzlich, trat auf ihn zu und tätschelte seinen Kopf. »Du gutes Männchen«, lobte sie ihn pflichtgemäß. Allmählich beruhigten sich auch ihr viel zu schnell schlagendes Herz und die kleinen Brummkreisel, die in ihrem Magen herumgewütet hatten. »Du gut gewerkelt hast!«

Lukas strahlte, als habe er gerade den Nobelpreis für Heizungsmonteure gewonnen. »Nicht in allen Räumen habe ich die Heizkörper wiederbeleben können. Aber im Wohnzimmer, in der Küche und im Bad gehen sie wieder. Ich habe die Türen offen gelassen, damit der Flur endlich mal auftaut. Cool, oder?«

»Total!« Lina freute sich wirklich und ließ sich pflichtschuldigst durch die Räume führen, um die funktionierenden Heizkörper zu bewundern. Picasso lag im Wohnzimmer direkt davor und schien sich überaus wohlzufühlen. Er gähnte sie an und ließ sich das Köpfchen kraulen.

»Wie hast du die alte Heizung wieder in Gang bekommen?«, erkundigte sich Lina. Dann wurde sie plötzlich nervös. »War das teuer?«

»Nö. Keine Sorge. Nur ein bisschen Handwerkermagie gepaart mit ganz viel Fluchen, Ausprobieren und einem Anruf bei einem alten Heizungsmonteur. Er sagt übrigens, dass es für die Dinger keine Ersatzteile mehr gibt und du dir dringend eine neue Heizung anschaffen sollst. Nachtspeicheröfen sind wirklich schon lange nicht mehr auf dem neuesten Stand der Technik, aber eins nach dem anderen. Erst mal ist es wichtig, dass dieser Eisbunker auftaut.« Lukas zwinkerte ihr zu. »So lässt sich auch viel angenehmer Tapete abreißen. Vom Duschen ganz zu schweigen.«

Lina ignorierte wie immer die kleinen Spitzen. Lukas verstand nach wie vor nicht, warum sie lieber Tapete abriss, als sich um die wirklich dringenden Dinge zu kümmern. Die Wahrheit war ganz simpel: Sie hatte von Heizungen, Dämmmaterial und Dachdeckerarbeiten keine Ahnung.

»Spaghetti mit Zucchini?«, fragte sie ihn stattdessen. Als sie seine skeptische Miene sah, verdrehte sie die Augen. »Für dich hau ich auch noch ein wenig Gehacktes in die Pfanne.«

Sie hatte recht schnell bemerkt, dass Lukas länger blieb, wenn sie ihn mit Essen versorgte. Offenbar konnte er nicht kochen. Sie hingegen kochte gerne und freute sich darüber, nicht alleine essen zu müssen und von Lukas für ihr Mahl gelobt zu werden. Eine Win-win-Situation. Ohne dass sie es direkt bemerkt hatte, war so etwas wie Routine in ihren Alltag eingekehrt.

Während sie das Essen zubereitete, schraubte Lukas an irgendwelchen wichtigen Leitungen herum. Diesmal im Bad. Bitte, dachte sie still vor sich hin, lass es den Warmwassertank sein! Noch immer war sie zu stolz, um Lukas um konkrete Dinge zu bitten. Das wirkte dann so, als habe sie die Kontrolle über das Haus verloren.

Sie hatte sich endlich zu dem Entschluss durchgerungen, dass es keine Schande war, Hilfe anzunehmen. Wenn du etwas nicht selbst kannst, dann such dir jemanden, der was davon versteht, hatte ihre Tante Charly schließlich stets erklärt. Sie hatte eine ganze Armee von Leuten um sich geschart, die ihr half. Dank ihres Charismas hatten die Menschen das gerne getan, und Charly hatte sich auf ihre Art revanchiert. So war sie einfach gewesen: liebevoll, charmant, ein Paradiesvogel. Als Künstlerin zwar eher ohne Erfolg, dafür aber ein wunderbarer Mensch. Und Lina war langsam bereit, ihrer Tante nachzueifern.

»Lukas! Hände waschen! Essen ist gleich fertig«, rief sie und versuchte die Erinnerungen abzuschütteln. Nach wie vor vermisste sie Charly schrecklich. Zum Glück tat sie endlich das, was ihre Tante sich gewünscht hätte: Lina kümmerte sich ums Haus und um sich selbst.

Lukas kam in die Küche, wusch sich in der alten Waschschüssel wie selbstverständlich die Hände und setzte sich an den Küchentisch. Wie immer musste sich der große Mann dabei ein wenig zusammenfalten. Doch ihn schien es nicht zu stören.

»Ich habe nachgedacht«, sagte Lina feierlich.

»Oha, das ist etwas ganz Besonderes«, erwiderte er schmunzelnd, was Lina nur die Augen verdrehen ließ.

»Ich möchte gerne nach einem Fachwerkhaus hier in der Nähe suchen, das bald abgerissen wird. Um uns Baumaterial davon zu klauen. Upcycling mal anders.« Sie stellte ihm seine riesige Portion Spaghetti vor die Nase, setzte sich und sah ihn gespannt an.

Er warf einen Blick auf seinen überquellenden Teller und zog eine Augenbraue hoch. »Willst du mich damit so mästen, dass ich zu allem nur noch Ja und Amen sage?«

»Nein. Aber ich will dich friedlich stimmen. Ich habe nämlich im Internet recherchiert. Wir brauchen Lehmsteine mit Strohanteil, um die maroden Wände auszubessern. Es bringt nichts, Backsteine oder andere moderne Baustoffe zu verwenden. Das fault nur. Vielleicht finden wir auch einige Dachziegel, die wir stibitzen können, und Holzbalken zum Austauschen. Was meinst du?«

Lina hielt gespannt die Luft an. Es war seltsam, wie wichtig ihr Lukas' Meinung in so kurzer Zeit geworden war. Er wirkte nachdenklich, während er seine Spaghetti aufdrehte. Wie immer dachte er erst gründlich nach, bevor er seine Meinung von sich gab. »Klingt gut«, sagte er. »Sogar sehr gut. Soll ich mal meine Kontakte spielen lassen? Natürlich nur mit deiner huldvollen Einverständniserklärung.« Er zwinkerte ihr zu.

Sie grinste ihn breit an. »Ich genehmige diese Initiative.« Ein wenig mulmig war es Lina schon. Plötzlich wurde aus ihrer fixen Idee tatsächlich ein Projekt. Wenn sie nach einer Bauruine suchten, die sie auseinandernehmen konnten, gab es kein Zurück mehr. Dann ging es ans Eingemachte. Ans richtige Renovieren.

Vor Aufregung schlug Linas Herz schneller, und wenn sie Lukas' nachdenkliche Miene musterte, entdeckte sie eine ähnliche Energie in seinen Augen. Ihm gefiel die Idee.

»Ich muss ab Montag wieder ins Büro«, sagte er unvermittelt. »Da habe ich auch bessere Möglichkeiten, um nach passenden Objekten zu suchen. Wir arbeiten zwar im Brückenbau, aber ich kenne ein paar Leute, die uns bestimmt weiterhelfen können. Ich komme dann nach Feierabend hierher. Wird schon klappen.«

Mit einem Zeigefinger deutete er auf die Pinnwand. »Dann kannst du auch gleich den Zettel *Lukas ermahnen, nicht alles allein zu erledigen* abhängen.«

Lina spürte, wie sie rot wurde. Verdammt. Er hatte ihre neuesten To-do-Notizen entdeckt. Um sich keine Blöße zu geben, stand sie möglichst erhaben auf, ging zum Schreibtisch und nahm das entsprechende Papier ab. »Zufrieden?«

»Oh, ja! Und könntest du bei Gelegenheit auch den Zettel *Den Katzendieb fertigmachen* abnehmen? Der macht mich ganz nervös!«

Lina musste ihn eine Weile in dem Wust suchen. Er hing direkt neben *Endlich mal wieder zum Friseur gehen* und *Briefe öffnen*.

»Mit welchen ominösen Briefen schlägst du dich da eigentlich herum? Die Zettel gibt es ja in dutzendfacher Ausführung!«

Lina antwortete zunächst nicht, sondern setzte sich zu Lukas und schrieb einen neuen Zettel. Schweigend hielt sie ihm das Papier hin.

»Lukas ermahnen, die neugierigen Pfoten von meinen Zetteln zu lassen. Sonst wird er rausgeschmissen«, las er laut vor und seufzte tief. »Okay. Warnung ist angekommen.«

»Gut.« Zufrieden zerknüllte Lina den Drohbrief und lehnte sich zurück. »Du durchsuchst also meine Sachen. Sonst noch was Spannendes gefunden?«

Er musterte sie von oben bis unten. »Ich habe ein paar Rätsel rund um deine Erscheinung gelöst. Rätsel, die allerdings neue Verwirrung gestiftet haben. Zuallererst bist du eine Postbotin, die keine Briefe mag. Das ist schon mal höchst seltsam. Es gibt da Gerüchte um eine ganz bestimmte Postbotin in einem ganz bestimmten Dorf, in dem etwas ganz Schreckliches geschehen ist. So schrecklich, dass es in allen Zeitungen stand. Kennst du sie zufällig?«

Er weiß es, dachte Lina schaudernd. Vor Schreck brachte sie keinen Bissen mehr runter. *Gleich wird er nach Einzelheiten fragen und mich auslachen und den Kopf schütteln.*

Doch Lukas tat weder das eine noch das andere. Stattdessen zuckte er mit den Achseln. »Aber diese Postbotin wird als hysterische Katzenhasserin beschrieben. Mit so jemandem lässt du dich bestimmt nicht ein. Wo wir bei meinem nächsten Rätsel sind: Du wirkst eigentlich total gesellig, igelst dich aber ein. Und das auch noch in einem Haus, das gelinde gesagt heruntergekommen ist. Ich bin neugierig, was für eine Geschichte dahintersteckt.«

Lina zwang sich, eine Gabel voller Spaghetti zum Mund zu führen. Der Appetit war ihr vergangen. Trotzdem versuchte sie, gelassen zu wirken. »Ich erscheine nur gesellig, bin es aber nicht«, log sie nach kurzer Pause. »Dafür darfst du dich bei meinen Eltern bedanken. Die sind die ungeselligsten Menschen, die ich kenne. Sie schämen sich für meine Berufswahl. Eine Postbotin als Tochter ist unter ihrer Würde. Wir sprechen nicht viel miteinander, und wenn ich ehrlich bin, finde ich das auch völlig in Ordnung. Sonst noch Rätsel, die ich dir in diesem Leben nicht beantworten werde?«

»Na ja. Ich frage mich schon, was genau die Absperrung da zu bedeuten hat.« Lukas deutete auf eine Ecke im hinteren Bereich der Küche, die Lina mit rot-weißem Flatterband markiert hatte.

Wenn ich ihm das sage, hält er mich endgültig für verrückt, dachte Lina für sich. Laut sagte sie: »Eine Dame muss ihre

Geheimnisse haben. Geheimnisse, die ein Mann ohnehin niemals verstehen wird. Also versuch es gar nicht erst.« Um von weiteren heiklen Fragen abzulenken, wechselte sie rasch das Thema. »Freust du dich auf die Arbeit?«

»Hmmmm ... geht so«, brummte er und steckte sich hastig eine große Gabel voller Nudeln in den Mund.

»Ich dachte immer, dass Unternehmensbosse mit den Hufen scharren, um ihre Untergebenen erbarmungslos zu noch mehr Effizienz anzutreiben. Dass sie dafür leben. Dass sie das lieben!«

Lukas zuckte mit den Schultern. »Ich mag meine Arbeit ja auch. Wirklich. Allerdings fürchte ich, dass uns das bei der Renovierung weit zurückschlagen wird. Ich bin ein Workaholic. Wenn es schlecht läuft, werde ich kaum noch hier mit anpacken können. Das wurmt mich jetzt schon.«

»Aber wenn du weißt, dass du zu viel arbeitest, kannst du doch auch dagegen ansteuern. Du bist der Boss. Zumindest in deinem Unternehmen. Da wirst du dir ja wohl freinehmen können, um keinen Ärger mit deinem anderen Boss zu riskieren. Nämlich mit mir.«

»Ich bin der Boss, das stimmt. Aber dass Bosse sich jederzeit freinehmen können, ist ein Gerücht. Ich trage die Verantwortung und kann nicht einfach alles stehen und liegen lassen.«

»Tja. Du trägst auch hier Verantwortung. Und zwar für Picasso und dieses Haus.« Sie lächelte, um ihren Worten die Schärfe zu nehmen. »Ich bin mir sicher, wir finden eine Lösung. Das ist uns ja sogar bei dem Katzendrama gelungen. Ich denke, da haben wir eine schöne Win-win-Situation draus gemacht, wobei ich definitiv besser abgeschnitten habe. Wer hätte gedacht, dass mein Erzfeind so schnell mein persönlicher Sklave wird.« Sie gluckste vergnügt.

»Ich bin nicht dein Sklave. Ich helfe dir, damit Karlo nicht einfach unter einem Haufen morscher Dachbalken begraben wird. Und damit du auf Ewigkeiten in meiner Schuld stehst.«

»Ha! Da bist du aber schief gewickelt. Ich biete dir die Gelegenheit deines Lebens, um deinen Handwerkertraum zu verwirklichen. Du solltest mir dankbar sein.«

»Du meinst wohl eher Handwerkeralbtraum.«

»Ach, sei still und iss deinen Tofu.« Lina grinste fies, woraufhin Lukas deutlich langsamer kaute und seine Spaghetti musterte.

»Tofu?«

»Ich bin Vegetarierin. Schon vergessen? Ich füttere dich seit vierzehn Tagen mit Fleischersatz. Und schau an: Du bist nicht tot umgefallen. Ich denke, wir zwei können eine ganze Menge voneinander lernen. Ich mache aus dir noch einen waschechten Vegetarier, und du machst aus mir eine richtig gute Firmenchefin, die ihren einzigen Mitarbeiter ganz hervorragend herumkommandieren und nach Strich und Faden austricksen kann.«

Lina hätte schwören können, dass Lukas kurz überlegte, seine Spaghetti zu verweigern. Dann siegte jedoch der Hunger, und er aß weiter, wenn auch mit deutlich leidender Miene.

»Das wirst du mir büßen«, murmelte er leise, doch seine Augen funkelten amüsiert.

»Eins zu null für mich, Schätzchen. Und sechs zu null für den Tofu.«

Nach dem Essen arbeiteten sie am Haus weiter. Lina assistierte und war damit vollauf zufrieden. Sobald es ihr zu langweilig wurde, zog sie los, um sich an der Tapete abzureagieren. Bis ihr Telefon klingelte.

Nicht Mama, war stets ihr erster Gedanke. Tatsächlich war es so gut wie nie ihre Mutter. Diesmal war es Linas Freundin Anna.

»Wie läuft die Renovierung?«, fragte Anna direkt.

Aha! Marleen hatte also gepetzt. »Die läuft bestens«, erklärte Lina vergnügt und musste dabei nicht einmal lügen. Es lief wirklich hervorragend. Besser, als sie je erwartet hatte. »Gerade kratze ich die grüne Tapete von der orangen ab. Mal sehen, was sich darunter verbirgt. Vermutlich …«

Lukas kam in den Raum. »Sprichst du mit mir?«, fragte er.

»Nee, mit einer meiner Freundinnen. Ich telefoniere.« Lina sah ihn strafend an und wedelte mit der Hand, um ihn zu verscheuchen. Doch zu spät. Anna hatte bereits Lunte gerochen.

»War das ein Mann? In deinem Haus?«, fragte sie aufgeregt.

»Das war ein Mann in meinem Haus, ja. Aber kein Grund, gleich auszurasten. Das war nur Lukas, mein persönlicher Sklave.« Sofort hätte sie sich am liebsten auf die Zunge gebissen. Steilvorlage. Gefährlich!

»Dein persönlicher Sklave?«, quietschte Anna begeistert und lachte schallend. »Wer hätte das gedacht? Die scheue Lina hält sich ihren persönlichen Lustsklaven. Ist er bereits ans Bett gefesselt?«

»Kein Lustsklave«, korrigierte Lina möglichst würdevoll. »Er arbeitet hart für mich.«

Aaaaah! Warum sagte sie denn solche Sachen? Zu allem Übel kam auch noch Lukas wieder rein und zog eine Augenbraue in die Höhe. Bei den Worten »Lustsklave« und »hart«war er wohl hellhörig geworden. Vermutlich hörte er Annas schallendes Gelächter quer durch den Raum. Warum hielten die brüchigen Dielen immer noch, obwohl man im Boden versinken wollte?

»Im Haus«, rief Lina hastig und mit rotem Kopf. »Er arbeitet hart im Haus! Er ist Picassos Co-Herrchen, und weil er nicht will, dass dem das Dach über dem Kopf zusammenbricht, hilft er mir bei der Renovierung des Hauses. Alles voll normal.«

»Total normal. Das klingt ganz nach einer Lina-Aktion. Ist er denn heiß?«

Lina musterte Lukas, der noch immer in einiger Entfernung vor ihr stand und sie fragend ansah. Seine Muskeln spannten sich ganz leicht unter seinem Shirt, und nicht zum ersten Mal fragte sich Lina, wie er wohl mit nacktem Oberkörper aussah. Hatte er ein Sixpack? Hilfe! Was dachte sie da?! Und hatte er die Frage ihrer Freundin verstanden? Eher nicht. Dazu war ihr Handy zu leise. »Ja«, sagte Lina schlicht, denn irgendetwas musste sie ja sagen.

Anna pfiff anerkennend. »Und er renoviert für dich? Sososo. Ein Schelm, der Böses dabei denkt. Ruf mich zurück, sobald du deinen heißen Haussklaven losgeworden bist. Ich will Details!«

Damit legte Anna einfach auf. Lina blieb noch einen Moment reglos stehen und steckte zögernd ihr Handy in die Hosentasche. Lukas war noch immer im Raum und wartete auf eine Erklärung. Kommentarlos wandte sie sich wieder ihrer Tapete zu, spürte seine Blicke aber im Rücken.

»Das war eine Freundin von mir. Sie wollte nur wissen, wie es mit der Renovierung vorangeht«, sagte sie schließlich zur Wand.

»Aha. Und warum dreht sich euer Gespräch dann um Lustsklaven?«, erkundigte Lukas sich amüsiert. Bevor Lina antworten konnte, war er bereits draußen. Sie hörte aber noch, wie er grinsend hinzufügte: »Soso. Ich bin also heiß. Schön zu wissen!«

Lina brauchte einen Moment, um den Schrecken zu verdauen. Dann brüllte sie zurück: »Bild dir nichts drauf ein! Auf die inneren Werte kommt es an!«

Daraufhin lachte Lukas nur noch lauter.

Aufgewühlt beschäftigte sich Lina noch ein wenig mit der Tapete, dann hielt sie es nicht mehr aus. Sie ging zu ihm ins Bad, setzte sich auf das alte Klo und sah ihm dabei zu, wie er an der Dusche herumschraubte.

»Ich will nur kurz eins klarstellen: Bloß weil ich dein Äußeres recht ansprechend finde, will ich nichts von dir«, sagte sie energisch. Lukas schraubte weiter, zog aber eine Augenbraue hoch. »Ich sage das so deutlich, um Missverständnissen vorzubeugen. Wir haben eine Art Geschäftsbeziehung und große Verantwortung gegenüber Picasso. Er braucht geordnete Verhältnisse für ein gutes Katzenleben. Ich bin auch gar nicht auf der Suche nach meinem Traumprinzen, also falls du dir Hoffnungen machst …«

Der Schraubendreher, oder was immer Lukas da in der Hand hatte, fiel scheppernd zu Boden. Er fluchte zunächst, dann wandte er sich ihr zu. War das Belustigung in seinen Augen? »Liebe Lina, du darfst unbesorgt sein. Ich bin kein Teenager mehr, der auf der Suche nach der großen Liebe ist. Damit bin ich bereits böse auf die Nase gefallen. Ich finde, du hast einen ziemlich knackigen Hintern und ein niedliches Gesicht. Doch ich benötige derzeit weder eine Freundin noch eine Bettgefährtin, eine Sexsklavin oder eine Ehefrau. Ich bin Single aus Überzeugung und möchte das gerne bleiben.«

Lina musterte ihn einen Moment schweigend, dann nickte sie, stand auf und kehrte Sekunden später mit Block, Kugelschreiber und Lesebrille zurück. Sie setzte sich wieder auf den Toilettendeckel und klickte dramatisch mit dem Kuli herum. »Alles klar. Nachdem wir jetzt das Missverständnis zwischen uns ausgeräumt haben, können wir deine Zukunft in Angriff nehmen. Dann erzähl mal.«

»Erzählen von was?«

»Von deiner Bruchlandung in Sachen Liebe. Es wird Zeit, dass du dich einem Menschen anvertraust. Jemandem, der gute Ratschläge erteilt und sich mit Psychologie auskennt. So jemand sitzt gerade vor dir. Ich kann dir helfen, dein Herz zu öffnen.«

Lukas starrte sie einen Moment verblüfft an. »Ist das etwa

deine Version einer Psychologin? Und was für eine Ausbildung willst du gemacht haben?« Kopfschüttelnd machte er sich wieder ans Werk, während Lina nur weiter mit der Mine des Kugelschreibers herumspielte.

»Ich habe jede Menge Fachliteratur gelesen. Ich weiß, wie Männerherzen ticken. Außerdem kann ich auf Tante Charlys Ratschlagsblock zurückgreifen, in dem sie tausend kluge Lebensweisheiten notiert hat.« Sie hob den Block hoch und wedelte damit herum.

Jetzt hatte sie Lukas' ungeteilte Aufmerksamkeit. »Was für Literatur?«

»Jane Austen, Nora Roberts, Nicolas Sparks, Emily Brontë, Susan Mallery …«

»Die schreiben alle Liebesromane und keine Nachschlagewerke über die Liebe!«

»Jeder Liebesroman ist ein Nachschlagewerk über die Liebe! Er zeigt uns, wie wir mit gebrochenen Herzen, unerfüllter Sehnsucht, verzweifeltem Verlangen oder schrecklichem Verrat umgehen können. Und da ich in diesem Feld hinreichend belesen bin, stehe ich dir voll und ganz mit Rat und Tat zur Seite. Gemeinsam mit Tante Charly werden wir dein zertrümmertes Ingenieurherzchen schon wieder zusammensetzen. Gib uns eine Chance!«

Nie im Leben hätte Lina erwartet, dass Lukas tatsächlich darauf einging. Sie hätte sogar Picasso dagegen verwettet. Zu ihrer Überraschung dachte er jedoch tatsächlich über ihre Worte nach. Dann nickte er.

»In Ordnung«, sagte er. »Wenn wir es schaffen, bis zu meinem Geburtstag ein altes Fachwerkhaus als Ersatzteillager zu finden, das Dach neu einzudecken und deinen Garten so weit vorzubereiten, dass wir dort eine Gartenparty feiern können, ohne dass sämtliche Gäste sich erst durch Unkraut, Hecken, verwilderte Apfelbäume und Gerümpel quälen müssen,

DANN werde ich dir meine Geschichte erzählen. Aber erst dann.«

»Wann hast du Geburtstag?«

»Am fünften Mai.«

Lina sprang auf und hielt ihm die Hand hin. »Gebongt. Das schaffen wir.« Sie grinste übers ganze Gesicht. »Das wird grandios. Wir suchen dir eine Frau fürs Leben, und die besorgt dir eine neue Katze, sodass Picasso sogar eine Gattin findet. Sie schmeißt all deine hässlichen Designermöbel raus, bringt dich jeden Tag zum Lachen und wird meine beste Freundin. Hach. Ich spüre eine sonnige Zukunft für uns beide.«

»Ich spüre, dass dein Sprung in der Schüssel immer größer wird. Und wenn ich mich offenbaren muss, dann musst du das auch! Ich will wissen, was es mit den Briefen auf sich hat! Und warum du dich hier einigelst, anstatt das Leben zu genießen. Und wo wir das jetzt geklärt hätten: Dr. Herzchirurgin, fang mal lieber an, die Kacheln runterzukloppen. Ich muss wissen, was hier so nach Schimmel riecht. Solange die Ursache unentdeckt bleibt, wird das nichts mit unserem Seelenstriptease.«

Lukas

Es war erstaunlich, was für eine Energie Lina entwickelte. Sie wollte unbedingt wissen, was Lukas in Sachen Liebe widerfahren war. Diese Neugierde beflügelte sie dermaßen, dass er sich langsam Sorgen um sein Geheimnis machte.

Eigentlich hatte er nie vorgehabt, ihr über seine Vergangenheit zu berichten. Das Haus bis Anfang Mai soweit in Schuss zu bekommen, dass es vorzeigbar war, war ihm unmöglich erschienen. Allmählich befürchtete er jedoch, dass er sich geirrt hatte. Lina wirkte wie ein Orkan, der durch sein Leben pustete.

Ganz unauffällig hatte sich sein Lebensmittelpunkt verschoben. Während seines Urlaubs war ihm das nicht so bewusst geworden, doch seit er fast jeden Tag pünktlich Feierabend machte, um beschwingt nach Hause zu gehen und sich in seine Handwerkerklamotten zu schmeißen, veränderten sich sowohl sein Alltag als auch seine innere Einstellung.

Er freute sich wieder auf die Tage, die vor ihm lagen. Sie waren nicht mehr grau und ewig gleich, sondern abwechslungsreich und aufregend. Das wirkte sich auch auf seine Arbeit aus. Er war effektiver, um schneller nach Hause gehen zu können. Jobs, die er sonst selbst erledigt hätte, delegierte er. Sogar Kundengespräche gab er nach und nach an seine Mitarbeiter ab, und endlich suchte er sich auch wirklich aktiv einen Stellvertreter. Ihm war klar, dass das ein erster Schritt in die richtige Richtung war. Seit dem Desaster vor fast acht Jahren hatte er im Job niemandem mehr vertraut.

»Dr. Dennhorst? Könnten wir noch einmal über die neue Außenstelle in Bremen sprechen?« Sein fähigster Mitarbeiter Tom Buchholt stand im Türrahmen und sah ihn fast flehend an.

Lukas hatte ihm zwar schon tausendmal gesagt, dass er den Doktortitel weglassen sollte, doch das ignorierte sein Angestellter einfach. Lukas war eigentlich auf dem Sprung in den Feierabend gewesen, sah aber auch ein, dass er Tom nicht erneut vertrösten konnte. Also setzte er sich seufzend wieder an den Schreibtisch und bedeutete ihm, die Tür hinter sich zu schließen.

Sekunden später bereute er seine Entscheidung. Ihm flogen Zahlen, Tabellen, Kalkulationen und Fristen um die Ohren. Vieles davon bedurfte seiner Unterschrift. Ganz zum Schluss legte Tom Buchholt noch einen Mietvertrag auf seinen Schreibtisch.

»Ihre Vermieterin hat erneut gefragt, wann genau Sie einziehen wollen. Und für wie lange.«

Ach, Mist! Das hatte er komplett verdrängt. Der Umzug. Noch vor einem halben Jahr war ihm die Aussicht auf die neue Wohnung wie eine Erlösung vorgekommen. Er hatte die Hoffnung gehabt, dort endlich ankommen zu können. Jetzt erschien ihm ein Wegzug wenig verheißungsvoll. Was sollte aus Linas Haus werden? Aus Lina selbst? Und vor allem: Was machten sie mit Karlo?

»Anfang Mai«, sagte Lukas kurz entschlossen. »Nach meinem Geburtstag.« Bis dahin würde er Linas Haus sicher auf Vordermann gebracht haben. Und dann könnte er Karlo mitnehmen und verschwinden.

Sein Magen zog sich leicht zusammen. Lukas beschlich ein schlechtes Gewissen. Ihm war klar, dass sein Plan ziemlich unfair war. Aber Karlo zurückzulassen war für ihn unmöglich. Doch je länger Lukas darüber nachdachte, desto deutlicher wurde ihm klar, dass er auch Lina vermissen würde. Er mochte sie, das ließ sich nicht länger abstreiten. Ihre quirlige Art riss ihn regelrecht mit. Er brachte sie so gern zum Lachen. Sie hatte dann die Angewohnheit, den Kopf ganz leicht zurückzunehmen und laut loszuglucksen.

Klare Sache: Lukas musste wieder Distanz wahren. Doch wie sollte er das anstellen?

Die nächsten Tage bemühte er sich, ihr aus dem Weg zu gehen. Er schlug ihre Einladungen zum Essen aus, arbeitete zügiger und konzentrierter als sonst und kam sich dabei unfassbar dämlich vor.

Mit dem Schnee schmolz auch sein Gefühl, das Richtige zu tun. Ihm war nur allzu bewusst, wie sehr Lina an dem Kater hing. Und dennoch. Er war der rechtmäßige Besitzer, und er konnte Karlo unmöglich aufgeben. Ich ziehe meinen Plan durch, dachte Lukas grimmig.

Die Zeit schritt unweigerlich voran. Gerade noch lag der Schnee knöchelhoch, und wenig später wurden die Bäume grüner und grüner, das Gras wuchs, die Pollen flogen, und die ersten Hummeln surrten verschlafen von Blume zu Blume.

Lina und Lukas hatten tatsächlich ein Fachwerkhaus gefunden, das abgerissen werden sollte, und konnten sich so günstiges Baumaterial beschaffen. Es war endlich Land in Sicht, was die Renovierung anging.

Sie hatten es sogar geschafft, das Schlafzimmer so weit herzurichten, dass Lina aus der Küche ausziehen konnte. Das neue Schlafzimmer wirkte so gemütlich und heimelig, dass Lukas sein eigenes dagegen schrecklich steril und unbehaglich vorkam. Wieso war ihm das früher nie aufgefallen?

Auch mit dem Wohnzimmer kamen sie gut voran. Der Kamin glänzte, die Dielen waren abgeschliffen, und Lina lackierte momentan den riesigen Holztisch. Sie hatte ein Händchen für Dekoration und konnte mit wenigen Griffen alte Möbel so aufarbeiten, dass ihr Charme wieder zur Geltung kam. Einen ganzen Abend hatten sie damit zugebracht, die schönsten Gemälde ihrer Tante hervorzukramen, um sie über dem Kamin aufzuhängen.

Da sie sich nicht hatten einigen können, dekorierte Lina seitdem alle paar Tage um. Wann immer Lukas also ins Wohnzimmer kam, hing dort ein anderes Bild. Auch wenn er es niemals offen zugeben würde: Er freute sich schon jeden Abend darauf, wieder ein neues Gemälde zu entdecken.

Auch das Bad hatten sie renoviert. Die Rohre waren weit

besser in Schuss als befürchtet, sogar der alte Boiler konnte zu neuem Leben erweckt werden. Nur die Kacheln mussten runter. Was dahinter zum Vorschein kam, brachte allerdings ihren gesamten Zeitplan durcheinander. Zum Glück trieb Lukas einen alten Kumpel auf, der sich mit der Bekämpfung von Schimmel auskannte und ihnen half.

Wenige Wochen später sah das Bad schon vorzeigbar aus. Sie hatten antike Kacheln verwendet, die Lina auf dem Dachboden entdeckt hatte. Sie waren zwar nicht moderner als die alten, doch mit neuem Lack glänzten sie schon bald viel hübscher.

Selbst die Treppe konnten die beiden mittlerweile risikofrei benutzen. Daher hatten sie sich nun den ersten Stock vorgenommen. Nervös registrierte Lukas, dass ihm die Zeit zwischen den Fingern verrann. Sein Geburtstag stand kurz bevor und mit ihm der Umzug. Die Kartons warteten gut versteckt in seinem Keller. Viel wollte er nicht mitnehmen, denn die Wohnung in Bremen war bereits voll möbliert. Ein Übergangsheim für ein halbes Jahr. So lange, bis das neue Bauprojekt abgewickelt sein würde.

Am liebsten hätte er seinen Geburtstag übergangen. Doch Lina ließ das nicht zu. Sie hatte den Tag rot im Kalender umrandet und mehrere Zettel an ihre Pinnwand geheftet. *Kuchen backen. Kerzen besorgen. Girlande aufhängen.*

Am Samstag war es so weit. Um Punkt sieben Uhr vier stand Lina bei Lukas auf der Matte, mit frischen Croissants und einem gigantischen Geburtstagskuchen.

»Überraschung«, rief sie und ignorierte, dass er noch im Schlafanzug war und sie müde anblinzelte. Sie drängelte sich an ihm vorbei, enterte seine Küche und bereitete summend Pancakes und Eier mit Tofu statt Speck zu.

Seit wann hatte er eigentlich dunkelrote Pfannenwender und selbst gehäkelte Topflappen? Auch die Strichzeichnung von Rurberg im Frühling über dem Herd war definitiv neu. Hatte Lina das etwa mitgebracht?

Lukas musterte seine neue Ausstattung und beschloss, dazu zu schweigen. Stattdessen setzte er sich an den Tresen und sah ihr bei der Arbeit zu. Er mochte es, wie sie sich bewegte. Katzenhaft und etwas unkoordiniert zugleich. Sie war außerordentlich laut, ließ ständig etwas fallen, erreichte aber mit Schallgeschwindigkeit ihr Ziel.

»Du weißt aber schon, dass wir hier in Deutschland sind? Pancakes gehören eher in einen amerikanischen Hollywoodfilm.«

»Macht doch nichts! Das ist doch das Tolle an neuen Bekanntschaften. Man kann seine eigenen Rituale erschaffen. Ab sofort gibt es an jedem deiner Geburtstage Pancakes.«

Ein Stich ging durch Lukas' Herz. Jetzt war es an der Zeit, es ihr zu sagen. Zu beichten, was er plante. Aber er brachte es einfach nicht über sich. Es war so schön, umsorgt zu werden. Selbst wenn Lina gerade seine hübsche Designerküche mit Orangensaft bespritzte. Das mit der Saftpresse musste er ihr dringend noch mal zeigen.

Wenig später saß er an seinem Esstisch und ließ sich von Lina das Essen auf den Teller schaufeln. Es brachte nichts, sich ihr zu widersetzen. Unauffällig schob er Karlo den vegetarischen Speck zu, der ihn noch viel unauffälliger verspeiste. Wenn Katzen etwas konnten, dann dezent etwas Verbotenes zu tun.

»Und was hast du sonst noch so geplant?«, fragte Lukas schließlich unsicher.

»Grandioses, mein Freund. Grandioses!« Vergnügt ertränkte Lina die Pancakes in Ahornsirup. »Da du ja jetzt zum alten Eisen gehörst, habe ich meine Tagesplanung natürlich auf deine veränderten Lebensumstände angepasst. Bei alten

Leuten muss man aufpassen, dass sie sich nicht übernehmen.« Sie grinste breit.

»Ich bin dreiunddreißig geworden«, erwiderte Lukas gequält.

»Ganz genau. Der Lack ist ab, aber keine Sorge: Nach heute wirst du dich wie nach einer Wunderkur fühlen!«

Und los ging es. Lina startete den Tag mit einer Tour quer über den See zum beschaulichen Städtchen Heimbach. Da der Weg vom Anlieger zum Ortskern recht weit war, setzten sie sich in die Rursee-Bahn. Eingequetscht zwischen Rentnern, jungen Familien und Pärchen ging es mit der kleinen blau angemalten Bahn quer durchs Dorf zur Burg Hengebach. Sie aßen eine Kleinigkeit, um derart gestärkt die zehn Kilometer zu Fuß durch das Naturschutzgebiet zurück zum Anlieger zu wandern. Von dort wechselten sie aufs Schiff und tuckerten quer über den See. Am Ufer gab es Schnittchen und Sahnetorte im Café, wobei Lina nicht müde wurde, sämtlichen Leuten um sie herum mitzuteilen, dass Lukas Geburtstag hatte.

Das Schiff brachte sie zurück nach Rurberg. Dort aßen sie ein Eis und genossen die warmen Sonnenstrahlen des Frühlings. »Die hab ich bestellt«, bemerkte Lina und deutete auf die Sonne. »War teuer. Also müssen wir jede Sekunde nutzen, schließlich haben wir dafür bezahlt!«

Zunächst war Lukas nur Lina zuliebe mitgekommen. Solche Tagesausflüge waren normalerweise nicht sein Ding. Doch je mehr er sich darauf einließ, desto entspannter wurde er. Er liebte die Natur und fragte sich, warum er in den letzten Monaten so wenig seiner Zeit draußen verbracht hatte.

Weil du ein Haus renovierst, erinnerte er sich selbst. Das war aber nur die halbe Wahrheit. In den letzten Jahren war er zum Schreibtischtäter mutiert. Unglaublich, was aus ihm geworden war!

»Ist dir eigentlich schon aufgefallen, dass wir das einzige Mann-Frau-Duo sind, das nicht Händchen hält?«, fragte Lina unvermittelt.

Lukas blinzelte und sah sich um. Tatsache. Ob alt, ob jung – wer als Pärchen unterwegs war, hielt Händchen. »Das ist der Frühling. Die Hormone. Sobald sie zu Hause sind, wechseln sie vom Händchenhalten zum Armdrücken.«

Lina lachte leise vor sich hin. »Du hast ja eine wirklich traurige Ansicht über die Liebe. Schau nur, diese beiden. So alt und doch verliebt!« Sie deutete auf einen älteren Herren, der seine Frau eingehakt hatte.

»Die beiden halten sich gegenseitig aufrecht. Wenn er seinen Arm wegzieht, kippt sie um. Mit Liebe hat das nichts zu tun.«

»Aber natürlich! Das ist sogar die tiefste Liebe, die auf Erden möglich ist. Sie beschützen einander, helfen sich. Sich gegenseitig Halt zu geben, ist doch total toll!«

Lukas unterdrückte einen tiefen Seufzer. »War ja klar, dass die Romantikerin das so sieht. Für mich bedeutet es aber auch, dass man verlernt, auf eigenen Beinen zu stehen. Ich finde das ziemlich beunruhigend. Aus einem Individuum wird zwanghaft ein ›Wir‹, das auf Gedeih und Verderb voneinander abhängig ist. Das ›Ich‹ wird einem ausgetrieben. Und wenn der eine den anderen verlässt, bleibt nicht mehr als eine Hülle, die von jedem Windhauch umgeweht wird.«

Lina blieb abrupt stehen und sah ihn entsetzt an.

Er war selbst überrascht über seine Worte. Sie hatten bitter und hart geklungen. Und doch war es genau das, was er all die Jahre empfunden hatte. Sein »Ich« war während seiner Beziehung mit Nicole ausradiert worden. Die Rückkehr zu sich selbst war lang und hart gewesen. Bis heute war er nicht der Alte. Wie denn auch? Die Wunden waren zu tief.

»Das war eine echt psychopathische Rede«, sagte Lina in

die Stille hinein. »Vergräbst du dich deshalb so in deiner Arbeit? Damit du nicht das ›Wir‹ vermisst?«

Er lachte freudlos. »Ich vermisse das ›Wir‹ keineswegs. Allerdings hat das Ende meiner Beziehung dazu geführt, dass ich in der Arbeit fast erstickt bin. Mein ehemaliger Partner hat mir meine Verlobte ausgespannt. So sieht es aus. Seitdem bin ich fertig mit der Liebe.«

Lina sah ihn ehrlich betroffen an. »Das ist ja furchtbar. Du musst dir einfach alles von der Seele reden, damit du damit abschließen kannst. Und offen bist für Neues.« Als er darauf etwas sagen wollte, hob sie eine Hand. »Nein, warte! Für so ein Gespräch brauche ich meine Brille, meinen Kugelschreiber, Tante Charlys Kluge-Ratschläge-Block und vor allem was Hochprozentiges. Sonst habe ich Angst, dein Herz endgültig in tausend Scherben zu zerschlagen. Bevor ich mich also in die Nesseln setze, fragen wir lieber echte Liebesexperten.«

Sie schnappte sich seinen Arm und zog ihn hinter sich her. Lukas stolperte völlig verunsichert drauflos. Was hatte … nein! Er erkannte ihr Ziel, doch da war es schon zu spät.

Lina hatte das ältere Pärchen eingeholt und verstellte den beiden den Weg.

»Entschuldigen Sie bitte die Störung, aber das hier ist ein Notfall. Sehen Sie diesen Mann? Das ist Lukas. Er sieht nicht danach aus, aber die Liebe hat ihm übel mitgespielt. Ich versuche, ihm wieder neue Hoffnung in seinen Dickschädel einzutrichtern. Hätten Sie als glückliches Paar vielleicht einen Tipp für ihn?«

Sie sah die beiden offen und ehrlich an. Lukas hingegen versuchte sich seine Scham nicht anmerken zu lassen. Die Leute guckten auch so schon perplex genug. Doch dann stahl sich ein Lächeln auf das Gesicht der Dame.

»Die Liebe ist etwas Wundervolles. Sie ist wie Sonnenstrahlen auf der Haut. Wie Cappuccino auf der Zunge. Wie das Lachen des Herzens. Aber …« Die Alte trat einen Schritt auf sie beide zu und tätschelte Linas Arm. »… sie kommt nicht immer in Form eines Liebespaares daher. Es geht um Vertrauen, um schöne Momente, die man miteinander teilt, um Wege, die man gemeinsam geht. Das hier ist zum Beispiel mein Bruder.« Sie zwinkerte Lina zu. »Wir lieben einander sehr, aber ich bin froh, ihn nicht als Ehemann ausgesucht zu haben. Dazu sind wir uns viel zu ähnlich.« Sie angelte wieder nach dem Arm des Mannes. Nebeneinander schlenderten sie langsam davon.

Lukas versuchte verzweifelt, sich das Lachen zu verkneifen, gab dann aber auf. »Du hast eine gute Poetin ausgesucht, die ein schlechtes Beispiel für Liebespaare abgibt. Aber es war ein netter Versuch, du Hobbypsychologin.«

In dieser Sekunde drehte sich die alte Dame noch mal um. »Aber ihr zwei! Ihr seid wirklich zuckersüß!«

Lukas sah genau, wie Lina rot wurde. Kurz überlegte er, ob er sie damit aufziehen sollte, entschloss sich dann aber dagegen. Gefährliches Terrain. Vor allem, weil sie ihn plötzlich so seltsam musterte. Als sei sie eine Katze auf Beutefang.

»Was steht jetzt an?«, wechselte er eilig das Thema, bevor sie noch etwas sagte, das sie beide hinterher bereuten.

»Entweder wir wandern von hier aus in den Nationalpark Eifel, legen uns am Eiserbachsee an den Strand oder gehen zu mir, um den Grill anzuschmeißen. Deine Entscheidung.«

»Jetzt darf ich an meinem Geburtstag doch noch was bestimmen?«

»Einen Wunsch hast du frei.«

Ihm fiel die Wahl nicht schwer. Er war genug unterwegs gewesen. Außerdem mochte er Linas Zuhause und wurde von einem warmen, freudigen Gefühl erfasst, wann immer er es betrat. Mittlerweile lagen die Dachschindeln wieder ordentlich am Platz, die Wände in der ersten Etage waren makellos, die Dielen ohne Krater und das Wohnzimmer warm. Lina hatte sogar bereits damit begonnen, die oberen Räume zu entrümpeln. Zurzeit tünchte er die Wände im Arbeitszimmer, sodass Lina schon bald dort einziehen durfte.

Als er nach ihrer Rückkehr das alte Gartentor aufstieß, blieb er abrupt stehen. Es fiel ihm nicht entgegen! Lina musste es repariert haben. Tatsächlich sah die Aufhängung neu aus. Leise pfiff er durch die Zähne.

»Wenn du das schon cool findest, dann guck mal hoch.« Lina drängelte sich an ihm vorbei und breitete die Arme aus. »Tataaaa!«

Wow. Sie hatte die Wiese gemäht, die Hecke gestutzt und sogar einen Teil des gefliesten Terrassenbereichs gekärchert. Die Steine glänzten regelrecht. Rechts und links vom großen Schwenkgrill hatte sie zwei Kübel mit blühenden Frühlingsblumen gestellt, und die Gartenmöbel hatte sie neu gestrichen, sodass die Terrasse fast wie in einem Werbeprospekt wirkte.

Lina hüpfte aufgeregt in sein Blickfeld. »Schau nur, wie hübsch die blauen Blümchen aussehen. Hornveilchen, hat mir die Verkäuferin gesagt. Die würde selbst ich nicht kleinkriegen. Und die daneben sind Stiefmütterchen in verschiedenen Farben. Tante Charly sagte immer: Blumen vertreiben die Dunkelheit des Winters. Und was soll ich sagen? Sie hatte recht!«

Lina klatschte wie ein kleines Mädchen in die Hände, dann deutete sie auf den Rasen. »Ich habe mir den Mäher vom Bauern geliehen. Der Zaun da hinten ist jetzt kaputt, weil ich den Trecker sonst nicht hier reinbekommen hätte, aber hey: Wo gehobelt wird, fallen Späne. Außerdem war der Zaun eh morsch. Oh! Die Hecke hab ich zusammen mit Herrn Rupert geschnitten. Ich rechts, er links.«

Lukas musterte pflichtschuldigst die Strauchreihe und unterdrückte nur mühsam ein Lachen. Linas Bereich sah aus, als sei eine Kettensäge darüber hinweggefegt. Herrn Ruperts Arbeitsfläche hingegen war wie mit dem Lineal gezogen.

»Eine Hecke mit Charakter, definitiv«, murmelte Lukas. Er folgte der zappeligen Lina in den Garten hinein. Auf den ersten Blick sah er wesentlich ordentlicher aus als zuvor. Auf den zweiten entdeckte er noch viele wilde Ecken wie in einem kleinen Urwald. Es passte zu Lina und dem Rest des Hauses.

»Frau Meyer-Schulze, auf ein Wort!«, ertönte in dem Moment eine Stimme hinter der Ecke. Zunächst sah Lukas lediglich einen Strohhut und graue Haare, dann erschien ein Paar stahlblauer Augen zwischen den Zweigen.

Lina versteifte sich, trottete aber brav zur Rednerin. »Was kann ich für Sie tun, Frau Rupert?«

»Diese nächtlichen Aktivitäten müssen aufhören! Das ist einfach unerträglich. Beim Kärchern mitten in der Nacht war ich verärgert, dachte mir aber: Na, wenn sie meint … Als Sie dann mit diesem Trecker losgelegt haben, war ich fassungslos, aber das Schneiden der Hecke in der Nacht war zu viel des Guten. WARUM müssen Sie das um ein Uhr erledigen, wo alle schlafen?«

»Weil es eine Überraschung sein sollte für meinen Freund hier.« Lina deutete auf Lukas, der sich möglichst klein machte. »Er hilft mir im Haus. Heute ist sein Geburtstag. Ich hatte nur die zwei Nächte, um alles hübsch zu gestalten. Wenn ich es tagsüber gemacht hätte, hätte er es bemerkt. Es tut mir leid, wenn ich Sie und Ihren Mann belästigt haben sollte.«

Frau Rupert schnaubte. »Meinen Mann haben Sie nicht belästigt. Der ist taub wie ein DJ in Rente. Aber mich bringen Sie wiederholt auf die Palme. Frau Winkelmaß und Ihre Tante Charlotte waren ja schon ein Chaosduo, aber Sie …«

Kopfschüttelnd ging sie von dannen.

Lukas wartete amüsiert, bis sich Lina mit hängenden Schultern zu ihm umgedreht hatte. »Du bist echt ein Nachbarschreck, aber wenigstens weiß ich nun, woher die dunklen Ringe unter deinen Augen kommen. Dachte schon, du wirst krank.« Er trat auf Lina zu und legte einen Arm um sie. Die Nähe war seltsam und gleichzeitig vertraut. Erst jetzt wurde ihm bewusst, dass er sie noch niemals umarmt hatte. Nicht zur Begrüßung und nicht zum Abschied. Nicht einmal, als sie ihm gratuliert hatte. Sie berührten einander einfach … nie. Warum eigentlich?

Sie war zarter als gedacht. Knochiger, aber auch sehniger. Winzig. Aber sie passte erstaunlich gut in seinen Arm. Passend zum Anlehnen.

Er verdrängte den Gedanken und atmete zur Sicherheit gleich mal etwas flacher. Lina duftete nach Sonne, Frühling und ein wenig nach der Farbe des Hauses. Ihm gefiel das besser als jedes teure Parfum.

»Das war eine wirklich grandiose Überraschung«, lobte er sie, während sie nebeneinander zum Grill hinübergingen. »Sie wurde zwar auf den Gebeinen einer guten Nachbarschaft aufgebaut, ist dafür aber umso wertvoller.«

Lina schnaubte. »Seltsam ist nur, dass mir Herr Rupert in der Nacht geholfen hat.«

»Ich vermute, er wollte nur dafür sorgen, dass du schneller fertig wirst und dir nicht noch mehr den Zorn seiner Ehefra…«

»Nicht hinsetzen!«

Geradezu panisch riss Lina ihn zurück, kurz bevor sein Hintern die Gartenbank berührte. »Was?«, fragte er erschrocken.

»Ich habe die Bank erst heute Morgen gestrichen. Sie ist noch nicht ganz trocken.«

Die beiden sahen sich an, dann brachen sie in Gelächter

aus, bis ihnen die Tränen kamen. Davon angelockt schlenderte Karlo zu ihnen herüber, setzte sich neben sie und sah ihnen mit schief liegendem Kopf zu. Lukas kraulte ihn kurz und schmiss danach kopfschüttelnd den Grill an.

Dieser Tag würde ihm für immer im Gedächtnis bleiben. Da war er sicher. Er war so richtig Lina-like. Nur halb durchdacht, aber mit ganz viel Herz geplant.

Lina hatte für ihn etwas von der Weihnachtsgans aufgetaut und legte sich selbst Paprika, Zucchini und Pilze auf den Grill. Für ihn war das mittlerweile so selbstverständlich, dass er nicht mehr diskutierte. Noch vor ein paar Monaten hätte er erklärt, dass dieses Vegetarier-Zeugs die Ehre seines Grills verletzen würde. Heute sah er das differenzierter. Linas Art zu leben war für ihn manchmal merkwürdig, aber weder besser noch schlechter als seine. Ein anderer Blickwinkel.

Sie hatte in der Zwischenzeit zwei Stühle und einen kleinen Hocker aus der alten Gartenlaube geholt. Die Möbel wirkten nur noch wenig belastbar, aber auch daran hatte sich Lukas mittlerweile gewöhnt. Es musste nicht immer alles perfekt sein.

Lina riss ihn aus seinen Gedanken, indem sie ihm ein Bier reichte und sich zu ihm an den Grill gesellte. Die Dunkelheit war längst eingezogen und tauchte den Garten in eine Mischung aus hellen und dunklen Tupfen. Lina hatte Lampions in den aufgeräumten Ecken aufgehängt, sodass das Chaos verschwand. Das Fachwerkhaus thronte im Hintergrund und träumte im Dornröschenschlaf.

»Ich hatte lange überlegt, ob ich ein paar deiner Mitarbeiter einladen soll. Aber dann habe ich mich doch nicht getraut«, gestand Lina. Eine Grille zirpte. Die erste des Jahres. »Von Freunden oder Familienmitgliedern haben mir die Nummern gefehlt. Also musst du mit mir vorliebnehmen.«

Sie breitete die Arme aus und grinste.

Mit dir allein zu sein, ist mir ohnehin tausendmal lieber, schoss es Lukas durch den Kopf. Er genoss es tatsächlich. Jede Minute. Jeden Atemzug. Lina war so herrlich unkonventionell und sprühte vor Leben, dass es auch auf ihn abfärbte. Er fühlte sich in ihrer Nähe lebendiger, wichtiger und ja ... geborgener.

Und genau das machte ihm allmählich mehr Angst als jede Auseinandersetzung mit einem hohen Bauunternehmer. Er kannte dieses Gefühl, das sich ganz langsam anschlich. Das in sein Herz sickerte und es so zufrieden schnurren ließ wie Karlo bei einer intensiven Streichelrunde. Er verlor gerade sein »Ich« und machte Platz für das »Wir«. Immer öfter dachte er: Das muss ich Lina zeigen oder erzählen oder vorführen. Sofort schlug sein Verstand Alarm. Es erinnerte ihn an glückliche Zeiten mit Nicole und an den folgenschweren Absturz danach.

Lina klapperte mit den Tellern und riss ihn aus den Gedanken. »Lass mal das Grübeln«, merkte sie an. Manchmal fand er es erschreckend, wie gut sie ihn kannte. »Der Abend ist zu schön, um ihn damit zu verschwenden. Außerdem habe ich noch eine Extraüberraschung auf Lager.«

Lukas riss sich ihr zuliebe zusammen, setzte sich zu ihr und konzentrierte sich nur noch auf das Essen. Es schmeckte hervorragend. Danach klappten sie zwei alte Liegestühle aus, holten sich jede Menge Decken und legten sich in den Garten, um zu den Sternen hinaufzuschauen. Für Anfang Mai war es bereits erstaunlich warm.

»Jetzt müssen wir nur noch warten«, flüsterte Lina. »Es dauert ein bisschen, aber es lohnt sich.«

Im Dunkeln konnte Lukas nur ihre Konturen erkennen. Sie hatte sich die Decke bis übers Kinn gezogen und eine rote Mütze mit weißen Sternchen aufgesetzt. Die Sternchen waren deutlich zu sehen, der Rest verschwamm mit der Umgebung.

»Schau nicht mich an. Schau nach oben«, befahl sie.

Ertappt. Er sah fort und tat wie geheißen.

»Ich schulde dir noch eine Geschichte«, sagte er nach einer Weile und fragte sich augenblicklich, ob er noch bei Verstand war. Wieso sprach er denn ausgerechnet dieses Thema an?

»Ich weiß, und glaube mir: Ich brenne darauf, sie zu hören. Aber ich finde, dass wir den perfekten Abend nicht mit traurigen Herzschmerzgeschichten vergiften sollten. Statt darüber zu reden, was in der Vergangenheit alles so schiefgelaufen ist, sollten wir den alten Schmerz mit schönen Momenten einfach überschreiben. Daaaa! Schau! Da ist er!«

Aufgeregt richtete sich Lina in ihrer Liege auf und deutete in den Himmel. Ein leuchtender Punkt zog langsam über sie hinweg. »Meine bestellte Sternschnuppe für dich zum Geburtstag!«

Lukas blinzelte und beobachtete das Lichtlein einen Moment lang verblüfft, dann lächelte er. »Das ist keine Sternschnuppe. Das ist …«

»Das ist genau das, wofür wir es halten. Ein Licht am Himmel kann eine Sternschnuppe sein, wenn wir es glauben wollen. Also wünsch dir was!«

Lukas gab nach, beobachtete gemeinsam mit Lina den an ihnen vorüberschwebenden Satelliten und wünschte sich eine Sache aus tiefstem Herzen. Ein Wunsch, der niemals in Erfüllung gehen würde. Nicht, weil das Schicksal zuschlug und etwas Schreckliches geschehen würde, sondern weil er sehenden Auges den Weg verbaute, den Lina ihm gerade freigeräumt hatte.

Karlo sprang ihm auf den Schoß und schnurrte dabei leise. Er erinnerte ihn daran, für wen er das hier alles tat. Nicht für sich. Nicht für solch kitschige Augenblicke. Für seinen Kater. Er streichelte ihn lächelnd und fragte sich, ob es je einen perfekteren Moment in seinem Leben gegeben hatte.

»Ich bin die berühmte Postwagenunfallfahrerin«, erzählte Lina ganz unvermittelt. »Diejenige, die das Weihnachtsfest von Goldenheim ruiniert hat.«

Lukas war überrascht über ihre Offenheit. Er spürte, dass das ein großer Moment für Lina war. »Du musst mir das nicht erzählen.«

»Aber ich will. Ich muss. Ich habe mir nämlich gerade gewünscht, dass ich mit dieser Sache endlich abschließen kann. Um ganz neu anzufangen. Der erste Schritt ist, jemandem meine Seite der Geschichte zu erklären.« Sie schwieg einen Moment. »Du bist wenig überrascht. Also weißt du wirklich schon längst, wer ich bin.«

Lukas zuckte mit den Achseln, was sie in der Dunkelheit vermutlich gar nicht sehen konnte. »Ich gebe zu, dass ich recherchiert habe. Das, was ich gefunden habe, war wenig schmeichelhaft. Aber um ehrlich zu sein, war mir das relativ egal. Deine Version würde ich aber sehr gerne hören.«

»Okay. Warte kurz!« Lina stand auf, wuselte ins Haus und kam mit fünf Kerzen, zwei Whiskygläsern, einem Block und Schokolade zurück. Die Schokolade aß sie auf, noch bevor sie sich gesetzt hatte. »Beruhigt die Nerven«, erklärte sie ihm.

»Solange du den Whisky nicht genauso schnell runterkippst, wie du die Schokolade verdrückt hast, verkneife ich mir jeden Kommentar.«

Er nahm das Glas aus ihrer Hand. Eine kurze Berührung, mehr nicht. Sie reichte jedoch, um ihn wissen zu lassen, dass das wirklich eine ganz besondere Nacht war. Es knisterte zwischen ihnen. Prickelte.

Lina ließ sich wieder in die Liege plumpsen, setzte sich dann aber im Schneidersitz darauf und sortierte die Kerzen um sich herum. Das Flackern der Lichter verlieh ihrem Gesicht eine faszinierende, fast schon unheimliche Aura.

Dann räusperte sie sich. »Es war einmal ...«, fing sie an.

Lukas unterbrach sie direkt. »Bitte nicht! Bitte nicht im Märchenformat!«

»Hallo? Das ist meine Geschichte – und die kann ich erzählen, wie ich möchte. Du darfst das gleich auch mit deiner machen. Und jetzt sei ruhig!« Sie räusperte sich. »Also: Es war einmal eine einfache Postwagenfahrerin namens Lina. Das bin ich.« Sie deutete mit einem Zeigefinger auf sich, woraufhin ihr Lukas zuprostete. »Sie war glücklich und zufrieden mit ihrem Zustellbezirk, in dem sie wohnte. Alle Leute mochten sie. Weil ihr Gebiet ziemlich groß war, durfte sie einen gelben Postwagen fahren. Ihr ganzer Stolz. Sogar Klimaanlage gab es, nur kein Radio. Weil sie ein wirklich großherziger Mensch war, übernahm sie die Heiligabendschicht. An dem Abend schneite es, und es war dramatisch glatt auf den Straßen. Doch unsere unerschrockene Heldin wusste, wie wichtig ihr Job war, und trotzte der Gefahr. In ihrem Lieferwagen stapelten sich die Weihnachtspäckchen des gesamten Dorfes. Dank eines lang anhaltenden schrecklichen Krieges zwischen der Gewerkschaft und der Post waren in den letzten drei Wochen keine Päckchen mehr ausgeliefert worden. Durch eine Weihnachtsamnesie …«

»Du meinst Weihnachtsamnestie … Amnesie war die Krankheit mit dem Gedächtnisverlust. Amnestie das mit der Begnadigung«, mischte sich Lukas an. Er zog den Kopf ein, als er ihren bösen Blick spürte. »Dann halt Amnestie … jedenfalls durfte unsere Postbotin endlich sämtliche Pakete ausliefern. Der Schneefall nahm zu, während die erste Häuserzeile vor ihr auftauchte. Das Auto schlingerte, doch unsere Heldin war eine gute Autofahrerin. Nur noch schnell am Dorfweiher vorbei, dann konnte sie … bääääääm!«

Lukas zuckte tatsächlich zusammen, als Lina ihn unvermittelt anschrie. »Eine Katze kam von links nach rechts aus dem Busch gehüpft, direkt vor den Postwagen. Unsere

Heldin schrie und hatte nur Sekunden, um sich zu entscheiden. Die Katze überfahren? Oder ein riskantes Ausweichmanöver? Sie entschied sich für Letzteres, riss das Lenkrad herum, die Bremsen quietschten, der Wagen ruckelte wie ein durchgehendes Pferd. Dann verloren die Reifen jede Haftung auf der eisglatten Straße. Das Auto drehte sich um sich selbst, die Pakete im Laderaum purzelten durcheinander, und … das Fahrzeug durchbrach den Zaun vom Dorfweiher. Der Wagen rutschte das kurze steile Stück runter zur Eisfläche, bekam für einen winzigen Moment Halt darauf und schoss dann nach vorne. Für wenige Sekunden dachte unsere Postbotin, dass sie noch mal Glück gehabt hatte. Das Eis hielt! Doch dann hörte sie es knacken und krachen. ›Nein, bitte nicht‹, flehte sie verzweifelt, doch ihr Stoßgebet blieb trotz Weihnachten ungehört. Zuerst brach das Eis unter dem rechten Hinterreifen. Dort lag ein besonders schweres Paket von Familie Weidinger. Vermutlich die neue Hantelbank des dicken Sprösslings. Danach sackte der Wagen seitlich ab.

Unserer Postbotin war längst klar, dass sie sich in Lebensgefahr befand. Sie sprang hinaus und rutschte auf der glatten Oberfläche fast aus. Ein weiteres Knacken. Das Eis bekam überall Risse, und dort, wo der Reifen bereits im See hing, schwappte tödliches Wasser zu ihr rüber.«

Lina holte tief Luft und trank einen großen Schluck von ihrem Whisky. Ohne dass Lukas es gewollt hatte, hing er an ihren Lippen. Ihm war auch klar, dass sie die Kunstpause gerade genoss, um ihn schmoren zu lassen. Endlich erlöste sie ihn.

»Unsere Paketbotin war mutig. Sie sprintete zum Kofferraum und riss die Ladeklappe auf. Sie wollte wirklich nur die Pakete rausholen. Eine Übersprunghandlung in ihrer Verzweiflung. Doch die abrupte Bewegung war zu viel für das ohnehin brüchige Eis. Auch das linke hintere Rad sackte ein, und dann ging alles ziemlich schnell. Ein Bersten, Krachen,

Knacken – und schon versank das Auto unweigerlich in den Fluten des Dorfweihers. Vor den ungläubigen Blicken des Pastors, einer Horde Kindergartenkinder und der verzweifelten Postbotin.«

»In den Fluten? Wie tief war denn dieser Höllenteich?«

»Sssssht! Du störst die Atmosphäre! Der Teich ist nicht irgendein kleiner Tümpel, sondern ein richtiger Schwimmweiher mit einer durchaus beeindruckenden Tiefe. Na ja … es machte jedenfalls ›blubb‹, und weg war das Auto. Mitsamt sämtlicher Pakete.«

Lukas musste leise lachen. »So wie du das sagst, klingt es eher lustig.« Da er Linas eisige Miene bemerkte, versuchte er eilig, sein Grinsen zu unterdrücken. »Nicht lustig, gar nicht lustig. Erzähl weiter!«

»Unsere arme Postbotin war untröstlich. Sie wäre beinahe den Paketen hinterhergehüpft. Das Eis drohte, unter ihr einzubrechen. In letzter Sekunde rettete sie sich ans Ufer, wo sie zusammenbrach. Mittlerweile war das gesamte Dorf anwesend und starrte den Postwagen an, der bis zu den Vorderreifen im See steckte. Es waren nur noch das vordere Kennzeichen und die Motorhaube zu erkennen. Der Ortsvorsteher kam eilig hinzu. Anstatt zu fragen, wie es der Postbotin ging, schrie er: ›Da war mein Fernseher drin!‹.«

Lukas lachte lauter. »Ernsthaft?«

»Ja. Jetzt mal ehrlich: Wer lässt sich so was schicken? Warum fördert der Ortsvorsteher nicht den lokalen Einzelhandel und kauft im kleinen Tante-Emma-Laden ein? Na ja, wie dem auch sei. So langsam sprach sich rum, was geschehen war. Immer mehr Leute drängelten sich um die arme Paketzustellerin. Sie fragten seltsame Dinge wie: ›War mein Päckchen auch mit drin?‹, ›Wo sind denn die Briefe, haben Sie die denn nicht retten können?‹ und ›Sind Sie blind? Haben Sie den Weiher etwa übersehen?‹ Irgendwann gebot der Ortsvorsteher zu schweigen und erkundigte sich, warum die Postbotin so etwas Grausames getan hatte. Die antwortete: ›Da war eine kleine schwarze Katze mit einer weißen Schwanzspitze und einem weißen Öhrchen. Die konnte ich nicht überfahren. Es war ein Unfall.‹ Doch das mit der Katze glaubte niemand im Dorf. Sie waren sich sicher, dass die Postbotin unaufmerksam gewesen war und die Geschichte mit der Katze nur erfand, um ihre Haut zu retten. Denn solch eine Katze mit weißen Tupfen – die gab es im ganzen Umkreis nirgendwo. Und so begann eine schreckliche, gemeine Hetzjagd auf die arme Frau. Ich gebe zu, sie schlug sich in den nun folgenden Interviews mit der Presse eher schlecht. Irgendwie kam sie ein wenig seltsam rüber, da sie immer und immer wieder die Katze erwähnte. Doch sie war verwirrt und verängstigt und allein. Da ist rationales Denken schwierig. Für das Dorf hingegen wurde sie zur Geächteten. Sie musste umziehen, verlor ihren Bezirk und wurde strafversetzt. Niemals wieder sollte sie in der Nähe eines Weihers arbeiten. Die ersten zwei Monate war sie suspendiert, danach kam sie in den Innendienst, und anschließend erhielt sie nur noch kurze Touren. Noch Wochen später bekam sie Drohbriefe aus dem Dorf, Post von fiesen Anwälten und gemeine Anrufe vom Ortsvorsteher. Die kleine schwarze Katze tauchte niemals auf. Sie blieb verschwunden. Unsere Postbotin floh schließlich in das Märchenschloss ihrer verstorbenen Tante, igelte sich ein und grämte sich. Ihre Freundinnen eilten von nah und fern herbei, um ihr beizustehen, doch viel tun konnten sie nicht. Von ihrer eigenen Familie wurde sie verstoßen. Welche Blamage! Welche Peinlichkeit! Und bis heute gärt dieser Schmerz in ihrem Inneren und sorgt dafür, dass sie fast jede Nacht wieder und wieder von quietschenden Reifen träumt. Prost!«

Lina hob ihr Glas und leerte es in einem Zug. Irrte er sich, oder schniefte sie ganz leise?

»Das ist eine sehr traurige Geschichte«, merkte Lukas an. Er richtete sich in seiner Liege auf, lehnte sich zur Seite und strich Lina vorsichtig über den Rücken. Im flackernden Licht der Lampen konnte er es nicht sehen, aber er vermutete, dass ihr Tränen über die Wangen liefen.

Lukas konnte es nicht ausstehen, wenn Frauen weinten, vor allem, wenn sie dies aus Kalkül taten. Doch Lina war anders. Lukas spürte den tiefen Schmerz, der sich in ihre Seele gegraben hatte. Sie war verletzt worden. Auf den ersten Blick wirkte ihre Geschichte wie ein tollpatschiges Versehen, auf den zweiten erkannte er die Tragweite dieses Dramas.

»Ich bin sicher, dass die Postbotin mittlerweile wieder festen Boden unter den Füßen hat. Dank eines rot-weiß getigerten Katers und eines wunderschönen Zuhauses«, meinte er vorsichtig. Im Trösten war er eine echte Niete, aber er gab sich Mühe. »Und wenn ihre Familie übersieht, was für einen wertvollen Schatz sie in ihrer Mitte hat, dann kann man ihr auch nicht helfen.«

Lina schniefte laut. »Das hast du aber sehr schön gebrummt. Hast du das etwa aus einem Liebesroman?«

»Nein, das war ein Unikat. Kann ich dir sonst irgendwie helfen? Die Situation erträglicher machen?« Die Liege knarrte bedenklich, als er sich noch etwas weiter zur Seite lehnte, um ihr näher zu kommen. Karlo protestierte, da es ihm zu eng wurde. Er sprang von seinem Schoß und schoss in die Dunkelheit. Lukas beachtete ihn nicht.

Am liebsten hätte er Lina umarmt. Fest und beschützend. Doch er war sich unsicher, ob sie das zulassen würde. Daher ließ er lediglich seine Hand auf ihrem Rücken und spürte ihre Wärme durch ihre dünne Jacke.

Sie strich sich mit dem Handrücken über das Gesicht und straffte sich. »Es gibt tatsächlich etwas, was du tun könntest.

Erzähl mir deine Geschichte! Damit ich nicht mehr länger denke, ich sei der einzige verkorkste Mensch auf der Welt!«

»Meine Geschichte ist aber nur halb so dramatisch wie deine!«

»Ich will sie trotzdem hören. Und danach schlagen wir in Tante Charlys klugem Büchlein nach einem Ratschlag für uns nach.« Sie wedelte mit dem Notizblock herum. Ein letzter Schniefer, dann legte sie sich zurück auf die Liege. Lukas war dadurch gezwungen, seine Hand zurückzuziehen.

Schade. Sie hatte sich dort gut angefühlt.

Er folgte ihrem Beispiel, wickelte sich wieder in die Decke ein und starrte zum Himmel. Seine Geschichte. Sie war tief in seiner Seele vergraben. Eigentlich hatte er kein Bedürfnis, sie hervorzukramen. Aber vielleicht kam er dadurch endlich vollständig ins Gleichgewicht. Die Heilung hatte schon begonnen. Dank Lina, die ihn Schritt für Schritt aus seiner selbst gewählten Isolation geholt hatte.

»Also gut. Aber auf das Märchenformat verzichte ich. Sie ist auch recht schnell erzählt. Ich war seit meinem achtzehnten Lebensjahr mit einer Frau namens Nicole zusammen. Sie war schön, lustig und lebhaft. Wenn sie bei mir war, fühlte ich mich unbesiegbar. Nicole und Lukas – das war in meinem Freundeskreis quasi eine Institution. Wir kannten uns aus der Schule. Ein Highschool-Pärchen wie aus einem Hollywoodfilm, nur ohne Highschool.« Er räusperte sich. Das war der leichte Teil gewesen. In der Dunkelheit sah er Karlos reflektierende Augen auftauchen. Der Kater lag unter einem Busch gegenüber und beobachtete sie.

»An ihrem fünfundzwanzigsten Geburtstag verlobten wir uns. Ich hatte gerade mit meinem besten Kumpel David eine eigene Firma gegründet. Brückenbauberatung. Parallel dazu schrieb ich zu diesem Thema meine Doktorarbeit. Unsere Clique war mittlerweile etwas auseinandergegangen, der Tribut des Erwachsenwerdens. Nur Nicole, David und ich wohnten noch in derselben Stadt. Tja. Und dann kam ich eines Tages nach Hause und erwischte die beiden in flagranti. Ich flüchtete zu meinen Eltern und kaufte dann das Haus in Rurberg, um neu anzufangen. Ende der Geschichte.«

Lina schwieg zunächst, dann kniff sie ihm kräftig in den Oberarm. »Der Anfang war fesselnd, doch den Höhepunkt der Erzählung hast du echt versaut! Hast du die beiden zur Rede gestellt? Was ist mit deiner Wohnung? Mit deiner Firma?«

»Ich habe nie wieder mit ihnen gesprochen. Doch. ›Es ist aus‹, waren meine letzten Worte an Nicole. David habe ich ausgezahlt. Ich war schon immer der Kopf unseres kleinen Unternehmens gewesen. Er ließ sich darauf ein, immerhin bekam er dafür Nicole. Und meine Wohnung. Damals habe ich nicht ein Möbelstück mitgenommen. Ich wollte einfach nur weg. Und nach wie vor möchte ich beide nicht wiedersehen.«

»Und deine Familie? Deine Freunde? Was haben die gesagt?«

»Meine Familie verlangte eine Erklärung für unsere Trennung, aber ich konnte nicht darüber sprechen. Es war schwierig. Sie wollten ständig wissen, wie ich mich fühle. Parallel dazu trauerten sie um ihre verlorene Schwiegertochter. Sie mochten Nicole und wollten nicht glauben, dass wir uns für immer getrennt hatten. Ich habe mich dann nicht mit Ruhm bekleckert, als ich untergetaucht bin. Ehrlich gesagt bin ich ohne Erklärung gegangen und habe ihre Anrufe ignoriert. Sie rissen mich jedes Mal aus dem Alltag und erinnerten mich daran, was geschehen war. Ähnlich verfuhr ich mit meinen Freunden.«

»Du wurdest zum einsamen Wolf, der in dunklen Vollmondnächten den Himmel anheult und der Liebe abschwört.

Warte. Ich schaue in Tante Charlys klugem Block nach, was sie dir jetzt raten würde.«

Eine Taschenlampe erhellte die Nacht, sodass Lukas Linas Gesicht für einen Moment ganz deutlich sehen konnte. Sie hatte wirklich geweint. Ihre Haut war um Augen und Wangen gerötet. Doch ihre Traurigkeit schien Tatendrang gewichen zu sein.

Sie richtete den Lichtstrahl auf den kleinen Block in ihrem Schoß und blätterte eifrig. Dann quietschte sie erfreut. »Hier ist ein Ratschlag von Tante Charly: ›In die Angel der Wahrheit beißen nur Karpfen. Mit dem Netz der Lüge fischt man Lachse.‹ Klingt gut, oder?«

»Klingt wirr. Bin ich jetzt der Karpfen und Nicole der Lachs? Und ist ein Karpfen gut?«

»Jedenfalls hat mein Weihnachtskarpfen gut geschmeckt, also sind Karpfen besser als Lachse. Hm. Okay. Der Spruch übersteigt also unseren Horizont. Der hier ist aber eindeutig: ›Gute Menschen werden betrogen, so wie man gute Pferde zuschanden reitet.‹ Siehst du? Du bist ein guter Mensch. Du musstest also betrogen werden.«

»Das heißt, ich bin selbst schuld an meiner Lebenskrise, weil ich ein guter Mensch bin? Nicht sehr beruhigend. Gibt es da auch einen vernünftigen Rat in deinem Büchlein?«

»Oh, ja! ›Augen zu und durch‹ habe ich lange Zeit versucht. Hat mäßig geklappt. ›Im Wein liegt Wahrheit‹ habe ich sehr ausgiebig praktiziert, ist aber auf Dauer ungesund für die Leber. Ich habe mich dann für diesen Spruch entschieden: ›Wenn dir das Leben Steine in den Weg legt, dann pflaster dir daraus einen Weg ins Glück.‹ Hübsch, oder?«

»Von wem ist das?«

»Keine Ahnung. Vielleicht von Tante Charly selbst. Ich gebe zu, nicht alle Zitate sind wirklich praktikabel. Aber doch! Hier ist eins persönlich an dich gerichtet: ›Lieber

Lukas, vergiss Nicole. Sie war ein Miststück. Die Liebe ist toll. Die Liebe lohnt sich. Also zurück aufs Pferd und gewinn das Rennen. Deine Charly.‹«

»Das steht da nicht!«

»Das würde da aber zu ihren Lebzeiten stehen!«

»Du vermisst sie sehr, oder?« Ihm war klar, dass das eine gefährliche Frage war. Lina balancierte seit gut einer halben Stunde zwischen Lachen und Weinen. Er hatte Angst, dass sie jede Sekunde zur falschen Seite kippen konnte. Da sie sich viel Zeit mit der Antwort nahm, dachte er schon, er sei zu weit gegangen. Schließlich sprach sie aber doch.

»Tante Charly war mein großes Vorbild. Mein Fels in der Brandung. Meine Vertraute. Sie stand stets hinter mir, egal, was ich gesagt, getan oder vermasselt habe. Meine Eltern benutzten sie immer wie ein Schimpfwort. ›Das ist ein typischer Charly‹, sagten sie, wenn jemand etwas Dummes angestellt hatte. Für mich hatte ihr Name eine ganz andere Bedeutung. Wenn meine Mama zu mir sagte: ›Du bist genau wie Charly‹, meinte sie das als Beleidigung, ich hingegen nahm es als Kompliment. Sie war sehr chaotisch, das gebe ich zu, aber sie hatte ein großes Herz und so viel Freude am Leben. Das war immer mein Ziel: Ich wollte das Leben genauso genießen wie sie. Nach dem Postwagenunfall habe ich dieses Ziel aus den Augen verloren, aber allmählich berappel ich mich.«

»Klingt nach einer Frau, die ich auch gemocht hätte.«

»Schade eigentlich. Ihr habt ja lange Jahre quasi gegenüber voneinander gewohnt. Sie hätte dir vieles beibringen können und dir bestimmt geholfen, dich aus deinem selbst geschaufelten Loch zu buddeln. Sie hätte dich herausgezogen.«

»Dafür hat sie mir ja ihre Nichte geschickt. Die hat das auch ganz gut gemacht.«

Sie lächelten sich an, und da war er wieder: der Moment, in dem Lukas automatisch die Luft anhielt. In dem er nur noch

Lina ansehen konnte und seine Welt zu diesem kleinen Ort der Geborgenheit zusammenschrumpfte. Er wollte sie abermals sofort in die Arme nehmen, sie an sich drücken. Ihren Duft einatmen, ihre Wärme spüren.

Tatsächlich beugte er sich ein klein wenig zur Seite, und sie tat es ihm gleich, da war er sich sicher.

In der Sekunde ertönte ein Knarren, ein Knacken – und die Liege brach unter ihm zusammen.

7

Der Schlag tief unter der Gürtellinie

Lina

Lina wachte mit einem Grinsen auf den Lippen auf. Der Abend war anders geendet als erwartet, aber das fand sie nicht schlimm. Was war schon erwartbar?

Noch im Liegen wählte sie Marleens Nummer. Sonntagmorgen brauchte man Anna nicht anzurufen, aber die quirlige Marleen stand meist mit den Sonnenstrahlen auf.

»Vor mir liegen zwei Croissants, eine Butterschnecke und ein noch warmes Brötchen. Was esse ich als erstes?«, ging Marleen ohne Begrüßung dran.

»Das warme Brötchen.« Lina wartete, während Marleen mit ihrem Frühstück beschäftigt war. Dann holte sie tief Luft. »Ich hatte gestern einen Knistermoment.«

Es schepperte. Offenbar hatte Marleen das Brötchen samt Messer fallen lassen. »Mit wem? Etwa mit deinem Haussklaven?«

Aha. Auch Marleen und Anna tratschten untereinander. Lina störte das nicht. Sie hätte es Marleen ohnehin erzählt.

»Ja. Er hatte gestern Geburtstag, und wir haben einen wirklich schönen Tag verbracht. Abends haben wir dann in meinem Garten gegrillt und noch stundenlang auf Charlys alten Gartenliegen nebeneinandergelegen und in die Sterne geguckt. Als dann eine Sternschnuppe vorbeigeflogen kam, war da dieser Moment. Es hat regelrecht gebritzelt.«

Marleen und sie seufzten gleichzeitig.

»Eine Sternschnuppe?«, hakte ihre Freundin nach. »Bist du sicher? War doch gar nichts angesagt.«

Typisch Marleen. Ihr fielen sofort die kleinsten Ungereimtheiten auf. »Es war ein Satellit, aber das ist unwichtig. Es ging um den perfekten Moment mit einem anderen Menschen. Es war sooooo schön!«

»Ihr habt euch geküsst«, quietschte Marleen begeistert.

»Nein. Aber … was nicht ist, kann ja noch werden.«

»Aber ich dachte, er ist ein Ekel!«

»Er ist nur nach außen hin ein Ekel. In Wirklichkeit ist Lukas total gefühlvoll, freundlich und herzerwärmend. Süß und männlich zugleich. Wie dein Brötchen garniert mit deinem Croissant.«

»Hmmmm … gute Idee!«

Lina hörte, wie Marleen mit ihrem Brötchenmesser hantierte, gefolgt von einem geräuschvollen Schmatzen. Eine Weile waren nur ihre Kaugeräusche zu hören, dann nuschelte sie: »Du muscht ihn dir schnappen und küschen.« Sie schluckte und war danach besser zu verstehen. »Quasi als deins markieren. Warte nicht wieder eine Ewigkeit, bevor du den Hintern hochkriegst. Hol ihn dir, Tiger! Und wehe, du füllst erst deine To-do-Listen aus. Hier ist Schnelligkeit gefragt.«

Lina war sich unsicher, ob sie für solch einen Schritt bereit war. Sie mochte die Beziehung zwischen Lukas und ihr so, wie sie war. Was, wenn sie zu weit ging und Lukas damit von sich forttrieb? Oder wenn er nicht das Gleiche fühlte wie sie?

Ja, was fühlte sie denn überhaupt? Sie war aufgewühlt und aufgekratzt. Ihr Inneres kribbelte, und sie spürte, dass eine große Veränderung vor ihr lag.

Es war an der Zeit, die Zukunft anzupacken!

»Du hast recht. Ich …« Tuuuuut. Marleens Leitung war tot. Wahrscheinlich war ihr das Handy in den Kaffee gefallen. Lina rief nicht noch mal an, denn dafür hatte sie keine Zeit.

Pfeifend stand sie auf, öffnete das Küchenfenster und atmete die frische, kühle Mailuft ein. Weiter unten sah sie Herrn Rupert durch seinen Garten stromern. Als er sie entdeckte, winkte er ihr kurz zu und verschwand dann eilig im Haus. Seltsamer Mann.

Von hier aus konnte man auch den Garten von Frau Winkelmaß in all seiner rechtwinkligen Pracht erkennen. Das Einzige, was störte, war ein kleiner Gartenzwerg mit einer Schubkarre, der das exakt angelegte Kiesbeet durchquerte. Eine Geschmacksverirrung oder eine geplante Durchbrechung der Ordnung? Lina fiel das letzte unangenehme Zusammentreffen mit Frau Winkelmaß wieder ein. Das Mysterium rund um den Gartenzwerg in Badehose. War das hier ein Kumpel von ihm?

Gähnend kehrte sie in die Küche zurück, zog sich an und kochte Kaffee. Dabei lauschte sie, hörte aber keine Pfoten auf der Veranda. Als sich auch nach zehn Minuten nichts tat, sah sie nach. Kein Picasso.

Nach einer weiteren zähen halben Stunde wurde Lina unruhig. Ihr Kater wich nur äußerst selten von seiner Routine ab. Morgens lag er auf der Veranda, verschmähte sein Frühstück und ging erst einmal in sein Katzenhäuschen, um dort ein Nickerchen zu halten. Anschließend begleitete er sie zur Arbeit. Da heute Sonntag war, fiel das aus. Picasso weitete in solchen Fällen seine Häuschenzeit aus, bis Lukas auftauchte, um zu handwerkern. Natürlich möglichst leise, um dem angeblich so tauben Herrn Rupert seine Ruhe zu gönnen.

Beunruhigt nahm Lina ihr Handy und rief Lukas an, doch der ging nicht ran. Okay. Jetzt keine Panik! Es war gestern spät geworden, Picasso war die ganze Zeit dabei gewesen, vielleicht war er im Zeitplan durcheinandergekommen. Zwei Minuten hielt es Lina noch auf dem Stuhl aus, dann holte sie ihre Jacke und lief zu Lukas' Haus. Dort klingelte sie Sturm. Nichts.

Ja, waren denn heute alle verrückt geworden?

Sie klingelte noch mal, diesmal vehementer. Zehn Minuten lang, fünfzehn. Sein Auto stand nicht vor der Garage. Gerade überlegte sie, ob sie über den Zaun klettern sollte, als ihr jemand auf den Rücken tippte.

»Wenn Sie beim Umzug mithelfen wollen, sind Sie zu spät dran. Herr Dennhorst ist vor einer halben Stunde losgefahren.«

Verwirrt drehte sich Lina um und sah eine Dame in mittlerem Alter mit einem grauen Stirnband, das ihre braunen Locken aus der Stirn hielt. Sie war klein, aber kompakt, mit einem recht runden Gesicht, ordentlich nachgezogenen Augenbrauen und einem kräftigen Lippenstift.

»Welcher Umzug?«, fragte Lina verwirrt.

»Na, der von Herrn Dennhorst. Sie müssen seine Bekannte sein, von der er immer mal wieder erzählt hat. Ich bin Agnes Adamski, seine Haushälterin.«

Lina nahm die ihr dargebotene Hand und schüttelte sie. Nur langsam sickerten die Worte der fremden Frau in ihr Gehirn.

»Herr Dennhorst ist umgezogen? Aber … wohin denn? Und warum? Und wieso so plötzlich?«

Sofort entdeckte sie Misstrauen in den Augen von Frau Adamski. »Wenn Sie das nicht wissen – wollte er das vermutlich für sich behalten«, entgegnete sie eine Spur kälter. »Herr Dennhorst achtet immer sehr auf seine Privatsphäre. Ich werde sie natürlich wahren.«

Ein letztes Nicken, dann eilte Frau Adamski mit kleinen Schrittchen auf hohen Hacken davon. Lina hastete rasch hinterher.

»Der Kater«, rief sie aufgeregt. »Picasso! Was ist mit ihm? Wo ist er?«

»Ich kenne keine Katze namens Picasso. Sie müssen da etwas verwechseln.«

»Nein, nein, nein! Lukas nennt seinen Kater Karlo und ich meinen Picasso, aber in Wirklichkeit ist es ein und derselbe! Wir teilen uns das Sorgerecht.«

Bei dem letzten Wort blieb Frau Adamski endlich stehen und drehte sich zu ihr um. Sie zog eine Augenbraue hoch. »Das Sorgerecht?«, echote sie ungläubig. Kopfschüttelnd wollte sie weitergehen, bemerkte dann aber die Tränen in Linas Augen. »Aber, aber, Kindchen … das wird sich doch bestimmt schnell aufklären!«

»Nein, ich glaube nicht.« Die Erkenntnis traf Lina mit der Gewalt einer Abrissbirne. Lukas war ausgezogen. Er hatte sein Heim verlassen, war sonst wohin gegangen. Ohne sie. Aber mit ihrem Kater.

Er hatte Picasso entführt!

Zunächst überrollten sie der Schock und das Gefühl, zu ertrinken. Dann kamen die Tränen und mit ihnen der Schmerz und die Ungläubigkeit. Das konnte, nein, das durfte nicht sein! So etwas würde Lukas ihr niemals antun. Oder?

Frau Adamski stand reglos vor ihr und schien mit der Situation überfordert zu sein. Schließlich wühlte sie in ihrer Handtasche und beförderte ein gigantisches altes Mobiltelefon hervor. Sie wählte und lauschte dem Tuten, während Lina noch immer still vor sich hin weinte.

Mitten auf der Straße. An einem Sonntagmorgen. Es war ihr so was von egal, was die Leute über sie dachten.

»Dr. Dennhorst«, sagte Frau Adamski in diesem Moment mit schneidend kalter Stimme. »Hier steht eine junge Frau vor Ihrem Eingangstor und weint wegen ihrer Katze. Kann es sein, dass Sie den falschen Kater eingepackt haben? So viel Fastfood und Fertiggerichte können einem schon mal die Sinne vernebeln.« Lina hörte deutlich den Tadel in ihrer Stimme. Frau Adamski lauschte eine Weile, nickte, schüttelte den Kopf, schnalzte missbilligend, nickte – und legte grußlos auf. »Sie sollen in Ihrem Postkasten nachschauen. Da hätte er einen Brief für Sie hinter…«

Lina rannte bereits los und hörte den Rest des Satzes nicht mehr. Ihr Herz schlug viel zu schnell und war gleichzeitig unendlich schwer. Was tust du, wenn er das Unfassbare getan hat? fragte sie sich während ihres kurzen Sprints. Mit zitternden Fingern fischte sie ihren Schlüsselbund aus der Hosentasche und brauchte einen Moment, bis sie den richtigen gefunden hatte.

Sie hasste Post. Ab sofort noch mehr.

Der Brief purzelte ihr bereits entgegen. Ein schlichter weißer Umschlag, auf dem lediglich *Für Lina* stand. Sie riss ihn an Ort und Stelle auf und begann zu lesen.

Liebe Lina,

wenn du diese Zeilen liest, sind Karlo und ich schon einige Kilometer von euch entfernt. Wir ziehen um in eine andere Stadt. Das ist seit längerer Zeit geplant und stand bereits fest, als wir uns kennenlernten. All die Monate über habe ich überlegt, wie ich es dir schonend beibringen kann. Doch letztlich fehlten mir die Worte.

Ich weiß, wie viel dir Karlo bedeutet. Ich weiß aber

auch, dass ich ebenfalls nicht auf ihn verzichten kann. Er ist ganz klar meine Katze, da bin ich mir absolut sicher.
Zu meiner Verteidigung darf ich sagen, dass ich es viele Male versucht habe, ohne ihn loszufahren. Ehrlich gesagt, fast jeden Sonntag. Ich kam meist etwa zehn Kilometer weit, dann bin ich wieder umgedreht.
Es geht einfach nicht. Ich bin mir sicher, dass du eher ohne Picasso leben kannst als ich ohne Karlo. Daher habe ich mich schweren Herzens dazu entschlossen, ihn mitzunehmen.
Um deinen Abschiedsschmerz zu lindern, habe ich dir dein Zuhause so schön wie möglich gestaltet. Wir sind nicht ganz fertig geworden, aber ich denke, den Rest schaffst du auch ohne mich.
Ich hoffe, du kannst mir eines Tages verzeihen, und bin sicher, dass du schon bald einen guten Picasso-Ersatz finden wirst.

Dein Lukas

Lina las den Brief abermals. Dann noch mal und noch mal. Jedes Mal schnürte sich ihre Kehle weiter zu, und der Druck in ihrer Brust wurde größer. Das konnte er doch nicht ernst meinen! Das war einfach unmöglich!

Sie drehte das Papier um und suchte nach einer versteckten Botschaft. April, April, oder so. Doch da war nichts. Nur die traurigen, ehrenlosen Worte eines eiskalten Betrügers.

Lukas hatte sie hintergangen. Auf schändlichste Weise. Zunächst hatte er sie in Sicherheit gewiegt, ihr falsche Versprechungen gemacht, um dann umso grausamer zuzuschlagen.

Tränen der Wut und der Trauer liefen ihr die Wangen hinunter. Dass ihre Eltern ihre Gefühle mit Füßen traten, war sie mittlerweile gewohnt. Aber Lukas? Das war erschütternd.

Hinterher konnte sie nicht mehr sagen, wie lange sie so am Gartentörchen stand. Eine ganze Weile auf jeden Fall. Herr Rupert sprach sie mehrmals an, gab es aber schließlich auf. Sie kehrte erst ins Hier und Jetzt zurück, als der erste Regentropfen auf ihren Kopf platschte.

Mairegen. Na prima.

Das Wetter passte zu ihrer Stimmung. Daher blieb sie einfach stehen und fühlte, wie der Regen langsam ihre Kleidung durchtränkte. Er wusch auch gleichzeitig ihre Tränen fort und übertünchte ihr Selbstmitleid.

Als es aufhörte, war der Brief fast unleserlich geworden und Linas Wut so angeschwollen, dass es in ihrem Magen brodelte. Sie ballte die Hände zu Fäusten und zerriss das durchweichte Blatt.

»Ich werde dich finden«, schwor sie sich laut. Dann legte sie den Kopf in den Nacken und schrie gen Himmel: »Und dann wirst du das Donnerwetter deines Lebens erleben!«

Lukas

Lukas hatte geahnt, dass sein schlechtes Gewissen heftig werden würde. Doch dass es ihn schon nach nur fünf Kilometern Entfernung zwang, rechts ranzufahren, hatte er nicht erwartet.

Eine Weile saß er reglos am Steuer und starrte vor sich auf den mit Müll überzogenen Wanderparkplatz. Noch schien die Sonne, aber es zog Regen auf. Die dunklen Wolken waren die passende Untermalung für seine üble Stimmung. Von Karlos Reaktion auf den Umzug ganz zu schweigen.

Der Kater hatte sich mit allen Mitteln gegen den Katzenkorb gewehrt. Letztlich hatte sich Lukas durchgesetzt und das Tier in die Transportbox gesetzt. Seitdem fauchte Karlo vor sich hin und rüttelte an seinem Gefängnis. Klare Sache. Er hielt ungefähr genauso viel von Lukas' Plänen wie Lina wahrscheinlich auch.

Ob sie den Brief schon gefunden hatte? Sie stand meist früh auf und suchte garantiert nach Picasso. Ohne ihn frühstückte sie nicht.

Lukas seufzte leise und legte den Kopf auf das Lenkrad.

Du bist ein mieser Schuft, dachte er. Dass ihm das nur allzu klar war, machte es wenig besser. Aber ohne Karlo wegzufahren, hätte er nicht verkraftet. Er hatte es ein paarmal versucht und war nicht weit gekommen. Jedes Mal war er umgekehrt und jedes Mal verzweifelter geworden. Es musste doch möglich sein, sich von seinem Kater zu verabschieden! Er war ein erwachsener Mann! Und dennoch. Karlo war sein Gefährte geworden, ohne den er nicht mehr klarkam.

Also hatte er sich entschlossen, ihn trotz seines schlechten Gewissens mitzunehmen. Damit er nicht erneut kniff, hatte er den Brief direkt nach seinem Geburtstag bei Lina eingeworfen und war dann gefahren, mit Karlo im Gepäck und mit dem festen Willen, es diesmal durchzuziehen.

Schluss jetzt, rief er sich zur Raison. *Der Kater gehört mir. Punkt. Ich habe jedes Recht, ihn mitzunehmen.*

Entschlossen ließ Lukas wieder den Motor an und fuhr weiter – etwas schneller als erlaubt und mit düsteren Gedanken im Kopf. Er war der Böse in der Geschichte, da machte er sich nichts vor.

Und wenn schon. Besser der Böse als ohne Kater und vollkommen unglücklich. Er erwartete wenig vom Leben. Im

Gegenteil: Er lebte doch recht bescheiden, von seiner Luxusvilla mal abgesehen. Aber Karlo, der war ihm wichtig. Und er sah nicht ein, ihn zurückzulassen. Dass ihm Lina in den letzten Monaten ebenfalls ans Herz gewachsen war, war eine unangenehme Komplikation, mit der er klarkommen musste. Er war so dumm gewesen, sich auf sie einzulassen. Jetzt fiel ihm der Abschied unvergleichlich schwerer.

Die nächsten drei Stunden umklammerte Lukas sein Lenkrad so fest, dass die Knöchel weiß hervortraten. Aber er verhinderte dadurch auch, dass er umdrehte und zurück ins Unglück fuhr.

Ja, ins Unglück. Ihm war längst klar geworden, auf was das zwischen Lina und ihm hinauslief. Eine reine Freundschaft war einfach unmöglich. Dazu fand er sie zu anziehend. Zu interessant.

Er war Gefahr gelaufen, sein Herz an sie zu verlieren. Das galt es zu verhindern. Die Flucht war also unausweichlich geworden.

»Red dir das bloß ein«, sagte er laut zu sich selbst. »Das macht es auch nicht viel besser.«

Als er bei seiner neuen Wohnung ankam, tat ihm alles weh. Die Anspannung hatte sich in jeden Muskel gegraben. Er war traurig und deprimiert. Karlo machte es noch schlimmer, indem er beim Stoppen des Wagens erst richtig randalierte und wie wild maunzte. Die Verzweiflung des Katers zerrte an Lukas' Nerven.

Zum Glück war er nur mit drei Koffern und einem Karton umgezogen.

Seufzend holte er die Transportbox aus dem Kofferraum und betrat damit die helle Eingangshalle des Wohnkomplexes. Seine Mitarbeiter hatten lange gesucht, um eine bereits möblierte Wohnung mit Flair zu finden. Der Clou war der Concierge, der bei Lukas' Eintreten hinter seinem Tresen hervorkam.

»Dr. Dennhorst. Ich freue mich sehr, Sie begrüßen zu dürfen. Ich bin Dieter Fuhrwand. Wann immer Sie einen Wunsch haben, sagen Sie mir oder einem meiner Kollegen Bescheid. Der Tresen ist rund um die Uhr, sieben Tage die Woche besetzt.«

Karlo fauchte als Antwort. Lukas hatte Mühe, den Korb festzuhalten, während sich die Männer die Hände schüttelten. Nur mit großer Anstrengung brachte er ein Lächeln zustande. »Es freut mich auch«, log er. Was würde er jetzt dafür geben, um nicht in einem auf Hochglanz getrimmten Empfangsbereich zu stehen und später seine vermutlich sehr unpersönliche neue Wohnung besichtigen zu müssen. Es war Sonntag! Da hatten es sich Lina und er angewöhnt, bis mittags faul im Garten herumzuliegen.

Aber es half ja alles nichts. Er hatte sich entschieden und musste damit leben. Also folgte er Dieter Fuhrwand in einen gläsernen Aufzug und blickte auf Bremen hinunter, während er Stockwerk um Stockwerk hochfuhr. Das also war sein neues Heim. Seine neue Stadt.

Die Wohnung war genau so, wie er befürchtet hatte: extravagant, teuer möbliert, mit riesigen Panoramafenstern für den perfekten Ausblick über die Stadt und einem Charme, so groß wie ein Gartenzwerg.

Zum Glück hatte er auf einen riesigen eingezäunten Balkon für Karlo beharrt. Ohne den wäre er nicht hierhergezogen. Es war nicht ideal, aber auf diese Weise konnte der Kater zumindest an die frische Luft.

Der Concierge versprach, ihm die Koffer hinaufzubringen, und verabschiedete sich dann mit einer leichten Verbeugung. Nur einen Atemzug später stand Lukas allein mitten im Zimmer und drehte sich im Kreis. Aus dem Katzenkorb kamen mittlerweile noch erbostere Laute.

»Ich weiß, du bist sauer. Aber du musst jetzt tapfer sein«,

sagte er zu Karlo. Er beugte sich hinunter und öffnete die Klappe. Sofort schoss der große Kater heraus und flitzte, ohne nach rechts oder links zu gucken, unter die Couch. Von dort fauchte er Lukas böse an und wünschte ihn eindeutig zum Teufel.

Genau wie er sich selbst.

Frühlingsgeflüster

Man hatte mich entführt. Eiskalt in eine dunkle Box gesperrt, kilometerweit verbannt und dann an einem Ort herausgelassen, der für Katzen einfach ungeeignet war. Und wer hatte mir das eingebrockt? Ausgerechnet mein zuverlässiges Herrchen Lukas. Unfassbar.

Ich ließ ihn eine ganze Weile spüren, was ich von der Sache hielt. Der Unterboden der Couch sah danach nicht mehr so edel aus, der Designertisch hatte eine tiefe Furche, und der Teppich stank dezent nach mir. Wer sich mit mir anlegte, der musste mit so etwas rechnen.

Wo waren wir überhaupt?

Ich starrte die Stadt unter mir an, die grellen Tupfen aus roten Rücklichtern, weißen Straßenlaternen und von Fernsehern beleuchteten Fenstern. Eine Großstadt. Das stand fest. Ich entdeckte große Parks mit grünen Wiesen, ausschlagenden Bäumen und knospenden Blumen. Der Frühling fand ohne mich statt, was mir die Haarballen in die Kehle schießen ließ.

Ich musterte den Fluss, der träge unter mir floss. Lukas hatte ihn als Weser bezeichnet. Eine riesige Brücke spannte sich darüber, die Uferpromenade war beleuchtet und voller Leben. Toll. Jeder genoss den Frühling. Nur ich saß im Gefängnis, ohne etwas verbrochen zu haben.

Natürlich. Es gab diesen riesigen Balkon, aber das war für mich kein adäquater Ersatz für die freie Natur. Ich war tödlich beleidigt. Da war die Möglichkeit, mich draußen im Kreis zu bewegen, nur ein Tropfen auf den heißen Stein.

Ich saß drei Tage reglos vor dem Panoramafenster und starrte fassungslos nach draußen. So viel Trubel. So viel Drama. Und ich schwebte über all dem in einem gläsernen Aquarium.

Adieu, wilder Garten. Auf Wiedersehen, Freiheit. Mach es gut, geliebte Katzenminze unter dem Busch. Lebt wohl, ihr Vögel, Mäuse und Würmer. Ich würde niemals wieder mit den Pfoten in der Erde buddeln können. Niemals Schnee oder Sturm riechen oder so schnell rennen können, wie ich wollte.

Ich war gefangen. Als Überlebenskünstler versuchte ich, mich an die veränderten Begebenheiten zu gewöhnen. Das war jedoch schwierig, vor allem, weil nicht nur ich wie ein Gespenst durch die Wohnung stromerte, auch Lukas schien unglücklich zu sein. Er fiel wieder in seine alte Unart zurück und aß vor dem Laptop, während er Tabellen und Zahlen studierte. Der Workaholic war zurückgekehrt – und mit ihm diese düstere, erdrückende Aura.

Ich selbst war machtlos und konnte nur hoffen, dass sich Lina etwas einfallen lassen und mich und ihn hieraus befreien würde. Natürlich liebte ich Lukas noch immer, obwohl er sich so dumm wie ein Beagle benahm. Aber Menschen taten häufiger unlogische, bescheuerte Dinge. Ich war bereit, ihm zu verzeihen. Immer unter der Voraussetzung, dass ich aus diesem Grab aus Glas und Chrom befreit wurde.

Ich maunzte leise, sprang auf seinen Laptop und machte mich absichtlich so breit, dass er nichts mehr sehen konnte. Es war das erste Mal, dass ich ihm so etwas wie ein Friedenszeichen zukommen ließ. Er lächelte fast sofort und strich mir über den Kopf. In dieser Sekunde hieb ich zu. So fest ich konnte.

»Aua«, schrie er erschrocken und sprang auf, sodass der Stuhl polternd zu Boden fiel.

Ich fauchte zur Untermalung und begann dann, meine Tatze zu lecken. Auf dem Laptop blieb ich liegen. Der würde schon noch begreifen, was es hieß, einen freiheitsliebenden Kater seinem Revier zu entreißen. Wahrscheinlich hatte sich bereits diese furchtbare Perserin meinen Garten unter den Nagel gerissen.

Nein! Ich würde zurückkehren. Und bis dahin würde ich Lukas so lange terrorisieren, bis er sich freiwillig Linas Zorn stellte.

8

Der Rosenkrieg mit schlechtem Sex

»Er hat Picasso entführt.« Seit gut drei Stunden gab Lina immer wieder genau diesen Satz von sich, und seit genauso langer Zeit telefonierte sie mit der besorgten Anna und wahlweise auch mit der schlecht zu erreichenden Marleen.

Momentan hatten sie eine Konferenzschaltung hinbekommen, sodass ihre Freundinnen sie mit geballter Kraft aufrichten konnten. Sie erinnerte sich dunkel an den Tag, als es ihr ähnlich schlecht gegangen war. Damals, vor einem Jahr und fünf Monaten. Als ihr Leben ebenfalls zusammengebrochen war und sie nur noch Schwärze um sich herum gesehen hatte.

»Wenn sie den Satz noch ein einziges Mal sagt, setze ich mich in den nächsten Zug und fahre zu ihr«, sagte Marleen zu Anna. Die beiden ignorierten Linas Gestammel seit einer Weile und diskutierten stattdessen untereinander.

»Deine Prüfungen stehen an«, mahnte Anna, die stets alles im Blick hatte. »Du bleibst mal schön daheim und büffelst. Wenn, dann fahre ich.«

»Aber du ziehst doch diese Woche um«, weinte Lina. Sie schnäuzte sich erneut, was durch den Telefonhörer sicherlich ohrenbetäubend laut war. »Ich komme klar. Ich muss mich gerade nur ausheulen, aber morgen ... morgen wird er mich kennenlernen.«

Sie waren übereingekommen, dass sie Lukas' Namen nicht mehr in den Mund nahmen. Seitdem hieß er nur noch »der Schuft«, »der miese Arsch« oder schlicht »er«.

»Und wie willst du das machen? Du hast keine Ahnung, wohin er gezogen ist.«

»Es gibt Hinweise. Zur Not hänge ich seine Haushälterin kopfüber von einer Brücke, oder ich durchsuche sein Haus nach Notizen, oder ich rufe bei seiner Firma an oder ...«

»Du beruhigst dich erst mal. Ich meine, ich finde es ja super, dass du dich nicht in dein Schneckenhaus verkriechst wie beim Postwagenfiasko, aber kopflose Pläne bringen dich nachher noch in Schwierigkeiten. Und vielleicht kommt er ja auch wieder zurück.« Den letzten Satz glaubte niemand, nicht einmal Anna selbst.

Eine Weile war es still, dann seufzte Marleen tief. »Lina, ich höre genau, dass du gerade schreibst. Bitte sag nicht, dass du an einer To-do-Liste sitzt.«

»Und ob! Ich notiere tausend Methoden, wie ich ihn umbringen werde. Von qualvoll bis erniedrigend.« Lina wusste, dass ihre Freundinnen ihre Listen hassten. Sie verstanden nicht, wie wichtig sie für sie waren. »Ich brauch das, um Ordnung ins Chaos zu bringen. Sonst geht alles den Bach runter.«

Ein Knurren kam durch die Leitung. »Es reicht mir. Ich sage es ihr jetzt, Anna!«

»Nein, das tust du nicht! Da waren wir uns doch einig.«

»Schon, aber sonst platz ich noch. Wie kann man nur so blind sein? Lina! Du bist die einzige Frau, die ich kenne, die sich wegen ihres Hangs zum Chaos dermaßen schämt und dabei kein bisschen chaotisch ist! Deine Tante war eine Chaotin, ich bin eine, dein Kater hat auch eine Neigung dazu, aber bei dir entsteht die Chaosenergie nur daraus, dass du Chaos unbedingt vermeiden willst. Du nimmst es als Ausrede, dein Leben nicht in den Griff bekommen zu können. Aber weißt du was? Du stehst dir selbst im Weg, nicht das Chaos!«

Bumm. Das hatte gesessen. In der Leitung war es totenstill, unterbrochen von einem beunruhigenden Piepsen.

»Marleen, ich bringe dich um, wenn dein Akku gerade jetzt ausgeht, wo du uns so richtig reingeritten hast«, schimpfte Anna.

Linas Tränen hingegen versiegten mit einem Schlag. So harsche Worte sahen Marleen überhaupt nicht ähnlich, was nur zeigte, wie ernst es ihr war. Eigentlich sollte Lina beleidigt sein. Stattdessen wurde sie nachdenklich.

Ihr Blick klebte an der Liste, die sie gerade schrieb. *Langsam grillen*, stand dort als letzte Todesart. Sie musterte ihre überfüllte Pinnwand, danach die Ordner in alphabetischer Reihenfolge. Augenblicklich wurde ihr kalt.

»Lina, bist du noch dran?«, fragte Anna vorsichtig. »Marleen ist wohl aus der Leitung geplumpst.«

»Ja, bin ich.« Lina räusperte sich. »Siehst du das etwa genauso wie Marleen?«

»Na ja … ein wenig. Aber das mit dem Chaos schien dich immer zu beruhigen. Frei nach dem Motto: Das liegt ja in den Genen, und ich muss damit leben. Aber allmählich wird es zum Problem. Du musst einsehen, dass dein Leben viel geordneter ist, als du glaubst.«

»Zum Beispiel?«

Anna schnaubte genervt. »Lina! Du bist Postbotin. Das heißt, du sortierst jeden Tag Briefe. Und zwar ganz genau. Dann fährst du deine feste Route. Ich weiß, dass du immer so tust, als würde Picasso eine gewisse Routine in deinen Alltag bringen, aber eigentlich hast du den Kater dahingehend erzogen. Und das, was damals mit dem Postwagen passiert ist, hatte auch nichts mit Chaos zu tun. Da kam etwas Unvorhergesehenes aus dem Busch heraus, hat dich aus deiner Routine gerissen – und päääång! War das Drama da!«

»Aber … aber …« Lina verstummte und dachte nach. Es stimmte. Sie hatte immer gewusst, dass sie nicht halb so chaotisch war wie Marleen oder Tante Charly. Aber wenn sie nicht nach ihrer Tante kam, dann … »Ich bin nicht so wie meine Eltern«, protestierte sie schwach.

»Das ist der Knackpunkt. Weil du nicht so sein willst, ignorierst du die Anzeichen. Aber meine Liebe: Dein Hang zu Listen kommt nicht von ungefähr, das liegt dir vermutlich in den Genen. Im Gegensatz zu dir arbeiten deine Eltern aber ihre Listen akribisch ab, während du einfach immer neue schreibst. Ich fand das bislang völlig in Ordnung. Hey, jeder soll so leben, wie er es für richtig hält. Marleen schreibt sich nie was auf und meistert trotzdem alles mit einem Lächeln. Ich habe meinen liebevoll gepflegten Terminplaner und muss da jede Stunde mindestens einmal draufgucken, um nicht panisch zu werden. Jeder hat seine Macken. Du schreibst eben To-do-Listen. Solange uns unsere Fehler nicht behindern, sollten wir sie akzeptieren. Aber sobald sie uns das Leben schwer machen, müssen wir was tun. Sie dürfen keine Hindernisse sein.«

Natürlich! Es war wahr! Wieso war sie nur nicht schon eher darauf gekommen? »Anna, ich muss auflegen. Keine Sorge. Ich bin weder böse noch traumatisiert oder durchgeknallt. Vielmehr habt ihr mir gerade sehr geholfen. Ich melde mich, sobald ich einen Plan habe.« Langsam ging Lina zu ihrer überfüllten Pinnwand und starrte die Zettel an, bis die Schrift vor ihren Augen verschwamm. Es war Zeit, das spürte sie. Die Listen hatten sie nach dem Unfall aufrecht gehalten und ihr Unterstützung gegeben, als niemand anderes da war.

Sie hatte ihre guten Vorsätze an die Wand genagelt, um sie hervorholen zu können, sobald sie die Kraft dazu hatte.

Und diese Zeit war endlich gekommen.

Sie nahm die Pinnwand ab und trug sie nach draußen in die Sonne. Nach dem Donnerwetter kommt das Abendhoch, hatte Tante Charly immer gesagt. Lina brauchte jetzt ein wenig Sonnenschein in ihrem Leben, um sich neu zu sortieren.

Sie holte eine Picknickdecke, mehrere Kartons und setzte sich ins Gras. Umgeben von Tante Charlys buntem Staudenparadies ließ sich diese Arbeit viel leichter handhaben. Rechts von ihr wucherte das gelbe Steinkraut über eine halb eingefallene Gartenumrandung. Dazwischen erhoben sich blaue Glockenblumen und ein weißer Blumenteppich, von dem Lina den Namen nicht kannte.

Wann war der Garten so herrlich geworden? Ihr war nie aufgefallen, dass es in der chaotischen Bepflanzung tatsächlich ein wenig Ordnung gab. Hier hatte Tante Charly die Stauden gepflanzt, die Sonne liebten. Im Frühjahr war es der schönste Bereich.

Lina atmete den Duft des Gartens ein und begann, die Notizen zu sortieren. Die etwa hundertfünfzig Zettel mit der Aufschrift *Briefe öffnen* zerriss sie. Nur zwei ließ sie übrig: einen, auf dem stand *Dorfbriefe öffnen* und einen auf dem notiert war *Anwaltsbrief ansehen*. Beide pinnte sie wieder an. Ähnlich verfuhr sie mit *Eltern anrufen*.

Als Nächstes kamen alle Notizen zum Projekt Hausbau. Sie war überrascht, wie viele Punkte auf den Listen bereits abgehakt waren. Sie schrieb die wenigen noch zu erledigenden Aufgaben auf einen neuen Zettel und warf die anderen in den Müll.

Schnell stellte Lina fest, dass sich die meisten Listen wiederholten. Kleine und große Dinge, die sie längst erledigt hatte, die aber noch die Pinnwand verstopften. Ein komplettes Jahr voll schwerer Last verschwand nach und nach. Zurück blieb eine recht leere Pinnwand mit wichtigen Aufgaben, die noch offen waren.

Ganz oben pinnte der Zettel *Picasso zurückholen*. Das war der drängendste Punkt. Diesmal würde sie den Vorsatz nicht auf der Wand vergammeln lassen, sondern ihn direkt anpacken, entschied sie.

»Was machen Sie da?«, erklang eine Stimme. Lina blickte auf und sah in die dunklen, sanften Augen von Herrn Rupert.

»Ich miste mein Leben aus. Sollten Sie auch mal tun. Das entspannt.«

Herr Rupert lachte leise in sich hinein. »Das glaube ich Ihnen gerne. In meinem Alter ist das Ausmisten allerdings mit viel Rückenschmerzen und Dramen verbunden. Ich miste nicht mehr aus. Ich häufe höchstens neuen Mist an.«

»Sie stehen auch auf meinen Zetteln. In gleich zwei Listen.«

»Das ist ja spannend.« Herr Rupert verschwand kurz und tauchte hinter dem Bereich der Hecke auf, den er selbst geschnitten hatte. Hier war sie nicht so hoch, sodass er einen guten Blick in Linas Garten hatte. »Um was geht es denn?«

Lina angelte sich einen Zettel und las ihn vor. »Herrn Rupert fragen, ob er wirklich taub ist.«

Einen Moment sah ihr Nachbar sie verdutzt an, dann legte er den Kopf in den Nacken und lachte herzlich. »Hahaha, da haben Sie wohl mit meiner Frau gesprochen, nicht wahr?«

»Ja. Sie scheint der Ansicht zu sein, dass Sie kaum ein Wort mitbekommen.«

Herr Rupert wackelte mit dem Kopf. »Was glauben Sie denn?«

»Ich denke, dass Sie ganz hervorragend hören können. Sie wollen nur nicht das hören, was Ihre Frau zu sagen hat.«

Wieder kicherte Herr Rupert. Zum ersten Mal entdeckte Lina das schelmische Glitzern in seinen Augen. »Da haben wir es. Sie sammeln Listen, meine Frau Klatsch und Tratsch, und ich sammle mit tauben Ohren spannende Informationen.«

»Ich sammle zukünftig aber keine Listen mehr. Das hier sind die letzten. Danach verbrenne ich die Pinnwand feierlich.«

»Soso. Dann wünsche ich viel Glück dabei, frage mich allerdings schon, woher dieser Sinneswandel kommt. Hat er vielleicht was mit einem Brief im Briefkasten, vielen Tränen im Regen und einem verschwundenen Nachbarn zu tun?«

Herr Rupert war gut. Er sammelte wirklich Informationen und kombinierte erstaunlich treffsicher.

»Er hat meinen Kater gestohlen«, sagte Lina böse.

»Und Ihr Herz gleich dazu?« Herr Rupert lachte abermals über ihr erstauntes Gesicht. »Keine Sorge! Ihr Geheimnis ist bei mir sicher. Wie so viele.«

Lina brauchte einen Moment, um sich nach der Bemerkung zu fangen. Hatte Lukas ihr Herz gestohlen? Nein! Nein, nein, nein! Vielleicht ein Stückchen davon. Ein großes Stück. Aber nicht alles.

Als sie bemerkte, dass Herr Rupert sich zum Gehen wandte, hielt sie ihn noch mal auf. »Möglicherweise können Sie mir noch bei einer weiteren Aufgabe von meiner Liste helfen. Ich suche die rasende Radfahrerin.«

»Hat sie Sie umgefahren?«

»Beinahe. Ich würde ihr gerne mal die Straßenverkehrsregeln unter die Nase halten. Alternativ haue ich sie einfach vom Rad und lasse ihr die Luft aus den Reifen. Aber zuerst muss ich sie erwischen.«

»Ich bin sicher, dass Sie als Postbotin so einiges mitbekommen. Da dürfte die Identität einer rücksichtslosen rasenden Radfahrerin kein großes Problem für Sie sein.« Herr Rupert winkte ihr noch einmal aufmunternd zu und wandte sich zum Gehen.

Lina blieb noch etwa zwei Sekunden reglos sitzen. Die Bemerkung von Herrn Rupert hatte etwas in ihr angestoßen. Sie war Postbotin! Natürlich!

»Nachsendeantrag«, schrie sie wenig später in Annas Ohrmuschel. »Das ist die Lösung. Die ›rasende Radlerin‹ war also doch noch für was gut!«

Ohne eine weitere Erklärung legte sie auf und plante Picassos Rettung.

Sie brauchte eine Woche, um über Kollegen den Nachsendeantrag von Lukas herauszufinden. Zunächst war er noch in Bearbeitung, dann tauchte er im System auf, ließ sich aber nicht abrufen. In dieser Zeit steckte Lina aber keineswegs den Kopf in den Sand, sondern werkelte weiter am Haus.

Nachdem sie endlich Lukas' Adresse in den Händen hielt, musste sich Lina etwas gedulden, bis sie eine bezahlbare Fahrkarte nach Bremen ergattern konnte. Dummerweise hatte sie fast alle Ersparnisse in ihr Haus gesteckt, sodass ihr Budget recht schmal war. Plus Übernachtung würde das teuer werden. Linas Geduld wurde auf eine harte Probe gestellt. Sie musste erst ihren Urlaub einreichen, eine bezahlbare Unterkunft finden und das Bahnticket zusammensparen.

Dann war sie endlich unterwegs und stand einige Stunden später vor einem riesigen Wohnkomplex mit verspiegelten Glasfronten, glänzenden Außenfassaden und einem Eingangsbereich, der an ein Nobelhotel erinnerte. Kein Zweifel. An diesem Ort wohnte Lukas. Dass sich Picasso hier wohlfühlte, bezweifelte sie.

Die Gegend war zwar hübsch, aber für eine freiheitsliebende Katze vollkommen ungeeignet. Lukas hatte den Kater bestimmt in seiner Wohnung eingesperrt.

Lina umkrampfte ihre große Handtasche noch fester. Sie hatte einen Plan, und den würde sie auch durchziehen. Jetzt musste sie nur noch an diesem Typen vorbeikommen, der den Eingang bewachte. So sah also ein Concierge aus …

Sie bezog Posten auf einer Parkbank, setzte zur Tarnung ihre übergroße Brille und eine Mütze auf und wartete. Zunächst benötigte sie eine Bestätigung, dass Lukas tatsächlich hier wohnte. Außerdem musste sie wissen, wie oft die Mitarbeiter am Empfang wechselten.

Ihr Handy klingelte. Ohne den Eingang aus dem Blick zu lassen, ging sie ran.

»Ist der Adler gelandet?«, fragte Marleen.

»Der Adler sitzt bereits vor dem Nest und wartet, dass die Falle für das Wiesel zuschnappt. Die Katze wurde aber noch nicht gesichtet.« Vom langen Sitzen tat ihr langsam der Hintern weh, aber nie im Leben würde sie ihren Beobachtungsposten aufgeben. Vermutlich machte Lukas Überstunden, während Picasso vor Langeweile umkam. Der arme Kater!

»Die Wieselfängerin könnte zu Hilfe eilen. Ein Wort genügt, und ich bin da!«

»Die Wieselfängerin soll mal schön ihre Prüfungen bestehen, sonst bekommt der Adler Ärger mit der Kükenmutter. Ich melde mich, sobald sich was tut.« Lina legte auf und biss in ihren Donut. Zu einer guten Observation gehörte das ihrer Meinung nach einfach dazu.

Nach zwei weiteren Stunden wurde ihr kalt. Außerdem kam sie fast vor Langeweile um. In den Filmen sah das viel spannender und spektakulärer aus. In Wirklichkeit war es einsam, ermüdend und enervierend.

Der Platz um sie herum leerte sich. Die Straßenlaternen gingen an. Gerade überlegte sie, ob sie sich wohl einen Kaffee beim Restaurant um die Ecke gönnen sollte, als ein Taxi vor dem Eingang hielt und Lukas ausstieg. Sofort richtete sich Lina auf. In der gleichen Sekunde klingelte ihr Handy, was sie zusammenzucken ließ.

Ohne aufs Display zu blicken, ging sie ran. »Das Wiesel ist im Nest. Ich wiederhole: Das Wiesel ist im Nest!«

»Was faselst du da? Bist du das, Lina?«

Verdammt! Hastig blickte Lina auf ihr Handy. *Mamaalarm* leuchtete ihr in großen Buchstaben entgegen. Eigentlich hätte sie bereits beim Klingelton gewarnt sein müssen. Niemand sonst wurde mit der Grundmelodie von *Krieg der Sterne* angekündigt.

»Hallo, Mama«, sagte Lina gequält. Ausgerechnet jetzt! Aber sie war auch selbst schuld. Seit sie ihre Pinnwand aufgeräumt hatte, versuchte sie, ihre Eltern zu erreichen. Sie wollte es endlich hinter sich bringen. Doch wie so oft war es einfacher, die Bundeskanzlerin ans Telefon zu bekommen als Ursula Meyer-Schulze. Nicht, dass Lina oft Frau Merkel angerufen hatte.

Ihre Mama ließ die Stille wie immer dramatisch wirken. Ihre Art der psychologischen Kriegsführung. Dann seufzte sie tief. »In welchem Schlamassel steckst du jetzt schon wieder?«

»In keinem. Ich wollte mich nur mal bei euch melden und fragen, wie es euch geht.«

Ha! Diesmal war ihre Mutter sprachlos. Etwas, das Anna definitiv in ihren Superkalender eintragen musste. Ein Feiertag.

»Uns geht es hervorragend. Professor Dr. Leyen hat uns zu einem Vortrag über die neuesten Methoden zur Untersuchung der …«

Ab hier hörte Lina nicht mehr zu. Sie gab nur ab und zu mal Grunzlaute von sich, um ihre Mutter am Ball zu halten. Ihre Welten waren einander so fremd, dass sich Lina immer wieder fragte, wie sie eine Brücke zu ihren Eltern schlagen konnte. Und warum sie es unbedingt versuchen wollte.

»Lina, du hörst mal wieder gar nicht richtig zu. Es ist ein Kreuz mit deiner Aufmerksamkeitsspanne. Daran musst du dringend arbeiten. Es gibt Medikamente, die helfen wirklich hervorragend.«

Bei dem Satz schreckte Lina auf. Anders als sonst ging sie jedoch nicht in den Verteidigungsmodus, sondern ließ den Tadel an sich abprallen. »Ich rufe dich später wieder an. Momentan bin ich sehr beschäftigt.«

»Mit Adlern im Nest? Bist du jetzt Biologin geworden oder spielst du eines dieser furchtbaren Rollenspiele? Oh Gott! Du läufst doch nicht als Wikingerin verkleidet durch den Busch?«

»Nein, Mama. Ich observiere gerade einen Mann, der mir was gestohlen hat. Und das hole ich mir morgen früh zurück. Wenn du mich entschuldigst. Ich folge nur deinem Rat und bekomme mein Leben in den Griff.« Lina legte einfach auf, steckte das Handy weg und beobachtete den gläsernen Aufzug, der von der Eingangshalle hinauf in den fünften Stock glitt. Er war verspiegelt, sodass sich Lina unsicher war, ob Lukas wirklich darin war. Die Wahrscheinlichkeit war jedoch hoch.

Sie hatte genug gesehen. Jetzt war es an der Zeit, in ihr Hostel zurückzukehren, zu schlafen und sich für den Krieg zu rüsten. Und morgen schon würde sie ihren Kater in den Armen halten.

Lina klopfte das Herz in der Kehle, als sie am nächsten Morgen die Tür zur Eingangshalle aufstieß. Die Hacken ihrer Pumps klackerten laut auf dem gebohnerten Boden. Sie hielt sich kerzengerade und versuchte, so selbstsicher wie möglich auszusehen. Du bist ein It-Girl, feuerte sie sich in Gedanken an.

Mit wenigen Schritten war sie am Tresen angekommen und legte ihre glutrot lackierten Fingernägel auf das Holz. Tripp, tripp. Sie probierte, durch gespielte Ungeduld Druck aufzubauen.

Der Concierge blickte sie aus freundlichen himmelblauen Augen fragend an. Es war ein anderer als gestern Abend, worauf Lina spekuliert hatte. Das war wichtig, um nicht aufzufliegen.

»Was kann ich für Sie tun?« Er musterte ihre gesamte Aufmachung. Sie hatte sich die Haare streng zurückgebunden, einen zu den Fingernägeln passenden schreiend grellen Lippenstift aufgetragen und ein schickes Kostüm angezogen. Das hatte sie im Kleiderschrank von Tante Charly gefunden. Sogar der Preiszettel war noch dran gewesen.

»Ich muss in die Wohnung von Lukas Dennhorst.« Sie lehnte sich vor, damit der Concierge einen guten Einblick in ihren tiefen Ausschnitt hatte. »Ich habe da etwas vergessen«, hauchte sie.

Der Concierge zuckte mit keiner Wimper. »Dr. Dennhorst ist bereits zur Arbeit gegangen. Ich fürchte, Sie müssen später wiederkommen. Oder soll ich ihn anrufen?«

Seine Hand schnellte Richtung Telefon. »Um Gottes willen«, rief Lina hastig. »Bitte! Informieren Sie ihn nicht. Ich … ach, das ist mir alles furchtbar peinlich. Wirklich furchtbar, furchtbar peinlich. Aber kennen Sie das, wenn Sie etwas wirklich Dummes getan haben, das Sie hinterher sehr bereuen, das Sie aber gnadenlos wieder einholt?«

Der Concierge nickte langsam. Noch wirkte er beunruhigend misstrauisch.

Ab sofort senkte Lina ihre Stimme, als wolle sie nicht, dass jemand ihre Worte hörte. »Herr Dennhorst und ich … wir hatten ein … wie soll ich sagen … Techtelmechtel in seiner Wohnung. Sie verstehen?«

Wieder ein Nicken, doch die professionelle Distanziertheit in seinen Augen blieb. Er schwieg und wartete ab, was kommen mochte. Verdammt. Sie musste ihn knacken.

»Dabei habe ich mein Pillendöschen liegen gelassen. Wie dumm von mir!« Sie verdrehte die Augen und bemühte sich um eine zerknirschte Miene. »Ich dachte, Sie lassen mich kurz in seine Wohnung, damit ich es holen kann. Ich brauche es wirklich dringend.«

»Bedaure. Ohne Erlaubnis darf ich das nicht. Ich kann aber gerne Dr. Dennhorst für Sie anrufen und ihn fragen.«

»Nein! Hilfe! Das würde sehr unangenehm werden. Für uns beide. Wissen Sie … die Nacht ist nicht ganz so … erfolgreich für mich zu Ende gegangen.« Lina bemühte sich, etwas Röte auf ihre Wangen zu zaubern. Tatsächlich war ihr vor Aufregung so heiß, dass das gelang. Sie seufzte dramatisch. »Ach, was soll's. Ich spreche es aus, damit Sie meine missliche Lage einschätzen können: Diese Nacht war die miiieseste, wirklich miiiieseste Nacht meines ganzen Lebens. Dieser One-Night-Stand war der absolute Reinfall. Das Schlimmste ist aber, dass Herr Dennhorst das völlig anders sieht. Er scheint sich regelrecht in mich verguckt zu haben, hat geschwärmt und mir heute Morgen anzügliche Nachrichten geschickt, wann wir uns denn wiedersehen und diese für ihn so zauberhafte Nacht wiederholen können. Für mich hingegen war es der totale Horror. Er scheint überhaupt nicht zu verstehen, was Frauen wollen. Was sie BRAUCHEN!« Sie schlug theatralisch den Handrücken an die Stirn. »Aber eins ist gewiss: Eine so schlechte Fußmassage in Verbindung mit Küssen, die an Hundeschlabbern erinnern, und diesem Honig-Schokoladenalbtraum – das will und kann ich nie wieder ertragen. Und als er dann als Wikinger verkleidet um die Ecke kam und mir von seinen Träumen und Wünschen erzählt hat. Hilfe! Aber das war nicht mal das Grauenvollste. Wissen Sie, ich habe ja schon von vielen Fetischen gehört, aber …«

»Bitte! Verschonen Sie mich!« Der Concierge hob hastig die Hand. Ihm schien die ganze Situation äußerst unangenehm zu sein.

»Nun, ja. Ich bin jedenfalls nicht scharf darauf, abermals Bekanntschaft mit ihm zu machen. Blöderweise habe ich bei meiner hektischen Flucht aus seiner Wohnung mein Pillenetui vergessen, und das Letzte, was ich will, wäre ein Baby als Andenken an diese Nacht. Das würde mein Leben zerstören. Also? Helfen Sie mir? Biiiiittteeee!«

Lina sah den Concierge aus riesigen Augen an, und da geschah es: Der Widerstand des Mannes brach. Er glaubte ihr und hatte Mitleid. Wahrscheinlich war die Geschichte so kurios, dass sie einfach wahr klang.

»Na gut, Frau …«

»Picassa. Karla Picassa.«

»Ich lasse Sie in die Wohnung rein, muss Sie aber begleiten. Dabei riskiere ich meinen Job. Das ist Ihnen hoffentlich klar?«

»Natürlich. Mein Mund ist versiegelt!«

Die beiden nickten einander verschwörerisch zu, dann zog der Concierge einen Schlüssel vom Brett und bedeutete ihr, an ihm vorbei in den gläsernen Aufzug zu steigen. Während der Fahrt nach oben schwiegen sie, was Lina nur recht war. Sie hielt vor Aufregung schon die ganze Zeit die Luft an und umklammerte ihre gigantische Riesenhandtasche nur noch fester. Die erste Hürde war geschafft. Auf zur nächsten.

Sie folgte dem Mann einen Flur mit hellem Teppich entlang zu einer dunkelgrauen Flügeltür. Die Wände waren schneeweiß gestrichen und mit edlen Bildern geschmückt. Alles wirkte hochwertig und neu.

Der Concierge schloss die Tür auf und nickte ihr zu, damit sie an ihm vorbei in die Wohnung gelangen konnte. Sie spürte seine Musterung heiß und unangenehm im Nacken.

Lina erkannte auf einen Blick, dass Lukas sich in dieser Wohnung nicht wohlfühlte. Weiß, steril, verchromt. Ein Pendant zu seinem Haus in Rurberg, allerdings mit noch weniger Charme. Das Klackern ihrer Absätze hallte seltsam in den hohen, aufgeräumten Räumen wider. Unschlüssig sah sie sich um.

»Wo haben Sie denn das Etui liegen gelassen?«, erkundigte sich der Concierge freundlich.

»Wenn ich das mal wüsste. Es war recht dunkel, und ich war damit beschäftigt, mir diesen Wikinger-Hengst vom Leib zu halten«, brummte Lina, während sie sich neugierig umsah. In der Sekunde sah sie eine rot-weiße Katze auf sich zusprinten. Picasso kam angelaufen, als sei der Teufel hinter ihm her. Er maunzte laut, strich ihr begeistert um die Beine und schnurrte wie ein Benzinmotor.

»Picasso«, rief sie erfreut, bückte sich und streichelte ihn. Der Kater maunzte abermals herzergreifend. Es klang ein wenig, als beschwere er sich. Wenn du wüsstest, dachte sie. Picasso hasste Transporte jeder Art, aber wie es aussah, kam er nicht drum herum.

Jetzt musste sie nur noch den Concierge loswerden. So schnell es ihre hohen Hacken erlaubten, eilte sie quer durch die Wohnung und tat so, als schaue sie auf Schränken und Tischen nach. Der Mann verfolgte sie, genau wie Picasso.

»Könnten Sie rasch in der Küche gucken? An dieser Stelle hat Herr Dennhorst das Honigmassaker gestartet, und da habe ich vor Schreck meine Handtasche stehen gelassen. Bei meiner Flucht nach draußen habe ich sie mitgenommen, aber es könnte sein, dass dabei das Etui rausgefallen ist. Ich schaue schnell im Bad nach, wobei … könnten Sie das vielleicht tun?

Ich glaube, ich ertrage es nicht, diesen Ort jemals wieder zu betreten. Ich weiß nicht, warum er mich ausgerechnet in der Dusche verführen wollte, aber es war echt … mir fehlen die Worte.«

Der Concierge wirkte einen Moment verdutzt, dann zuckte er mit den Achseln. »In Ordnung«, sagte er. »Aber nichts anfassen!«, setzte er hinzu.

Lina nickte mit großen Augen und beobachtete, wie der Concierge im Bad verschwand. Picasso drückte sich noch immer an ihre Beine und blickte sie vorwurfsvoll an. »Ja, ja, sorry für die späte Rettung, aber jetzt bin ich ja da. Und du bist ab sofort der stillste Kater der Welt«, flüsterte sie ihm zu. Ritsch! Tasche auf, verdutzten Kater gepackt, geschockten Kater rein. Ritsch! Tasche wieder zu.

Das dauerte nur drei Sekunden. Sie richtete sich gerade auf, als der Concierge zurückkam. »Nichts gefunden«, sagte er.

Sie strahlte ihn an, zog ein Etui aus ihrer Manteltasche und wedelte damit durch die Luft. »Aber ich! Es muss mir tatsächlich aus der Tasche gefallen sein. Wir können dann!«

Eifrig eilte sie auf die Ausgangstür zu und stand bereits am Aufzug, bevor der Concierge überhaupt abgeschlossen hatte. Nervös beobachtete sie die Lichtanzeige an der Wand. Momentan befand sich der Fahrstuhl im dritten Stock und näherte sich nur langsam. Komm schon, dachte sie verzweifelt.

Picasso rumorte in der Tasche herum, hielt aber die Klappe. Vermutlich war er zu verwirrt, um laut zu protestieren. Lina umklammerte ihn samt Tasche so fest sie konnte, damit er stillhielt. Er fauchte leise.

Der Concierge trat gerade neben sie, als die Fahrstuhltür mit einem Pling aufging. Da maunzte Picasso das erste Mal. Zum Glück wurde der Laut vom Klackern ihrer Schuhe übertönt.

Der Fahrstuhl setzte sich in Bewegung, woraufhin sich der Kater heftiger wehrte.

»Sie erleben bestimmt viele solcher seltsamen Vorfälle, oder?«, lenkte Lina den Concierge von der zappelnden Tasche ab.

»Immer mal wieder, wobei Ihr Fall schon sehr speziell ist.« Er stockte, lauschte. »Haben Sie das auch gehört?«

»Nein. Was denn?«

»Das klang wie das Maunzen einer Katze.«

»Oh! Das kann schon sein! Ich habe einen Klingelton eingestellt, der sich so anhört. Ich bin ein großer Katzenfan, müssen Sie wissen. Die einzige Gemeinsamkeit, die Herr Dennhorst und ich haben.«

Endlich! Die Fahrstuhltüren glitten auf, und Lina stürmte heraus, drehte sich aber noch einmal um und hauchte dem verdutzten Concierge einen Kuss auf die Wange. »Ich danke Ihnen von Herzen! Wirklich! Sie haben mir das Leben gerettet!«

Bevor der Mann reagieren konnte, war sie schon quer durch die Halle gerannt. Picassos Maunzen war nun unüberhörbar, genau wie seine heftigen Bewegungen in der Tasche.

Endlich war Lina draußen. Sie trippelte so schnell es ging über den Platz und blieb erst stehen, als sie mindestens drei Ecken hinter sich gebracht hatte. Dann erst sackte sie gegen die nächste Hauswand und atmete tief durch.

Geschafft!

Sie rief ihre beiden Freundinnen an. »Mission Impossible geglückt. Der Adler hat die Katze im Sack, das Wiesel eine wirklich schlechte Reputation in Sachen Verführung, und Kükenmutter und Wieselfängerin können jetzt den Schampus köpfen! Prost!«

»Prost!«

Lina hörte einen Sektkorken knallen und spürte, wie das diabolischste Grinsen ihres Lebens auf ihrem Gesicht erschien. Wer sich mit ihr und ihrer Katze anlegte, war eben selber schuld. Schade, dass sie Lukas nicht sehen konnte, wenn er nach Picasso suchte.

Lukas

Irgendetwas stimmte hier überhaupt nicht. Wo war nur der verflixte Kater? »Karlo«, rief Lukas zum wiederholten Male. Doch das Tier blieb verschwunden. Wie vom Erdboden verschluckt. Mit jeder verstreichenden Sekunde wurde Lukas besorgter. Und verwirrter.

Aus seiner Penthouse-Wohnung gab es definitiv kein Entrinnen für eine kleine Katze. Es sei denn, die Reinigungskraft hatte nicht aufgepasst. Das bezweifelte er jedoch. Er hatte der Frau eingeschärft, stets achtsam zu sein.

Und jetzt das.

Dazu kam ein höchst merkwürdiger Blick und ein seltsames Verhalten des Concierge. Der Typ hatte ihn gemustert wie eine extrem widerliche Kröte und sich eindeutig im Stillen über ihn amüsiert. Aber warum?

Lukas musterte sich im Spiegel. Kein Spinat zwischen den Zähnen, keine peinlichen Ketchupflecken auf dem Hemd, keine Krümel im Haar, und pickelfrei war er auch. Also, was war hier los?

Er tigerte noch gut zehn Minuten durch seine Wohnung. Suchte unter der Couch, dem Bett und dem Schrank. Durchwühlte seine Dreckwäsche, zog jede verdammte Schublade auf und kontrollierte selbst den Mülleimer. Nicht mal eine Spur von Karlo.

Er musste es einsehen: Der Kater war verschwunden. Verzweifelt raufte sich Lukas die Haare, dann atmete er tief durch. Okay. Wo konnte er sein? Fünf Minuten später baute er sich vor dem Eingangstresen auf. »Ich habe ein Problem«, sagte er ohne Begrüßung zum Concierge. »Und ich hoffe, Sie können mir dabei helfen.«

Irrte er sich, oder wurde das professionelle Grinsen seines Gegenübers mit einem Mal süffisanter? »Da bin ich ja gespannt«, erwiderte er mit einem seltsamen Unterton.

»Meine Katze ist verschwunden. Haben Sie etwas Auffälliges beobachtet?«

Der Concierge blinzelte überrascht. Offenbar hatte er mit einem anderen Problem gerechnet. Er räusperte sich. »Dr. Dennhorst, nicht wahr?«

»Korrekt. Also? Hat die Reinigungskraft vielleicht was gesagt? Oder sich ein Gast über seltsame Geräusche beschwert?«

Dem Concierge entgleisten die Gesichtszüge. Aus süffisant wurde irritiert, nachdenklich, dann verstehend und letztlich fassungslos. Ihm klappte der Mund auf. Plötzlich wirkte er wie ein Fisch auf dem Trockenen. Langsam ließ er sich auf seinen Stuhl sinken.

»Was ist los?«, fragte Lukas alarmiert. »Wissen Sie womöglich etwas über meine Katze? Spucken Sie es aus!«

»Kennen Sie eine Karla Picassa?«, entgegnete der Concierge gequält.

Lukas sah ihn verdutzt an, während in seinem Kopf sämtliche Alarmsirenen angingen. Karla … Picassa? Was sollte das für ein Name sein? Dann schoben sich die Puzzleteile zu einem Bild zusammen.

»War diese Karla zufällig recht klein und zierlich mit

dunkelbraunen Locken, Sommersprossen und riesigen grünen Augen?«

Der Concierge nickte mit leicht eingezogenem Kopf. »Sie bat mich, Stillschweigen zu bewahren. Sie fühlte sich von Ihnen verfolgt und wollte Ihnen nach Ihrem misslungenen … Date … nicht wieder unter die Augen treten.«

Date? Und warum betonte der Typ das Wort so komisch? Lukas kniff die Augen zusammen. »Spucken Sie es aus, Mann! Was hat mein angebliches Date angestellt? Und was hat das mit meiner Katze zu tun?«

»Na ja … ich habe sie in Ihre Wohnung gelassen.«

»Was?!«

»Sie war so verzweifelt wegen ihres vergessenen Pillenetuis. Wir sind wirklich nur ganz kurz in Ihrer Wohnung gewesen. Da hat sie ihr Etui gefunden, und wir sind wieder raus. Das hat nicht mal zwei Minuten gedauert.«

Für einen Moment wirkte der Concierge eher kämpferisch als unterwürfig. Sobald er jedoch Lukas' stahlharten Blick bemerkte, fiel er erneut in sich zusammen. »Es gab allerdings eine Sache, die mich irritiert hat. Ihre Tasche … die hat miaut. Angeblich war es nur ihr Handy, aber, na ja … es klang schon ziemlich authentisch.«

Die beiden starrten einander an und hatten keine Worte für so viel Naivität von Seiten des Concierge und so viel Dreistigkeit der fiesen Katzendiebin.

»Sie hat meinen Kater vor Ihren Augen entführt«, brüllte Lukas den Mann an. »Wie kann man denn eine Katze in einer Tasche nicht bemerken?«

»Die Dame war nett und wirkte so aufrichtig. Die Geschichte klang aus ihrem Mund auch irgendwie plausibel. Ich … bitte vielmals um Entschuldigung.«

Lukas drehte sich wortlos um und stapfte zurück zum Aufzug. Während der Fahrt nach oben knurrte er leise vor sich hin und knirschte mit den Zähnen. Das war unglaublich. Lina hatte es tatsächlich gewagt und war bei ihm eingebrochen. Als Karla Picassa. Wäre die Lage nicht so ernst gewesen, hätte er darüber lachen können.

Die konnte was erleben!

Sobald er in seiner Wohnung war, rief er sie direkt auf ihrem Handy an. »Karla Picassa hier«, flötete sie vergnügt.

»Ja, du mich auch! Bring augenblicklich meinen Kater zurück.«

»Träum weiter. Du bist es, der den Waffenstillstand gebrochen und damit den Rosenkrieg erneut angefacht hat. Ich habe mir lediglich mein rechtmäßiges Eigentum zurückgeholt, du elender Dieb!«

»Lina, ich meine es ernst!«

»Lukas, ich auch!«

Erst jetzt bemerkte er die Hintergrundgeräusche. Ein Rauschen, Stimmengemurmel. »Sitzt du etwa im Zug?«, fragte Lukas fassungslos.

»Aber sicher doch. Wie soll ich anders nach Hause kommen?«

»Ernsthaft? Dein Fluchtfahrzeug besteht aus der Deutschen Bahn?«

»Ich bin mir sicher, dass Picasso das ziemlich egal ist. Ihm ist auch schnuppe, ob ich erster oder zweiter Klasse fahre. Luxus hasst er nämlich, erst recht Schickimicki-Super-Penthouse-Wohnungen ohne Garten und Frischluft. Unfassbar, was du ihm in der letzten Zeit zugemutet hast. Und jetzt hat er erst richtig schlechte Laune, denn wie du weißt, verachtet er Transportboxen. Deinetwegen muss er zum zweiten Mal innerhalb von ein paar Wochen stundenlang darin ausharren. Das verzeihen wir dir so schnell nicht.«

»Lina, steig gefälligst beim nächsten Halt aus. Wo bist du? Ich hole dich ab, und dann reden wir in Ruhe darüber.«

»Ha! Mit dir habe ich nichts mehr zu bereden. Das hast du dir gründlich versaut. Picasso und ich haben uns offiziell von dir getrennt. Ab sofort gilt eine einstweilige Verfügung und ein absolutes Kontaktverbot. Klar? Wehe, du näherst dich MEINER Katze auch nur noch auf zehn Meilen. Du Psychopath.«

»Wer ist hier der Psychopath? Und was zur Hölle hast du dem Concierge erzählt? Ach, weißt du was, ich will es gar nicht wissen. Du hörst von meinen Anwälten!«

»Fein! Dann hörst du von meinen!«

»Du hast doch gar kein Geld für Anwälte!«

»Aber ich habe zwei gute Freundinnen. Die sind krasser als jeder Rechtsverdreher, den du finden kannst. Leg dich nicht mit dem Chaostrio an. Das wird wehtun. Sehr weh! Ich muss jetzt Schluss machen, denn für so ein fruchtloses Gespräch ist mir die wertvolle Zeit mit meinem Kater viel zu schade. Wir zwei feiern übrigens gerade Picassos Flucht aus seinem Verlies. Wenn du also entschuldigst …«

Mit diesen Worten legte Lina einfach auf. Lukas starrte noch eine Weile fassungslos den Hörer an. Und jetzt?

Lina hatte recht. Er hatte den Rosenkrieg begonnen. »Ich werde ihn aber keineswegs verlieren«, knurrte er. Voller Entschlossenheit wählte er die Nummer seines Rechtsanwaltes. »Herr Hundweger? Es gibt Arbeit für Sie! Diesmal geht es nicht um ein Bauprojekt, sondern um das Sorgerecht für meine Katze. Ja, genau. Meine Katze! Und das wird schmutzig, das kann ich Ihnen versichern!« Doch bevor er weitererzählen konnte, blieben ihm die Worte im Hals stecken.

Er wusste, dass er gewinnen würde. Eigentlich brauchte er nur ein wenig Druck aufzubauen, vor allem finanzieller Natur. Lina würde sich keinen Anwalt leisten können. Aber das hier … das fühlte sich komplett falsch an! So falsch, dass sein Magen und sein Herz gleichermaßen rebellierten.

»Dr. Dennhorst? Sind Sie noch dran? Ich bin ganz Ohr.«

Natürlich war er das. Herr Hundweger war es gewohnt, kuriose Fälle zu vertreten. Solange das Geld stimmte, tat er alles. Selbst eine junge Frau fertigmachen, die nur ihre Katze wiederhaben wollte.

Nein! Lukas wollte zwar kämpfen, den Rosenkrieg jedoch fair gewinnen. Er hatte bereits einmal mit falschen Karten gespielt. Das lag ihm seit Monaten im Magen. Jetzt war Schluss damit.

»Schon gut. Ich melde mich bei Ihnen, falls ich doch noch Ihre Hilfe benötige«, brummte er in den Hörer. Er drückte seinen Gesprächspartner weg und ließ sich auf seine überdimensionale Designercouch sinken. Sie war hart und unnachgiebig. So musste er auch sein, wenn er seine Katze wiederhaben wollte.

Ein Plan reifte in seinem Kopf heran: seltsam, kurios und derart Lina-mäßig, dass es ihm schon fast Angst machte. Aber wie sagte seine Mutter immer so schön? Feuer wurde am besten mit Feuer bekämpft.

Entschlossen stand er auf, um alles vorzubereiten.

Eine Woche später musste Lukas einsehen, dass es nicht so einfach war, in seinem komplett durchgetakteten Leben etwas völlig Chaotisches zu tun. Er konnte unmöglich von einem Tag auf den anderen seine Arbeit in Bremen hinschmeißen. Dafür hingen zu viele Jobs und Leben seiner Mitarbeiter dran. Er musste sich also zunächst um eine Ablösung bemühen, was teuer und schwierig war. Sein langjährigster Mitarbeiter war der Einzige, dem er das zutraute. Der weigerte sich eine ganze Weile, erlag dann aber doch der Verlockung des Geldes.

So konnte sich Lukas schließlich zwei Wochen nach Linas Entführungsaktion auf den Weg zurück nach Rurberg machen, und langsam wurde er ruhiger. Ihm war klar, dass er zum ersten Mal in seinem Leben etwas wirklich Verrücktes tat. Aber verrückte Zeiten verlangten eben verrückte Maßnahmen. Und wenn er ehrlich war, freute er sich etwas auf seine alte Heimat. Es bedeutete nämlich, Lina … äh … nein … Karlo wiederzusehen.

9

Das Zeltkommando mit Dreiecksprügelei

Lina

Lina hatte direkt nach ihrer Ankunft den Zettel *Picasso retten* feierlich verbrannt. Die Pinnwand musste allerdings noch etwas länger hängen bleiben als geplant. Sie hatte momentan keine Kraft, um sich um den Punkt *Briefe öffnen* zu kümmern. Dafür hatte sie zu viel Angst. Zum Beispiel vor einem Anruf von Lukas' Anwälten. Bei jedem Klingeln zuckte sie zusammen. Doch alles blieb still. Hatte Lukas etwa aufgegeben? Das konnte sie sich kaum vorstellen.

Nur mit größter Mühe fand Lina in ihren Arbeitsalltag zurück, zwang sich jeden Tag zur Post, und nach Feierabend werkelte sie am Haus. Doch das, was ihr monatelang als die Erfüllung ihres Lebens erschienen war, machte ihr nun kaum noch Spaß. Ohne Lukas zu arbeiten, fühlte sich falsch an. Und es war langweilig. Immer häufiger musste sie sich dazu zwingen, ihr Projekt nicht schleifen zu lassen.

Nein! Das Haus war zu wichtig, um es wegen eines albernen Kummers in ihrem Herzen zu vernachlässigen. Was auch immer das für ein Kummer war. Er tat jedenfalls weh und fühlte sich wie eine Mischung aus Abschiedsschmerz, Betrogensein und Sehnsucht an.

Auch Picasso wirkte bedrückt. Er stromerte unruhig durchs Haus, untersuchte alle Winkel und verschwand jeden Abend in der Dunkelheit. Auch er versuchte, seine alte Routine beizubehalten, doch Lukas fehlte. Lina lag dann meist die halbe Nacht wach, bis sie den Kater traurig vor der Tür maunzen hörte. Auch ihn hatte Lukas aufs Schändlichste betrogen. Nach gut elf Tagen gab das Tier auf. Picasso blieb über Nacht bei ihr im Haus, kuschelte sich in Linas Bett und seufzte immer wieder dramatisch auf. Es war eine seltsame Atmosphäre, aber Zeit heilte bekanntlich alle Wunden. Picasso wird schon wieder, dachte Lina und schlief über diesen Gedanken hinweg ein.

Als Lina am nächsten Morgen aufstand, fühlte sie sich wie gerädert. Ständig hatten sie seltsame Geräusche aufschrecken lassen. Wahrscheinlich Marder, die sich um ihr Revier stritten.

Gähnend spritzte sie sich Wasser ins Gesicht, setzte die auf dem Trödel erstandene Kaffeemaschine in Gang und schlurfte zum Fenster. Mit einem vehementen Schubs öffnete sie die alten Läden, streckte sich und versuchte, wach zu werden. Blinzelnd sah sie erst in die langsam aufgehende Sonne, dann ließ sie den Blick über ihr Reich gleiten.

Der Duftflieder hatte noch etwas Morgentau auf seinen lilafarbenen Blüten und glitzerte dadurch geheimnisvoll. Auch die Hortensie wirkte noch verschlafen, aber das strahlende Weiß kam dennoch gut zur Geltung. Das Tulpenfeld mit den roten und gelben Knospen stand im krassen Kontrast zum jetzt wieder wild wuchernden grünen Rasen und dem blauen Zelt auf dem Rasen. Es schmiegte sich …

… Moooment! Lina blieb das Gähnen im Halse stecken, und sie hielt mitten in ihrer morgendlichen Stretchbewegung inne. Was für ein blaues Zelt?!

Sie blinzelte, doch das hässliche blaue Teil blieb an Ort und Stelle. Da stand tatsächlich ein riesiges Zelt auf ihrem Rasen. Und zwar nicht so ein schlichtes Einmannzelt, sondern ein regelrechter Bungalow. Mit Vorzelt, Sonnenschirm und Liegestuhl.

In dieser Sekunde hörte Lina das Geräusch eines Reißverschlusses. Ritsch, ritsch. Augenblicklich beschleunigte sich ihr Herzschlag. Es gab keine logische Erklärung, wie dieses Zelt auf ihr Grundstück gekommen war. Wirklich keine. Bis auf …

»Guten Morgen, Lina!«, begrüßte Lukas sie vergnügt. Er steckte seinen verwuschelten Kopf aus dem Zelt, winkte ihr zu und grinste breit. Dann fiel sein Blick auf die Katze, die neben ihr auf dem Fensterbrett saß und interessiert das Geschehen im Garten beobachtete. Sein Lächeln wurde noch strahlender. »Hallo, Karlo! Ich bin zurück!«

Und ich werd nicht mehr, dachte Lina. Sie hatte ja mit allem gerechnet. Mit Anwälten, einer Privatarmee, mit einem extra engagierten Einbruchs- und Entführungstrio, das ihr die Katze stehlen sollte … Aber nicht mit einem Zelt.

»Was machst du da?«, schrie Lina ihn an.

»Zelten.«

»Das sehe ich. Aber warum zeltest du auf meinem Grund und Boden?«

»Weil ich seit drei Nächten darauf warte, dass Karlo zu mir zurückkommt. Doch wie es scheint, hältst du ihn in Einzelhaft, um ihn von mir fernzuhalten. Und da der Kater nicht zum Herrchen kommt, kommt das Herrchen halt zum Kater. Die Nachtwache vor deinem Fenster ist mir aber nach der ersten Nacht zu kalt geworden. Daher das Zelt.«

Es klang so logisch und doch so vollkommen bescheuert. Und vor allem komplett untypisch für den sonst so gediegenen Lukas. Lina war zunächst sprachlos, dann überschwemmte sie der Zorn der Gerechtigkeit.

»Du hast ja nicht mehr alle Tassen im Schrank«, brüllte sie. »Verlass gefälligst sofort meinen Garten und nimm dein bekloppptes Schickimickiluxuszelt gleich mit. Es verschandelt mir die Aussicht. Und Picasso rücke ich garantiert nicht raus. Du hattest deine Chance, und die hast du verspielt.«

»Ich bleibe so lange, bis ich mit Karlo schmusen darf.«

»Du schmust hier höchstens mit der Polizei, die ich gleich anrufen werde!«

»Ach ja? Das kannst du gerne tun, aber dann wird aus dieser Angelegenheit ein juristisches Verfahren. Ich war so freundlich, dich bislang anwaltlich in Ruhe zu lassen. Das kann ich aber jederzeit ändern.«

»Drohst du mir? In meinem eigenen Garten?«

»Nein. Ich stelle hier nur die Regeln klar.«

Lina lachte verächtlich. »Die Regeln? Das hat beim letzten Mal ja super geklappt.«

»Wir hatten nur abgemacht, dass wir den Kater nicht in unseren Häusern einsperren. Von Wohnungen war nie die Rede. Und ich habe auch nie versprochen, dass ich Karlo für immer bei dir lasse. Es sollte ein Versuch auf Zeit sein. Bis zu meinem Umzug.«

»Du … du … hinterhältiges, verbohrtes, mieses, dreckiges …«

»Dürfte ich erfahren, warum Sie um sieben Uhr morgens hier derart herumschreien?« Herr Ruperts Gesicht tauchte hinter der Hecke auf. Seine Haare standen ihm zu Berge, und seine Augen waren vom Schlaf noch ganz verquollen.

Lina atmete einmal tief durch, dann straffte sie sich. »Dieser Mann hier campiert unerlaubt in meinem Garten. Schmeißen Sie ihn raus, Herr Rupert! Helfen Sie mir!«

Herr Rupert ruckelte seine Brille zurecht und musterte Lukas eingehend. Der richtete sich noch etwas mehr auf, um einschüchternder zu wirken.

»Sind Sie nicht der hilfsbereite Handwerker, der sich mit der Katze von Frau Meyer-Schulze aus dem Staub gemacht hat?«

»Die Katze gehört mir. Deshalb habe ich sie mitgenommen. Frau Meyer-Schulze ist hingegen in meine Wohnung eingebrochen, hat die Katze unrechtmäßig gestohlen und weigert sich seitdem, sie zurückzugeben.«

»Und aus diesem Grund campen Sie jetzt in ihrem Garten?«

»Korrekt.«

Herr Rupert schüttelte langsam den Kopf. »Versteh einer die jungen Leute von heute. Wisst ihr was, Kinderchen? Spielt ihr mal schön weiter, aber bitte in einer für sieben Uhr morgens angemessenen Lautstärke. Sollten euch meine Frau oder Frau Winkelmaß erwischen, ist hier nämlich die Hölle los. Die haben wenig Verständnis für seltsame Balzrituale oder schräge Annäherungsversuche. Früher hätten wir der Dame unseres Herzens Blumen vorbeigebracht und sie in ein hübsches Restaurant eingeladen. Heutzutage nervt man sich offenbar so lange, bis die andere Person aufgibt und sich verliebt. Aber gut. Jede Generation hat so ihre Eigenheiten.« Brummelnd verschwand Herr Rupert. Lina sah ihm kurz hinterher. Dann tötete sie Lukas mit Blicken. »Du verschwindest hier. Sonst bedeutet das Krieg!«

»Ich nehme die Herausforderung an, Schätzchen. Ewig kannst du den Kater nicht einsperren. Karlo wird dir die Wände hochgehen. Und sobald das geschehen ist, werde ich zur Stelle sein und meine Katze zurückbekommen. In der Zwischenzeit mache ich es mir hier gemütlich, also gewöhn dich lieber an deinen Camper im Vorgarten!«

Was nun folgte, war äußerst seltsam. Lina wurde Lukas einfach nicht los. Natürlich hätte sie die Polizei rufen können. Aber so weit wollte sie nicht gehen. Zumal Lukas' Drohung, seine Anwälte ins Spiel zu bringen, eine deutliche Warnung gewesen war.

Also hielt sie Picasso fortan im Haus gefangen, was ihr zwar leidtat, aber nötig war.

Am ersten Abend von Lukas' Zeltaktion berief Lina eine Telefonkonferenz mit ihren Freundinnen ein. Sie brauchte einen Masterplan. Und wer war für so etwas besser geeignet als das Chaostrio?

»Mach das Zelt platt«, schlug Marleen vor.

»Schaff dir eine Bulldogge an«, war Annas Rat.

»Ich will ihn nicht verletzen, ich will ihn nur vertreiben«, stellte Lina richtig.

Diesmal durfte sie mit Erlaubnis ihrer Freundinnen eine Liste anfertigen über all die Dinge, die sie über Lukas wusste und gegebenenfalls gegen ihn verwenden konnte. Das war erschreckend wenig.

»Er hat also kaum Kontakt zu seinen Eltern, scheint sie aber zu mögen. Seine Verlobte hat ihn mit seinem Freund und Unternehmenspartner betrogen. Sie ist mit ihm durchgebrannt. Nicole heißt sie. Den Nachnamen weiß ich nicht.«

»Das ist aber doch ein prima Ansatzpunkt. Da recherchiere ich. Über Facebook und Co. lässt sich vielleicht was herausfinden.« Marleen wirkte so zufrieden wie Picasso vor dem Sahnefass. »Sonst noch was?«

»Er ist ein Workaholic und liebt seine Firma. Und er mag Katzen, Karlo besonders.« Lina seufzte tief. »Das sind echt wenig Informationen. Wo setzen wir da bloß an?«

»Ich google gerade ›passiv-aggressive Foltermethoden‹. Urks. Neee. Dafür wanderst du ins Gefängnis. Das geht nicht. Wir müssen subtiler vorgehen. Und da er zeltet, finde ich, sollten wir ihm sämtliche Pfadfinderstreiche spielen, die es so gibt.« Wie immer ging Anna am rationalsten vor.

Der Schlachtplan stand nur eine halbe Stunde später fest. Marleen versuchte, die Freundin ausfindig zu machen. Anna suchte nach der Familie.

Und Lina begann noch in der Nacht mit ihren fiesen Streichen. Sie stellte ihren Wecker sehr früh, um den Sonnenaufgang nicht zu verpassen. Mit einer Tasse Kaffee und einer Decke bewaffnet machte sie es sich dann auf dem Fenstersims gemütlich und starrte das Zelt an. Und schon ging es los.

Die ersten Vögel hatten die leckersten Brotkrumen und Sonnenblumenkerne längst entdeckt und hopsten begeistert auf dem Zelt herum. Innerhalb von Sekunden zwitscherte, trötete und tirilierte es rund um Lukas' Schlafplatz. Es erklang ein Fluchen aus dem Zeltinneren, und Lina erkannte, wie Lukas verzweifelt versuchte, den Reißverschluss zu öffnen. Doch vergebens. Lina hatte die Ösen der Reißverschlüsse mit Kabelbinder zusammengebunden.

»Guten Morgen«, brüllte sie zu Lukas hinunter. Gleich darauf hörte sie den lieblichen Klang noch heftigeren Fluchens. »Und schöne Grüße von den Ameisen!«

Sie hatte eine hübsche Zuckerspur von ihrer Küche aus bis zum Zelt gezogen und dort Schokokeksbrösel durch ein eigens dafür geschnippeltes Loch hineingeschubst. Zum Glück hatte Lukas einen wirklich tiefen Schlaf.

»Du wolltest doch mal wissen, was das rote Flatterband in meiner Küche zu bedeuten hat«, rief sie. »Das ist die Absperrung für meine Ameisenstraße. Dank meiner Brotkrumenecke sind die kleinen Krabbelviecher stets brav in ihrer Ecke geblieben. Leben und leben lassen, verstehst du? Mir war klar, dass sie mir eines Tages mal nützlich sein würden. Jetzt habe ich die Straße ein wenig umgeleitet. In dein Zelt.« Sie kicherte.

»Liiiiiinaaaaa«, kam prompt die Antwort. »Öffne sofort den Reißverschluss!«

»Vergiss es!« Vergnügt schloss Lina das Fenster, machte sich für die Arbeit fertig und stolzierte breit grinsend an Lukas' Zelt vorbei, das nach wie vor von der Tierwelt belagert wurde. Sie sah im Inneren seinen Schatten, der hektisch um sich schlug. Um herauszukommen, würde er die Plane wohl zerschneiden müssen. Das schöne Zelt. Aber wer sich mit ihr anlegte, musste mit solchen Dingen rechnen.

Als sie abends gerädert von einer anstrengenden Schicht nach Hause kam, war sie äußerst gespannt. War das Zelt noch immer da? Tatsächlich, allerdings war es nicht mehr blau, sondern rot und noch größer als das vorige. Davor saß ein ziemlich übel gelaunter Lukas und funkelte sie böse an.

»Das bekommst du zurück«, schwor er ihr.

»Verlass meinen Garten, und ich bin wieder friedlich. Was ist aus deinem blauen Zelt geworden?«

»Das ist im Müll. Die Vögel haben es zugekackt, und deine Ameisenarmee war erschreckend effizient. Dir ist aber schon klar, dass du da Sachbeschädigung betrieben hast? Eigentlich müsste ich dir das Zelt in Rechnung stellen.«

»Ach ja? Das hier ist übrigens der teuerste Campingplatz der Welt. Dreihundert Euro pro Nacht. Sei lieber froh, dass ich dir das nicht in Rechnung stelle!«

Sie passierte ihn mit möglichst geradem Rücken und verkroch sich im Haus. Allerdings warf sie alle paar Minuten einen Blick aus dem Fenster, um zu schauen, was Lukas so trieb. Er saß in einem Liegestuhl und entspannte sich in der Abendsonne.

Nach ihrer Schicht legte Lina sich meist noch einmal kurz hin, um sich von dem anstrengenden Arbeitstag zu erholen. Entweder döste sie vor sich hin oder las ein Buch. Diese Zeit der Entspannung war ihr heilig. Als Lukas noch zum Handwerkern gekommen war, hatte er zu dieser Zeit stets eine Pause einlegen müssen.

Kaum hatte sie sich hingelegt, ertönte ein solcher Krach aus ihrem Garten, dass sie senkrecht im Bett saß. Marschmusik! Nein! Woher wusste er, dass sie jede, wirklich jede Musikrichtung mochte, nur keine Marschmusik? »A-ufftata, A-ufftata«, ertönte es in voller Lautstärke. Dazu gesellte sich etwas, das verdächtig nach einer Trompete klang. Lina lag völlig verkrampft im Bett, starrte die Decke an und murmelte: »Er will dich nur ärgern. Ignorier das. Du stehst über den Dingen. Wenn du nicht drauf reagierst, wird er die Musik abstellen.«

Doch sie wartete vergeblich. Nach einer halben Stunde hielt sie es kaum noch aus. Sie sprang aus dem Bett, rannte zum Fenster und brüllte: »Das ist Lärmbelästigung. Hör sofort auf damit!«

Lukas saß seelenruhig in seinem Campingstuhl und ließ die Trompete sinken. Zu seinen Füßen stand ein Ghettoblaster. Die Lautsprecher waren in Richtung Haus gedreht. Natürlich. Er beugte sich vor und stellte die Musik ab. Dann zog er sich die Stöpsel aus den Ohren und grinste breit. »Hast du was gesagt?«

»Das ist Lärmbelästigung. Spiel gefälligst woanders!«

»Aber irgendwo muss ich ja üben. Und bis zwanzig Uhr kann mir das auch keiner verbieten. Wenn du jetzt erlaubst … Die Läufe beim Tiroler Holzhackermarsch sitzen bei mir noch nicht richtig.«

»Bei dir sitzt vor allem eine Schraube locker!«, wütete Lina zurück, doch Lukas hatte bereits die Ohrenstöpsel wieder eingesetzt und die Trompete zum Mund geführt. Die nächsten zwanzig Minuten spielte er die gleichen vier Takte immer und immer wieder.

»Ich hasse ihn«, sagte Lina zu Picasso. Der Kater saß mit ihr zusammen am Fenster und sah Lukas bei seinem Tun zu. Dabei zuckte sein Schwanz regelmäßig nervös von rechts nach links. Auf einmal gesellte sich wildes Geschimpfe und Gezeter zum Lärm.

Frau Rupert stand an der Hecke und schrie Lukas an. Da der jedoch nach wie vor die Ohrenstöpsel trug, bemerkte er sie nicht. Mittlerweile war ihre Nachbarin bereits krebsrot im Gesicht. Na prima. Mit Familie Rupert wollte es sich Lina eigentlich nicht verscherzen. Genervt verließ sie das Haus und eilte zur Hecke. Auch Herr Rupert stand mittlerweile neben seiner Frau und blickte ihr mit schmerzverzerrtem Gesicht entgegen.

»Frau Rupert, Herr Rupert«, grüßte sie sie artig. »Was kann ich für Sie tun?«

»Tun Sie was gegen diesen Wüstling in Ihrem Garten!«, giftete Frau Rupert sie prompt an. »Der macht mich ganz verrückt!«

»Ich versuche es ja schon, aber er will einfach nicht verschwinden. Herr Rupert, können Sie ein Wort mit ihm reden? So von Mann zu Mann?« Herr Rupert überhörte ihre Frage und starrte lediglich weiter Lukas an. Lina war irritiert.

»Sie müssen lauter sprechen. Er hört doch so schlecht«, erklärte Frau Rupert herablassend.

Im ersten Moment wollte Lina widersprechen, fing sich dann aber einen bösen Blick von ihrem Nachbarn ein. Ach ja. Sein Geheimnis. Also wiederholte sie die Frage deutlich lauter und kam sich dabei einigermaßen bescheuert vor.

Herr Rupert nickte. »Ich kann es versuchen«, rief er zurück und zwinkerte ihr kurz zu.

Seine Frau wedelte daraufhin mit den Händen und scheuchte ihren Mann in Richtung Gartentor. Lina eilte zu ihm.

»Wehe, Sie verraten mich an meine Frau«, zischte Herr

Rupert ihr zu. »Ich habe Jahre gebraucht, um sie von meiner Schwerhörigkeit zu überzeugen«

»Wenn Sie diesen Terroristen aus meinem Garten bugsieren, schweige ich.« Lina warf ihm einen ernsten Blick zu, den Herr Rupert einfach ignorierte. Sie kehrte zu seiner Frau zurück und beobachtete mit ihr gemeinsam, wie Herr Rupert sich vor Lukas aufbaute.

Der unterbrach augenblicklich sein Trompetenspiel und drehte die Musik auf ein erträgliches Maß herunter.

»Sie nerven«, eröffnete Herr Rupert das Gespräch. Ganz offenbar war er ein Meister darin, mit wenigen Worten alles zu sagen.

»Das ist mir bewusst, und es tut mir ehrlich leid, dass wir Sie in den kleinen Disput zwischen Frau Meyer-Schulze und mir hineinziehen. Doch verzweifelte Zeiten verlangen verzweifelte Maßnahmen. Darf ich Ihnen ein Bier anbieten, um in Ruhe eine Lösung zu finden?«

Fassungslos sah Lina mit an, wie Lukas bereits in eine Kühlbox direkt neben seinem Liegestuhl griff und ein Bier herauszog. Er drückte es dem verdutzten Herrn Rupert in die Hand und zog ihn auf einen leeren Campingstuhl.

Etwa dreißig Sekunden später prosteten sich die beiden zu. Lukas zeigte seinem neuen Kumpel den Ghettoblaster, seine Trompete und deutete dabei immer wieder auf den Grill. Herr Rupert nickte begeistert.

Langsam drehte sich Lina zu Frau Rupert um und starrte sie an. Die verdrehte nur die Augen. »Männer«, brummte sie. »Zu nichts zu gebrauchen. Mein Vorschlag: Geben Sie dem Typen einfach, was immer er will, und gut ist.«

»Er will Tante Charlys Katze.«

Frau Rupert dachte kurz nach. »Das alte Vieh? Der führt doch schon ewig sein Doppelleben, und nie hat sich jemand drum geschert.«

»Sie wussten davon?«

»Glauben Sie mir: Hier geschehen wenige Dinge, die mein Mann nicht mitbekommt und in seinem Tagebuch notiert. Was meinen Sie, warum ich immer bestens informiert bin? Im Unterschied zu ihm erzähle ich es aber weiter.« Sie gluckste in sich hinein. »Das Wichtigste in einer Ehe ist, dass der Mann denkt, er sei besonders schlau, und die Frau ihn in dem Glauben lässt. In Wirklichkeit hat sie aber den vollen Durchblick.«

»Ich dachte, das Wichtigste an der Ehe sei gegenseitiges Vertrauen und Ehrlichkeit.«

Frau Rupert lachte leise. »Das ist die Idealvorstellung, aber dann ist das Leben auch ziemlich langweilig. Es geht immer um Macht … und um Informationen. Beschaffen Sie sich mehr Informationen über diesen Kerl in Ihrem Garten. Damit schaffen Sie ihn sich auch vom Hals.« Wieder wanderte eine Augenbraue nach oben. »Was meinen Sie, was mein Mann gerade tut? Er sammelt Neuigkeiten. Die Frage ist nur, ob er sie für oder gegen Sie verwendet. Vertrauen Sie diesem alten Schlitzohr nicht. In Ihrer Tante hatte er eine würdige Gegnerin, die ihm regelmäßig eins ausgewischt hat. Seit ihrem Tod langweilt er sich und hat nichts als Flausen im Kopf.«

Auch wenn Frau Rupert recht hart klang, Lina hörte die Zuneigung heraus. Die alte Dame liebte ihren Ehemann. Das sah man an ihrem liebevollen Blick, wenn sie über ihn sprach. Die Liebe ging manchmal merkwürdige Wege.

»Ich rate Ihnen, meinen Mann erst mal machen zu lassen. Ich lese später in seinem Tagebuch nach, was er herausbekommen hat. Gegen einen kleinen Quittenlikör von Ihrer Tante informiere ich Sie gerne. Das hat bei Charly auch schon immer hervorragend geklappt.« Ein letztes Augenzwinkern, dann war Frau Rupert verschwunden.

Ich habe echt durch und durch verrückte Nachbarn, dachte Lina schaudernd. Hatte sich denn hier niemand mehr bedingungslos einfach so lieb?

Mit gesenktem Kopf ging sie an den Männern vorbei. Kaum im Haus angekommen, wählte sie Annas Nummer.

Die jauchzte direkt in den Hörer. »Ich habe sie!«

»Du hast was?«

»Den Namen und die Adresse von Lukas' Verflossener. Und ich sage dir: Die Geschichte dahinter ist übel! Der Kerl kann einem echt leidtun. Äääh ... ist das eine Posaune samt Marschmusik im Hintergrund?«

»Eine Trompete. Damit tyrannisiert mich Lukas seit gut zwei Stunden. Sagtest du, dass er dir leidtut?«

»Vergiss es. Den machen wir fertig. Ich schicke dir meine Informationen zu, allerdings weiß ich nicht so recht, was wir eigentlich von seiner Ex-Freundin wollen.«

Lina lächelte böse. »Ich habe da schon eine Idee!«

In dieser Nacht klebte Lina den Eingang von Lukas' Zelt mit Frischhaltefolie zu, platzierte Chinakracher in seinem Lagerfeuer und schrieb einen Liebesbrief. Dabei bemühte sie sich, Lukas' Schrift so gut es ging zu kopieren. Zum Glück hatte sie reichlich Notizen als Vorlage.

Lukas würde es noch bereuen, sich mit ihr angelegt zu haben. Bitterlich.

Lukas

Der Wahnsinn regierte seinen Alltag. Dass Lina so erfindungsreich in Sachen Streiche war, hatte Lukas nicht erwartet. Sie hatte eine Blinklichtanlage aufgebaut, die sein Zelt jede Nacht beleuchtete und ihn um den Schlaf brachte. Gerade, wenn er eingedöst war, wurde sein Zelt taghell erleuchtet.

Überhaupt traute er sich kaum noch, einzuschlafen. Jeden Morgen hatte sie sein Zelt auf andere Weise verbarrikadiert. Mit Frischhaltefolie oder Büroklammern, sogar zugenäht hatte sie es zwischendurch. Er kaufte sich schließlich eine Alarmanlage, um sich vor ihren nächtlichen Aktivitäten zu schützen.

Daraufhin hielt sie sich zwar vom Zelt fern, buddelte allerdings einen Graben und setzte dadurch seinen gesamten Schlafplatz unter Wasser. Doch wie sich herausstellte, waren das alles lediglich Ablenkungsmanöver für ihren wohldurchdachten Todesschlag.

Lukas war gerade dabei, die von Lina platzierten Böller aus seinem Lagerfeuer herauszusuchen, als er eine Stimme hörte, die ihm die Haare zu Berge stehen ließ.

»Lukas Dennhorst. Wir müssen reden!«

Wie in Zeitlupe drehte er sich um.

Da stand sie. Die ehemalige Liebe seines Lebens. Die Zerstörerin seiner Träume. Die Verräterin seines Herzens. Nicole.

Sie sah noch immer ganz fantastisch aus mit ihren langen braunen Haaren, den sorgfältig gezupften Augenbrauen und den wahnsinnig attraktiven Kurven. Sie steckte in einem kecken grellroten Kostüm und trug dazu den passenden Lippenstift und die darauf abgestimmten High Heels. An ihrem Arm baumelte eine Gucci-Tasche.

»Nicole?«, fragte er fassungslos. Instinktiv strich er sich die strubbeligen Haare aus der Stirn und wischte sich die dreckigen Finger an der Hose ab. Sein Herz setzte einen Schlag aus, als er in ihre schokobraunen Augen blickte. Er hatte sich immer vorgestellt, ihr zufällig über den Weg zu laufen. Doch in seinen Tagträumen hatte er einen teuren Armani-Anzug an, eine lässige Sonnenbrille auf der Nase und sein Leben voll im Griff. »Was tust du denn hier?«

»Ich bin hergekommen, um diesem Wahnsinn ein Ende zu bereiten!« Sie öffnete das kleine Gartentörchen und stöckelte auf ihren hohen Hacken zu ihm herüber. Er konnte vor Schreck keinen Muskel bewegen. Nein! Das durfte doch nicht wahr sein!

Das ihm mittlerweile nur zu gut bekannte Quietschen eines Fensters nahm er nur am Rande wahr. Lina hatte die Vorgänge im Garten bemerkt und legte sich im Fenster auf die Lauer, um ja nichts zu verpassen. Hatte sie ihm etwa diese Suppe eingebrockt? Aber wie?

Nicole blieb vier Schritte von ihm entfernt stehen und spitzte die dunkelrot geschminkten Lippen. Langsam ließ sie ihren Blick seinen Körper entlanggleiten. »Du hast mir eine Menge Ärger eingebrockt, mein Lieber! David macht mir seit Tagen die Hölle heiß. Er will dich wegen Belästigung drankriegen.«

Bitte WAS?

Lukas blinzelte und zog beide Augenbrauen hoch. »Ich habe keinen Schimmer, was du meinst.«

Daraufhin wühlte Nicole wie eine Wahnsinnige in ihrer überdimensionalen Tasche herum, zog einen Stapel Briefe hervor und knallte sie ihm dramatisch gegen die Brust. Ein paar fing Lukas instinktiv auf, der Rest plumpste ins Gras. »DAS hier meine ich. Du musst damit aufhören! Wirklich! Ich meine … unsere Trennung ist jetzt schon acht Jahre her. Acht Jahre! Allmählich solltest du über mich hinweggekommen sein.« Ihr Blick wurde plötzlich ganz sanft, was Lukas noch unheimlicher fand als ihre vorangegangene Rede. »Ich weiß ja, wie sehr du an mir gehangen hast. Dass du mich so sehr vermisst, schmeichelt mir auch ein wenig. Aber das mit uns hatte niemals eine Zukunft. Die Beziehung mit David hingegen … fühlt sich so viel intensiver, so viel echter an. Du musst das Kapitel endlich abschließen. Und bitte hör auf, David immer nur als ›fiesen Wicht‹ zu betiteln.«

Langsam wandte sich Lukas um und sah hoch zu Lina, die mittlerweile Popcorn kauend auf einem dicken Kissen im Fenster lag. Als sie seinen Blick bemerkte, hob sie beide Daumen hoch und grinste.

Genialer Schachzug, dachte Lukas grimmig. *Unfassbar, aber genial.*

»Bitte, Lukas! Schau mich an! Weich mir nicht aus. Dass wir nie offen und ehrlich miteinander gesprochen haben, hat nur alles verschlimmert. Wir müssen das bereinigen.« Dramatische Kunstpause. »Das zwischen uns.« Nicole hob eine Hand und berührte ihn am Arm. Ganz sanft. Er zuckte zurück und atmete tief ein.

Das hier war die horrormäßigste Vorstellung eines Wiedersehens, die er sich hätte ausmalen können. Er in verblichenen Jeans, unrasiert, von Ameisen zerbissen und nach Lagerfeuer stinkend. Sie herausgeputzt wie ein Pfau.

Er hätte Nicole wirklich viel zu sagen gehabt. All die jahrelang angestaute Wut wäre er losgeworden. Doch gerade war er einfach sprachlos. Vor allem, weil er keinen Schimmer hatte, was in diesen Briefen stand.

Schweigend faltete er einen davon auseinander. Lina hatte seine Handschrift wirklich gut gefälscht, angefangen vom schwungvollen Datum bis hin zu seiner Unterschrift. Wobei er nie im Leben Herzchen über das i von ›Nicole‹ gemalt hätte.

Liebste Nicole,

mein Herz weint noch immer und sehnt sich nach einer Antwort von Dir. Doch mein Briefkasten ist genauso leer wie mein Inneres. Als Du mich verlassen hast, nahmst Du einen Teil von mir fort. Seit Tagen, Wochen, Monaten versuche ich, ohne ihn zu leben, doch es gelingt mir einfach nicht.
Was zwischen uns vorgefallen ist, ist tragisch. Und ja, ich habe mich lange Zeit von Dir hintergangen gefühlt. Doch mittlerweile bin ich über meine Wut hinweggekommen und habe in mich hineingehört. In meinem Herzen finde ich nur Liebe für Dich. Selbst nach all den Jahren.
Du fehlst mir. Ich flehe Dich an: Nimm Kontakt mit mir auf.
Ich liebe Dich,

Lukas

Darunter war eine ihm unbekannte Handynummer geschrieben, samt Adresse. Linas Adresse. Langsam drehte er sich zu seiner Zuschauerin um, die ihm nun mit einem Cocktail zuprostete.

»Ernsthaft?«, rief er zu ihr hoch.

»Ernsthaft!«

In diesem Moment wusste er nicht, ob er lachen oder weinen sollte. Vor allem, weil Nicole ihn noch immer mit diesem mysteriösen Blick ansah. Endlich erkannte er, was dahintersteckte. Es war Mitleid.

Er zerknüllte den Brief. Tiiiiief durchatmen, dachte er. *Sonst eskaliert das hier.* Ehe er jedoch etwas sagen konnte, kam ihm Nicole zuvor.

»Nur damit du es weißt: Ich habe deine Eltern verständigt. Nach dem dritten Brief habe ich mir ernsthaft Sorgen gemacht. Sie erzählten mir, dass du dich seit Monaten nicht bei ihnen gemeldet und dich komplett zurückgezogen hast. Mir war nie klar, was du für ein … Softie bist.«

Lukas fiel durchaus die kleine Pause vor dem »Softie« auf. Hatte sie ihn etwa eigentlich als Weichei bezeichnen wollen? Er ballte die Fäuste und knirschte mit den Zähnen, um an sich zu halten. Da hörte er das Klicken eines Fotoapparates und das anschließende Surren eines Polaroidfotos, das ausgespuckt wurde. Er konnte nicht anders: Er musste sich zu Lina umdrehen.

»Um den Moment des Wiedersehens festzuhalten«, rief sie zu ihm hinunter und wedelte vergnügt mit dem Foto herum, um es zu trocknen.

»Ist sie das? Deine Ehefrau, die du meinetwegen verlassen willst?«, fragte Nicole. Jetzt hatte sie wieder seine volle Aufmerksamkeit. »Deine Eltern waren sehr traurig, als sie das hörten. Nicht zur Hochzeit ihres Sohnes eingeladen zu werden, ist hart! Und gemein! Aber gut, wenn ich eine Frau mit solch schlimmen Problemen hätte, würde ich sie auch verstecken. Sie scheint wirklich seltsam zu sein.«

In diesem Punkt war Lukas zum ersten Mal ganz ihrer Meinung. Er unterdrückte den Drang, sich abermals zu Lina umzudrehen. Stattdessen starrte er Nicole in Grund und Boden. »Jetzt hör mal gut zu«, sagte er so ruhig wie möglich. »Ich bin über dich hinweg – und zwar schon seit Jahren. Ich gebe es zu: David und du habt mir wirklich fast den Todesstoß versetzt. Ich meine: Mein bester Freund und meine Verlobte betrügen mich? Das ist so abgedroschen und gemein, dass es keinerlei Worte dafür gibt. Aber ich habe mich wieder hochgekämpft. Du könntest mir nicht egaler sein. In meinem Herzen ist kein Fünkchen Liebe für dich übrig geblieben, und jetzt, wo ich dich aufgetakelte Tussi hier vor mir stehen sehe, frage ich mich, wie ich dich jemals habe lieben können. Und diese Briefe …« Er hielt das zerknitterte Papier hoch. »… die sind nicht von mir. Die hat Lina geschrieben, um mich zur Weißglut zu treiben. Ich finde es nett von dir, dass du nach all den Jahren den Mut aufbringst, hier anzutanzen und mit mir zu reden. Aber das wäre eigentlich vor acht Jahren fällig gewesen, oder? Stattdessen seid ihr still und heimlich verschwunden und habt euch um eine Konfrontation mit mir herumgedrückt. Doch eins kannst du mir glauben: Wir drei sind fertig miteinander.«

Nicole blickte ihn verunsichert an. Dann seufzte sie leise. »Du warst schon immer ein Meister der Verdrängung. Wenn du dich nicht endlich deinen eigenen Gefühlen stellst, wirst du niemals mit einer Frau glücklich werden können. Ich …«

Sie unterbrach sich, da das Gartentor quietschte und Schritte durchs Gras zu hören waren. Auch Lukas blickte in die Richtung – und sah nur noch eine Faust auf seine Nase zusausen.

»Lass endlich meine Verlobte in Ruhe, du elender Stalker«, schrie jemand.

Lukas wurde vom Schlag zurückgeworfen, fing sich aber noch, kurz bevor er stürzte. Dem nächsten Hieb wich er mehr durch Zufall aus, stolperte dabei jedoch über seine Gartenliege. Der Angreifer fluchte. Erst jetzt erkannte Lukas seinen ehemaligen Partner David. Er hatte etwas zugenommen, war aber weiterhin gut trainiert. Und wenn sich Lukas nicht irrte, nahm er noch immer Boxstunden. Verdammt.

Nicole kreischte hysterisch und wich vor den beiden Kontrahenten zurück. »Hört auf«, rief sie. Lukas war sich ziemlich sicher, dass sie es in Wirklichkeit genoss, dass sich zwei Männer um sie prügelten.

Doch David hörte nicht auf. Er griff an wie ein durchdrehender Stier: mit gesenktem Kopf und schnaubend. Lukas blockte den nächsten Schlag ab und nahm David etwas ungelenk in den Schwitzkasten. Die Wut half ihm.

Sie hätten sich wohl noch eine Weile wie Schuljungen auf dem Schulhof geboxt und getreten, wenn sie nicht auf einmal ein eiskalter Wasserstrahl getroffen hätte, der sie auseinandertrieb.

»Schluss jetzt mit dem Blödsinn«, hörte er Lina rufen. Sie musste nach unten geeilt sein und sich den Wasserschlauch geschnappt haben. Noch immer hielt sie ihn auf beide Männer gerichtet. Als David sie deswegen böse anfunkelte, schreckte sie um keinen Millimeter zurück. »Guck nicht so. Wenn du dich nicht benimmst, nehm ich den Kärcher, und glaub mir: Der tut richtig weh! Und jetzt runter von meinem Grundstück. Und zwar ALLE!« Dabei sah sie Lukas finster an.

Nicole hatte sich einige Meter von den Männern entfernt und hielt sich noch immer die Hände vor den Mund. »Ich weiß nicht, was ich sagen soll«, hauchte sie schockiert. »Es tut mir leid, dass ich solch ein Drama ausgelöst habe.«

Daraufhin hielt Lina ohne mit der Wimper zu zucken den Wasserstrahl genau auf sie. Nicole kreischte erschrocken. »Wer lügt, wird nass. Du bist eine ziemlich fiese Bitch, nur dass du es weißt. Lukas kann echt froh sein, dass er dich los ist. Aber wenigstens habt ihr euch mal ausgesprochen. Und DU …« Sie wandte sich an David. »… bist ja wohl nicht ganz dicht. Wenn hier einer das Recht hat, jemandem eine reinzuhauen, dann ist das Lukas. Und jetzt ab mit euch! Und seid ohne Sorge: Mit den Liebesbriefen ist es ab sofort vorbei. Die habe nämlich ich geschrieben, um Lukas zu zeigen, dass er euch keine Träne hinterherweinen muss.« Sie wedelte mit der Hand.

Lukas hielt den Atem an. Er hätte schwören können, dass David nicht auf sie hören und wieder auf ihn losgehen würde, doch sein ehemaliger Freund straffte sich. Er warf ihm einen unergründlichen Blick zu.

»Es tut mir leid. Für den Faustschlag und … alles andere. Wird schon werden.« Mit diesen Worten klopfte er Lukas kurz auf die Schulter und hielt auf das Gartentor zu.

Nicole zögerte noch eine Sekunde, strich sich eine nicht existierende Träne aus dem Augenwinkel, hauchte ein »Leb wohl, Lukas« in seine Richtung und verschwand.

»Ihr zwei Irren habt euch echt verdient«, brüllte Lina ihnen hinterher. »Wehe, ich sehe euch noch mal in Lukas' Nähe.«

Sie stellte endlich das Wasser ab, und dann standen sie da: Lukas tropfnass und blutend, Lina aufgewühlt und ein wenig zerknirscht. Sie wollte gerade etwas sagen, als hinter der Hecke Applaus ertönte.

»Was für ein Spektakel«, rief ihnen Herr Rupert zu. »Was für ein Kampf und welch heldenhafte Rettung. Hier, mein Junge, fürs Auge!« Eine Tüte tiefgefrorener Erbsen segelte durch die Luft auf Lukas zu.

Er fing sie auf, ließ sich langsam auf seine völlig durchnässte Liege sinken und schloss die Augen, um sich zu beruhigen. Dabei kühlte er seine Nase und das Auge. Der Schlag hatte gesessen.

Er spürte, dass Lina ihn musterte. Wahrscheinlich war ihr gerade klar geworden, dass sie über das Ziel hinausgeschossen war. »Das wirst du mir büßen«, brummte er böse, woraufhin sie ohne mit der Wimper zu zucken den Wasserstrahl erneut anstellte und ihn in Grund und Boden spritzte.

Es dauerte eine Weile, bis Lukas' Campingzubehör wieder trocken war. Er sah aber keineswegs ein, sein Zeltlager abzubrechen. Niemals! Stattdessen plante er seine Rache.

»Wenigstens hast du dich mit Nicole ausgesprochen«, sagte er zu sich selbst. Er saß bei Anbruch der Dunkelheit im Zelt und dachte über seinen Gegenangriff nach. Der Brief, der alles ins Rollen bringen würde, war bereits verschickt. Ab sofort gab es kein Zurück mehr. Er würde Lina mit ihren eigenen Waffen schlagen.

Eine Sache lag Lukas allerdings schwer im Magen: Nicole hatte seine Eltern mit in den Streit hineingezogen. Eigentlich hatte er sich den ersten Telefonanruf nach so langer Zeit anders vorgestellt, aber wie es schien, kam er nicht drum herum. Seufzend wählte er ihre Nummer.

Es meldete sich ausgerechnet seine Schwester. Nein! Konnte der Tag noch schlimmer werden? Allmählich musste sein Pech doch aufgebraucht sein!

»Hallo, Schwesterherz. Ich bin es. Lukas.«

Die Leitung war sekundenlang wie tot. Seiner Schwester hatte es wohl die Sprache verschlagen. »Lukas«, brachte sie schwach hervor. »Na, mit dir habe ich nicht gerechnet.«

»Jaaaa«, sagte er gedehnt. »Hör mal, Stefanie. Ich weiß, dass das etwas seltsam klingt, aber ihr braucht euch keine Sorgen um mich zu machen. Mir geht es gut. Und es tut mir leid, dass ich mich so lange nicht bei euch gemeldet habe.« Jetzt war er endlich raus. Der Satz, der seit Ewigkeiten in ihm gärte.

Seine Schwester lachte freudlos. »Warte, ich stelle dich mal kurz auf laut. Hey, Leute! Lukas ist am Telefon.«

Ein Tumult brach am anderen Ende aus. Offenbar stürzten seine Verwandten direkt zum Hörer. »Wer ist denn alles bei Mama und Papa?«, fragte Lukas irritiert.

»Ich, Gerrit, Tom, Ansgar, Melody, Sonja und Adrian«,

zählte Steffi seine halbe Verwandtschaft auf. »Und natürlich Mama und Papa.«

»Lukas! Geht es dir gut? Wo bist du? Sollen wir zu dir kommen?«, sprudelte seine Mutter ein paar Oktaven höher als normalerweise hervor.

»Es ist alles in Ordnung bei mir, aber was ist bei euch los? Ist was passiert?«

Schweigen am anderen Ende der Leitung, bis endlich sein Vater das Wort ergriff: »Bei uns gibt es keine Probleme, aber bei dir offenbar. Wir haben heute eine Familienkonferenz einberufen, um zu besprechen, was wir unternehmen können, um dir zu helfen.«

Diese Information musste Lukas erst einmal sacken lassen. Seine Familie machte sich Sorgen um ihn? Obwohl sie sich so lange nicht gesehen hatten? Das war rührend und beunruhigend zugleich.

»Mir geht es gut«, versicherte er erneut. Dann blickte er durch den geöffneten Zelteingang Linas altes Haus an, und sein Herz wurde schwer. Was tat er hier eigentlich? Lina und er spielten einander alberne Streiche wie kleine Kinder. Alles nur, um eine Katze für sich zu erobern. Und dabei verwickelten sie seine Familie mit in den Streit und sorgten dafür, dass sie sich Sorgen machte. »Na ja, vielleicht ist mein Leben doch etwas aus den Fugen geraten«, gab er schließlich zu.

»Ja, das wissen wir. Nicole hat uns angerufen und einen auf Drama gemacht. Wir wissen, dass sie gern übertreibt und sich selbst darstellt, aber dennoch waren wir beunruhigt. Was ist bei dir los?«

Im ersten Moment wollte Lukas aus alter Gewohnheit alles abwiegeln und das Telefonat so schnell wie möglich beenden. Aber dann entschied er sich um. Er lag hier in einem durchnässten Zelt, fror ganz erbärmlich und war müde und ausgelaugt. Er sehnte sich nach einer anständigen Dusche und … ja, nach einem Wohlfühlgespräch mit Lina. Er sah sie vor seinem inneren Auge, wie sie es sich auf ihrer muffeligen Couch bequem gemacht hatte, eingekuschelt in ihre flauschige Omadecke. Er selbst saß vor dem Sofa auf dem löchrigen Teppich und wärmte sich die Füße am Kachelofen. So hatten sie viele Abende verbracht, miteinander Pläne fürs Haus geschmiedet und sich die Zukunft ausgemalt.

Eine Zukunft hier in Rurberg. Warum nur hatte er das alles von sich gestoßen und war fortgezogen?

In dieser Sekunde begann er seiner Familie alles zu erzählen. Er startete mit dem Moment, als er Karlo in seiner Garage entdeckt hatte. Er berichtete vom Zettelkrieg mit Lina, der Übereinkunft, der Hausrenovierung und seinem Wegzug inklusive Katzenentführung. An dieser Stelle schnalzte seine Mutter missbilligend mit der Zunge, aber niemand unterbrach ihn. Als er dann die Episode mit dem Zelt und den Briefen an Nicole erzählte, hörte er das ein oder andere Kichern.

»Jetzt liege ich hier im Zelt, habe meinen nächsten Schachzug geplant und überlege, ob dieser Plan wirklich sinnvoll ist. Es tut mir leid, dass ich so lange so verschlossen war und Nicole euch nun in diesen ganzen Schlamassel hineingezogen hat«, schloss er seinen Bericht.

Zunächst blieb es ruhig, dann räusperte sich seine Schwester. »Also ich bin froh, dass sie das getan hat. Auf die Weise telefonieren wir endlich miteinander. Wir haben dich vermisst und uns Sorgen gemacht.« Ihre Stimme zitterte leicht.

Lukas' Herz wurde schwer. Er hatte schon lange gespürt, dass er sich in seiner selbst gewählten Isolation nicht mehr wohlfühlte.

»Also hast du nicht geheiratet, ohne uns Bescheid zu sagen?«, fragte seine Mutter unvermittelt.

»Mama«, ermahnte Steffi. »Das tut doch hier gar nichts zur Sache.«

»Und ob! Wenn mein ältester Sohn einfach heiratet, ohne die Familie einzuladen, dann heißt das schon etwas. Ich …«

»Wie geht es denn der Katze?«, platzte seine Cousine Sonja ins Gespräch. Sie war die größte Katzennärrin der Erde.

»Auch das tut hier nichts zur Sache«, ging Steffi genervt dazwischen, woraufhin eine wilde Diskussion am anderen Ende der Leitung ausbrach. Lukas hörte sich eine Weile das undeutliche Gebrabbel an, dann mischte er sich ein.

»Karlo ist putzmunter. Er sitzt wahrscheinlich in diesem Moment am geöffneten Fenster und starrt zu mir herunter. Und nein: Ich bin unverheiratet. Ich habe nicht einmal eine Freundin. Von Frauen habe ich die Nase voll.«

Die nächste Pause war irritierend lang. Dann brach ein erneuter Tumult aus. Es klang ein wenig, als würde sich das Handy in einer Waschmaschine befinden.

»Steffi! Wo willst du denn hin?« Das war sein Schwager Gerrit, der normalerweise nie viel zu Familienunterhaltungen beitrug.

»Zu meinem Bruder, um ihm einen Klaps hinter die Löffel zu geben«, antwortete sie. »So eine Kopfnuss kann Wunder bewirken.«

»Und ich gehe mit, um ihm genau diese Löffel lang zu ziehen. Vor und nach dem Klaps von Stefanie«, erklärte seine Mutter.

»Hier klapst niemand irgendwen«, protestierte sein Vater. Es klang jetzt, als würde er mit seiner Frau um das Handy rangeln.

»Ich komme mit! Ich will die Katze kennenlernen«, rief Sonja, woraufhin alle unisono seufzten.

Lukas seufzte am lautesten. »Ihr bleibt mal besser im Ruhrpott, denn meinen Ärger bekomme ich schon alleine geregelt. Ich habe mich ja auch alleine hineinmanövriert.«

»Lukas!« Das war wieder seine Schwester. »Seit Jahren

verkriechst du dich und ignorierst sämtliche Hilfsangebote deiner Familie. Raff es endlich! Familie ist nicht nur da, wenn alles gut läuft. Sie steht gerade dann an deiner Seite, wenn alles den Bach runtergeht.«

»Das weiß ich ja auch. Ich bezweifle aber, dass ihr helfen könnt.«

»Der Klaps hilft definitiv beim Denken, das versichere ich dir. Als Gerrit und ich uns trennen wollten, hat Mama genau das bei mir getan. Es rückt das Gehirn gerade. Und, Bruderherz, ich sage es nicht gerne: Das mit dem Denken musst du dringend üben. Irgendwie ist da was zwischen Herz und Verstand falsch gepolt. Wie kann man nur als Bester seines Jahrgangs an der Uni abschließen, einen Doktortitel haben, ein eigenes Unternehmen aufbauen und dann so dumm sein?«

Erneut entstand eine Pause. »Du sprichst wie immer das aus, was andere nicht einmal zu denken wagen«, merkte sein Vater trocken an.

Lukas wusste sehr genau, was seine Schwester meinte. Aber sie irrte sich gewaltig. »Es geht hier nur um eine Katze. Zugegeben, ich vermisse Lina schon ein bisschen, vor allem die Gespräche. Aber da war nicht mehr zwischen uns. Sie ist eine Freundin, mit der ich mich momentan streite.«

»Mama? Sag dein Sprüchlein!«

»Welches Sprüchlein?«

»Das weißt du genau!«

»Ah!« Seine Mutter musste Steffis Handy zu sich gezogen haben, denn sie war auf einmal klar und deutlich zu hören. »Was sich liebt, das neckt sich«, betonte sie, damit Lukas es auch wirklich verstand. »Das ist schon eine alte Kindergartenweisheit, mein Junge. Wir kommen jetzt zu dir!«

»Nein!« Lukas brüllte regelrecht in den Hörer und bemerkte selbst, dass er ein wenig irre klang. Er zwang sich dazu, die nächsten Worte ruhiger auszusprechen. »Bitte! Ihr macht nur alles noch viel komplizierter. Ich schwöre euch: Sobald das hier überstanden ist, besuche ich euch und werde mich bei jedem Einzelnen entschuldigen. Aber wenn ihr jetzt kommt, werde ich niemals Herr dieser Lage!«

»Du hast bis Montag Zeit. Danach rücken wir aus«, erklärte seine Mutter in ihrem besten Feldwebelton. Irgendwie klang das wie eine handfeste Drohung.

Lukas blieb nichts anderes übrig, als klein beizugeben und das Gespräch zu beenden. Anschließend lag er eine lange Zeit wach und starrte Löcher ins Zeltdach. Linas Blinklichtanlage warf dabei unheimliche Schatten an die Plane. Er hatte sich schon so daran gewöhnt, dass er es kaum noch bemerkte. Außerdem war er ohnehin viel zu sehr mit seinen Überlegungen beschäftigt.

Was sich liebt, das neckt sich.

Konnte das sein? Nein! Sie waren sich immer einig gewesen: Ihre Beziehung war rein platonisch. Und doch gab es da bestimmte Momente, die sich anders angefühlt hatten. Er erinnerte sich nur zu gut an seinen ersten Gedanken, als Lina bei ihm aufgetaucht war. *Hilfe, ist die süß!* Und dann die vielen Kleinigkeiten, die ihn an ihr faszinierten. Die Art, wie sie das Leben handhabte. Ihr Lachen. Ihr Humor. Die Leidenschaft, wenn sie sich mit ihm stritt. Die Hartnäckigkeit, mit der sie Karlo verteidigte.

Nicht viele Leute wären auf die Idee gekommen, in ein gut bewachtes Penthouse einzudringen und dem Concierge eine himmelschreiende Lüge aufzutischen. Bei dem Gedanken musste er unwillkürlich grinsen.

Lina war schon was Besonderes.

Es tat ihm leid, dass er sie sich zum Feind gemacht hatte. Dass er dabei der Böse war, ließ seinen Magen grummeln. Und doch war die Situation nach wie vor verfahren. Er musste zurück nach Bremen! Seine Mitarbeiter drängelten langsam.

Seufzend schloss er die Augen. Dann setzte er sich abrupt auf. *Verdammt! Der Brief!* Er hatte ihn bereits abgeschickt. Ohne weiter darüber nachzudenken, hatte er sich seine Taschenlampe geschnappt, war aus dem Zelt gehuscht und rannte aus dem Garten Richtung Postkasten. Dass er dabei barfuß war und lediglich Boxershorts und ein altes Hemd trug, war ihm im Moment egal.

Einmal um die Ecke, noch mal rechts, da sah er den Postkasten bereits im Dunkeln auftauchen. Die schmalen Straßen entlang des Tals waren menschenleer, nichts rührte sich. Bis auf ein seltsames Summen herrschte nächtliche Stille um ihn herum.

Ohne sich umzusehen, hetzte er über die Straße, den Postkasten im Blick. Er musste den Brief da rausfischen! Verhindern, dass er verschickt wurde!

KRAWUMMS!

Etwas knallte gegen ihn und riss Lukas zu Boden. Er schrie vor Schreck auf. Ein stechender Schmerz sauste durch seinen Knöchel. Dann schlug er hart mit den Knien auf, fing sich noch mit den Händen ab und konnte doch nicht verhindern, dass sein Schädel heftig auf den Asphalt krachte.

Ein Scheppern folgte, dann wildes Fluchen.

»Pass doch auf, du Riesenochse«, keifte eine Frauenstimme. Für den Bruchteil einer Sekunde blickte er in zwei stahlharte blaue Augen, umrandet von tiefen Falten. Dann drehte sich die Person fort, hob ein Fahrrad vom Boden auf und stieg auf. »Beim nächsten Mal bremse ich nicht!«, hörte er noch. Dann verlor er die Besinnung.

Als Lukas wieder zu sich kam, erblickte er die grässlichste Tapete, die er je gesehen hatte. Rosa mit weißen und blauen Blümchen drauf. Dazu eine Stuckdecke und ein Hirschgeweih an der Wand.

Er musste in der Hölle sein.

Nur mit Mühe drehte er den Kopf und zuckte zusammen. Herr und Frau Rupert saßen auf zwei Höckerchen direkt neben ihm und starrten ihn an.

»Ich glaub, er ist wach«, bemerkte Frau Rupert.

»Glaub ich auch. Herr Dennhorst, hören Sie mich?«, brüllte ihn Herr Rupert an.

Stöhnend fasste sich Lukas an den Kopf. »Ich höre Sie sehr gut. Sie müssen nicht schreien.« Als er sich aufrichtete, drehte sich alles um ihn herum. Sein Magen rebellierte, was nicht zwingend an seinem gesundheitlichen Zustand liegen musste. Daran konnte auch seine Umgebung schuld sein.

Er lag auf einer orangefarbenen geblümten Couch. Über ihm stapelten sich gleich zwei Steppdecken, natürlich ebenfalls mit Blümchen. Und von dem verschnörkelten Blümchenteppich wurde ihm ganz schwummerig.

»Was ist passiert?«, murmelte er.

»Sie haben Bekanntschaft mit der rasenden Radlerin gemacht. Ich habe es scheppern gehört, als ich im Garten meine Nachtrunde gedreht habe. Für einen Moment dachte ich, Sie wären tot, aber dann haben Sie sich aufgerappelt, sind hier rübergewankt und wollten in Ihr Zelt krabbeln. Da ihre Pupillen aber so groß wie Teller waren, hab ich Sie mal lieber in unser Haus bugsiert. Seitdem liegen Sie hier und brabbeln vor sich hin. Warum joggen Sie bitte barfuß und mitten in der Nacht auf dunkler Straße? Jeder weiß doch, dass das die Rennstrecke der rasenden Radlerin ist.« Herr Rupert klang vorwurfsvoll.

Mit zitternden Händen fuhr Lukas sich über die Stirn und versuchte sich zu erinnern. Ja, was hatte er da gemacht? Dann fiel es ihm wieder ein. Sofort schwang er die Beine über den Couchrand und wollte aufstehen, allerdings wurde ihm von der schnellen Bewegung schlecht.

Die Ruperts drückten ihn vehement zurück auf die Couch. »Wo wollen Sie denn hin? Liegen bleiben! Sie sind noch immer ganz grün im Gesicht.«

Erst jetzt bemerkte Lukas, dass es ziemlich hell im Zimmer war. Der überdimensionale goldene Kronleuchter mit den glitzernden Steinchen war ausgeschaltet. Stattdessen schien … die Sonne!

»Wie viel Uhr ist es?«, fragte er entsetzt.

»Gleich elf. Sie liegen hier schon eine ganze Weile. Kaffee?« Frau Rupert hielt ihm eine Tasse mit einer dünnen hellbraunen Brühe unter die Nase.

Sein Magen revoltierte, was nur zum Teil am Kaffeegeruch lag. Elf Uhr! Da war der Postkasten schon lange geleert worden. Stöhnend ließ er sich zurückfallen und schloss die Augen.

»Ich bin so ein Hornochse«, brummte er.

»Da kann ich nur beipflichten. Wobei Sie ein recht amüsanter Hornochse sind. Ich hatte schon seit Wochen nicht mehr so viel Spaß. Was haben Sie wieder mal ausgeheckt?« Frau Rupert gluckste vor sich hin.

»Das wird sie mir niemals verzeihen«, prophezeite Lukas. Alle Anwesenden im Raum wussten natürlich, von wem die Rede war. »Sie wird mich hassen!«

»Ach was! Schlimmer als die Nummer mit Ihrer Verlobten kann es gar nicht sein.« Auch Herr Rupert amüsierte sich königlich.

»Doch. Das ist es. Was mach ich denn jetzt?«

Herr und Frau Rupert wechselten einen Blick untereinander. »Vielleicht ist es an der Zeit, Ihr Kriegsbeil zu begraben?«

»Das kann ich nicht. Dann verliere ich die Katze!«

Jetzt lachten die beiden. So herzlich und ausdauernd, dass sie sogar Tränen in den Augen hatten. »Sie sind wirklich drollig! Als ob es hier noch immer um die Katze geht«, brachte

Frau Rupert zwischen zwei Lachanfällen heraus. »Darf ich Ihnen einen gut gemeinten Ratschlag geben?«

Lukas nickte ergeben.

»Überlegen Sie mal, was Ihnen wirklich wichtig ist, und vor allem: WER Ihnen wirklich wichtig ist. Ich bin sicher, dass Sie dann eine Lösung finden werden. Aber zunächst bleiben Sie mal lieber hier liegen und ruhen sich aus. Eine kleine Auszeit vom Rosenkrieg tut Ihnen beiden gut. Außerdem hat Frau Meyer-Schulze eh Ihr Zelt abgebaut und in handliche Stücke zerschnippelt.«

10

Die Sturmwarnung ohne Gehör

Lina

Wo war Lukas? Lina gab es nicht gerne zu, aber allmählich machte sie sich Sorgen um ihn. Er hatte sein Zelt verlassen und war den ganzen Tag über nicht mehr aufgetaucht. Das sah ihm überhaupt nicht ähnlich. Sie hatte sein Zelt mittlerweile zerlegt und wartete darauf, dass er sich ein neues besorgte.

Als sie von der Arbeit nach Hause kam, war sie erleichtert. Ein neues Zelt stand im Garten. Allerdings ein ziemlich kleines. Lukas hatte es auch nicht mehr direkt mittig im Garten aufgebaut, sondern dezent am Rand.

Er stand davor und wirkte, als wollte er sie ansprechen.

Sie kam ihm zuvor. »Da kommt ein ziemlich dicker Sturm auf uns zu. Du solltest besser in deinen Bonzenbunker zurückkehren und das hier vergessen!«

»Lina … wir sollten reden!«

Sie ignorierte seine Worte und stapfte an ihm vorüber zur Veranda. Dort drehte sie sich noch einmal zu ihm um. »Ich meine es ernst: Da kommt ein Monstersturm! Du solltest gehen!«

Sie ging ins Haus und versuchte den Rest des Tages nicht an Lukas zu denken, doch das war schwierig. Warum machte sie sich Sorgen um ihn? Sie befanden sich noch immer im Krieg miteinander. Er war alt genug, um die Gefahr selbst einzuschätzen. Und trotzdem konnte sie das ungute Gefühl nicht abschütteln.

Hoffentlich fliegt er nicht weg, dachte sie bevor sie abends kurz eindöste – und von der Klingel wieder geweckt wurde.

Irritiert sah sie auf die Uhr. Es war kurz vor neun Uhr morgens. Sie musste tief und fest eingeschlafen sein. Picasso sprang fast lautlos vom Bett und huschte in den Flur. Es klingelte erneut.

»Ich komme«, rief sie genervt, schlug die Bettdecke beiseite und hastete ihrer Katze hinterher. Im Gehen strich sie sich die Kleidung und die Haare glatt, dann öffnete sie die Tür und wappnete sich innerlich gegen eine Konfrontation mit Lukas. Er hatte noch nie geschellt! Warum fing er jetzt damit an? »Es ist Samstag, Lu…«

Ihr blieb der Name im Rachen stecken. Vor ihr stand nicht Lukas. Vor ihr standen … ihre Eltern.

»Mama«, begrüßte sie die hochgewachsene, schlanke Frau im bodenlangen Mantel mit brüchiger Stimme. Hastig räusperte sie sich. »Was macht ihr denn hier?«

»Wie, was machen wir denn hier? Wir sind gekommen, um dich abzuholen.« Die grünen Augen ihrer Mutter verengten sich. »Hast du etwa verschlafen? Du siehst aus, als seist du soeben erst aus dem Bett gefallen.«

»Ich … äh … also … Moment.« Sie schlug ihren Eltern einfach die Tür vor der Nase zu und atmete tief ein und aus. *Hilfe! Womit habe ich das verdient? Was wollen die hier?* Beim Wummern einer Faust gegen Holz zuckte sie zusammen.

»Lina! Was soll das?«, fauchte ihre Mutter.

Geh weg, dachte Lina verzweifelt. Nur unter Aufbietung ihrer gesamten Kraft öffnete sie die Haustür erneut. Picasso huschte augenblicklich an ihr vorbei und schnurrte um die Beine ihrer Mama. Die zuckte zurück.

»Das hässliche Katzenvieh deiner Tante lebt ja noch«, sagte sie empört.

»Wie kann er es nur wagen …«, murmelte Lina als Antwort. Zum Glück war ihre Mutter gerade damit beschäftigt, Picasso abzuschütteln, sodass sie die Bemerkung überhörte. Ergeben trat Lina zur Seite. »Kommt doch bitte rein.«

Ihr war klar, dass das ihr Todesurteil war. Wenn ihre Eltern sahen, unter welchen Bedingungen sie lebte, würden sie sofort ausrasten. Oder sie einweisen lassen.

Ihre Mutter nahm die Einladung eher zögernd an. Nur langsam trat sie an ihr vorbei in den Hausflur. Ihr Vater folgte mit einem gequälten Gesichtsausdruck. Wenigstens gab er ihr einen kurzen, flüchtigen Kuss auf die Wange als Begrüßung. Er roch wie immer nach frischer Seife, Rasierschaum und Tabak. Sein einziges Laster war das Rauchen.

Kaum hatte er sie passiert, hatte Lina freies Blickfeld in den Garten. Graue Wolken türmten sich am Himmel und ließen die Farbenpracht der Blumen dunkler als sonst erscheinen. Auf der Wiese stand Lukas und starrte zu ihr herüber. Irrte sie sich, oder sah er verzweifelt aus? Als … hätte er ein schlechtes Gewissen!

Endlich verstand Lina. Sie blickte von ihm zum Rücken ihres Vaters und wieder zurück. Lukas hatte ihr das eingebrockt? Wie konnte er nur!

Sie bückte sich, hob Picasso auf den Arm und schrie: »Verschwinde von hier, du Verräter! Ich will dich nie wiedersehen!« Dann folgte sie ihren Eltern ins Haus und knallte die Tür hinter sich zu.

»Lina«, rief ihre Mutter prompt. »Was kreischst du denn hier rum wie eine Banshee?«

»Ich musste nur was klarstellen.«

»Was ist das überhaupt für ein Landstreicher, der da in deinem Garten zeltet? Ein alter Bekannter deiner Tante?«

Und schon geht es los, dachte Lina genervt. Sie überhörte die Bemerkung, drängelte sich im Flur an ihren Eltern vorbei und öffnete die Tür zum Wohnzimmer. Ihr kleines Paradies. Lukas und sie hatten während der Renovierung besonders viel Sorgfalt in diesen Raum gesteckt. Er war gemütlich und vereinte alt und neu gleichermaßen.

Die schneeweiß getünchten Wände bildeten einen schönen Kontrast zu den dunkelbraunen Holzbalken. Hier kam das Fachwerk wunderbar zur Geltung. Auch die Dachsparren hatten sie in ihrem natürlichen Holzton belassen. Von ihnen ließ Lina Efeu herunterwachsen. Ihr kleiner Dschungel inmitten des Wohnbereichs. Der gemauerte Kamin wirkte jetzt viel edler als zuvor. Lukas hatte die teils verrußten Steine so lange geschrubbt, bis sie wieder glänzten. Davor stand Tante Charlys Lieblingscouch: ein dunkelgrünes Sofa mit geschwungenen Beinen aus massiver Buche und so dicken Kissen, dass man darin versinken konnte.

Der Couchtisch davor war vermutlich fast hundert Jahre alt, ebenfalls aus Buche und hatte viele kleine Schubladen, in denen Lina all ihren Krimskrams aufbewahrte. Über dem Kamin hatten sie Tante Charlys schönstes Gemälde aufgehängt. Es zeigte einen sehr viel jüngeren Picasso, der geduckt durch hohes Gras schlich.

»Setzt euch doch«, bat Lina ihre Gäste. Ihre Eltern waren einfach mitten im Raum stehen geblieben und sahen sich mit hochgezogenen Augenbrauen um. Ihre Mutter musterte die alte Couch mit einem leicht missbilligenden Blick und wandte sich dann dem Essbereich zu, der durch die Balkenformation des Fachwerks vom Kaminzimmer optisch abgetrennt war.

Lina hatte viel Zeit investiert, um den riesigen Echtholztisch so aufzuarbeiten, dass er fast wie neu glänzte. Auch die dazu passenden Stühle hatte sie ausgebessert und die Polster erneuert. Ihr ganzer Stolz. Umso trauriger wurde sie, als ihre Mutter missbilligend mit dem Kopf schüttelte.

»Es wird wirklich Zeit, dass du aus diesem Haus rauskommst. Der Verfall ist ja nicht aufzuhalten.«

Das saß. Lina konnte nicht anders, als ihre Mutter sprachlos anzustarren. Auch ihr Vater wirkte entsetzt. Ihm war gewiss sofort aufgefallen, dass der gesamte Raum wie neu aussah.

Bevor Lina jedoch zu einer Antwort kam, hatten sich die beiden gesetzt. »Ein Kaffee wäre jetzt schön«, sagte ihre Mutter ungeduldig und tadelte sie damit indirekt für ihre Gastgeberqualitäten.

»Natürlich«, erwiderte Lina steif. Sie verließ fluchtartig den Raum und eilte in die Küche. Dort angekommen, lehnte sie sich erst einmal gegen den Küchenschrank und versuchte, ihren rasenden Puls unter Kontrolle zu bringen. »Du schaffst das«, flüsterte sie sich zu. Dann stochte sie den Kochofen, stellte die Kanne Wasser darauf und wartete geduldig, bis es kochte. Ihre Mutter wäre vermutlich in Ohnmacht gefallen, wenn sie gesehen hätte, wie sie Kaffee zubereitete. Die alte Kaffeemaschine vom Trödel hatte bereits ihren Geist aufgegeben.

Zum ersten Mal war sie wirklich dankbar dafür, dass sie nicht mehr länger in der Küche wohnte. Dadurch wirkte der Raum gleich viel aufgeräumter und hübscher. Für einen modernen Herd hatte sie noch nicht genug Geld zusammen, aber das störte sie wenig. Sie sah Land in Sicht, und bis es so weit war, kochte sie eben noch länger auf dem alten Küchenofen.

Eine Bewegung draußen lenkte ihre Aufmerksamkeit aufs Fenster. Lukas stand noch immer auf dem Rasen und starrte zu ihr hoch. Der Regen hatte seine Kleidung durchweicht. Von seinen Haaren tropfte es. Ein Bild des Elends.

Diesen Schachzug verzeihe ich dir so schnell nicht, dachte sie bitter. Okay. Die Briefe an Nicole waren ebenfalls unterhalb der Gürtellinie gewesen. Dass Lukas verletzt worden war, tat ihr noch immer leid. Aber ihre Eltern hierher zu bitten … das ging definitiv zu weit. Er hatte kein Recht, so hart zurückzuschlagen. Immerhin war er es, der sie hier belagerte!

Sie zuckte zusammen, als der alte Kessel zu pfeifen begann. Gleichzeitig rief ihre Mutter: »Wie lange dauert das denn, einen simplen Kaffee zu kochen?«

Wenn du wüsstest, dachte Lina verärgert. Sie ließ das heiße Wasser durch einen Porzellanfilter in Tante Charlys rote Lieblingskanne mit den weißen Punkten fließen. Dann holte sie ihr bestes Geschirr hervor, arrangierte alles mit ein paar Keksen auf einem Tablett und schritt behutsam ins Wohnzimmer zurück. Dabei wappnete sie sich innerlich vor dem anstehenden Gespräch. Sie musste unbedingt herausfinden, was Lukas ihren Eltern geschrieben hatte.

Ihre Hände zitterten leicht, als sie ihnen einschenkte, worüber sie sich furchtbar ärgerte. Warum nur schüchterte ihre Mutter sie grundsätzlich ein? Ihr Vater hingegen wirkte eher gelangweilt. Wie immer.

»Also. Was macht ihr hier?«, fragte Lina schließlich. Ihre eigentliche Frage: »Hat Bayern euch rausgeschmissen wegen schlechter Führung?« verkniff sie sich in letzter Sekunde. Ihre Eltern mussten unfassbar früh aufgestanden sein, um Punkt neun Uhr bei ihrer Tochter in der Eifel aufzuschlagen. Oder hatten sie zuvor hier im Dorf übernachtet?

»Da du ja dein Telefon ignorierst, sind wir einfach so losgefahren. Oder wurde dein Vertrag gekündigt, weil du nicht gezahlt hast?« Ihre Mutter seufzte, als stünde das für sie ohnehin schon fest. »Wie dem auch sei: Es blieb uns nichts anderes übrig, als persönlich bei dir aufzutauchen. Also, wie hoch sind deine Schulden wirklich?«

Lina ließ vor Schreck glatt die Kaffeekanne fallen. Zum Glück war sie so massiv, dass sie nicht zerbrach. Aber der Kaffee floss nun über den schönen alten Tisch.

Ihre Mutter schnalzte missbilligend mit der Zunge und warf mit spitzen Fingern eine von Linas fröhlichen Herzchenservietten in die Pfütze.

»Welche Schulden denn?«, fragte Lina entsetzt. Was zur Hölle hatte Lukas ihren Eltern geschrieben?

»Die Schulden, die du in deinem Brief erwähnt hast. Mir war von Anfang an klar, dass dich dieses Haus überfordern wird. Wie soll man solch eine Bruchbude auch von einem Postbotengehalt auf Vordermann bringen? Natürlich werden wir dir Geld leihen, aber nur zu unseren Bedingungen. Selbstverständlich wirst du das Haus verkaufen müssen. Es ist ein Fass ohne Boden. Wir freuen uns, dass du zu uns zurückziehen willst. Allerdings verlangen wir dafür auch, dass du endlich auf uns hörst. Dein Vater hat dir einen Studienplatz besorgt. Betriebswirtschaftslehre. Ich denke, das ist das Richtige für dich.«

In Zeitlupe lehnte sich Lina in ihrem Stuhl zurück. Dann stand sie auf, ging an das wunderschön aufgearbeitete Buffet und nahm sich die Flasche Whisky und ein Glas heraus. Sie schenkte sich ein und trank einen großen Schluck.

Ihre Mutter quiekte. »Es ist neun Uhr morgens, Lina! Was tust du denn da?«

»Ich brauche das gerade, damit ich dich nicht direkt anbrülle. Immerhin bin ich eine gut erzogene Tochter. Du kannst es dir also aussuchen: Entweder ich schreie dich an, oder du lässt mich meinen Whisky trinken, um Schlimmeres zu verhindern.«

Der Alkohol brannte in ihrem Magen und fühlte sich eher unangenehm als beruhigend an. Trotzdem stürzte sie auch den Rest herunter. Dann erst wandte sie sich ihren Eltern zu. Die starrten sie erstaunt an.

»In dem Brief stand, dass ich hohe Schulden wegen des Hauses habe. Richtig?«

Ihre Mutter nickte konsterniert.

»Und dass ich euch um Hilfe bitten muss, stand da vermutlich auch drin.«

Wieder ein Nicken.

»Habe ich darin angedeutet, dass ich das Haus verkaufen und in Bayern studieren will?«

Diesmal erntete sie ein Kopfschütteln.

Okay, dachte Lina. *Tief durchatmen. Nicht ausrasten. Ich bin eine erwachsene Frau, die über den Dingen steht.* Und tatsächlich. Je länger sich das Schweigen hinzog, desto ruhiger wurde sie.

All die Jahre hatte sie sich von ihren Eltern bevormunden lassen. Ihre einzige Möglichkeit, um sich ihrer Missbilligung zu entziehen, war die Flucht gewesen. Sie war in die Nähe ihrer Tante gezogen, um unabhängig zu sein. Das hatte ihr gutgetan. Die sporadischen Telefonate mit ihrer Mutter hatte sie stets nur mit Mühe hinter sich gebracht und danach meist geweint. Aber damit war jetzt Schluss! Keine Tränen mehr wegen Doktor Ursula Meyer-Schulze!

»Mama«, sagte Lina möglichst deutlich, wobei ihre Zunge bereits ziemlich schwer wurde. Der Alkohol tat seine Wirkung. »Wisst ihr, was normale Eltern getan hätten, wenn ihre Tochter zum Gespött der Nation geworden wäre? Wegen eines Unfalls, der nicht ihre Schuld war?«

Ihre Eltern wechselten einen beunruhigten Blick. Dass Lina plötzlich mit der Postwagensache anfing, fanden sie offensichtlich unangenehm.

»Normale Eltern hätten sich ins Auto gesetzt, wären zu ihrer Tochter gefahren und hätten sie in den Arm genommen. Sie hätten ihr gesagt, dass alles wieder gut werden wird, sie getröstet und ihr Halt gegeben. Wisst ihr noch, was ihr getan habt?«

Ihre Mutter richtete sich auf. Natürlich wusste sie es noch. Ursula Meyer-Schulze vergaß nie etwas.

»Ihr habt mich angerufen und gesagt, dass ihr schwer enttäuscht seid. Dass euch die Leute auf meine Verfehlung hin ansprechen würden und das ganz schrecklich für euch sei. Dass ihr euch schämen würdet. Das mag auch alles zutreffen, und doch war dieses Telefonat so … entwürdigend. Für euch und für mich gleichermaßen. Das allein hat mich schon aus dem Gleichgewicht gebracht. Aber wisst ihr, was noch viel schlimmer war? Die Funkstille danach. Wochenlang habe ich nichts von euch gehört. Kein Anruf, kein Brief, kein Besuch. Ihr habt mich einfach totgeschwiegen, als sei ich inexistent. Das hat wehgetan. Sehr weh. Und als ihr dann doch angerufen habt, habt ihr mir vorgeschlagen, zu euch zurückzukommen. Neu anzufangen. Mein Leben endlich auf die Reihe zu kriegen.« Lina lachte humorlos. »Ihr habt mein Elend ausnutzen wollen, um eure Ziele durchzusetzen. Ich habe eine ganze Weile gebraucht, um zu erkennen, wie gemein das war. Wie egoistisch. Und jetzt besitzt ihr die Frechheit, bei mir aufzutauchen, und wollt meine vermeintliche Schwäche dafür benutzen, um mich in die Knie zu zwingen. Aber das könnt ihr vergessen!« Aufgebracht deutete sie auf ihr Wohnzimmer. »Das hier ist mein Leben. Ich liebe diese angebliche Bruchbude. Sie ist nicht supermodern, aber sie ist mein Zuhause. Das, was ihr mir eigentlich hättet geben müssen. Wenn ihr mich nicht so nehmen könnt, wie ich bin, dann tut mir das sehr leid. Denn mehr habe ich nicht zu bieten. Ihr seid meine Eltern. Ich liebe euch. Aber entweder fangt ihr langsam mal an, mich und mein Leben zu akzeptieren, oder ihr müsst gehen. Ich mag meinen Postbotenjob. Ja, da habe ich mich nicht mit Ruhm bekleckert, aber ich habe dafür gekämpft, wieder Anerkennung in meinem Beruf zu erhalten. Ich bin noch immer Postbotin, und in diesem Leben werde ich garantiert kein BWL studieren. Und schon gar nicht ziehe ich wieder zurück, um endlich zu der Tochter zu mutieren, die ihr euch erträumt habt. Eure und meine Träume sind inkompatibel, und wisst ihr was? Das ist auch gut so!«

Schwer atmend starrte Lina ihre Eltern an, die stocksteif auf ihren Stühlen hockten. Die Stille wurde drückend und unangenehm, doch diesmal wich Lina dem eisigen Blick ihrer Mutter nicht aus.

»Du hast uns diesen Brief geschrieben«, hob ihre Mutter an. »Du warst es, die um Hilfe gebeten hat. Wir sind nur gekommen, um dir unter die Arme zu greifen.«

»Das rechne ich euch auch hoch an. Der Weg von Bayern hierher ist sehr weit. Vor allem, wenn man ihn noch nie gefahren ist, um seine Tochter zu besuchen. Ich wohne in diesem Haus seit einem Jahr, und in dieser Gegend schon seit fünf, Mama!«

»Und seit fünf Jahren hast du uns nicht ein Mal eingeladen.«

»Ganz genau. Weil ich weiß, wie du das Haus gemustert hättest. Ihr hättet die Nase gerümpft, ich hätte mich geduckt, ihr hättet mir zum Abschied gesagt, ich solle mein Leben auf die Reihe kriegen, ihr wärt gefahren, und ich hätte geheult. Aber so läuft es ab sofort nicht mehr.«

»Aber … was ist mit deinen Schulden?«

»Selbst wenn ich welche hätte, würde ich eure Hilfe ablehnen. Vor allem wegen eurer kruden Bedingungen. So. Und jetzt lassen wir dieses Thema fallen. Soll ich euch das Haus zeigen? Es ist echt schön geworden.« Ein Friedensangebot, das auszusprechen Lina sehr schwerfiel. Doch wie erwartet schüttelte ihre Mutter augenblicklich den Kopf.

»Ich denke, wenn du so drauf bist, sollten wir dieses Treffen abbrechen«, erklärte sie steif und stand auf. »Komm, Theobald. Wir gehen jetzt.«

Ihr Vater erhob sich wie befohlen, wartete allerdings, bis ihre Mutter aus dem Raum gegangen war. Dann sah er Lina an. »Die kriegt sich schon wieder ein«, sagte er ruhig. Er lächelte, wenn auch nur ganz leicht. »Ich missbillige deine Wortwahl, aber einen gewissen wahren Kern muss ich in deinen Aussagen anerkennen. Wir hätten die Sache anders anpacken sollen.« Er zog einen Brief aus seinem Designeranzug hervor.

»Wenn das ein Scheck ist, dann kannst du ihn behalten. Ich will euer Schmiergeld nicht«, brummte Lina böse.

»Das ist kein Schmiergeld. Das ist ein Brief vom Anwalt deiner Tante. Da du seine Post ignorierst, hat er uns schließlich kontaktiert und gebeten, dir das Schreiben persönlich zu übergeben. Lies es!« Er klopfte mit dem Zeigefinger auf den Brief. »Und dieses Haus ... das hast du gut renoviert.«

War das ein anerkennendes Nicken? Von ihrem Vater? Lina war zu verblüfft, um rechtzeitig darauf zu reagieren. Sie hörte, wie die Haustür ins Schloss fiel, blieb aber wie betäubt sitzen. Stumm starrte sie auf den Brief auf ihrem Tisch. Das einzige Zeugnis davon, dass sie den Besuch ihrer Eltern nicht geträumt hatte.

Schließlich stand sie auf, pinnte den Brief an die Pinnwand und schüttete den kalten Kaffee in den Ausguss. Ihr war klar, dass sie in alte Muster zurückfiel, aber gerade hatte sie keine Kraft übrig. Die Auseinandersetzung mit ihren Eltern war ihr unter die Haut gekrochen.

Nicht weinen, dachte sie verbissen. *Ich bin stark und tapfer und habe das gut gemacht!* Der Regen trommelte mittlerweile gegen das Fenster, und es war so dunkel, als wäre die Sonne bereits wieder untergegangen.

Der angekündigte Sturm war da.

Lina ließ die dreckige Kanne im Waschbecken zurück, trottete ins Schlafzimmer und zog sich die Bettdecke über den Kopf. Für heute wollte sie die Welt einfach vergessen. Sie spürte, dass Picasso sich zu ihr gesellte. Er legte sich zunächst auf ihre Hüfte, fand das aber zu unbequem und kuschelte sich daraufhin an ihren Bauch. Sie hob die Decke, damit er darunterkriechen konnte.

Wenigstens er war ihr geblieben. Sie hatte für ihn gekämpft und gewonnen. Dafür hatte sie einen hohen Preis bezahlt, aber das war es wert gewesen. Hoffentlich.

Nachdem sie sich zwei Stunden unruhig hin und her gewälzt hatte, entschied sie sich um. Sie hatte keine Lust mehr, sich in Selbstmitleid zu suhlen. Stattdessen war es an der Zeit, hart durchzugreifen und ein für alle Mal diesen Störenfried in ihrem Garten loszuwerden.

Lukas

Lukas wummerte mit aller Kraft gegen Linas Haustür, doch nichts rührte sich. Selbst Karlo blieb verschwunden. Verdammt! Er musste mit ihr reden. Und zwar sofort.

Er konnte sich kaum erinnern, sich jemals so elend gefühlt zu haben. Warum nur hatte er sie nicht doch vorgewarnt?

Weil ich dann hätte zugeben müssen, was ich getan habe, dachte er bitter. Jetzt hatte er den Salat.

Nachdem Linas Eltern wieder gegangen waren, hatte er eine Weile darauf gewartet, dass Lina auftauchte und ihn zur Schnecke machte. Doch sie blieb verschwunden.

Seitdem bemühte er sich, ins Haus zu gelangen, doch Lina ignorierte ihn. Theoretisch hätte er noch den alten Schlüssel gehabt, den Lina ihm einst gegeben hatte. Aber er wagte es nicht, ihn zu benutzen. Daher beschränkte er sich darauf, ihre Aufmerksamkeit auf sich zu ziehen. Mit Rumbrüllen, Anschreien und Beschimpfen wäre er klargekommen. Aber dieses eisige Schweigen war schrecklich.

Erschwerend kam hinzu, dass er bis auf die Haut durchnässt war und fror. Außerdem nahm der Sturm an Stärke zu. Das Gewitter würde sicher nicht mehr lange auf sich warten lassen. Der Wind riss und zerrte an ihm. Im Hintergrund hörte er die Plane seines Zeltes schlagen. Hoffentlich hielt es noch eine Weile stand.

Als er gerade drauf und dran war, einfach ein Fenster einzuschlagen, klapperte es über seinem Kopf. Lina sah auf ihn hinunter. Mit bleichem Gesicht, Ringen unter den Augen und Wut im Blick.

»Wenn du nicht sofort verschwindest, rühre ich Teer an und zerpflücke ein Kopfkissen. Betrachte das als einzige und letzte Warnung. Und glaub mir: Dich zu teeren und zu federn wäre mir ein wahres Vergnügen.«

Lukas trat hastig einen Schritt zurück. Regen rann ihm über das Gesicht und lief ihm in die Augen. Er schützte sich mit einer Hand und stemmte sich gegen den Wind.

»Es tut mir leid«, rief er zu ihr rauf. »Ich hätte dich vorwarnen müssen. Ich war so in Rage, dass ich nicht richtig nachgedacht habe. Als ich erkannt habe, dass ich zu weit gegangen bin, war es zu spät. Da war der Brief bereits abgeschickt.«

»Dir glaube ich kein einziges Wort mehr. Jetzt verschwinde endlich von meinem Grundstück. Das meine ich bitterernst. Unsere nette kleine Kabbelei ist endgültig vorbei. Ab sofort lasse ich mir nichts mehr gefallen. Und nimm dein verdammtes Zelt gleich mit!«

»Lina! Lass uns reden!«

»Worüber denn? Dass du wieder und wieder meine Gefühle mit Füßen trittst? Dass du lügst und betrügst? Dass Picasso das einzige Wesen ist, das dir überhaupt irgendwas bedeutet? Das weiß ich auch, ohne dass wir miteinander reden müssen. Wir zwei sind geschiedene Leute!«

Sie verschwand aus dem Fenster. Er hörte, wie sie es mit aller Kraft zuknallte, dann erklangen Schritte im Flur. Was hatte sie vor? Gespannt wartete er vor der Haustür, die nur wenig später aufschwang. Und zwar mit so viel Wucht, dass sie gegen die Hauswand donnerte.

Und da stand Lina. Sie sah ein bisschen wahnsinnig aus mit ihren zerzausten Haaren und den wild funkelnden Augen. Der kurze Sprint hatte dafür gesorgt, dass ihre Haut hitzig gerötet war. Sie trug eine blaue Jogginghose und ein T-Shirt mit einem glitzernden roten Herz vorne drauf. Mit großen Schritten lief sie an ihm vorüber, direkt auf sein Zelt zu. Der Regen durchnässte sie sofort. Lukas kam nicht umhin, ihren BH unter dem nassen T-Shirt zu bemerken. Er folgte ihr automatisch mit einem Abstand von etwa drei Schritten.

»Lina, lass uns drüber reden«, sagte er eindringlich, doch sie ignorierte ihn. Stattdessen bückte sie sich und zog den ersten Hering aus dem Gras. Augenblicklich hatte der Sturm leichtes Spiel. Er fuhr zornig unter die Plane und ruckelte daran.

Schnapp! Das Vorzelt war frei und wehte wie eine Fahne im Wind. Lina schien nicht einmal zu bemerken, dass ihr das Plastikteil heftig ins Gesicht schlug. Stattdessen streckte sie sich, um die vordere Stange zu fassen zu bekommen. Ein Ruck – und das ganze Zelt erzitterte.

»Das hätte ich schon längst machen sollen«, rief sie. Ein umherpeitschendes Seil erwischte sie im Gesicht. Sie verhedderte sich kurz und trat vor Frust nach dem Zelt. »Du hast hier nichts zu suchen!«

Ein Blitz erhellte den Himmel.

»Lina!« Lukas war mittlerweile bei ihr angekommen und hob die Hand, um sie zu berühren.

»Komm mir nicht mit Lina! Du hast meinen Eltern erzählt, ich hätte Schulden! Du Widerling!« Sie zog ihren Arm zurück, um seiner Annäherung auszuweichen. Irrte er sich, oder ballte sie sogar die Hände zu Fäusten?

Sicherheitshalber trat er einen Schritt zurück. »Das mit deinen Eltern tut mir leid. Aber du musst zugeben, dass du unseren Disput auf eine andere Ebene gehoben hast. Du hast immerhin Nicole einen Brief geschrieben. Das war mindestens genauso fies!«

»Ach ja? Und wer hat damit angefangen? Das warst ja wohl du! Du bist ein mieser Katzenentführer, der sein eigenes Leben so sehr hasst, dass er aus lauter Frust meines zerstört. So sieht es aus!«

»Das ist doch Schwachsinn, und das weißt du auch ganz genau! Ich hatte nie vor, dein Leben zu zerstören. Ich denke, das kannst du auch ganz gut allein!«

Der Zorn raste über Linas Gesicht. Augenblicklich taten Lukas seine harten Worte leid, und er ruderte zurück. »Hey, lass uns doch mal in Ruhe miteinander sprechen. Sonst sagen wir Sachen, die uns nachher noch leidtun.«

»Mir tut hier überhaupt nichts mehr leid. Wie konnte ich nur denken, dass du ein netter Mann bist? Einer, der mich versteht. Der erkannt hat, wie wichtig mir dieses Haus ist. Der sogar bereit war, mit mir um seinen Erhalt zu kämpfen.

Stattdessen hast du dir mein Vertrauen erschlichen, um anschließend meine Katze zu stehlen. Das ist so dermaßen daneben, dass ich schreien könnte!«

Es krachte abermals. Blitz und Donner folgten nun dicht aufeinander. Der Sturm war über sie hereingebrochen.

»Mein Umzug stand schon lange fest. Was hätte ich denn tun sollen? Ich musste nach Bremen, um eine Zweigniederlassung aufzubauen. Und da Karlo nun einmal mir gehört, habe ich nicht eingesehen, ihn hierzulassen.«

Mittlerweile hatte Lina die letzte Zeltstange aus der Plane gerissen, sodass sein ehemaliges Übergangszuhause in sich zusammenfiel. Es war nur eine Frage der Zeit, bis der Wind es quer über den Rasen schieben würde. Mitsamt Matratze und seinem Rucksack. Das war ihm allerdings im Moment völlig egal. »Wenn du es wirklich gewollt hättest, dann hättest du hierbleiben können«, erwiderte Lina hitzig. Sie trat von der Plane, sodass der Wind jetzt leichtes Spiel hatte. Das Zelt ruckelte bereits nach rechts. »Aber stattdessen hast du diese blöde Zweigniederlassung als willkommene Ausrede genommen, um vor deinen eigenen Gefühlen zu fliehen. Du bist ein Feigling!«

»Ich fliehe vor rein gar nichts. Welche Gefühle denn überhaupt?«

Sie starrte ihn einen Moment lang eindringlich an. Dann drehte sie sich um und stapfte durch den Regen zu den Gartenstühlen rüber. Das Wasser hatte den Rasen mittlerweile vollkommen schlammig werden lassen, sodass ihre hellblauen Schuhe bereits schwarz waren.

»Wer rennt jetzt hier weg?«, rief Lukas und sprintete ihr hinterher. Bevor er sie jedoch packen und aufhalten konnte, donnerte es dermaßen laut, dass sie sich beide instinktiv duckten und einen besorgten Blick gen Himmel warfen. Aus den schwarzen Wolken über ihnen goss es wie aus Eimern. Auf den nächsten Blitz folgte fast sofort der Donner.

»Wir sollten ins Haus gehen«, meinte Lukas beunruhigt.

»DU solltest nach Hause gehen. Ich hingegen habe nicht vor, auf solch einen verbohrten, ignoranten Holzkopf wie dich zu hören. Du tust zwar so, als hättest du dein Leben voll im Griff mit deinem Pool in der Größe vom Gardasee, dem exakt geschnittenen Rasen im Golfplatzformat und deinem super aufgeräumten Wohnzimmer, aber in Wirklichkeit ist das nur ein Sinnbild für die Leere in deinem Leben. Jawohl! In deinem Haus ist nichts, das dir wichtig ist. Du hangelst dich von Tag zu Tag, aber eigentlich macht dir nichts mehr Freude!«

»Ach ja? Wenigstens habe ich ein Zuhause, in dem man leben kann! Bevor ich dir geholfen habe, hast du gehaust wie ein Neandertaler in einer Höhle! Du hättest es nie geschafft, das alles allein zu renovieren. Genauso wenig wie du Ordnung in dein verdammtes Leben bringen kannst.«

»Wenigstens lebe ich überhaupt!«

»Quatsch! Du versteckst dich vor dem Leben und hoffst, dass es dich nicht einholt. Was ist denn bitte schön mit den Briefen, die du nie öffnest? Die du so schrecklich findest, dass du sie lieber verbrennst, als sie zu lesen? Du lebst jeden Tag mit der Angst, dass dich die Vergangenheit einholen könnte!«

»Und du lebst jeden Tag mit der Angst vor der Zukunft«, giftete Lina zurück. »Du nimmst sofort die Beine in die Hand, sobald dein ›Ich‹ von einem ›Wir‹ bedroht wird. So viel Bindungsangst haben ja noch nicht mal zwei Pluspole!«

Sie war mittlerweile bei den Gartenmöbeln angekommen und schob mit wütenden Bewegungen die Stühle unter den Tisch, um sie zu sichern. Ein vergeblicher Versuch. Durch den Sturm knallte eine Gießkanne mit voller Wucht gegen Lukas' Bein. Er fluchte und hüpfte zur Seite.

Ihm war klar, dass sie sich dringend in Sicherheit bringen mussten. Doch Lina schien die Gefahr, in der sie sich beide befanden, einfach zu ignorieren. Stattdessen sprintete sie der Gießkanne hinterher.

»Lina«, brüllte er ihr zu und folgte ihr hastig. »Wir müssen rein! Und zwar sofort.« Er bekam ihre Hand zu fassen und riss sie zurück, bevor sie die Gießkanne erreicht hatte.

Sie stolperte gegen ihn und rutschte auf dem nassen Rasen aus. Schlamm spritzte um sie herum. Lukas fluchte, behielt aber das Gleichgewicht und packte Lina fester an den Armen, damit sie nicht fiel.

Schwer atmend standen sie voreinander. So dicht, dass Lukas Linas Atem auf seinem Gesicht fühlte. Er spürte, wie sie zitterte, doch er konnte nicht sagen, ob es wegen der Kälte oder wegen der Energie war, die sich zwischen ihnen aufgebaut hatte.

Instinktiv zog er sie noch ein wenig näher an sich heran und ließ einen Finger an ihrem Arm hinauf zu ihrer Schulter gleiten. Sie starrte zu ihm hoch. Mit riesigen grünen Augen, die so lebendig waren. Leider glänzten Tränen darin.

»Ich arbeite an meiner Bindungsangst«, brachte er schließlich heiser hervor. »Aber es ist schwierig. Nicoles Verrat hat mich tiefer getroffen, als ich es je für möglich gehalten hätte.«

»Die Schnepfe? Sei lieber froh, dass du sie los bist! Sie mag noch nicht mal Katzen!«

Lukas riss überrascht die Augen auf. »Sie ist allergisch gegen Katzenhaar. Aber … woher weißt du das?«

»Weil ich ihr nicht nur Briefe geschrieben, sondern ihr auch meine Handynummer gegeben habe. Wir haben zu diesem Thema ein paarmal hin und her geschrieben.« Lina hatte zumindest den Anstand, leicht rot zu werden. »Wenn du mich fragst, passt sie überhaupt nicht zu dir.«

»Und wer passt zu mir?« Sag es, flehte er in Gedanken und war darüber selbst überrascht.

Sie sah ihn eine Weile schweigend an. Rückte nicht von

ihm ab, kam aber auch nicht näher. Der Sturm ließ sie beide schwanken, doch das Donnern und Blitzen um sie herum erschien ihnen plötzlich ganz weit weg.

Lukas hätte ewig hier im Regen mit ihr stehen können. Hauptsache, sie lief nicht wieder fort oder schrie ihn erneut an. »Ich …«, setzte Lina an, doch was immer sie sagen wollte, ging im Donner des Gewitters unter.

Auf einmal ertönte ein wildes Schreien. »Himmelherrgottnocheins! Ihr habt hier wirklich eine filmreife Show geliefert, aber langsam wird es lebensgefährlich! Macht, dass ihr ins Haus kommt!« Herr Rupert stand hinter der Hecke und gestikulierte wild herum. »Das hier ist ein Sturm der Windstärke 9! Und was immer ihr hier noch zu besprechen habt: Tut das gefälligst im Haus!«

Mit diesen Worten stapfte er durch den strömenden Regen zurück zu seiner Frau, die mit tadelndem Blick in der Terrassentür stand. Wenig später verschwanden beide aus ihrem Blickfeld.

Lukas spürte, wie Lina einen Schritt zurücktrat und sich aus seinem Griff löste. Ihr Blick war traurig.

»Herr Rupert hat recht. Geh nach Hause! Es ist vorbei!« Damit drehte sie sich um. Ehe er sie aufhalten konnte, war sie schon quer über den Rasen gesprintet und im Haus verschwunden.

Er blieb zurück und fühlte sich leer und elend. Ich hab es vergeigt, dachte er bitter. *Aber so richtig.* Er war drauf und dran, das zu tun, was sie von ihm verlangt hatte. Er wollte gehen. Doch seine Füße bewegten sich nicht in Richtung Tor, sondern auf das freie Rasenstück vor ihrem Küchenfenster.

Dort breitete er theatralisch die Arme aus und schrie: »Ich bleibe hier. Zur Not, bis mich ein Blitz trifft oder mir ein Baum auf den Kopf fällt. Aber bis dahin warte und hoffe ich, dass du doch noch mit mir redest!«

11

Der Amor mit Sturm statt Pfeilen

Lina

Lukas würde sich noch umbringen! Die Blitze zuckten nun fast im Sekundentakt über den Himmel. Hinzu gesellte sich ein Sturm, der die alten Buchen im vorderen Bereich des Gartens kräftig hin und her schüttelte. Die Tannen rechts vom Haus schwankten schon lange bedrohlich und donnerten regelmäßig gegeneinander. Jedes Mal zuckte Lina zusammen.

»Der Mann ist verrückt geworden«, sagte sie zu Picasso. Sie und ihr Kater saßen auf dem Fenstersims in der Küche und starrten Lukas an, der nach wie vor wie festgewachsen auf dem Rasen stand.

Konnte man sie haftbar machen, wenn er von einem ihrer Bäume erschlagen wurde? Wenn sie ehrlich war, war das jedoch ihre geringste Sorge. Sie wollte schlicht nicht, dass ihm etwas zustieß. Disput hin oder her. Warum musste er nur so stur sein?

Sie gab ihm noch fünf Minuten, dann sah sie ein, dass er unnachgiebig bleiben würde. Genervt und gleichzeitig schrecklich aufgeregt ging sie zur Haustür, nahm auf dem Weg noch einen Stapel Handtücher aus dem Bad mit und riss die Tür auf.

»In Ordnung, du Sturkopf! Komm rein«, brüllte sie gegen das Heulen des Sturms an. Lukas reagierte sofort, sprintete die Treppenstufen hoch zur Veranda und blieb kurz vor ihr stehen.

Er sah aus, als käme er geradewegs unter der Dusche hervor. Wasser rann ihm von den Haaren das Gesicht herunter. Sein schwarzes Shirt klebte ihm genauso an der Haut wie seine Jeans, und die ehemals dunklen Schuhe waren braun vor Matsch.

»Du tropfst«, stellte Lina trocken fest und reichte ihm ein Handtuch. »So kommst du mir nicht ins Haus.«

Er zog sich daraufhin die nassen Schuhe samt Socken vor der Haustür aus und nahm das Handtuch dankbar an, wobei er von hinten weiterhin nass wurde. Der böige Wind trieb den Regen hoch zur Veranda, sodass Lina hastig in den Flur zurückwich. Sie hatte sich bereits umgezogen und ihre durchweichten Klamotten gegen eine neue Jogginghose und ein schlichtes lilafarbenes Top ausgetauscht. »Jetzt komm schon rein! Sonst überlege ich es mir nachher noch anders«, forderte sie ihn auf. Endlich gehorchte er.

Lina wartete, bis Lukas die Tür hinter sich zugezogen hatte. Dann holte sie tief Luft: »Nur damit wir uns richtig verstehen: Ich lasse dich nur rein, damit dir kein Baum auf den Kopf fällt! Ich mag keine Toten im Vorgarten! Die fachgerecht zu entsorgen, ist lästig!«

Lukas rührte sich nicht. Er stand einfach nur da und wartete, während sich um ihn herum kleine Wasserpfützen bildeten.

»Also schlag ich vor, du …«

»Danke fürs Reinlassen«, unterbrach er sie.

Lina verstummte und ärgerte sich gleichzeitig, dass ihr keine schlagfertige Erwiderung einfiel. »Jaja«, murmelte sie unwillig. »Du solltest die nassen Sachen ausziehen.«

Er zog eine Augenbraue hoch, und ehe sie sichs versah, hatte er sich das T-Shirt über den Kopf gezogen.

»Und was soll das jetzt werden?«, fragte sie scharf. »Ein Striptease?«

»Ich gehorche dir nur ausnahmsweise. Zieh die nassen Sachen aus. Hast du selbst gesagt.« Um seine Mundwinkel zuckte es, doch sein Blick war entschuldigend.

»Wenn du mich herausfordern willst, dann schmeiße ich dich direkt wieder raus«, warnte Lina ihn.

»Ich bin ganz brav.«

Ja, klar. Er wollte sie provozieren. Mal wieder. Und blöderweise gelang es ihm. Linas Kopfhaut begann zu kribbeln, und sie spürte, wie ihr die Röte ins Gesicht schoss. Sie wollte ihren Blick abwenden, doch sie konnte nicht. Der Anblick hatte sich direkt in ihre Netzhaut gebrannt.

Lukas hatte ein dezentes Sixpack. Kaum Haare auf der Brust, dafür aber sehr schön modellierte Schultern mit kräftigen Oberarmen und Bizepsen, die ihr gut gefielen. Seine Haut war von der Sonne gebräunt, wobei der Abdruck seines Shirts deutlich zu sehen war. Wassertropfen perlten an ihm herab und versickerten in Regionen, die Lina krampfhaft ignorierte.

Wow, dachte sie. *Verdammt! Der sieht ja noch besser aus als erwartet.*

Die Brummkreisel in ihrem Magen starteten durch, machten sie flatterig und nervös. Dass der Anblick eines Mannes sie dermaßen aus der Fassung bringen würde, hätte sie nie für möglich gehalten. Und dass das ausgerechnet Lukas war, ärgerte sie maßlos.

Reiß dich mal zusammen, ermahnte sich Lina. Sie straffte sich.

Dann erst registrierte sie seine zahlreichen Blessuren. Unter anderem hatte er eine dicke Beule an der Stirn. Erschrocken riss sie die Augen auf. »Himmel! Der Schlag von David hat aber richtig gesessen! Du siehst ja schlimm aus.«

»Das? Neee, das ist nicht von der Prügelei. Davon habe ich nur das blaue Auge. Die Beule und die Schrammen am Kinn und am Knie kommen von der rasenden Radlerin. Die hat mich in der vorletzten Nacht umgenagelt.«

Lina musterte ihn jetzt noch eingehender. Er hatte sicher Schmerzen. »Mit der rasenden Radlerin darf man sich auch nicht anlegen.«

»Ich habe sie leider nicht kommen sehen. Familie Rupert hat mich zusammengeflickt.« Lukas bückte sich und machte Anstalten, sich die Hose ebenfalls auszuziehen. Hastig stoppte sie ihn.

»Das ist ein jugendfreies Haus! Hier, nimm das Handtuch. Ich hole dir ein Shirt von mir, das mir zu groß ist. Mit einer Hose kann ich allerdings nicht dienen. Und du passt garantiert auch nicht in meine … Unterwäsche.« Mist! Warum lenkte sie das Gespräch denn jetzt auf ihre Unterwäsche?

»Ich … also … ein Shirt wäre gut«, sagte Lukas, der sich eindeutig das Lachen verbeißen musste. Er riss sich jedoch zusammen, um die Situation nicht eskalieren zu lassen. Dann brach es einfach aus ihm heraus: »Hör mal, unser Streit ist doch langsam völlig überzogen. Ich mag dich. Ich mag dich wirklich. Und so wie es im Moment zwischen uns läuft, finde ich es ganz schrecklich!«

Mit so viel Ehrlichkeit hatte Lina nicht gerechnet. Sie sah ihn erstaunt an und spürte, wie ihr Herz ganz merkwürdig zu flattern begann. Ihre Wangen glühten, auf einmal wurde ihr heiß.

Lukas mochte sie.

Dennoch stand da eine Menge zwischen ihnen. Taten, die sie beide bereuten. Worte, die sich nicht zurücknehmen ließen. Probleme, die noch immer ungelöst waren.

Doch das alles schob sie für den Moment zur Seite. Erst einmal musste sie diese Situation hier unter Kontrolle bringen. »Ich besorge noch mehr Handtücher. Du kannst deine Sachen vor den Kamin hängen, dann trocknen sie schneller. Und … das Shirt hole ich dir eben.« Sie floh aus dem Raum, froh, dieser kuriosen Situation für den Moment entkommen zu sein. Es war amtlich. Lukas mochte sie.

Jetzt fühlte sie sich wie eine Schiffbrüchige, der das Wasser bis zum Hals stand.

Sie eilte in ihr Schlafzimmer, kramte hektisch in den Schubladen herum und zog ihr überdimensionales Nachthemd heraus. Es war das einzige Kleidungsstück, das ihm passen würde. Alle anderen T-Shirts waren zu kurz.

»Na, wenn das nicht deine schmutzigen Gedanken im Keim erstickt, weiß ich es auch nicht«, grummelte sie leise. Es war wirklich das hässlichste Teil, das sie besaß.

Als sie zurück in den Flur kam, blieb sie wie angewurzelt stehen. Lukas hatte mittlerweile sämtliche Kleidung abgelegt. Um seine Hüften trug er nur noch ihr dickes flauschiges Handtuch. Dass darauf ein brüllender Löwe abgedruckt war, half nur wenig über den restlichen Anblick hinweg. Er stand nackt in ihrem Flur.

»Hier!« Sie reichte ihm ihr Nachthemd mit ausgestrecktem Arm. Benahm sie sich albern? Vermutlich ein wenig. Doch momentan konnte ihr Hirn nicht richtig arbeiten. Stattdessen prägte es sich jeden Zentimeter seiner nackten Haut ein.

Lukas nahm das Kleidungsstück und musterte es ungläubig.

»Wenn du dich über den Einhorn-Aufdruck beschwerst, schmeiß ich dich direkt wieder in den Sturm raus. Ohne Klamotten«, sagte Lina streng.

Er verkniff sich daraufhin jedes Wort und zog sich das Shirt mühsam über den Kopf. Der Stoff spannte an allen

Ecken und Enden, wodurch das Einhorn seltsam verzerrt aussah. Doch dieser lustige Anblick konnte auch nicht darüber hinweghelfen, dass Lukas in ihrem Haus stand und sie so merkwürdig ansah. Und sie ihn.

Da ihr noch immer die Sprache abhandengekommen war, bedeutete sie ihm mit der Hand, ihr ins Wohnzimmer zu folgen. Er folgte mit einigem Abstand.

»Ah! Du hast dich also endlich für Picassos Bild entschieden«, sagte er, bemüht, die merkwürdige Atmosphäre zu durchbrechen. Er betrachtete das Gemälde über dem Feuer. »Es ist wirklich schön!«

Lina nickte lediglich. Ihr war eigentlich viel zu heiß. Trotzdem setzte sie sich in den Sessel vors Feuer und starrte hinein. Bloß nicht Lukas ansehen, ermahnte sie sich.

Dieser trat an ihr vorbei und legte seine nasse Kleidung auf die Fliesen vor den Kamin. Sie versuchte, das Muskelspiel unter dem eng anliegenden Nachthemd zu ignorieren. Sie hatte ihm schon viele Male beim Handwerkern zugesehen und sich insgeheim über den Anblick gefreut, aber bisher nie dieses Lodern verspürt. Warum spielten ausgerechnet jetzt ihre Gefühle verrückt?

Einer der Brummkreisel saß mittlerweile in ihrer Kehle und brodelte vor sich hin. Sie versuchte ihn hinunterzuschlucken, doch vergeblich. Lukas hatte sich mittlerweile auf die Couch gesetzt und musterte sie eingehend.

Sie spürte seinen Blick und wandte sich ihm schließlich energisch zu. »Ich wiederhole es gerne noch einmal: Ich habe dich nur gerettet, um einer Klage aus dem Weg zu gehen. Wenn dich einer meiner Dachziegel geköpft hätte, hätte man mich dafür haftbar gemacht.« Immer schön in den Angriff gehen, spornte sie sich an. Das war vertrauter als diese seltsame Atmosphäre zwischen ihnen. Liebe und Hass sind einander sehr ähnlich. Das hatte Tante Charly stets gesagt.

»Alles klar«, murmelte Lukas. »Wir gehen also direkt in den Streitmodus über. Ich hatte gehofft, dass wir die Zeit nutzen können, um uns auszusprechen.«

Da er so traurig klang, fehlten Lina zunächst die Worte. Sie wusste ja selbst nicht, was sie wollte. Einerseits vermisste sie die Gespräche mit Lukas, andererseits war sie ihm unfassbar böse.

»Es ist viel passiert in letzter Zeit«, sagte sie nach einer langen Pause. Sie blickten synchron zu Picasso rüber, der auf dem Lederhocker saß und sich in aller Seelenruhe das Fell putzte. Als er ihre Aufmerksamkeit auf sich spürte, sah er hoch und blinzelte. »Dass du plötzlich so zahm wirkst, macht mich sofort misstrauisch. Ist das ein Trick, um mich in Sicherheit zu wiegen?«, wandte sich Lina wieder Lukas zu.

»Kein Trick. Ich habe nur allmählich Angst vor dem, was wir uns als Nächstes einfallen lassen. Die Nummer mit Nicole war schon krass.«

Da konnte sie ihm nur beipflichten. »Hör mal«, sagte sie vorsichtig. »Das tut mir leid. Ich wollte nicht, dass du verletzt wirst. Aber wer rechnet denn damit, dass der eifersüchtige Verlobte auf einmal auftaucht und dir eine reinhaut?«

Lukas lachte leise, aber es klang recht freudlos. »David war schon immer eher impulsiv, und Nicole zieht gerne eine Show ab. Sie ist eine kleine Dramaqueen.«

»Und mit so einer warst du mal zusammen?« Über diese Frage rätselte Lina schon eine ganze Weile. »Hast du an Geschmacksverirrung gelitten?«

Lukas starrte tief in Gedanken versunken vor sich auf den Boden und zuckte dann mit den Achseln. »Nicole ist eigentlich ziemlich cool. Sie ist tough, selbstsicher und steht mitten im Leben. Eine Businessfrau mit dem Hang zur Selbstdarstellung. Ich mochte das an ihr. Sie war lange Zeit mein Antrieb und hat mir den Rücken frei gehalten. Die Furie, die du da gesehen hast, ist nur eine Facette von ihr. Sie kann auch sehr loyal sein.«

»Klar. Vor allem dir gegenüber war sie ja auch ach so loyal. Sie hat dich betrogen!«

»Ja, das hat sie. Und trotzdem hat sie nach all den Jahren den Mut aufgebracht, sich mir zu stellen. Ich glaube, sie hat sich ernsthaft Sorgen um mich gemacht.« Er lächelte leicht. »Was zur Hölle hast du ihr überhaupt geschrieben?«

Lina spürte, dass sie rot wurde. »Ehrlich gesagt war das ziemlich viel Gesülze. Ich hätte nie gedacht, dass sie wirklich glaubt, du hättest das verfasst. Eigentlich müsste sie wissen, dass du nicht gerne über Gefühle sprichst.«

Die Art und Weise, wie er sie nun ansah, machte sie nervös. Da war er wieder. Dieser Moment, in dem es zwischen ihnen brodelte. Seine Gesichtszüge wurden ganz weich, fast liebevoll, und der Ausdruck in seinen Augen veränderte sich. Das Glitzern verschwand und wich einem … ja, was? Sie konnte das nicht genau benennen, aber es sorgte für ein Kribbeln auf ihrer Haut. Als würde eine Armee an Ameisen einmal von ihren Füßen bis zum Scheitel hinauf und hinunter spazieren.

Dann sah er weg, und der Zauber verflog. »Du warst ziemlich cool mit dem Gartenschlauch. Und ich weiß es zu schätzen, was du zu Nicole und David gesagt hast. Na ja. Das mit der Bitch war vielleicht etwas übertrieben, aber beim Rest war ich ganz deiner Meinung.«

»Du musst die beiden echt vergessen. Hak es ab und starte neu«, riet Lina zögernd.

»Das tue ich. Und ich hoffe, wir können das ebenfalls tun. Mir ist klar, dass du misstrauisch bist. Wäre ich an deiner Stelle auch. Aber … um ehrlich zu sein … Picasso hat es hier in deinem Garten doch besser als in meiner Wohnung in Bremen.«

Lina war zu verblüfft, um sofort etwas erwidern zu können. Die ganze Zeit hatte sie gehofft, diesen Satz aus Lukas' Mund zu hören. Doch jetzt, wo es so weit war, fühlte es sich keineswegs wie ein Sieg an. Es hatte einen faden Beigeschmack. Einen äußerst bitteren.

Lukas wirkte plötzlich wieder so traurig und einsam wie damals, als sie ihn kennengelernt hatte.

»Ich bleibe noch übers Wochenende. Ab Montag bist du mich los«, setzte er hinzu. »Du hast recht: So kann es nämlich nicht weitergehen.«

Lina wurde erst kalt, dann heiß, dann wieder kalt. Dass Lukas auf einmal aufgab, kam so plötzlich. Noch gestern hatten sie sich bis aufs Blut bekriegt, und heute gab er klein bei? Was war passiert?

»Wie schlimm war der Unfall wirklich? Hast du dabei einen heftigen Schlag auf den Kopf abbekommen?«, erkundigte sie sich misstrauisch.

Lukas nickte langsam. »Ich schätze, der Schlag hat mich wieder zur Vernunft gebracht. Du hast gewonnen.«

Gewonnen. Konnte sich etwas gleichzeitig so gut und so falsch anfühlen? Dass der Kampf um Picasso auf diese Weise endete, hätte sie nie für möglich gehalten.

»Der Kater sitzt genau zwischen uns«, merkte Lina gedankenverloren an. »Wir könnten unseren Streit jetzt und hier fair beenden, indem wir ihn entscheiden lassen. Zu wem geht er als Erstes? Der darf ihn mitnehmen.«

»Ich habe doch schon gesagt, dass er es bei dir besser hat als bei mir. Du hast ja recht: Meine ›Schickimickipenthousewohnung‹ ist kein geeigneter Ort für einen freiheitsliebenden Kater.«

»Aber du liebst Picasso!«

»Genau wie du!«

»Streiten wir uns jetzt ernsthaft darüber, wer den Kater

mehr liebt und ihn deshalb mehr verdient? Nur dass wir ihn diesmal dem jeweils anderen regelrecht aufdrängen?«

»Irgendwie schon. Vielleicht können wir gar nicht anders, als uns ständig zu streiten.«

Das war nicht wahr. Das wussten sie beide. Sie hatten sich hervorragend verstanden, hatten sogar ein ganzes Haus zusammen renoviert. Wir passen zueinander, dachte Lina schaudernd. *Wäre da nur nicht die Sache mit Picasso, meinen Eltern und Lukas' Hang zur Flucht.*

Lukas seufzte leise. »Also schön. Wir lassen den Kater entscheiden. Aber er bleibt so oder so bei dir.«

Lina wusste nicht so recht, was sie mit diesem Sinneswandel anfangen sollte. Eine Weile saßen sie schweigend da, hörten dem Heulen des Sturms zu und dem Knacken des Feuers. Ab und zu zuckte Lina zusammen, wenn die Dachschindeln unheimlich klapperten. Schließlich hielt sie es nicht mehr aus.

»Ich bin echt ratlos, was ich mit dir anfangen soll. Wieso gibst du den Kater einfach so auf?«, fragte sie. »Zieh doch wieder zurück, und wenn du brav bist, räume ich dir ein Besuchsrecht ein.«

»Ich kann nicht. Die Zweigniederlassung in Bremen ist ziemlich …« Lukas unterbrach sich selbst und strich sich müde über die Stirn. »Weißt du was? Theoretisch hast du recht. Und dennoch ist alles so furchtbar kompliziert. Ich habe Verantwortung gegenüber meinen Angestellten. Wir brauchen das Projekt, und ohne mich wird die Umsetzung schwierig.«

»Schwierig oder unmöglich?«

Sie blickten sich an, und abermals britzelte es zwischen ihnen. Lina musste fortsehen, da sich die Brummkreisel erneut in Gang gesetzt hatten.

»Schwierig, aber machbar«, sagte Lukas unsicher. »Allerdings bräuchte ich einen wirklich guten Grund, um hierher zurückzukommen. Der Kater allein reicht da nicht.«

Was wollte er denn damit sagen? Und warum sah er sie noch seltsamer an als zuvor?

Sie hielt es nicht mehr länger in ihrem Sessel aus und sprang auf. Ruhelos ging sie zum Feuer und hob die Hände, um sich daran zu wärmen. Eigentlich war ihr überhaupt nicht kalt, doch alles war besser, als diesen seltsam stechenden Blick auf sich zu spüren.

Sie hörte, wie Lukas ebenfalls aufstand und zu ihr herüberkam. Eine große Hand legte sich auf ihre Schulter. Ganz sanft und vorsichtig, als sei sie aus Glas. Da Lina weiterhin ins Feuer starrte, drückte er schließlich sanft ihre Schulter, sodass sie sich ihm zuwandte.

»Lina, lass uns aufhören zu streiten. Das tut uns beiden nur weh. Und wem machen wir hier was vor? Wir ziehen einander an wie ein Plus- und ein Minuspol.«

Noch immer konnte Lina Lukas' Blick nicht erwidern. Doch sie spürte die Anziehungskraft. Als sehnte sich jede Faser ihres Körpers nach ihm. Als verbände sie ein unsichtbarer Faden.

Wir sind miteinander verbunden, und Picasso ist der Kleber, dachte Lina. Endlich brachte sie den Mut auf und blickte auf. Seine Augen hatten sich verdunkelt. Der Feuerschein spiegelte sich darin. Sein Blick war sanft, fast zärtlich. Und fragend.

Unwillkürlich sah sie auf seine Lippen, die nur wenige Zentimeter von ihrer Stirn entfernt waren. So nah. So verführerisch.

Stopp! Das durfte nicht sein.

»Du glaubst nicht an ein gemeinsames ›Wir‹«, sagte sie düster. »Ich hingegen wünsche mir nichts sehnlicher als genau das. Einen Mann, der an meiner Seite steht. Egal, was kommt. Was ich gar nicht gebrauchen kann, ist jemand, der einfach seine Koffer packt und ohne ein Wort zu sagen verschwindet.«

»Ich weiß. Das mit dem Umzug tut mir auch wirklich leid. Kommt nicht wieder vor.«

Lina schüttelte traurig den Kopf. »Das mag sein. Und dennoch willst du etwas völlig anderes als ich.«

»Was will ich denn deiner Meinung nach?«

Lina kam ins Schleudern. Lukas stand so nah bei ihr, dass sie nicht denken konnte. Sie hätte einen Schritt zurücktreten können, doch ihre Muskeln streikten.

»Ich denke, dass du mich küssen willst«, brachte sie schließlich schwach hervor und erwischte sich dabei, dass ihr Blick erneut auf seinen Lippen lag.

»Das ist richtig«, gab er zu und ging einen winzigen Schritt auf sie zu. Jetzt stießen ihre Zehenspitzen aneinander. »Wäre das denn so schlimm?«

»Ich weiß nicht, wohin das führen soll.«

»Probieren wir es aus.«

Er senkte den Kopf. Seine Lippen glitten an ihrer Wange entlang, ohne sie zu berühren. Erst kurz vor ihrem Mund verharrte er. Sein Atem strich über ihre Lippen, ließen sie prickeln und die Brummkreisel in ihrem gesamten Körper lossirren.

Ihre Blicke begegneten sich. Lukas wirkte so sicher. So ruhig. Sie hingegen war völlig aufgewühlt und irritiert. Dass da etwas zwischen ihnen war, ließ sich schon lange nicht mehr leugnen. Aber wenn er es auch gespürt hatte – warum war er dann fortgegangen?

»Ich bin ein Feigling gewesen«, beantwortete er ihre unausgesprochene Frage. »Aus Angst vor dem, was da zwischen uns begonnen hat, bin ich abgehauen. Es versetzt mich auch jetzt noch in Panik. Aber der Gedanke, mich endgültig von dir zu lösen, ist noch viel schlimmer.«

Bei diesen Worten fiel eine Last von ihr ab. Ihr Herz schlug schneller als normal, ihr Atem kam stoßweise. Er legte die

Hand an ihren Rücken und drückte sie leicht an sich. Auffordernd und schüchtern zugleich.

Lina war klar, dass Lukas auf ein Zeichen von ihr wartete. Er würde den winzigen Abstand zwischen ihnen nicht ohne ihr Einverständnis überbrücken. Dazu war zu viel passiert. Ein Teil in ihr warnte sie, es nicht zu tun. Doch ihr Herz sehnte sich zu sehr nach ihm.

Und dann küsste Lina ihn. Sie schob die Zweifel beiseite, ignorierte ihre Gegensätze und pfiff auf die Vergangenheit.

Ihre Lippen legten sich warm und sanft auf seine und öffneten sich leicht, um sich an ihn anzuschmiegen. Er reagierte sofort, indem er sie an sich zog. Er schloss sie in die Arme und hüllte sie ein in seinen Duft nach Regen, Sturm und Leidenschaft.

Endlich reagierte auch der Rest ihres Körpers. Sie schmiegte sich an ihn, strich ihm mit den Fingern über den Rücken, fühlte jede seiner Muskelbewegungen. Gleichzeitig wurde ihr Kuss drängender, fordernder, woraufhin er ganz leicht lächelte. Sie sah es nicht, spürte es jedoch.

So standen sie eine kleine Ewigkeit vor dem lodernden Kamin, während der Wind die Dachziegel klappern ließ und der Regen dazu trommelte. Lina hätte wohl auch noch eine Weile so dastehen und sich in dem Moment verlieren können, doch ihr brannten langsam die Oberschenkel von der Hitze des Feuers.

Sanft dirigierte sie Lukas zur Couch und sank mit ihm gemeinsam hinein. Er zog sie halb auf sich und erkundete nun deutlich mutiger ihren Körper, ließ die Hände über ihre Schultern gleiten und spielte mit ihren noch immer feuchten Haaren.

Ein Donner ließ sie kurz zusammenzucken, doch der Schreckmoment verging ganz schnell, er wurde fortgewischt von weiteren Küssen und Berührungen. Lukas war so sanft und gleichzeitig leidenschaftlich. Die ängstliche Spannung zwischen ihnen war mit einem Schlag verflogen und hatte einem angenehmen aufgeregten Knistern Platz gemacht.

Und wenn Lukas eins konnte, dann küssen!

Da donnerte es plötzlich so krachend, dass sie erschrocken innehielten. Ein seltsames Knacken folgte. Es klang wie Holz, das nachgab. Sekunden später gab es einen so lauten Knall, dass sie beide von der Couch aufsprangen. Picasso fauchte aufgebracht und flüchtete sich unter das Sofa. Wieder rummste es. Lukas und Lina duckten sich synchron.

»Die Tannen«, rief Lukas entsetzt. »Sie sind aufs Haus gestürzt!«

»Was?« Lina spürte, wie ihr das Blut in die Beine sackte. Hektisch rannte sie zum Wohnzimmerfenster, um hinauszublicken. Regen prasselte unablässig dagegen, Wasser spritzte nach allen Seiten. Ein Blitz erhellte den Garten, sodass sie für einen Moment zerrupfte Büsche, zerstörte Zaunlatten und abgebrochene Zweige sehen konnte. An der Stelle, wo die drei Tannen gestanden hatten, erkannte sie nur noch zwei Umrisse.

Nein! Das durfte einfach nicht wahr sein!

Bevor Lina nachdenken konnte, war sie schon aus dem Wohnzimmer, durch den Flur und raus auf die Veranda gelaufen. Der Wind peitschte ihr direkt Regen und Blätter ins Gesicht und ließ sie kurz taumeln. Sie ignorierte Lukas' Rufe und eilte an der Veranda entlang, um nach den Tannen zu sehen. Eine war tatsächlich umgestürzt und auf den hinteren Teil des Hausdachs gefallen. Lose Äste und Zweige tanzten im Wind davon. Die anderen beiden Bäume schwankten immer wieder gegeneinander und knarrten unheimlich. Es war nur eine Frage der Zeit, bis sie ebenfalls den Halt verlieren würden.

Sie machte einen kleinen Schritt darauf zu, als sie zurückgerissen wurde. Lukas war ihr nachgelaufen, hatte sie fest am Handgelenk gepackt und zerrte sie hinter sich her zurück ins Haus.

»Bist du verrückt geworden?«, schrie er sie an. »Draußen ist es viel zu gefährlich!«

»Ich musste nach den Tannen sehen!«

»Und was bringt dir das? Willst du sie eigenhändig auffangen, bevor sie aufs Dach fallen? Es gibt nichts, was wir tun können. Außer zu hoffen, dass die restlichen Bäume stehen bleiben.«

Erst jetzt bemerkte sie, dass sie vor Schreck zitterte und mit den Zähnen klapperte. Auch Lukas schien das zu registrieren, denn er zog sie fest an sich und strich ihr die nassen Haare aus der Stirn.

»Das wird schon werden«, murmelte er. »Hier sollten wir in Sicherheit vor herumfliegenden Dachziegeln und umstürzenden Bäumen sein.«

»Aber mein Haus! Mein schönes renoviertes Haus«, brachte Lina schwach hervor. Ihr traten die Tränen in die Augen. »Wie soll ich denn ein neues Dach bezahlen?«

»Darüber machen wir uns später noch Gedanken. Jetzt verbarrikadieren wir erst einmal sämtliche Fenster und verziehen uns in die Küche. Hier! Trockne dich ab, bevor du dir noch eine Erkältung einfängst.« Er drückte ihr ein Handtuch in die Hand und eilte los, um die alten Fensterläden zu verriegeln. Der Sturm nahm weiter an Stärke zu.

Lina stand noch einen Moment reglos da, dann folgte sie seinem Beispiel. Als sie jedoch die Treppe hocheilen wollte, rief Lukas sie zurück. »Da oben ist es gefährlich. Wir wissen nicht, was der Baum für einen Schaden angerichtet hat. Komm lieber in die Küche!«

Lina gab ihm im Stillen recht. Sie machte einen Abstecher in ihr Schlafzimmer, zog sich ein trockenes Shirt über und folgte Lukas. Picasso saß bereits unter der Eckbank und maunzte vor sich hin.

Lina ließ sich mit einem leisen Stöhnen fallen und legte den Kopf auf den Küchentisch. »Ich bin ruiniert«, murmelte sie. Ihre Kehle war mit einem Mal wie zugeschnürt. Panik kroch ihren Magen hinauf. Was sollte sie nur tun, wenn das Dach tatsächlich zerstört war?

Lukas blieb erstaunlich ruhig. Er setzte mit geübten Griffen Teewasser auf, lief dann ins Wohnzimmer und kam mit einer Wodkaflasche zurück. »Hier, trink. Du siehst aus, als würdest du gleich umkippen.« Er stellte ihr ein kleines Pinnchen vor die Nase.

»Alkohol ist kein Allheilmittel. Er verdrängt nur das Problem«, gab sie altklug zurück.

»Alkohol kann aber bei beginnender Panik helfen. Los. Runter damit.«

Sie tat wie geheißen. Lukas füllte nach und genehmigte sich selbst ein Schlückchen. Dann starrten sie den zugeklappten Fensterladen an, der unheimlich vor sich hinklapperte. Der Wasserkocher pfiff los. Gleichzeitig krachte es erneut draußen, als ginge die Welt unter.

Bitte, flehte Lina, lass diesen Sturm vorübergehen.

Lukas setzte sich neben sie, stellte ihre Lieblingstasse mit den bunten Punkten vor ihr ab und legte dann einen Arm um sie. Es fühlte sich seltsam vertraut und gleichzeitig ungewohnt an. Sie hatten viele Stunden gemeinsam in diesem Raum verbracht, ohne sich zu berühren. Dass das jetzt anders war, war für Lina zwar neu, aber schön.

»Wir schaffen das«, sagte Lukas sanft zu ihr.

Sie nickte, doch in ihrem Innersten zitterte sie.

Die Zukunft. Ein paar Wochen lang hatte sie gedacht, sie hätte ihr Leben wieder im Griff. Jetzt jedoch entglitten ihr sämtliche Fäden. Sie wusste weder, ob ihr Haus bestehen, noch, was sich mit Lukas entwickeln würde. Die beiden Konstanten in ihrem Leben waren ins Wanken geraten. Und das jagte ihr eine Höllenangst ein.

Lukas

Lukas machte sich Sorgen um Lina. So still und ängstlich hatte er sie noch nie gesehen. Ihre Haut wirkte bleich, ihre Augen stumpf. Natürlich verstand er sie nur zu gut. Sie hatte Angst um ihr Haus. Dieser Sturm konnte sie finanziell ruinieren.

Gleichzeitig war er unfassbar erleichtert und glücklich. Sie hatte ihn nicht nur in ihr Haus gelassen, sondern ihn sogar geküsst und sich mit ihm ausgesprochen. Jetzt, wo sie still und vertraut nebeneinandersaßen, fragte er sich, was sie ohne den Blitzeinschlag getan hätten. Wären sie beim Küssen geblieben?

Der Sturm tobte noch den ganzen Abend lang. Bei jedem Krachen zuckten sie zusammen und warfen ängstliche Blicke zur Decke. Lukas holte schließlich sein Handy, um sich über die aktuelle Lage zu informieren.

Noch gut zwei Stunden, sagten die Wetterfrösche. Dann müssten sie das Gröbste überstanden haben. Überall im Umkreis war die Feuerwehr ausgerückt. Keller waren vollgelaufen, Bäume auf Autos und Dächer gestürzt, Stromleitungen abgeknickt. Auch bei ihnen flackerte immer wieder das Licht.

Karlo saß mittlerweile zwischen ihnen und ließ sich durchkraulen. Auch er wirkte nervös, blieb aber in ihrer Nähe ruhig.

Lukas hatte darauf verzichtet, die Feuerwehr anzurufen. Solange der Sturm dermaßen tobte, konnten sie ohnehin nichts ausrichten. Außerdem war das Unglück bereits geschehen.

»Das Haus ist zäh«, murmelte Lina. Schließlich seufzte sie tief. »Ich gehe ins Bett und zieh mir die Decke über den Kopf.«

Bevor er sie aufhalten konnte, war sie bereits aus der Eckbank gekrabbelt und halb durch die Tür verschwunden. Dort verharrte sie und drehte sich noch einmal um. Ihre Haare waren mittlerweile getrocknet und standen ihr wild vom Kopf ab, was sie nur niedlicher wirken ließ.

»Kommst du mit?«, fragte sie ihn provokant und verschwand im Flur, ohne seine Antwort abzuwarten.

Lukas starrte ihr verblüfft hinterher und sah dann den Kater an. »Und jetzt?«, fragte er ihn. Der gähnte lediglich als Antwort und streckte sich katerlike mit ausgefahrenen Krallen.

Lukas haderte noch einen Moment mit sich, dann stand er auf und folgte Lina ins Schlafzimmer. Hier war es dunkel. Die Läden waren fest verschlossen, das Licht auf dem Nachttischschränkchen ausgeschaltet. Lina lag bereits unter einem Berg Kissen und Decken. Als sie Lukas bemerkte, rutschte sie zur Seite und machte Platz für ihn.

Mit einem Schlag war Lukas schrecklich nervös. Es war schon ziemlich lange her, dass er es mit einer Frau wirklich ernst gemeint hatte. Zwischen Nicole und Lina hatte es lediglich ein paar unbedeutende One-Night-Stands gegeben. Das hier war jedoch eine ganz andere Nummer. Aber wie genau war Linas Einladung gemeint gewesen?

Langsam trat er ans Bett. »Ich fürchte, ich muss mir dein

Nachthemd ausziehen«, sagte er. »Es ist noch immer ziemlich klamm.«

Da Lina nicht antwortete, zog er es einfach aus und kletterte dann ins Bett. Die Matratze senkte sich. Karlo hüpfte hinter ihm her, stakste raschelnd zu Linas Kopf und belegte genau das Kissen, das Lukas angepeilt hatte. Toll.

Lina lachte leise, pflückte den Kater vom Bett und setzte ihn auf den Boden. Dann lächelte sie Lukas an und hob die Bettdecke, damit er sich zu ihr kuscheln konnte. Er folgte der Aufforderung nur zu gerne und schmiegte sich an ihren warmen Körper. Sie trug im Gegensatz zu ihm noch das Top und die Jogginghose.

Vorsichtig zupfte er ihr die Decke bis zu den Ohren hoch und nahm sie fest in die Arme. »Es wird alles gut«, versprach er ihr. Er küsste sie sanft auf die Stirn, dann auf die Wange und den Mund. Irrte er sich, oder ging ihr Atem schneller als zuvor? Bei ihm war das jedenfalls der Fall. Reiß dich zusammen, dachte er streng. Es half ein wenig, dass Karlo abermals auf das Fußende des Bettes sprang und sich dort zusammenrollte. Die Anstandsdame.

»Entspann dich«, flüsterte Lina an seinen Lippen. Sie hatte sich eng an ihn gekuschelt und küsste sein Kinn.

»Ich versuche es, allerdings ist das schwer. Nicht böse sein, aber so schlimm die Situation gerade für dich ist: Ich kann derzeit nur an deinen schönen Körper denken. Das hier grenzt an Folter.«

Lina lachte leise, was ihn erleichterte. Als sie langsam die Hand an seinem nackten Rücken rauf- und runtergleiten ließ, bildete sich eine Gänsehaut. Sie machte ihn ganz verrückt.

»Dann lenk mich doch einfach vom Sturm und meinen Problemen ab«, erklärte sie nach einer kurzen Pause, in der sich Lukas nur auf ihre wandernden Finger hatte konzentrieren können.

Er sah sie erstaunt an, dann beugte er sich über sie. Der nächste Kuss hatte eine andere Qualität als die vorherigen. Er war drängender, leidenschaftlicher, fordernder.

»Ich warne dich aber: Wenn wir das jetzt anfangen, stoppe ich auch nicht wegen einer Tanne, die aufs Hausdach plumpst«, brummte er an ihren Lippen. »Und wenn uns der Regen durch den ersten Stock auf den Kopf tropft!«

Sommerverglühen

Ich wusste, wann es Zeit war zu gehen. Als sich Lukas über Lina beugte und ihr etwas zusäuselte, verdrehte ich innerlich die Augen. Okay. Ich war abgemeldet.

Ein wenig schwankte ich zwischen beleidigt sein und absoluter Siegesgewissheit. Das hatte ich doch alles perfekt eingefädelt. Gut. Zwischendurch hatte es echt übel ausgesehen, aber irgendwie hatten sich die Dinge doch noch zum Besseren gewendet.

Das mit dem Sturm war natürlich doof. Hoffentlich hatte das Dach keinen weiteren Schaden genommen. Doch das sollte nicht länger meine Sorge sein.

Ich hüpfte vom Bett, schlängelte mich durch die Türritze und setzte mich wieder vor den Kamin ins Wohnzimmer, um den Flammen bei ihrem hübschen Tanz zuzusehen. So schön und behaglich hatte ich es noch nie in meinem Katerleben gehabt. Die Leute stritten sich um mich, weil sie mich so liebten. Ich bekam Essen in Hülle und Fülle, durfte mich frei bewegen und erhielt genügend Streicheleinheiten für zwei Leben. Tatsächlich war ich Lina und Lukas zutiefst dankbar und hoffte, mich ein klein wenig bei ihnen revanchiert zu haben. Dass die beiden gut zueinander passten, war mir natürlich sofort klar gewesen. Also hatte ich dafür gesorgt, dass sie nicht voneinander loskamen. Ich hatte sie aneinandergepappt wie dieses fiese Klebeband, das noch immer zwischen meinen zwei Krallen hing.

Wieder gähnte ich. Dass mich Lina wegen des Sturms nicht mehr rausgelassen hatte, war mir eigentlich ganz recht gewesen. Die Knochen taten mir weh, seit Tagen war ich müde und schlapp, aber es war eher eine beruhigende Art von Müdigkeit. Als hätte ich alles erreicht und könnte mich nun ausruhen.

Lina hatte mir in jedem Raum ein Körbchen aufgestellt. Ich mochte das in der Küche ganz besonders gerne, weil es noch nach Charly roch. Aber das hier vor dem Kamin war auch ganz wunderbar. Es war herrlich weich und passend für die alten Knochen eines zwanzigjährigen Katers.

Dass ich jemals so alt werden würde, hätte ich wirklich nicht gedacht. Als Straßenkatze erreicht man so ein stolzes Alter so gut wie nie. Wie gut, dass ich gleich zwei perfekte Zuhause gefunden hatte.

Ich rollte mich zunächst in meinem Körbchen im Wohnzimmer zusammen, überlegte es mir dann aber anders. Der Sessel direkt vorm Kamin war ja viel besser! Er roch nach Lina, Lukas und Charly. Was gab es Schöneres?

Während ich also meine alten Knochen auf den Sessel hievte, ebbte der Sturm langsam ab. Die Dachziegel klapperten nicht mehr so heftig vor sich hin, und die Holzbalken stöhnten nur noch leise. Bald war also auch das überstanden. Ich seufzte und schloss die Augen.

Mein letzter Gedanke galt Lina und Lukas. Sie hatten zueinander gefunden, und das war ganz allein mein Werk. Den Rest bekamen sie hoffentlich auch ohne mich hin. Für Menschen waren sie ja eigentlich ganz clever.

Mein Frauchen nennt mich Picasso. Mein Herrchen Karlo. Und dies war meine Geschichte. Den Rest muss jetzt eine andere Katze erzählen.

12

Der Tag nach allem Ende

Lina

Lukas lag hinter Lina, hatte den Arm um ihre Taille geschlungen und das Gesicht in ihrem Haar vergraben. Es fühlte sich schön an. Sobald seine breite Brust ihren Rücken beim Einatmen berührte, machten die Brummkreisel in ihr jedes Mal eine Drehung, und ihr Herzschlag erhöhte sich. Dass sie eines Tages mit ihrem verhassten Nachbarn im Bett landen würde, hätte sie niemals für möglich gehalten.

Sie bereute nichts. Es hatte sich richtig gut angefühlt, sowohl was den Kuss als auch die anschließende Nacht anging. Der Sturm hatte sich ebenfalls gelegt, sodass sie bald nach dem Schaden sehen konnten.

Das wiederum machte sie munter. Sie schielte auf die Uhr. Sechs Uhr fünf. Viel zu früh zum Aufstehen, aber einen kleinen Blick nach draußen musste sie schon riskieren. Vielleicht drehst du danach aber auch völlig durch, dachte Lina.

Daraufhin blieb sie zunächst liegen und starrte dumpf vor sich hin. Wie konnte man nur gleichzeitig so vollkommen entspannt glücklich und verzweifelt panisch sein? Was Lukas anging, hatte sie endlich den Eindruck, einen sicheren Hafen angelaufen zu haben. Gut, er war kein Traummann wegen seiner Bindungsangst, aber wer in seinem Alter hatte nicht einen Koffer voller Probleme? Doch sobald sie an ihr Haus und die möglichen Schulden dachte, wurde ihr ganz anders.

Vorsichtig löste sie sich aus seinen Armen und verließ ihr kuscheliges warmes Bett. Sie fand ihre Jogginghose auf dem Boden und ein T-Shirt vom Vortag auf der Kommode. Das musste reichen, um einen Blick zu riskieren. Unter ihren Füßen knarrte der alte Fußboden. Lukas regte sich kurz, schlief aber weiter.

Natürlich hätte sie ihn wecken können. Aber sie hatte das Gefühl, dass sie das jetzt allein durchstehen musste. Es war ihr Heim. Ihre Verantwortung. Der Flur war vom Licht der aufgehenden Sonne hell erleuchtet, die durch die Ritzen der Fensterläden schien.

»Picasso«, rief sie möglichst leise. Wenn sie schon auf Lukas verzichtete, wollte sie zumindest die Rückendeckung ihres Katers haben. Er freute sich bestimmt, wenn er mit ihr nach draußen gehen durfte.

Normalerweise kam er angerannt, sobald er das Klappen einer Tür hörte. Sie suchte zunächst in der Küche nach ihm, fand aber nur ein leeres Körbchen. Dann eben im Wohnzimmer.

Lina schaltete das Licht an und öffnete die Fensterläden, um die Dunkelheit gänzlich zu vertreiben. Bei einem ersten flüchtigen Blick in den Garten bemerkte sie die vielen herumliegenden Äste, zerzausten Büsche und zerrupften Blumen.

Tief durchatmend drehte sie sich um und ließ ihren Blick suchend durch das Zimmer gleiten. Das Kaminfeuer war längst erloschen, Picassos Körbchen davor war leer. Dann entdeckte sie den rot-weißen Kater auf ihrem Lieblingssessel.

»Da bist du ja«, rief sie mit einem sanften Tadel in der Stimme und eilte zu ihm. Warum rührte er sich nicht?

Er lag zu einer Kugel gerollt da, den Kopf halb unter einem

Pfötchen verborgen, den Schwanz drum herum geschlungen. Ein Fellknäuel. Das sich nicht bewegte.

Nein, dachte sie panisch. Das konnte nicht wahr sein. Es durfte nicht!

Linas Härchen auf den Armen stellten sich auf, ihre Kehle schnürte sich zu. Langsam trat sie näher an den Sessel und ließ sich davor auf die Knie sinken. Sie legte eine zitternde Hand auf seinen Rücken und wusste doch, dass er auf ihre Berührung nicht reagieren würde. Niemals wieder.

Picasso war fort. Er war in der Nacht gestorben. Hier, gemütlich vor dem Kaminfeuer auf seinem Lieblingssessel.

Sie nahm den Kater vorsichtig auf die Arme, setzte sich auf seinen Platz und legte ihn auf einem Kissen auf ihre Knie. Als sie ihn jetzt streichelte, ertönte kein Brummen. Kein gemütliches Strecken. Kein leises Miau.

Nur Stille.

Es dauerte eine Weile, bis die ersten Tränen flossen. Vor Schock hatte sie zunächst nichts gefühlt. Doch ganz langsam sickerte die Erkenntnis durch und machte einer schrecklichen Leere Platz.

Picasso war gegangen und hatte sie ganz allein in diesem großen Haus zurückgelassen.

Sie schluchzte leise auf und ließ die Tränen laufen. Ihre Kehle brannte vor Schmerz. Wie sollte sie denn ohne Picasso die nächsten Tage, Wochen, Monate überstehen? Er war ihr Halt geworden. Ihr stiller Begleiter, der niemals etwas von ihr verlangt hatte. Der einfach für sie da gewesen war, als andere sie verlassen hatten. Der sich an sie gekuschelt und mit seinem Brummen ihre Nerven beruhigt hatte.

Ein Geräusch ließ sie aufhorchen. Nackte Füße auf Dielenbrettern. Lukas war aufgestanden und suchte sie. Er fand sie, sprach sie an, doch sie reagierte nicht darauf. Dazu war ihre Kehle zu zugeschnürt.

Sobald er neben ihr stand, erstarrte er. Im Unterschied zu Lina schien er die Situation sofort erkannt zu haben. Kein Wunder, bei all ihren Tränen. Er kniete sich vor den Sessel, legte seine große Hand auf das weiche Fell des Katers und berührte sie dabei. Sie ließ es zu, vor allem, weil die Wärme seiner Haut tröstlich war.

So saßen sie eine ganze Zeit einfach nur da, bis Lukas schließlich aufstand, sich auf die Lehne setzte und einen Arm um sie legte. Sie verharrte weiterhin stocksteif und balancierte den Kater auf ihren Knien.

»Lina«, sagte Lukas leise. »Es tut mir leid.«

Sie sah ihn an und musterte sein Gesicht. Keine Tränen. Er wirkte erschüttert, aber er weinte nicht. War er denn so gefühlskalt?

»Mir auch«, brachte sie heraus. »Vor allem, weil er ganz allein gestorben ist. Weit weg von mir.«

Lukas brauchte einen Moment, um den Vorwurf in ihren Worten zu verstehen. Er blinzelte, dann richtete er sich etwas auf. »Katzen sterben oft allein. Ich bin mir sicher, dass Karlo absichtlich hierhergekommen ist. Am Feuer war es warm, im Sessel gemütlich.«

»Picasso. Er hieß Picasso.«

Sie wusste, dass das jetzt irrelevant war. Und dennoch konnte sie nicht aus ihrer Haut. Es war ihr einfach wichtig. Wichtiger, als es Lukas offenbar war.

»Ich denke, wir sollten ihn beerdigen.«

»Und du solltest gehen.«

»Lina …« Lukas seufzte leise. Was immer er hatte sagen wollen, er verkniff es sich. Allerdings blieb er weiterhin bei ihr sitzen und strich ihr zärtlich über den Rücken. Seine Berührung tat gut und war Lina gleichzeitig doch unangenehm. Sie wollte trauern – nicht getröstet werden!

Lukas geduldete sich, bis sie so weit war. Lina wusste selbst nicht genau, auf was sie wartete. Es fühlte sich nur so falsch an, Picasso sofort … zu … zu …

»Wo begraben wir ihn denn? Und wie?«, fragte sie mit brüchiger Stimme.

»Ich würde ihn in seine Lieblingsdecken einwickeln, in einen Karton legen und ihn im Bereich rund um das Thymianbeet mit dem Katzengamander beerdigen. Die Stelle hat er doch so geliebt. Aber das letzte Wort bei dieser Entscheidung hast du.«

Lina schniefte noch einmal und wischte sich die Tränen von den Wangen. Dann nickte sie. »Okay. Ich weiß auch schon, welchen Karton wir nehmen. Seine Lieblingshöhle mit den Bällchen darin.« Sie stand auf, legte den Kater vorsichtig auf dem Sessel ab und schlurfte aus dem Raum.

Sie war müde und erschöpft, obwohl sie erst vor Kurzem aufgestanden war. Tränen hatten stets eine solche Wirkung auf sie. Sie hemmten ihren ganzen Körper, machten sie träge und legten ihr Denken lahm. Hinzu kam eine grenzenlose Verwirrung.

Einerseits war sie unendlich dankbar dafür, dass Lukas an ihrer Seite war. Andererseits wollte sie gern allein trauern. Er wirkte so gefasst. So rational. Als ginge ihm Picassos Tod gar nicht so nahe.

Sie hatte ja gewusst, dass sie unterschiedlich dachten, fühlten und handelten. Aber so sehr?

Sie verdrängte den Gedanken. Jetzt gab es Wichtigeres. Eine Beerdigung zum Beispiel. Wie in Trance suchte sie alle Sachen zusammen, die Picasso geliebt hatte. Dann kehrte sie ins Wohnzimmer zurück.

Lukas war nicht mehr da, und Picasso lag ganz allein auf dem Sessel. Unfassbar!

Da die Haustür offen stand, wusste sie auch schon genau, wo sie ihn suchen musste. Wütend stürmte sie hinaus, blieb dann aber wie angewurzelt stehen. Ihr Garten sah aus, als ob eine Horde Riesen eine gigantische Abrissparty darin gefeiert hätte. Die Veranda war über und über mit Ästen, Blättern und abgerissenen Blüten übersät, im Rasen klafften matschige Pfützen, und jede Menge Schrott war darauf verteilt. Eine völlig zerbeulte rote Gießkanne lag mitten auf der Wiese, die vom Nachbargrundstück hierher geweht worden sein musste.

Guck besser nicht nach rechts, dachte sie, doch sie konnte nicht anders. Ihr Blick glitt automatisch zu den zwei Tannen, die wie Betrunkene aneinanderlehnten und sich halbwegs gegenseitig stützen. Unter ihnen im Gras lagen ganze Äste und dicke Zweige. Die dritte Tanne war etwa in der Mitte wie ein Zahnstocher abgebrochen. Die zerfaserten Überreste ragten unheimlich in den Himmel. Der Rest des Stamms war samt Baumkrone auf ihr Hausdach gefallen.

Langsam ging Lina die Stufen hinunter in ihren Garten und drehte sich um. Der Baum hatte den Dachsims zum Teil eingedrückt und die Regenrinne zerbeult. Lose Dachziegel lagen überall herum, ein Zeugnis dafür, dass das Dach schwer beschädigt war.

Lina fegte es einfach die Beine unter dem Körper weg, und sie plumpste auf den nassen Rasen. Dass ihr Hintern und ihre Beine innerhalb von Sekunden völlig durchnässt waren, bemerkte sie nicht einmal. Sie konnte nur den Baum anstarren, der sie in den Ruin treiben würde.

Lukas stand etwas von ihr entfernt und begutachtete mit einigem Abstand die Fichten. In einer Hand hielt er bereits eine Schaufel. Mit wem telefonierte er denn da?

»Geht es Ihnen gut?« Herr Rupert wartete an der völlig zerzausten Hecke und linste zu ihr rüber. Wie immer stand ihm dabei das schüttere Haar nach allen Seiten ab, und er wirkte noch besorgter als üblich.

Lina schüttelte langsam den Kopf und brachte kein Wort hervor. Erneut kämpfte sie gegen die Tränen. Herr Rupert schien das zu bemerken, denn er schnalzte mit der Zunge.

»Na, na. So schlimm ist es nicht. Das bekommen wir schon wieder hin.« Er verschwand und tauchte nur Sekunden später gemeinsam mit seiner Frau in ihrem Garten auf. Während er zu Lukas eilte, kam Frau Rupert zu ihr und legte ihr einen Arm um die Schultern.

»Alles wird gut«, meinte sie sanft, woraufhin Lina erneut aufschluchzte.

»Picasso ist tot«, rief sie. »Nichts wird wieder gut!«

Frau Rupert brauchte einen Moment, um den Namen zuzuordnen. Dann wurden ihre Augen riesig. »Oh nein! War er etwa bei dem Sturm draußen? Das ist ja schrecklich!«

Lina schüttelte den Kopf, hatte aber gerade keine Kraft, es ihr zu erklären. Stattdessen ließ sie es zu, dass sie an Frau Ruperts mütterliche Brust gedrückt wurde. Anders als Lukas wirkte ihre Nachbarin mindestens genauso erschüttert wie sie.

Das Heulen von Sirenen schreckte sie auf. Ein riesiger Feuerwehrwagen hielt direkt vor ihrem Garten und spuckte eine Horde Männer in Uniformen aus. Lukas ging ihnen entgegen und gab dem ersten die Hand. Dann gestikulierten sie wild in Richtung Tannen.

»Was wollen die denn hier?«, fragte Lina verwirrt. »Wir müssen Picasso beerdigen!«

»Ich fürchte, wir müssen erst diese Bäume auf Ihrem Grundstück absichern«, erwiderte Frau Rupert.

Schweigend beobachteten sie, wie die Feuerwehrleute schweres Gerät in ihren Garten schleppten und dabei rücksichtslos Büsche und Pflanzen zertrampelten. Lina wusste, dass sie nur ihre Arbeit erledigten, dennoch tat es ihr in der Seele leid.

Es dauerte gut zwei Stunden, bis die Tannen in ihre Einzelteile zerlegt waren und die Feuerwehr wieder abrückte. Den Rest musste ein Fachmann erledigen, sagte der Einsatzleiter. Jetzt, wo die riesige Krone mitten in ihrem Garten lag, sah man auch das Loch im Dach. Es kam Lina wie eine schreckliche Wunde in ihrem Herzen vor.

Sie hielt es nicht mehr aus, holte die Schaufel, die Lukas unbeachtet im Gras hatte liegen lassen, und ging zum anderen Ende des Gartens. Hier wuchs der Thymian mit dem Katzengras und dem rosa blühenden Katzengamander. Sie begann zu schaufeln und drehte dabei dem Rest der Welt den Rücken zu.

Da die Erde völlig aufgeweicht war, kam sie relativ gut voran. Obwohl ihr schon bald der Rücken und die Arme wehtaten, machte sie weiter. Im Hintergrund hörte sie, wie Lukas die Kettensäge anschmiss, um die Bäume in kleinere Stücke zu zerlegen.

Über allem lag eine fast gespenstische Stille. Selbst die Vögel waren stumm. Vermutlich hatte ihnen die Nacht die Sprache verschlagen. Frau Rupert gesellte sich zu ihr. Sie hatte ihre eigene Schaufel geholt und half mit, bis das Loch tief genug war.

»Ein schöner Fleck. Hier lag er viel in der Sonne«, sagte sie zu Lina. Die nickte lediglich, war aber gleichzeitig gerührt, wie gut ihre Nachbarin ihren Kater gekannt hatte.

Lukas kam zu ihnen, als sie gerade fertig waren. »Wir müssen eine Plane besorgen, um das Dach abzudichten. Kommt ihr klar?«

Lina sah ihn ungläubig an. »Ich denke, wir sollten zuerst Picasso beerdigen«, sagte sie scharf.

Lukas wirkte für einen winzigen Moment unwillig, als gefiele ihm die Idee nicht. Dann gab er nach. »Natürlich. Soll ich ihn holen?«

»Nein! Das mache ich. Bleibt ihr hier draußen.« Lina warf die Schaufel ins Gras und stapfte ins Haus. Dabei hinterließ sie matschige Flecken auf den Dielen, was ihr völlig egal war. Auch dass sie durchnässt war und fror, ignorierte sie.

Als sie den Karton in die Hand nahm, schluckte sie. Was ihr jetzt bevorstand, würde schwer für sie werden. Erst vor eineinhalb Jahren hatte sie ihre Tante beerdigen müssen. Jetzt auch noch ihre Katze. Lina war bewusst, dass viele Menschen nicht verstanden, wie sehr man an einem Tier hängen konnte. Doch für Lina war es, als sei ein geliebtes Familienmitglied von ihr gegangen. Picasso war aus ihrem Leben nicht mehr wegzudenken gewesen.

Sie legte Tante Charlys einzige Schallplatte auf, polsterte den Karton liebevoll mit Decken aus und bettete Picasso darauf. Neben ihn platzierte sie seine Spielzeugmaus, das Baldriankissen und ein paar Chipskrümel. Seine Leibspeise. Erst dann klappte sie den Karton zu und trug ihn feierlich nach draußen.

Dort warteten Lukas und das Ehepaar Rupert direkt neben dem Grab. Frau Rupert hatte rasch ein Sträußchen Blumen gepflückt, Herr Rupert nahm seinen obligatorischen Hut ab und senkte den Kopf. Lukas hingegen wirkte, als wünsche er sich weit, weit weg.

Lina ignorierte ihn. Sie hatte das alte Spielzeugtau von Picasso um den Karton gebunden und drückte das eine Ende Herrn Rupert, das andere Ende Lukas in die Hände. Sie verstanden.

Während die Frauen mit gefalteten Händen vor dem Grab standen, ließen die Männer den Karton in die Erde. Er wackelte gefährlich, kippte aber nicht. Frau Rupert sah Lina fragend an.

»Soll mein Mann die Grabrede halten? Er war früher Pastor.«

Das war neu für Lina. Erleichtert, nicht selbst ein paar Worte sagen zu müssen, nickte sie.

»Liebe Familie, liebe Trauergemeinde«, begann Herr Rupert. »Heute müssen wir von unserem geliebten Kater Picasso alias Karlo Abschied nehmen. Er streunte seit vielen Jahren durch Tante Charlys und Linas Garten, lebte geborgen bei Lukas und lag gerne und viel auf unserer Sonnenterrasse. Er war ein treuer Begleiter in guten und schlechten Momenten. Ein Schlitzohr, das es verstand, die Menschen nach seiner Pfeife tanzen zu lassen und dabei unfassbar niedlich zu sein. Die Liebe seines Frauchens erwiderte der Kater auf seine Weise, indem er kleine Geschenke in Form von toten Vögeln, Mäusen und sonstigem Getier darbrachte. Er hatte ein langes, erfülltes Leben. Ich bin sicher, dass er froh ist, die beiden wichtigsten Menschen in seiner Welt vereint neben seinem Grab zu sehen. Der Streit um ihn wurde beigelegt und hat Platz gemacht für etwas Neues. Schönes. Wir werden ihn sehr vermissen, diesen sturen, wurstklauenden, cleveren Kater. Ruhe in Frieden, mein Freund.«

Herr Rupert schnappte sich die Schüppe und warf ein wenig Erde ins Grab. Dann trat er zur Seite, damit Frau Rupert ein paar Blumen aus dem Sträußchen hineinlegen konnte. Sie nickte Lukas auffordernd zu, der ihrem Beispiel folgte. Zuletzt stellte sich Lina vor das Grab. Sie nahm die restlichen Blümchen und streute sie hinein. Dann sah sie zu, wie Herr Rupert und Lukas das Grab mit Erde auffüllten.

»Kommen Sie, meine Liebe! Wir suchen in unseren Gärten ein paar hübsche Blumen, die wir darauf pflanzen können. Die Männer sollten jetzt in den Baumarkt fahren, um das Dach zu sichern.«

Lina ließ sich von Frau Rupert fortführen. Den Rest des Tages verbrachten sie damit, das Grab mit Steinen zu umranden, ein schlichtes Namensschildchen zu basteln und die

Stelle neu zu bepflanzen. Die einfache Tätigkeit half ihr, einen klaren Kopf zu bekommen.

»Ich werde das Haus wohl früher oder später verkaufen müssen«, sagte sie plötzlich zu ihrer Nachbarin. Die erstarrte und sah sie entsetzt an.

»Aber warum das denn?«

»Meine Eltern haben recht: Es ruiniert mich finanziell. Die Reparatur des Daches wird mir das Genick brechen.«

»Aber was haben Sie denn mit dem ganzen Erbe ihrer Tante gemacht?« Frau Rupert wirkte irritiert.

Lina deutete schweigend auf das Haus. »Alles, was Tante Charly besaß, steckt darin. Es ist nichts mehr übrig. Es ist vorbei.«

Mit gesenktem Kopf ging sie zur Veranda hinüber. Dort drehte sie sich noch einmal zu Frau Rupert um. »Sie sind eine tolle Nachbarin. Ich danke Ihnen für die Unterstützung!«

»Aber sicher doch! Dafür sind Freunde doch schließlich da!« Frau Rupert lächelte sie warm an und nahm die Hand ihres Mannes, der zu ihnen herübergekommen war. Er war schmutzig und schlammig, wirkte aber ganz zufrieden.

»Das Dach ist erst einmal abgesichert. Bis morgen, Frau Meyer-Schulze!« Er nickte ihr zu und verschwand gemeinsam mit seiner Frau hinter der Hecke. Lukas kam die Veranda zu ihr herauf und sah sie fragend an.

Sie erwiderte seinen Blick mit ernster Miene. »Ich denke, du solltest erst einmal nach deinem Haus sehen. Ich möchte ohnehin allein sein und über meine Zukunft nachdenken.«

»Lina, komm schon!«, rief Lukas, doch es war zu spät. Sie war bereits durch die Haustür verschwunden und schloss sie vehement hinter sich.

Sie lief ans Küchenfenster und beobachtete, wie Lukas noch eine ganze Weile unschlüssig vor ihrer Tür stand. Dann gab er auf und verließ ihr Grundstück. Zum ersten Mal seit Tagen.

Tränen traten Lina in die Augen. Lukas hatte so sehr für Picasso gekämpft. Für ihn hatte er sogar ihren Garten belagert. Doch jetzt, wo der Kater tot war, ging er einfach. Verließ sie und ihr Leben und schaute nicht zurück.

Sie begann wieder zu weinen. Eine ganze Weile stand sie reglos am Fenster, starrte in den zerstörten Garten und holte schließlich ihre Kuscheldecke. Darin wickelte sie sich ein, entfachte das Feuer im Kamin und setzte sich davor. Sich in Picassos Sessel niederzulassen, brachte sie nicht über sich. Er war dort gestorben. Vermutlich musste sie ihn entsorgen.

Schließlich tat sie das Einzige, was sie noch vor der Verzweiflung retten konnte. Sie rief Marleen und Anna an. Sie hatte Glück. Beide Freundinnen meldeten sich in der Telefonschalte.

»Lukas und ich haben miteinander geschlafen, und jetzt ist Picasso tot und das Haus ruiniert. Genau wie mein Leben«, weinte sie in den Hörer. Für einen Moment herrschte Stille.

»War der Sex denn so schlimm?«, fragte Marleen vorsichtig.

»Marleen!«, schimpfte Anna. »Das ist nicht witzig!«

»Na ja, ich versuche nur den angedeuteten kausalen Zusammenhang zu verstehen. Und die einzige logische Erklärung ist die, dass der Kater vor Schreck tot umgefallen ist und die Wände eingestürzt sind. Oder nicht?«

Gegen ihren Willen musste Lina schmunzeln. »Der Sturm ist an allem schuld«, erklärte sie. »Er hat mich dazu gezwungen, Lukas hereinzulassen. Sonst wäre die Tanne nicht nur auf mein Hausdach, sondern auf seinen Kopf gefallen. Der Sturm hat mir offenbar auch jeden Verstand aus dem Hirn gepustet, denn ich habe Lukas geküsst. Dadurch führte eins zum anderen. Picasso hat sich daraufhin diskret zurückgezogen. Er ist ganz allein in seinem Lieblingssessel gestorben. Und jetzt hab ich ein Loch im Dach.«

Wieder Pause. »Die kausalen Zusammenhänge sind mir noch immer unklar, aber jede Sache für sich ist schrecklich«, merkte Marleen schließlich an. »Mit Ausnahme vom Sex. Das klingt eher nach Spaß. Mensch, Lina! Wie kann man nur so viel Pech im Leben ansammeln?«

»Das ist auch nicht hilfreich, Marleen«, mischte sich Anna wieder ein.

»Dann sag du doch auch mal was! Du weißt genau, dass ich echt mies im Trösten bin.« Das war sie wirklich. »Das mit Picasso tut mir ehrlich leid. Er war ein toller Kater, mal abgesehen davon, dass er eine treulose Tomate war. Ein pfiffiges Kerlchen, das wir alle vermissen werden. Ich weiß, wie viel er dir bedeutet hat, aber ganz bestimmt streunt er gerade um Tante Charlys Beine herum und lässt sich kraulen. Dem geht es gut. Bei dir sieht das hingegen ganz anders aus. Was ist das mit Lukas? Und wie schlimm steht es um dein Haus?«, fragte Anna.

Lina erzählte von dem riesigen Loch im Dach und in ihrem Herzen. »Lukas hat kein bisschen geweint«, sagte sie leise. »Als interessiere ihn Picassos Tod überhaupt nicht.«

Anna seufzte tief. »Herzchen, Männer trauern eben ganz anders. Mein Papa hat selbst bei der Beerdigung seiner eigenen Mutter keine Träne vergossen. Gut, die war auch eine alte Hexe, aber trotzdem. Heulen ist unmännlich. Und dass er nicht total traurig ist, glaubst du ja wohl selbst nicht. Er hat ein Riesentheater veranstaltet, um das Sorgerecht zu bekommen. Picasso hat ihm sehr am Herzen gelegen, da bin ich mir sicher. Also: Wie fies warst du?«

»Gar nicht fies! Ich habe nur gesagt, er soll mich in Ruhe lassen. Sonst hört er nie auf mich, aber ausgerechnet jetzt fängt er damit an!«

»Weil du wahrscheinlich aussiehst, als hätte dich ein Omnibus platt gefahren. Und weil Männer so viel Gefühlsduselei nur mit ganz viel Bier ertragen. Marleen? Was, zur Hölle, machst du da? Dieses Schnaufen ist ja furchtbar! Das klingt, als würde da ein Stier verenden!«

»Ich renne!«

Erst jetzt bemerkte Lina den hektischen Atem am anderen Ende der Leitung. »Wohin rennst du?«

»Zum Zug! Wohin sonst? Der nächste nach …« Tuuuuuut!

»Ich hasse sie manchmal«, brummte Anna schlecht gelaunt. »Ich liebe sie wirklich, aber manchmal hasse ich sie auch!«

Lina konnte nicht anders: Sie lachte herzlich. Dann blieb ihr der Lacher in der Kehle stecken. »Aber Marleen will doch hoffentlich nicht nach Rurberg fahren!«

»Ja, wohin sonst? Ich sitze auch schon im Auto! Glaubst du, wir lassen dich in der finstersten Krise seit dem Postwagenunfall allein?«

Fünf Stunden später stand Anna vor ihrer Tür. Marleen, die eigentlich die viel kürzere Anreise gehabt hätte, kam erst drei Stunden danach. Sie war in den falschen Zug gesprungen. Die anderen verkniffen sich jeden Kommentar dazu und umarmten sich umso fester.

Lina zeigte ihren Freundinnen das Haus und freute sich über ihr Lob. Gleichzeitig wurde ihr Herz wieder schwer. Jetzt, wo endlich alles so schön aussah, würde sie das Haus aufgeben müssen. Sie stiegen vorsichtig in den ersten Stock und betrachteten schweigend die Plane, die das Hausdach abdeckte. Lediglich ein einziger Ast war komplett durch den Dachboden gebrochen, aber er reichte, um Lina finanziell das Genick zu brechen.

»Das Haus klappt aber nicht über unseren Köpfen zusammen, oder?«, fragte Anna misstrauisch.

»Ich bezweifle das. Sonst hätte Lukas längst was gesagt.«

Die drei hatten das Thema Lukas bislang weitestgehend umschifft, aber nun schien Linas Schonzeit vorüber zu sein. Anna legte einen Arm um ihre Schultern und drückte sie an sich, während Marleen ihr nur kumpelhaft den Rücken klopfte.

Sie ließen den traurigen Anblick des löchrigen Daches hinter sich und versammelten sich lieber in Tante Charlys Atelier. Die Bilder lenkten ab, sodass es sich einfacher reden ließ.

»Lukas hat sich nicht noch mal gemeldet?«, hakte Anna nach.

»Bislang nicht.« Lina war selbst überrascht, wie traurig sie darüber war. Sie war es ja schließlich gewesen, die ihn weggeschickt hatte.

»Falsch. Wir haben ihn lediglich noch nicht bemerkt.« Marleen pfiff leise vor sich hin, während sie sich die Nase am Fenster platt drückte. »Er steht draußen im Garten und schleppt Äste und Zweige auf einen Haufen.«

Sofort stürmten Anna und Lina zu ihr. Tatsache. Da stand Lukas und arbeitete still vor sich hin. Dabei war es schon kurz vor neun Uhr abends. Eigentlich keine Uhrzeit, um im Garten zu werkeln.

»Woooow! Du hast vergessen zu erwähnen, dass dein Haussklave McDreamy ist. Schau dir diese wohlmodellierten Muskeln an! Und dann die Art, wie er sich bewegt! Also, wenn du beschlossen hast, ihn nicht mehr zu mögen: Ich nehme ihn! Das mit meinem Freund ist eh nicht mehr das Wahre!«, rief Marleen begeistert aus.

Anna warf ihr einen empörten Blick zu, doch Lina konzentrierte sich einzig und allein auf Lukas, und ihr Herz flog ihm zu.

Er war nicht gegangen. Er war zurückgekommen, um zu helfen. Und das, obwohl sie so hart zu ihm gewesen war.

»Glaubt ihr wirklich, dass er genauso traurig über Picassos Tod ist wie ich?«, fragte Lina.

»Vielleicht nicht genauso tief erschüttert, aber schon definitiv traurig. Und Kater hin oder her: Er hängt an dir.«

Ja, das erkannte Lina mittlerweile auch. Dennoch hatte Lukas sich nicht mit Ruhm bekleckert. »Er hat die Eigenart, sofort abzuhauen, sobald es schwierig wird«, merkte Lina an. »Das finde ich ganz furchtbar. Als Nicole ihn betrogen hat, hat er kein bisschen gekämpft. Und als ich ihm zu nahekam, ist er weggezogen. Heute Morgen ist er wieder in dieses Muster zurückgefallen. Ich bin mir unsicher, ob ich mit so jemandem leben will. Ich habe schon genug Sorgen! Ich brauche einen Mann, der mir den Rücken stärkt!«

»Na ja, er hat einen ziemlich hübschen Rücken. Einen starken Rücken«, flachste Marleen. Alle drei genossen für einen stillen Moment den Anblick. »Und eben dieser Rücken macht sich gerade für dich krumm. Ich wünschte, so ein Prachtexemplar würde auch für mich mal so ackern.«

»Du hast doch gar keinen Garten, in dem es etwas zu ackern gäbe.«

»Wer sagt, dass ich von Gartenarbeit rede?« Marleen grinste anzüglich.

Lina lachte kurz auf. »Ich habe euch vermisst. Wie sehr, wird mir jetzt erst bewusst. Ihr meint also, ich soll zu ihm gehen und mit ihm reden?«

»Reden? Du sollst ihn küssen – und Marleen und ich verziehen uns schnell, um für den nicht-jugendfreien Teil aus dem Weg zu sein!«

Die beiden knufften sich aufgeregt gegenseitig in die Seiten. Lina verdrehte die Augen. »Also schön. Ich rede mit ihm.«

»Dann solltest du dich beeilen. Er ist nämlich gerade fertig und stapft durchs Gartentörchen raus ... aaah! Er steigt in den Wagen ein. Schnell! Hinterher!« Marleen zupfte aufgeregt an Linas Ärmel.

Die blieb ganz ruhig. »Morgen ist auch noch ein Tag. Auf diese Weise haben wir auch noch eine Nacht für uns. Vielleicht fällt uns dabei endlich ein, wie wir Geld für das Loch im Dach zusammenkratzen können.«

Da sie sich alle drei sehr wohl in Tante Charlys Atelier fühlten, holten sie sich Käse, Brot und Sekt nach oben, setzten sich ans Fenster und beobachteten, wie sich die Dunkelheit über den Garten legte. Lina hatte die alten Stumpenkerzen hervorgeholt, sodass das Zimmer in einem geheimnisvollen Goldton flackerte.

»Kunst ist doch mehr wert, wenn der Künstler mausetot ist, oder?«, warf Marleen plötzlich ein. »Und deine Tante ist zweifellos eine mausetote Künstlerin. Vielleicht sind die Bilder durch ihr Ableben mehr wert als die Leinwände, auf denen sie gemalt wurden.«

»Taktgefühl, Marleen«, brummte Anna. »Du erinnerst dich doch noch schwach daran, was das war?«

»Nein! Sie hat ja recht. Es ist zumindest besser als mein Plan, einfach alles hinzuschmeißen. Wenn ich eins gelernt habe in den letzten Monaten, dann dass unvorhergesehene Umstände unvorhergesehene Maßnahmen erfordern.« Lina dachte ein wenig wehmütig an Lukas, der sich völlig ungefragt in ihr Leben gedrängelt und es so viel besser gemacht hatte.

Wenn sie es sich recht überlegte, dann waren alle schönen Erinnerungen des letzten halben Jahres eng mit ihm verknüpft. Er hatte Licht in ihren dunklen Flur gebracht, Wärme ins Haus und Hoffnung in ihr Leben. Natürlich hatten sie viel gestritten. Viel mehr, als gut für sie war, aber das hatten sie eigentlich in der vergangenen Nacht hinter sich gelassen. Theoretisch.

»Ich bin so ein Esel«, seufzte Lina. »Wieso verbanne ich immer das Gute aus meinem Leben? Vielleicht ziehe ich das Pech nicht an, sondern rufe es selbst hervor.«

»Ich denke, es ist eine Mischung aus beidem. Aber du ziehst dich auch selbst wieder aus dem Schlamassel heraus. Gut, zuerst manövrierst du dich noch viel tiefer hinein, und man möchte dich schütteln und ohrfeigen, aber bislang hast du noch immer die Kurve bekommen.« Anna drückte ihr bestärkend den Arm. »Ich bin bei einem Online-Marktplatz angemeldet. Wie wäre es, wenn wir mal einen Teststart in Sachen Bilder durchführen?«

Lina grinste. »Ich bin dabei. Los geht's!«

Die nächsten Stunden waren die drei damit beschäftigt, die schönsten Gemälde herauszusuchen und für die Kamera in Szene zu setzen. Dabei kam es ihnen zugute, dass das alte Fachwerkhaus die perfekte Kulisse bildete. Geheimnisvolle Nischen, der hübsche Kamin, Kerzenschein und Dachbalken lieferten mehr als genug passende Hintergrundmotive.

Am Ende hatten die drei so viele Fotos geschossen, dass sie sich kaum entscheiden, geschweige denn auf die Startgebote für die einzelnen Bilder einigen konnten.

»Also schön. Ich würde sagen, wir nehmen das Bild hier mit dem Rursee im Nebel und stellen es für … zwanzig Euro rein«, schlug Anna vor. Alle drei waren keine Kunstkennerinnen, also probierten sie es einfach aus.

»Ich poste die Aktion mal in verschiedenen Ortsgruppen wie ›Unser Rurberg‹ auf meinen Social-Media-Kanälen«, erklärte Marleen eifrig. Als angehende Marketingmanagerin kannte sie sich da bestens aus. »Und wenn wir schon dabei sind, schreib ich auch direkt die Lokalpresse an.«

Gesagt, getan. Etwa eine Stunde später lehnten sie sich zufrieden zurück, prosteten sich zu und starrten auf das erste Onlineangebot, bei dem sich nichts tat.

»Ich schlage vor, wir schlafen erst mal eine Runde. Morgen können wir ja weitermachen«, meinte Lina schließlich. »Ich habe auch ein extra spinnenfreies Zimmer für euch zwei.«

»Gute Idee. Und morgen … morgen werden wir reich und erobern dir deinen Kerl zurück!«

Lina fühlte sich durch den Optimismus ihrer zwei Freundinnen gleich viel besser. Sie hatten einen Schutzschild vor der heranschleichenden Dunkelheit aufgebaut. Jetzt musste sie nur noch aufpassen, dass er auch ohne ihre Anwesenheit hielt.

Sie baute für Marleen und Anna ein gemütliches Nest im Wohnzimmer, deckte sie zu, gab ihnen einen Gutenachtkuss und legte sich ebenfalls schlafen. Picasso fehlte ihr jetzt wieder unendlich. Sie ließ die Tränen zu, doch sie erdrückten sie nicht mehr wie noch einige Stunden zuvor, sondern sorgten für Erleichterung. Sie würde es schaffen. Zwar bestimmt nicht allein durch Tante Charlys Bilder, aber irgendetwas fiel ihr schon ein.

Am nächsten Morgen stand Lina bereits um sieben Uhr auf und huschte zu Lukas' Haus hinüber.

Sie klingelte Sturm, doch niemand öffnete. Das Auto fehlte. Die Rollläden waren heruntergelassen. Eine ganze Weile starrte Lina das wie tot daliegende Haus an. Auch hier hatte der Sturm gewütet, aber in dem ohnehin aufgeräumten Garten waren die Schäden nicht so schwerwiegend.

Langsam sickerte die Erkenntnis in ihr Gehirn. Er hatte es schon wieder getan. Lukas war erneut vor ihr, der Welt und seinen Gefühlen geflohen.

Lukas

Lukas war die ganze Nacht durchgefahren, um pünktlich zu Arbeitsbeginn in Bremen zu sein. Bevor er sich jedoch an seinen Arbeitsplatz wagte, hatte er sich noch einen extrastarken Kaffee bei der Bäckerei gegenüber seiner Firma geholt. Seitdem saß er auf einer mit Taubenkot überzogenen Bank im angrenzenden Park und grübelte vor sich hin.

Sein Körper fühlte sich an, als sei eine Planierraupe darübergefahren. Kein Wunder, immerhin hatte er nach dem Sturm erst in Linas, dann in seinem und schließlich wieder in Linas Garten geschuftet. Das Unwetter war nicht nur über ihre Häuser hinweggefegt, sondern hatte auch in seinem Herzen gewütet.

Karlo war tot. Das Verbindungsstück zu Lina zerrissen. Und sein Leben lag genauso in Trümmern wie Linas Dach. Unfassbar. Gerade noch war er so glücklich gewesen – und jetzt das.

Er hatte vorgehabt, sich mit Arbeit abzulenken, aber dann erkannt, dass er wieder in sein altes Muster verfiel. Direkt nach Nicole war seine Firma das Einzige gewesen, was ihn aufrecht gehalten hatte. Doch auf Dauer konnte so etwas nicht gut gehen. Er musste Ordnung schaffen und sich entscheiden: für oder gegen Lina.

Tatsächlich war er sich noch nie so unsicher gewesen. Beim Kampf um Karlo hatte er ein klares Ziel vor Augen gehabt. Er hatte gewusst, was bei einem Sieg für ihn herauskam: Er bekam seinen Kater zurück.

Jetzt war er sich völlig uneins, ob er um Lina kämpfen sollte. Sie hatte ihn so verletzt angesehen und so harte Sachen gesagt. Sie war ihm plötzlich fremd erschienen. Auf verheerende Art und Weise hatte sie ihn an Nicole erinnert. Seine Verlobte hatte er häufig nicht verstehen können, es aber immer als harmloses Gezicke abgetan. In Wirklichkeit waren es Alarmzeichen gewesen: Ihre Beziehung war in Gefahr. Sie war immer kälter geworden, je weiter sie sich voneinander entfernten. Und je härter sie auf ihn reagiert hatte, desto mehr war er auf Abstand gegangen.

Wenn eine Frau sagt, dass man gehen soll, ist oft das Gegenteil gemeint, dachte er bitter. Die Lektion hatte er erst nach ihrer Trennung wirklich begriffen. Warum nur hatte er bei Lina dann so falsch reagiert?

Seufzend stand er auf und trat in die modern eingerichtete Empfangshalle der Niederlassung. Die Sekretärin sah überrascht auf, als sie ihn erkannte.

»Dr. Dennhorst! Mit Ihnen hatten wir heute noch gar nicht gerechnet. Haben Sie Ihren Urlaub abgebrochen?«, flötete sie zuckersüß.

»Es ist ein Notfall eingetreten. Bitte informieren Sie die Belegschaft. Um elf Uhr gibt es eine Dringlichkeitssitzung. Nichts Schlimmes. Nur ein paar Umstrukturierungen. Und bitte suchen Sie mir die Telefonnummer meiner Vermieterin heraus. Oh! Und ich benötige einen starken Kaffee. Schwarz, ohne Zucker. Danke!«

Sobald er sich an seinen Schreibtisch gesetzt hatte, wurde er ruhiger. Er tat das Richtige. Zwar würden seine Mitarbeiter das anders sehen, aber er war immer noch der Boss. Über Jahre hatte er das Wohl seiner Firma über alles gestellt, doch damit war nun Schluss. Sein Handy klingelte. Er wollte es im ersten Moment unbeachtet liegen lassen, doch vielleicht war es ja Lina! Hastig blickte er aufs Display – und ihm wurde kalt.

»Wo bist du?« Die Stimme seiner Schwester machte Gefrierschränken Konkurrenz.

Nein! Er hatte die Androhung seiner Familie völlig vergessen. Hastig blickte er auf den Kalender. Mist, Mist, Mist! Natürlich! Es war Montag.

»In Bremen«, sagte er gequält. »Und ihr?«

»Vor deiner Haustür in Rurberg. Mama versucht schon, das Tor mit ihrer Haarnadel aufzubrechen, aber das klappt eher mäßig. Papa sagt, er könne drüberklettern, aber das hilft dem Rest auch nicht weiter. Ich bin nämlich im siebten Monat schwanger. Da ist Klettern kompliziert.«

Die Information musste er erst einmal verdauen. Seine Schwester war schwanger? Peinlich, wie wenig er über sie wusste.

»Herzlichen Glückwunsch«, brachte er verunsichert heraus.

»Danke«, sagte Steffi noch immer eisig. »Ich hätte dir das gerne persönlich gesagt, doch wie es scheint, hast du dich verdrückt.«

»Es ist nicht so, wie es aussieht. Ich bin heute Abend wieder zurück. Versprochen! Ich rufe schnell meine Haushälterin an. Die lässt euch rein. Und Steffi? Schön, dass ihr da seid.«

»Ich würde das an deiner Stelle nicht sagen. Wir haben bis heute Abend Zeit, unseren Groll auf dich zu hegen. Also sieh zu … wobei … ist das ein Pool da hinten? Wie cool ist das denn?«

Steffi legte einfach auf, und Lukas rief hastig Frau Adamski um Hilfe. Die versicherte ihm, seine Verwandtschaft ins Haus zu lassen und sich gut um sie zu kümmern. Also ein Problem weniger. Auf zum nächsten.

Als er um elf Uhr den Konferenzraum betrat, blickte er in ängstliche Gesichter. Eine Dringlichkeitssitzung war normalerweise stets ein schlechtes Zeichen.

Zur Beruhigung lächelte er. »Keine Sorge. Niemand wird entlassen, keiner muss umziehen, ich habe das Unternehmen auch nicht verkauft und bin kerngesund. Allerdings wird es dennoch ein paar Veränderungen geben.« Er holte tief Luft. »Tom Buchholt wird ab sofort diese Zweigstelle leiten. Ich habe heute Morgen mit ihm gesprochen, und ich freue mich, dass er den Posten angenommen hat. Ich selbst werde mich etwas zurückziehen und mich nur noch auf Projekte in der Nähe von Rurberg konzentrieren. Meine Entscheidung ist rein persönlicher Natur. Noch Fragen?«

Die hatten sie. Und zwar reichlich. Lukas bemühte sich, allen Mitarbeitern gerecht zu werden, als er aber gegen halb eins immer noch im Konferenzraum saß, zog er die Notbremse.

»Ich muss jetzt wirklich weg! Heute und morgen bin ich kaum erreichbar, aber ab Mittwoch können Sie mich wieder anrufen. Ich bin mir sicher, dass Herr Buchholt alles im Griff haben wird.« Eine halbe Stunde später saß Lukas in seinem Auto und raste zurück nach Rurberg. Dabei kämpfte er gegen eine wachsende Müdigkeit an. Immerhin hatte er seit Tagen kaum geschlafen.

Als er endlich auf seiner Einfahrt parkte, war er völlig fertig mit den Nerven. Der Verkehr war mörderisch gewesen, sein Körper tat weh, und er war so voller Sorgen, dass er kaum atmen konnte.

Seine Schwester erwartete ihn bereits vor der Tür. Sie hatte sich seit ihrer letzten Begegnung vor einem Jahr kaum verändert: groß, lange schwarze Haare, dunkle Augen und strenge Gesichtszüge. Allerdings wölbte sich jetzt ihr Bauch deutlich unter einem langen Kleid. Sie zuckte mit keinem Gesichtsmuskel, als er auf sie zutrat.

»Schwesterherz! Schön, dass ihr hier seid.« Lukas breitete die Arme aus und betete, dass Steffi nicht weiter die Eiskönigin spielte.

Für einen winzigen Moment zögerte sie, dann trat sie auf ihn zu und schmiegte sich in seine Arme. »Mama schwimmt im Pool, Papa räumt deinen Garten auf, und Sonja sucht die Katze. Gerrit kocht für uns alle. Also der ganz normale Wahnsinn.«

Sie trat einen Schritt zurück und musterte ihn. »Du siehst noch mitgenommener aus, als ich befürchtet hatte. Lief nicht gut in letzter Zeit, oder?«

»Lief gar nicht gut.« Er seufzte. »Lass uns reingehen. Dann erzähle ich euch von dem ganzen Fiasko.«

Seine Familie machte ihm keine Vorwürfe, dass er sie so lange ignoriert hatte. Er war froh darum, denn so richtig erklären konnte er sein Verhalten nicht mehr. Nach der Trennung von Nicole war ihm alles zu viel geworden: die Ratschläge, die Sorge in den Augen seiner Eltern, das Diskutieren mit seiner Schwester. Er hatte Ruhe gebraucht und sich dann darin verfangen. Aus heutiger Sicht war ihm das peinlich.

Ein wenig fand er es lustig, wie sehr sich alle bemühten, ihn nicht zu sehr auszufragen. Offenbar hatten auch sie ihre Lektion gelernt. Lukas tat ihnen aber den Gefallen und erzählte von sich aus. Als er sie um Rat fragte, bekam er jede Menge unterschiedlicher Antworten.

Seine Mutter schlug vor, ein riesiges Herz in Linas Garten zu pflanzen und ihr eine selbst gedichtete Ballade zu singen. Sein Vater versuchte ihn zu überreden, ein gigantisches Herz aus Holz zu basteln, das sich drehen konnte. Seine Schwester war dafür, noch einmal bei Lina aufzukreuzen und sich nicht abwimmeln zu lassen. Sein Schwager Gerrit schwieg. Seine Cousine Sonja sprach sich für eine neue Katze aus, die er mit einem Schleifchen um den Hals Lina schenken sollte.

Lukas war sich bei allen Vorschlägen unsicher. Er wollte sich Lina nicht abermals aufdrängen, und die Sache mit den Herzen fand er zu kitschig. Für eine neue Katze war es zu früh. Letztlich entschied er sich dafür, ihr erneut einen Brief zu schreiben und bei ihr einzuwerfen.

Schon von Weitem sah er, dass etwas seltsam war. In Linas Vorgarten waren Holzschilder aufgestellt worden. Darauf waren deutliche Warnungen geschrieben: *Betreten für Lukas verboten, Betreten für Lukas auf eigene Gefahr* und *Lukas-freie Zone* waren noch die freundlichsten Schilder.

Er blieb wie vom Donner gerührt stehen und starrte die entmutigenden Nachrichten fassungslos an. Ratlos rief er Steffi an. »Lina hat mich aus ihrem Leben verbannt«, sagte er traurig.

»Wirf den Brief trotzdem ein!«

»Dann fühlt sie sich wieder von mir belästigt. Ich will sie zu nichts zwingen! Sie ist eine erwachsene Frau, die weiß, was sie will. Und mich will sie nicht mehr.«

13

Feindbesuch mit Heldenkomplex

Lina

Lina saß gemütlich mit ihren Freundinnen am Frühstückstisch, um sich von der harten Arbeit zu erholen. Nachdem sie bei Lukas vorbeigeschaut und das Haus leer vorgefunden hatte, hatte sie sich bei der Arbeit krankgemeldet, Anna und Marleen ihr Leid geklagt, und dann hatten sie die Schilder gemalt und im Vorgarten aufgestellt.

Jetzt tat ihnen zwar alles weh, aber Linas Tränen waren einer wohltuenden Wut gewichen. Abrupt stellte sie ihre Tasse auf die Untertasse, sodass es schepperte.

»Es reicht! Ich lasse mich nicht mehr länger runterziehen. Gegen die auf mich zukommende Reparaturrechnung bin ich machtlos, und Lukas habe ich verloren. Aber ich kann endlich gegen das hier vorgehen!« Sie knallte einen neuen Brief vom Ortsvorsteher auf den Tisch. »Ich werde den Umschlag jetzt öffnen!«

Marleen und Anna wechselten einen überraschten Blick, dann zückte Marleen hastig ihr Handy. »Das müssen wir für die Nachwelt festhalten!« Sie knipste Lina, wie sie den Brief in die Kamera hielt, ihn ruppig aufriss und das Papier herauszog.

Lina war so nervös wie schon lange nicht mehr. All die Monate über hatte sie sich davor gegruselt, diesen Schritt zu wagen. Ausgerechnet jetzt, wo ihr das Wasser bis zum Hals stand, sie Picasso als liebevollen Tröster verloren und Lukas aus ihrem Leben verbannt hatte, traute sie sich. Wenn sie schon am Boden war, dann so richtig.

Liebe Frau Meyer-Schulze,

dies ist der letzte Brief, den ich Ihnen schreiben werde. Danach gebe ich auf. Bitte melden Sie sich ganz dringend bei mir. Ich nehme mir jederzeit frei für Goldenheims berühmteste Postbotin.

Mit freundlichen Grüßen,
Dr. Thomas Grunter
Ortsvorsteher von Goldenheim

»Was steht drin?«, drängelte Marleen. Anna hatte längst über Linas Schulter gelinst und den Brief gelesen.

»Nicht viel. Eigentlich deprimierend wenig. Er will mit mir sprechen, aber worum es geht, schreibt er nicht. Wahrscheinlich will er sich erkundigen, wann ich endlich für den Schaden aufkomme oder so.« Lina seufzte. »Die Hintergründe standen vermutlich in den anderen Briefen.«

»Und wo sind die?«

Lina zeigte auf den Küchenofen. »Verbrannt.« Sie erhob sich, räumte ihre Kaffeetasse in die Spüle und sah ihre Freundinnen an. »Ihr habt hier alles im Griff? Sollte ein Gebot über die zwanzig Euro gehen, dann versteigert ruhig noch ein paar andere Bilder. Ich bin in etwa zwei Stunden wieder da.«

»Aber wo willst du denn hin?«, fragte Anna.

»Mich meinen Ängsten stellen und nach Goldenheim fahren. Es wird Zeit, herauszufinden, was die überhaupt von mir wollen.«

Zwanzig Minuten später umklammerte Lina nervös das Lenkrad ihres alten Wagens und verwünschte sich für ihren Mut. Anna und Marleen hatten mitkommen wollen, doch Lina hatte es ihnen verboten. Sie musste da alleine durch.

Als Goldenheim in der Ferne auftauchte, drosselte sie das Tempo.

Der alte Kirchturm stand genauso schief wie zuvor. Ein Blitz war vor Jahrzehnten eingeschlagen, und wer immer das repariert hatte, hatte wohl keine Wasserwaage zur Hand gehabt. Der letzte Raps wehte zu ihrer Rechten auf einem lang gezogenen Feld im Wind. Er war schon mehr als erntereif. Links zogen sich Gerstenfelder bis hin zum Dorfrand. Der kleine Goldbach schlängelte sich zwischen Straße und Weiden dahin und verschwand in einer Baumreihe, die Goldenheim von den Ackerflächen trennte.

Lina schluckte, als sie die Grenze passierte und das fröhliche Eingangsschild erblickte.

Das Golddorf Goldenheim begrüßt seine Gäste.
Willkommen im schönsten Dorf der Welt!

Darunter war ein neues Schild angebracht, stellte sie irritiert fest. Bevor sie es jedoch lesen konnte, war sie bereits vorbeigefahren.

Unwillkürlich hielt sie die Luft an. Die ersten Bauernhöfe tauchten vor ihr auf, alte Fachwerkhäuser, die Lina mit ihrem neu erworbenen Kennerblick nun mit ganz anderen Augen sah. Die Bewohner hatten sie wunderschön restauriert. An den ordentlich lackierten Holzzäunen hingen große Blumenkästen mit Geranien in den Dorffarben Rot und Weiß. Kein Wunder, dass Goldenheim regelmäßig zum Golddorf des Jahres gewählt wurde. Eine Auszeichnung vom Land Nordrhein-Westfalen.

Lina stoppte an der einzigen Kreuzung des Dorfes und wartete viel länger als nötig. Sie musste erst Kraft schöpfen, um weiterfahren zu können. Vor ihr tauchte im Zentrum des Dorfes der alte Weiher auf, an dem ihr Leben eine harte Wendung genommen hatte.

Nur mit viel Überwindung trat sie aufs Gaspedal und tuckerte näher und näher. Als sie jedoch bemerkte, dass ihre Hände zitterten, parkte sie am Straßenrand und stieg aus.

Es war warm. Die Sonne schien von einem wolkenlosen Himmel, und ein laues Lüftchen wehte. Der perfekte Sommertag. Lina atmete tief ein und aus und roch die vertrauten Düfte nach Landwirtschaft, Blumen und Wasser. Der Goldbach endete im Weiher. Im Winter war der Bachlauf ausgetrocknet, doch nach dem großen Sturm plätscherte er nun munter vor sich hin.

Lina erinnerte sich nur zu gut daran, wie sie im Schneegestöber hier langgefahren war. Sie hatte vor sich hingepfiffen und sich auf den Feierabend gefreut.

Ihr Schritt stockte, als sie an der Stelle ankam, an der die Katze aus den Büschen herausgesaust war. Winzig klein war sie gewesen. Schwarz, mit weißen Pfötchen, einem weißen und einem schwarzen Öhrchen und weißer Schwanzspitze. Ihr Anblick hatte sich für immer in Linas Netzhaut gebrannt.

Sie folgte mit den Blicken ihrer Bremsspur von damals. Fühlte noch einmal die Panik und die Angst … und runzelte verwirrt die Stirn. Da waren tatsächlich Bremsspuren mit dunkler Farbe auf den Boden gemalt. Wie bei einem Tatort. Aber … der Unfall war doch schon eineinhalb Jahre her!

Sie sah auf, und ihr klappte die Kinnlade herunter. Das … das war unmöglich! Nein! Was WAR das überhaupt? Ratlos starrte Lina das Gebilde im Weiher an und brauchte eine Weile, um es zu erkennen.

Es war die steinerne Skulptur eines Postwagens in Originalgröße, halb im Wasser versunken. Nur das Fahrerhäuschen ragte dramatisch hervor. Auf diesem Teil des Daches balancierte eine Frau, die verzweifelt die Hände gen Himmel reckte, als wolle sie Gott um Verzeihung bitten. Drum herum ragten steinerne Päckchen aus dem Wasser.

Lina stand lange wie erstarrt da und musterte das Kunstwerk. Wenn man es denn so nennen wollte. Es zeigte den Moment ihrer schlimmsten Niederlage. Allerdings musste sie zugeben, dass es etwas Stilvolles und gleichzeitig Selbstironisches an sich hatte. Erst nach gut fünf Minuten bemerkte sie die Steinplatte vor ihr am Ufer. Eine Inschrift war in goldenen Lettern darin eingemeißelt.

Hier versenkte die Postbotin von Goldenheim die gesamte Weihnachtspost der Dorfbewohner. Mit ihrem waghalsigen Manöver rettete sie einer kleinen Katze das Leben. Lucky lebt seitdem als Maskottchen im Rathaus und eröffnet jedes Jahr die Weihnachtsmesse.

Lina war unsicher, ob sie in diesem Moment lachen oder weinen sollte. Alles fühlte sich so unwirklich an. Dass ihr ein Kunstwerk gewidmet wurde, war unglaublich. Und dann auch noch wegen des Postwagenunfalls.

»Frau Meyer-Schulze?«, ertönte eine Stimme hinter ihr.

Langsam drehte sich Lina um und bemerkte den Ortsvorsteher, der ein paar Schritte entfernt von ihr stand und sie besorgt musterte. Er hatte in den letzten Monaten etwas zugenommen, sodass sein früher perfekt passendes Sakko über dem Bauch spannte. Seine Krawatte saß aber wie immer tadellos, genau wie die obligatorische Nickelbrille auf der Nase. Sein Bart war allerdings grau geworden, ebenso wie seine Haare.

»Herr Grunter«, brachte sie mühsam hervor. Der Mann war ihr nicht sonderlich sympathisch. Er hatte damals nicht verhindert, dass die wütenden Dorfbewohner wie ein Lynchmob über sie hergefallen waren. Und er hatte ihr die Geschichte mit der Katze genau wie alle anderen nie geglaubt.

»Ich bin froh, dass wir Sie endlich erreicht haben«, sagte er nun. Irrte sie sich, oder war er nervös? Seine Bewegungen wirkten fahriger als sonst. »Wir haben uns schon Sorgen um Sie gemacht. Aber niemand hat sich getraut, bei Ihnen vorbeizufahren. Nicht nach allem, was geschehen ist.« Er reichte ihr die Hand, die sie eher zögernd nahm. »Willkommen zurück!«, erklärte er feierlich. Dann deutete er auf das Monument zu ihren Ehren. »Gefällt es Ihnen?«

»Ich weiß nicht, ob ich dieses Kunstwerk zerstören oder feiern soll«, erwiderte Lina trocken. »In erster Linie finde ich es total übertrieben. Was soll das denn überhaupt?«

Ortsvorsteher Grunter fing vor Aufregung an zu schwitzen. Er wischte sich mit dem Handrücken über die Stirn und bedeutete ihr, ihm zu folgen. Langsam gingen sie am Weiher entlang Richtung Rathaus, das ganz in der Nähe lag. Auf dem Vorplatz fand jeden Samstag ein bunter Markt statt, und zu besonderen Feierlichkeiten wie an Karneval oder zu Schützenfesten waren kunstvolle Wimpel darübergespannt. Momentan hingen hier nur die üblichen Dorffahnen.

»Wie Sie wissen, hat der Unfall für ziemlich viel Wirbel gesorgt. Goldenheim war plötzlich in sämtlichen Medien zu finden. Um Weihnachten herum hat die Presse normalerweise wenig zu berichten. Da kam ihnen solch ein skurriler Postwagenunfall natürlich sehr gelegen. Und da es auch noch mit

Weihnachten zu tun hatte, war das Thema gleich doppelt so interessant.« Er räusperte sich und blieb neben Lina stehen, die den neu installierten Springbrunnen in der Mitte des Platzes anstarrte. Es war ein Wagen, aus dessen Motorhaube eine Wasserfontäne in die Höhe schoss.

Eilig sprach der Ortsvorsteher weiter. »Wie Sie bestimmt noch wissen, ist Goldenheim im Winter besonders attraktiv. Im Jahr Ihres Unfalls war alles von einer glitzernden Schneeschicht bedeckt. Ich darf wohl behaupten, dass die Kameras das Dorf im schönsten Licht einfingen. Das kam auch überregional super an. Noch in derselben Woche konnten wir uns plötzlich vor Besuchern kaum retten. Alle wollten den Weiher sehen, in dem der Wagen noch immer schräg im Wasser steckte. Herr Baumers hat dann damit angefangen, in seinem Spielzeugladen kleine Postautos zu verkaufen und speziell zu bewerben.« Thomas Grunter deutete auf den versteckten Laden zwischen zwei Restaurants, der Lina nur zu gut bekannt war. Er war mit Wimpeln geschmückt, und im Schaufenster stand ein großes Schild: *Goldenheims originellster Postwagen für die Hosentasche.* »Er wurde fast überrannt. Daraufhin haben wir unseren örtlichen Schreiner gefragt, und der hat innerhalb von ein paar Tagen hübsche Postwagen-in-Weiher-Andenken gebastelt. Die gingen schneller weg, als er sie produzieren lassen konnte. Die Vermarktung entwickelte sich zum Selbstläufer. Die Leute hatten Spaß an der Geschichte und mochten die Gegend und speziell unser Dorf. Sämtliche Hotels in der Umgebung waren fortan ausgebucht, sodass einige Dörfler spontan Pensionen eröffneten.« Diesmal zeigte Herr Grunter auf ein kleines Häuschen mit einem Holzschild im Vorgarten. *Pension zum versenkten Postwagen* stand darauf. Lina musste gegen ihren Willen schmunzeln. »Das Bergen des Wagens war ein absolutes Happening und hat noch mal richtig Publicity hervorgerufen. Die Presse kam von überallher. Die Hotelpreise stiegen in dieser Zeit ins Unermessliche. Meine Sekretärin kam daraufhin auf die Idee, eine Spendenbox für eine Statue aufzustellen, denn wir haben uns Sorgen gemacht, dass der Hype sofort abflacht, sobald der Postwagen aus dem Weiher geborgen war. Weitere Sponsoren waren schnell gefunden, und es blieb noch genug Geld übrig, um den Brunnen hier zu errichten.«

Lina warf dem seltsamen Gebilde erneut einen kurzen Blick zu und richtete ihre Aufmerksamkeit dann auf das Museum neben dem Gemeindehaus. Früher war hier nie viel los gewesen. Jetzt stand eine ansehnliche Besuchertraube davor und knipste den Marktplatz und die beschaulichen alten Häuschen.

Herr Grunter bemerkte ihren Blick und lächelte. »Unser kleines Museum stellt die zermatschten und kaputten Weihnachtsgeschenke aus. Das ist schon sehr skurril, aber die Leute lieben es.«

Er straffte sich etwas, als wolle er nun zu den schlechten Neuigkeiten kommen. Lina sah ihn fragend an. »Unser einziges Problem war, dass wir Sie nicht erreichen konnten. Die Presse wollte Sie unbedingt interviewen, und wir wollten Ihnen ganz offiziell danken und Ihnen sagen, dass wir Ihnen verzeihen. Sie waren jedoch wie vom Erdboden verschluckt. Es hat Monate gedauert, bis ich Ihren aktuellen Wohnort herausgefunden hatte. Die ganze Zeit habe ich mich gefragt, warum Sie sich nicht bei uns melden. Ich meine: Die halbe Welt hat über den Vorfall berichtet und Sie gesucht.«

Lina schwieg für einen Moment und dachte nach. Ja, warum hatte sie nichts mitbekommen? Die Antwort lag auf der Hand: Sie hatte sich vollständig eingeigelt und in der alten Villa weder Fernsehanschluss noch Internet gehabt. In den ersten zwei Monaten war sie noch suspendiert gewesen, sodass sie auch nicht arbeiten gegangen war. Danach hatte ihr neuer Chef nur gebrummelt: »Sie mögen ja berühmt sein, aber es gibt keine Extrawürste, verstanden?«

Sie hatte die Bemerkung damals als richtig fies empfunden und sich in Grund und Boden geschämt. Möglicherweise hatte ihr Chef es aber ganz anders gemeint. Dass sie keine Ahnung hatte, wie berühmt sie war, konnte er ja nicht gewusst haben.

»Ich … hab mich vor der Welt versteckt. Mir war das alles so peinlich. Vor allem, weil mir niemand geglaubt hat«, erklärte Lina nun nach einer langen, unangenehmen Pause.

Herr Grunter hatte wenigstens den Anstand, rot zu werden. »Jaaa«, sagte er gedehnt. »Das hatten wir befürchtet. Es gibt da noch etwas, das wir Ihnen dringend zeigen wollen. Um genau zu sein: jemanden.«

Sie waren mittlerweile vor dem Rathaus angekommen. Linas Erscheinen war natürlich nicht unbemerkt geblieben.

»Lina!«, rief die Bäckerin schon von Weitem, kam aus ihrem kleinen Geschäft gelaufen und drückte sie an ihren ausladenden Busen. »Du musst unbedingt mein Eifeler Spritzgebäck probieren! Lucky sieht so süß aus!«

Die Blumenhändlerin kam ebenfalls heran und gab ihr etwas verschämt die Hand. Sie hatte Lina damals besonders erbost angeschrien, da ihre Blumendrahtlieferung mit dem Postauto untergegangen war. Über Weihnachten war das für sie natürlich eine Katastrophe gewesen.

Lina ließ sich halb gerührt und halb verlegen herzen, drücken und begrüßen. Allmählich kamen auch einige Touristen näher, um zuzugucken und Fotos zu schießen. Der Journalist der Dorfzeitung eilte im Laufschritt heran. Als er sie erreicht hatte, klatschte Herr Grunter laut in die Hände und bat um Ruhe.

»Liebe Bewohner von Goldenheim, heute ist ein ganz besonderer Tag! Endlich kam die berühmteste Postbotin des Ortes zurück zu uns, um sich mit uns auszusprechen: Lina

Meyer-Schulze! Wir sind froh, dass Sie hier sind!« Er gab ihr erneut die Hand, was Lina noch mehr verwirrte. Der Reporter schoss eilig Bilder.

»Frau Auer?«, bat Herr Grunter seine Sekretärin. »Könnten Sie bitte Lucky holen?«

»Aber natürlich!« Die Frau eilte so schnell davon, dass Lina Angst bekam, sie würde sich auf den Treppenstufen zum Rathaus beide Beine brechen.

Herr Grunter überbrückte die Zeit, indem er sich in Pose warf und den Anwesenden noch einmal laut die Geschichte vom Postwagenunfall erzählte. Lina hörte nicht mehr zu, sondern sah in die Gesichter, die ihr schlaflose Nächte bereitet hatten. Das wütende Blitzen von Augen, die vom Brüllen aufgerissenen Münder, geschüttelte Fäuste. All das hatte sich in ihr Gedächtnis gegraben. Jetzt allerdings sah sie nur gerührte, freudige und erleichterte Mienen.

Die Dörfler waren wahrhaftig glücklich, sie zu sehen.

Lina fragte sich gerade, ob sie ihnen jemals verzeihen konnte, da kam die Sekretärin zurück. Auf ihrem Arm hockte eine winzige schwarze Katze mit einem weißen Öhrchen.

Linas Mund klappte vor Überraschung auf. Es war die Unfallkatze! Wahrhaftig! Die weiße Schwanzspitze würde sie niemals vergessen!

»Frau Meyer-Schulze, darf ich Ihnen Lucky vorstellen? Das ist Lucky Christmas Miracle. Unser Weihnachtswunder. Durch Ihren Einsatz haben Sie ihr Leben verschont und unser Dorf maßgeblich verändert.«

»Aber … aber … wo haben Sie sie denn gefunden?«, brachte Lina schwach hervor.

»Sie muss eine Streunerin gewesen sein. Unser Dorfpolizist hat sie zwei Nächte nach dem Vorfall halb verhungert unter einem Busch entdeckt. Wir haben sie dann aufgepäppelt. Seitdem lebt sie im Rathaus.«

Frau Auer trat zu Lina heran und schob ihr geschickt die Katze in die Arme. Sie war so winzig und zart, dass ihr Gewicht kaum auffiel. Ihre kurzen Haare kitzelten an Linas Haut.

Anders als so manche Katze schmiegte sich Lucky völlig selbstverständlich in die für sie fremden Arme. Sie begann sogar zu schnurren, drückte sich an Linas Brust und legte das Köpfchen unter ihr Kinn. Augenblicklich schmolz Linas Herz dahin. Lucky war wirklich zuckersüß, vor allem, als sie tief in Linas Augen blickte. Sie konnte schwören, dass sie sie erkannte.

»Hallo, du!«, sagte Lina zu ihr, woraufhin sich Lucky etwas streckte und zufrieden ihre Wange an Linas Kinn rieb.

Der Reporter hielt den Moment aufgeregt mit der Kamera fest und rief ihr Befehle zu, wie sie posieren sollte, doch Lina ignorierte ihn. Sie streichelte Luckys Hals und genoss es, wieder eine Katze zu knuddeln.

Herr Grunter räusperte sich schließlich so laut, dass Lina dann doch aufblickte. »Wir wollen uns noch offiziell entschuldigen. Dafür, dass wir Ihnen nicht geglaubt haben. Vielleicht könnten wir unser Wiedersehen noch einmal groß mit einem Sommerfest feiern?«

Lina kannte Thomas Grunter. Sofort war ihr klar, dass es ihm ums Geschäft ging. Er war ein findiger Marketingprofi. Kein anderes Dorf hätte solch einen Vorfall derart geschickt zu seinem Vorteil nutzen können. Sie hatten gut an ihr verdient. Sogar sehr gut. Doch anstatt erbost zu sein, lächelte Lina. Sie war einfach nur erleichtert, dass die Sache vom Tisch war. Auch Herr Grunter strahlte. Er trat nah an sie heran und legte ihr kumpelhaft die Hand auf die Schulter.

»Ich denke, wir werden uns einig«, flüsterte er ihr zu. Offenbar hatte er erkannt, dass sie ihn durchschaut hatte. Mit erhobener Stimme fragte er: »Das Dorf möchte seiner berühmtesten Postbotin natürlich ein Gastgeschenk machen.

Von vornherein war klar, dass Lucky eigentlich zu Ihnen gehört. Sie sind ihre Retterin in höchster Not. Daher möchten wir Ihnen die Katze ganz offiziell schenken.«

Lina war gerührt und drückte Lucky an sich. Eine neue Katze. War sie dafür überhaupt schon bereit? So kurz nach Picassos Tod? Doch hatte sie ihr Haus nicht als viel zu leer und einsam empfunden? Lucky würde es wieder mit Leben erfüllen können. »Das ist ein wirklich rührendes Geschenk. Ich nehme die Katze dankend zu mir und werde mich gut um sie kümmern«, sagte sie steif.

Die Dorfbewohner klatschten gemeinsam mit den Touristen um die Wette, Herr Grunter strahlte in die Kamera, und Lucky schnurrte an ihrer Brust. Für diesen Moment war Linas Welt tatsächlich wieder fast in Ordnung.

Schade, dass sie ihre Freundinnen nicht mitgenommen hatte. Marleen und Anna hätten ihre Freude an diesem Moment gehabt. Und auch Lukas fehlte. Er hatte Lina stets ermutigt, die Briefe aus Goldenheim zu öffnen. Dass sie es nie getan hatte, ärgerte sie jetzt umso mehr. Picasso und Lucky hätten sich bestimmt gemocht.

»Gibt es denn sonst noch etwas, das wir für Sie tun können? Sie haben unsere Leben maßgeblich beeinflusst. Da wollen wir uns natürlich revanchieren«, sprach Herr Grunter sie erneut an.

Im ersten Moment wollte Lina das Angebot ausschlagen, aber dann kam ihr eine Idee. Sie sah den Markplatz, der ganz neu gepflastert aussah – vermutlich mit Geld, das durch ihr Leid verdient worden war. Sie registrierte, wie hübsch gepflegt die Häuser waren. Definitiv hatten sie einen neuen Anstrich bekommen, und auch die Fahnen und Wimpel mussten teuer gewesen sein.

»Ich hätte da tatsächlich einen Wunsch«, erklärte Lina und begann strahlend zu lächeln.

Doch bevor sie weitersprechen konnte, klingelte ihr Telefon.

»Lina«, sagte Marleen mit Grabesstimme. »Du solltest zurückkommen. Und zwar sofort. Etwas Schreckliches ist …«

Tuuuut!

Lukas

Lukas hatte sich am frühen Abend hingelegt, konnte aber kein Auge zumachen. Der Schilderwald in Linas Vorgarten hatte ihn tief getroffen. Er fühlte sich gedemütigt und traurig. Hatte er abermals die Liebe seines Lebens verloren?

Bei dem Gedanken hielt er die Luft an. Die Liebe seines Lebens. War sie das tatsächlich? Doch je länger er grübelte, desto klarer wurde es ihm. Er hatte sich in Lina verliebt. Sie war zur wichtigsten Person in seinem Leben geworden. Dass sie sich jetzt so abweisend benahm, entsetzte ihn. Er ballte die Fäuste. Egal, wie schwer es erschien, diesmal wollte er nicht wieder einfach gehen. Er konnte es auch gar nicht!

Als Geräusche aus dem Wohnzimmer zu ihm nach oben drangen, stand er schließlich auf und ging zu seiner Familie. Die saß um seinen Esstisch herum und spielte Doppelkopf in einer Lautstärke, die seinen Kopfschmerz wieder aufflammen ließ.

»Papa? Hast du Lust, ein kitschiges Holzherz zu bauen?«, fragte Lukas seinen Vater. Der legte augenblicklich die Karten zur Seite und stand auf.

»Aber sicher doch, mein Junge! Nichts lieber als das!«

Auch Sonja sprang auf. »Ich gucke mal im Internet nach Tierheimen. Eine neue Katze lässt sich garantiert schnell auftreiben«, rief sie begeistert.

Lukas nickte ihr ergeben zu. Er hatte beschlossen, auf seine Familie zu hören. Denn schon einmal hatte er ihre Ratschläge in den Wind geschlagen und sich Jahre der Einsamkeit und des Kummers damit beschert. Diesen Fehler würde er nicht wiederholen. Er würde Lina zurückgewinnen!

Doch dann trat seine Mutter auf ihn zu. »Junge«, sagte sie. »Ich freue mich wirklich, dass du zu uns zurückgekommen bist. Doch ich warne eindringlich davor, es zu übertreiben. Dein Vater hat gar kein Gefühl für Romantik. Er bastelt einfach gerne. Und Sonja ist der Meinung, dass kein Haushalt ohne Katze auskommt. Hör lieber auf dein Herz. Das weiß bestimmt, was richtig und was falsch ist. Damals haben wir dich durch unsere impulsive Art vertrieben. Das will ich nicht noch mal riskieren.« Sie nahm ihn kurz in die Arme. »Diese Lina muss wirklich toll sein. Erobere sie dir zurück. Aber auf deine Art.«

Sie zwinkerte ihm zu und verschwand dann Richtung Küche.

Lukas sah ihr nachdenklich hinterher. Seine Art. Was war denn überhaupt seine Art? Die Art und Weise, wie Lina und er sich angenähert hatten, war mehr als ungewöhnlich gewesen. Er konnte unmöglich abermals einen Zettelkrieg mit ihr beginnen. Dazu fehlte die Katze. Und ein erneutes Zelten in ihrem Vorgarten kam auch nicht infrage.

Was also sollte er tun?

Dummerweise gab es nur einen Ort, an dem er Antworten bekommen würde. Und nur einen Menschen, der sie ihm geben konnte. Mit schnellen Schritten eilte er aus dem Haus, über die Straße und hielt auf Linas Garten zu.

Schon von Weitem hörte er laute Stimmen. Es wurde diskutiert.

Lukas trat auf Linas Gartenpforte zu. Da stand sie und unterhielt sich über den Zaun hinweg mit ihrer Nachbarin. Der Lautstärke nach war es kein freundliches Gespräch.

Frau Winkelmaß hatte hochrote Wangen und schüttelte immer wieder einen Gartenzwerg vor Linas Nase. Es war ein hübsches Kerlchen, das in einer Schubkarre eine überdimensional große Katze herumfuhr.

»... unhaltbar!«, schrie Frau Winkelmaß in diesem Moment. »Doch mit der Erpressung ist es jetzt vorbei. Das lasse ich mir nicht mehr länger bieten! Und nehmen Sie sofort die Bilder aus dem Netz!«

Lukas blieb wie angewurzelt stehen und versuchte aus der Szene schlau zu werden. So wie Lina guckte, verstand sie ebenfalls nicht so richtig, was los war. Zwei Frauen waren an ihrer Seite. Die eine antwortete ruhig und bedacht, die andere verkniff sich nur mit Mühe das Lachen.

Waren das Linas beste Freundinnen Anna und Marleen?

»In Ordnung, Frau Winkelmaß«, mischte sich Lina mit aufgebrachter Stimme ein. »Ich schlage vor, wir beruhigen uns jetzt alle und reden morgen noch mal darüber.«

»Morgen kann ich nicht! Da habe ich bereits eine Auktion in Frankfurt! Wir sehen uns am Donnerstag um siebzehn Uhr bei meinem Anwalt. Dann beenden wir endlich, was Ihre Tante angefangen hat!«

Mit diesen Worten wirbelte Frau Winkelmaß herum und stapfte von dannen. Lukas duckte sich instinktiv, um ungesehen zu bleiben, doch der Blick der alten Dame streifte ihn für einen winzigen Moment. Diese eisigen Augen kamen ihm nur zu bekannt vor.

Sprachlos sah er ihr hinterher und hätte fast Linas Abgang übersehen, die mit ihren Freundinnen Richtung Haus ging.

Eine von ihnen hatte ihr den Arm um die Schulter gelegt, die andere klopfte ihr beruhigend auf den Rücken.

Die drei verschwanden im Haus und ließen Lukas verwirrt und neugierig zurück. Was war das denn bloß gewesen? Am liebsten wäre er hinterhergerannt und hätte Lina fest in die Arme genommen, sie beschützt und verteidigt.

Doch wie er Lina kannte, wäre das gar nicht gut angekommen. Sie wollte selbstständig und unabhängig sein. Hürden überwinden, die man ihr nicht zugetraut hätte. Das wusste er mittlerweile nur allzu gut. Nein. Heute Abend konnte er nichts ausrichten.

Am nächsten Morgen stand Lukas noch vor seiner Familie auf und ging zu Lina hinüber. Doch je näher er ihrem Haus kam, desto langsamer wurden seine Schritte.

Was war denn jetzt schon wieder los?

Normalerweise lag das Haus um diese Uhrzeit wie im Dornröschenschlaf da. An diesem Morgen herrschte jedoch ein geschäftiges Treiben. Vor dem Törchen stand ein gewaltiger Laster mit der Aufschrift *Schreinerei Wimpel.* Von seiner Ladefläche reichte ein Mann lange Holzlatten an, die von jungen Männern in Feuerwehrkluft ins Haus getragen wurden. Hämmern und Klopfen erfüllten die Luft.

Lukas blieb neben dem Transporter stehen und lugte durchs Gartentor. Auch im Garten war jede Menge los. Drei Männer standen auf dem Dach und warfen alte und kaputte Dachziegel ins Gras. Im hinteren Bereich waren Frauen damit beschäftigt, Äste und Zweige vom Rasen aufzusammeln.

»Ziemlich viel Trubel, nicht wahr?« Herr Rupert gesellte sich zu Lukas. Er hatte gerade den Bürgersteig gefegt, stützte sich nun auf dem Besen ab und wirkte nachdenklich. »Die Männer sind gestern am späten Abend hier aufgetaucht, haben das Haus vermessen, gewichtig diskutiert, Listen angefertigt und sind dann verschwunden. Heute Morgen sind sie wie eine Horde hier eingefallen. Seitdem bauen und werkeln sie. Wissen Sie, woher die kommen?«

Lukas schüttelte den Kopf.

Daraufhin deutete Herr Rupert mit finsterer Miene auf eines der neuen Schilder im Vorgarten. »Und was hat das zu bedeuten? Was haben Sie jetzt wieder angestellt? Ich dachte, Sie zwei haben sich endlich zusammengerauft!«

»Lina ist nach Picassos Tod nicht ganz sie selbst gewesen. Wir haben uns gestritten, aber ... irgendwie bekomme ich das sicher wieder geradegerückt.«

»Das hoffe ich doch! Ich habe viel Geld auf Sie gesetzt!«

Lukas warf seinem Nachbarn einen fragenden Blick zu, doch der betrachtete die fleißigen Handwerker. »Müssen die nicht arbeiten?«, brummte er schlecht gelaunt.

Schließlich reichte es Lukas. Den nächsten Mann, der vorbeieilte, hielt er auf. »Entschuldigen Sie bitte, aber was ist hier eigentlich los?«

»Wir helfen Frau Meyer-Schulze bei der Reparatur ihres Hauses. Der Sturm hat ihr echt übel mitgespielt.«

Das war Lukas durchaus bekannt. Genervt hakte er nach. »Und woher genau kommen die ganzen Arbeiter?«

»Oh! Wir sind aus Goldenheim, dem schönsten Ort in der Eifel. Frau Meyer-Schulze ist dort Ehrenbürgerin. Nachdem sie uns um Hilfe gebeten hat, sind wir ihrem Ruf gefolgt. Wir schulden ihr viel!« Damit wuselte der Mann an ihnen vorüber.

»Ja, da brat mir doch einer einen Storch«, brummte Herr Rupert und lachte leise in sich hinein. »Da hat die Meyer-Schulze doch noch herausgefunden, dass sie eine Berühmtheit ist. Das ist gut! Zumindest diese Wette habe ich gewonnen.«

»Welche Wette denn schon wieder?« Allmählich beschlich Lukas der Verdacht, dass Linas Nachbarn noch verrückter waren als angenommen.

Der Alte zuckte lässig mit den Schultern. »Meine Frau und ich haben gewettet, wie lange unsere Nachbarin es schafft, sich vor der Welt zu verstecken. Wussten Sie etwa auch nicht, dass Lina Meyer-Schulze die berühmteste untergetauchte Postbotin der ganzen Eifel ist? Dank ihr ist in Goldenheim quasi ein Goldrausch ausgebrochen. Wie es scheint, ist sie gerade noch rechtzeitig über ihren Schatten gesprungen.« Er knuffte Lukas in die Seite. »Blöd nur, dass Sie jetzt überflüssig sind.«

»Ja, ziemlich blöd«, murmelte Lukas.

Er wusste nicht genau, was er fühlen und denken sollte. Einerseits freute er sich für Lina, dass sie eine Lösung für ihr Problem gefunden hatte, andererseits fühlte er sich ausgeschlossen. Das Werkeln am Haus und Karlo waren ihre Gemeinsamkeiten gewesen. Das hatte sich jetzt wohl erübrigt.

»Sie sind ein echtes Schlitzohr, nicht wahr?«, fragte Lukas Herrn Rupert. »Wetten Sie auf alles, was in Ihrer Nachbarschaft so vor sich geht?«

»Nicht auf alles, aber auf vieles.« Herr Rupert kicherte in sich hinein. »Noch offen ist, wann Tante Charlys Geheimnis auffliegt und wer die rasende Radlerin ist.«

Jetzt hatte Herr Rupert Lukas' ganze Aufmerksamkeit. »Tante Charlys Geheimnis? Was für ein Geheimnis?«

»Wenn ich Ihnen das verraten würde, wäre es ja kein Geheimnis mehr.«

»Sie geben mir einen Hinweis, wenn ich Ihnen sage, wer die rasende Radlerin ist.«

»Das wissen Sie?«

»Oh ja! Das weiß ich ganz genau! Also raus mit der Sprache! Was ist hier los? Und wissen Sie, warum Frau Winkelmaß Lina gestern Abend wegen eines Gartenzwergs angebrüllt hat?«

14

Das Gartenzwergkomplott mit Tieraussetzung

Lina

Seit zwei Tagen stand Linas Haus kopf. Dass so viele Dörfler mit anpacken würden, hatte sie nicht erwartet. Sie hatte auf den Schreiner gehofft, doch der rückte mit der gesamten freiwilligen Feuerwehrmannschaft an. Der Verband der Landfrauen informierte seine Mitglieder, um den Garten auf Vordermann zu bringen, und die Eisenbahnfreunde kümmerten sich unter Anleitung des heimischen Dachdeckers um das Dach.

Lina war sprachlos und gerührt über so viel Einsatzbereitschaft.

Marleen und Anna hatten sich ins Atelier zurückgezogen und waren damit beschäftigt, die Versteigerung von Tante Charlys Gemälde auf der Online-Plattform zu löschen. Das letzte Gebot lag bei 10395 Euro. Damit hätten sie niemals gerechnet. Doch Frau Winkelmaß hatte gestern Abend bei ihren Freundinnen Sturm geklingelt und gebrüllt: »Die Auktion stoppen! Sofort stoppen!« Danach hatte sie sich wutschnaubend mit diesem komischen Gartenzwerg hinter ihrem Zaun verschanzt und auf Linas Auftauchen gewartet. In dem folgenden Wortgefecht waren Worte wie »Vertragsbruch« und »Erpressung« gefallen. Das alles war Lina nicht geheuer. Noch rätselhafter war dieser verflixte Gartenzwerg, den ihr die Nachbarin ganz zum Schluss in die Hand gedrückt hatte.

Na ja. Morgen würden sie mehr erfahren. Dann hatten sie den Termin beim Anwalt. Lina wurde mulmig zumute, sobald sie daran dachte. Dabei hatte sie doch gerade erst ihr Leben wieder unter Kontrolle gebracht. Sie hatte sich den Schatten ihrer Vergangenheit gestellt, und ihr Haus wurde mit vereinter Hilfe wieder auf Vordermann gebracht. Doch Frau Winkelmaß mit ihren Gartenzwergen bereitete ihr Sorgen. Vom Gedanken an Lukas mal ganz abgesehen. Hinzu kam Luckys Verhalten. Die kleine Katze war sichtlich durcheinander und versteckte sich meist bei Marleen und Anna.

In dieser Sekunde ertönte aus dem ersten Stock ein so lautes und schrilles Quieken, dass es nur von Marleen stammen konnte.

»Entschuldigen Sie mich bitte einen Moment«, sagte Lina zum Ortsvorsteher Grunter, der gerade auf sie zugetreten war, und eilte nach oben zu ihren Freundinnen. »Was ist los? Hat Frau Winkelmaß erneut mit Gartenzwergen um sich geworfen?«

Die beiden hockten vor der Fensterscheibe und drückten sich die Nasen platt. Dabei deuteten sie aufgeregt nach unten. »Lukas ist wieder da!«, rief Marleen aufgeregt. »Da! Schau!«

Tatsächlich! Er stand am Gartentor und beobachtete das wilde Geschehen aus sicherer Entfernung. In seinen Händen hielt er ein unförmiges, seltsames Holzgebilde.

Anna quietschte laut. »Dann hab ich ihn mir gestern Morgen doch nicht eingebildet. Da stand er auch schon so da, ist aber wieder unverrichteter Dinge abgezogen.« Sie drehte sich zu Lina um. »Er ist zurückgekommen!«

Lina sank auf die Bank unter dem Fenster. Ihre Beine waren plötzlich aus Pudding. Lukas so unvermittelt wiederzusehen, brachte sie aus dem Konzept.

»Und er ignoriert unsere Warnschilder«, merkte Marleen an. Ob sie das freute oder verärgerte, ließ sich schwer sagen. »Dabei sieht er auch noch heiß aus! Ooooh! Er kommt näher!«

Tatsächlich schleppte Lukas nun das komische Holzgestell über den Rasen zu den Landfrauen. Er sprach sie an und gestikulierte kurz. Dann zuckte er mit den Achseln und ging weiter.

Mit angehaltenem Atem sah Lina dabei zu, wie er auf den kleinen Kräutergarten zuhielt. Kurz davor blieb er stehen und legte das Holzteil ins Gras. Erst jetzt erkannte Lina, dass er neben dem hölzernen Gegenstand auch ein kleines Blumensträußchen in der Hand hielt. Dieses legte er auf Picassos Grab.

Die drei seufzten gleichzeitig auf.

»Er hat Picasso doch nicht vergessen«, meinte Anna mit leicht tadelnder Stimme.

Lukas ergriff erneut das Holzteil, und endlich erkannten sie auch, was es war. Ein Grabstein in Form einer geschnitzten Holzkatze. Es sah Picasso so ähnlich, dass Lina die Tränen kaum zurückhalten konnte.

»Das ist süß«, merkte Marleen an. »Total süß! Du solltest runtergehen und gemeinsam mit ihm heulen!«

»Das kann ich nicht! Ich bin ihm noch immer böse! Er ist einfach abgehauen. Schon vergessen?«

»Aber er ist wieder da! Das ist das Entscheidende!«

Das stimmte. Er war wieder da. Die Brummkreisel in ihrem Inneren fingen an zu schnurren, und ihr Herz schlug viel schneller als normalerweise. Marleen quietschte abermals auf. »Er steckt einen Brief an den Strauß! Schnell! Renn raus und hol ihn!«

Um ein Haar wäre Lina wirklich aufgesprungen und nach unten gestürmt, doch dann zügelte sie sich. Sie musste mit Bedacht vorgehen.

Mit angehaltenem Atem beobachtete Lina, wie Lukas durch den Garten schritt, noch kurz mit den Männern sprach und dann verschwand.

»Du hast ihn gehen lassen! Schon wieder!«, beschwerte sich Marleen.

Lina sparte sich eine Antwort, vor allem, da sie bereits auf dem Weg zur Tür war. Sie trampelte die Treppe hinunter, kollidierte fast mit einem Helfer und eilte dann quer durch den Garten.

»Da hat so ein Typ was für Sie hinterlegt«, rief ihr eine Landfrau zu. Lina nickte ihr zu und war nur Sekunden später am Grab von Picasso. Mit zitternden Fingern nahm sie den Brief in die Hand. Er war so klein gefaltet, als hätte Lukas ihn ursprünglich am Halsband ihrer Katze befestigen wollen.

Liebe Lina,

ich liebe dich. Eigentlich wollte ich dir das persönlich sagen, doch ich will dich zu nichts drängen. Ausnahmsweise halte ich mich mal zurück. Ich für meinen Teil habe mich für das ›Wir‹ entschieden. Jetzt musst du nur noch nachziehen. Dafür hast du aber so viel Zeit, wie du brauchst. Ich bleibe für immer in Rurberg.

Lukas

PS: Falls das »Ich liebe dich« nicht zieht, hier ein Köder: Ich weiß, wer die »rasende Radlerin« ist. Wenn du es auch wissen willst, melde dich bei mir!

Lina ließ sich an Ort und Stelle ins Gras plumpsen und starrte Picassos Grabstein an. Er war so liebevoll gestaltet! Und dann auch noch der Brief!

»Er liebt mich«, sagte sie zu ihrer verstorbenen Katze. »Und was jetzt?« Sie hatte ein wenig Angst vor der Antwort. Alles war so neu, so unerwartet. Die Probleme mit dem Haus schienen weitestgehend gelöst, doch Picassos Band war zerstört. Sie musste ein neues schmieden! Ein festeres! Eines, das diesmal halten würde!

In Gedanken formte sich ein Plan. Doch erst einmal musste sie das schreckliche Treffen mit Frau Winkelmaß hinter sich bringen.

Lina wollte gerade aufstehen, als Herr Rupert und seine Frau an der Hecke auftauchten. Eine der Landfrauen quietschte erschrocken auf und machte einen Hüpfer nach hinten. Die übrigen lachten.

»Frau Meyer-Schulze?«, rief Frau Rupert, ohne die Schar Landfrauen zu beachten. »Mein Mann muss Ihnen dringend etwas beichten.« Sie schubste Herrn Rupert fast in die Hecke hinein.

Der wirkte tatsächlich zerknirscht und starrte auf seine Stiefelspitzen.

Neugierig stand Lina auf. »Kommen Sie doch rum, dann lässt es sich leichter reden«, lud sie die beiden ein.

Herr Rupert sah so aus, als wollte er flüchten. Daher fasste ihn seine Frau fest am Ellbogen und zerrte ihn durchs Gartentor vor Lina. Die war ihnen bereits entgegengekommen.

»Was ist los?«, fragte sie freundlich. »Herr Dennhorst hat uns berichtet, dass Sie Ärger mit Frau Winkelmaß haben«, sagte Frau Rupert direkt.

Lina war irritiert. Woher wusste Lukas von ihrem gestrigen Streit mit der Nachbarin?

Doch bevor sie nachfragen konnte, schob Frau Rupert ihren Mann vehement nach vorne. »Na los! Beichte es endlich!«

»Ich nehme an, dass Frau Winkelmaß wegen ein paar Gartenzwergen so aufgebracht war?«, fragte ihr Nachbar vorsichtig.

»Ja. Ich glaube, sie denkt, dass ich sie in ihrem Garten deponiere.« Lina kniff die Augen zusammen. »In Wirklichkeit sind Sie das aber, nicht wahr?«

Herr Rupert sah seine Frau hilfesuchend an, doch die nickte mit funkelnden Augen. »Und ob er das war! Das geht schon seit Jahren so! Der Unruhestifter hier hat einen Heidenspaß daran, zuzugucken, wie sich Frau Winkelmaß über die hässlichen Teile in ihrem Hochglanzgarten ärgert. Als Kunstkennerin sind ihr die Dinger natürlich ein Dorn im Auge. Sie dachte stets, dass Charly die Schuldige war. Ich weiß nicht, warum, aber Ihre Tante hat das nie richtiggestellt. Doch wenn Frau Winkelmaß jetzt damit droht, Sie zu verklagen, ist Schluss mit lustig! Wir übernehmen natürlich die volle Verantwortung.«

Frau Rupert gab ihrem Mann einen Knuff in die Seite. »Und tu ja nicht so, als würdest du kein Wort verstehen! Du hörst sehr gut! Das wissen wir beide.«

Herr Rupert warf Lina einen gequälten Blick zu, knickte dann aber ein. »Na guuuuut«, seufzte er. »Erwischt. Aber woher weißt du das alles?«

»Sie liest Ihre Tagebücher«, mischte sich Lina ein. Sie warf beiden einen strafenden Blick zu. »Ein bisschen mehr Ehrlichkeit könnte keinem von Ihnen schaden.«

Dafür erntete sie ein Lachen. »Stimmt. Das Gleiche könnten wir aber auch von Ihnen und Herrn Dennhorst sagen. Ein bisschen mehr Offenheit, und Sie wären schon lange ein Paar!«, sagte Frau Rupert.

»Mag sein. Aber noch mal zurück zu Frau Winkelmaß ... ich fürchte, um die Gartenzwerge geht es nicht allein. Es muss etwas mit Tante Charlys Bildern zu tun haben. Was genau, werden wir erst heute Nachmittag wissen. Aber ... warum machen Sie denn solche Sachen?«

Herr Rupert zuckte mit den Schultern. »Der Garten von Frau Winkelmaß ist eine Beleidigung für jeden Gartenfreund. So aufgeräumt, so geradlinig – das ist ja nicht normal. Sie hat ständig an Ihrer Tante herumgemäkelt und sich über ihren Garten beschwert. Dabei finde ich den viel hübscher als ihren. Also habe ich angefangen, sie zu ärgern. Nur ein wenig. Und ich glaube, Ihre Tante hatte dabei genauso viel Spaß wie ich, sonst hätte sie mich nicht gedeckt. Herr Dennhorst hat mich allerdings beim letzten Mal erwischt und mich zur Rede gestellt. Er meinte, ich müsse reinen Tisch machen.«

Lina seufzte tief. »Keine Gartenzwerge mehr in Frau Winkelmaß' Garten. Selbst wenn er Ihnen nicht gefällt«, sagte sie streng. »Ich werde heute beim Gespräch mit ihr versuchen, Ihren Namen aus der Sache herauszuhalten. Im Gedenken an meine Tante. Aber wenn ich muss, dann werde ich Sie verraten.«

Die beiden nickten feierlich. »Natürlich. Es sei denn ...« Bevor er weitersprechen konnte, bekam er einen zweiten Knuff von seiner Frau. Er grummelte kurz, sprach dann aber weiter: »Wenn Sie versprechen, mich komplett aus der Sache herauszuhalten, dann verrate ich Ihnen, wer die rasende Radlerin ist.«

»Das brauchen Sie mir nicht zu sagen. Das erfahre ich auch ohne einen Deal mit Ihnen.« Lina dachte an Lukas' Brief und daran, wie er sie damit hatte ködern wollen. Wenn, dann wollte sie es gerne von ihm hören. Außerdem hatte sie keine Lust, sich noch weiter in Herrn Ruperts Machenschaften verwickeln zu lassen. Sie nickte den beiden zu und wandte sich zum Gehen. Das kurze Gespräch hatte ihr geholfen, Mut zu fassen. Was immer Frau Winkelmaß an der Auktion missfiel – sie würde das schon irgendwie aus der Welt schaffen. Aber bevor sie sich zum Anwaltsbüro aufmachte, hatte sie noch etwas anderes zu erledigen.

Ihr Weg führte sie geradewegs zur Pinnwand, an der nur noch ein einziger ungeöffneter Brief hing. Der vom Notar. Sie hatte immer angenommen, dass er sehr schlechte Nachrichten enthielt. Regressansprüche von Goldenheim zum Beispiel. Das war jetzt mehr als unwahrscheinlich.

Mit ganz viel Mut zupfte sie den Brief von der Wand und setzte sich an den Tisch. »Dann mal los«, murmelte sie zu sich selbst und riss den Umschlag auf.

Liebe Frau Meyer-Schulze,

da ich Sie nicht erreichen konnte, versuche ich nun den Umweg über Ihren Vater. Ich hoffe, er hat mehr Erfolg als ich. Bitte setzen Sie sich umgehend mit mir in Verbindung! Es geht um das Erbe Ihrer Tante Charlotte Degenheim. Wie Sie sicherlich wissen, war Ihre Tante ein wenig chaotisch. Es hat daher eine ganze Weile gebraucht, bis wir alle Unterlagen zusammengesammelt haben und Klarheit darüber bekamen, wer genau was erbt.
Bitte melden Sie sich umgehend, damit wir das Testament vollstrecken können.

Mit freundlichen Grüßen
Dr. Herbert Nutzlar
Notar

Es ging um das Erbe ihrer Tante! Lina rutschte das Herz in die Hose. Hoffentlich hatte sie keine Schulden vermacht bekommen.

Da sie nicht wieder in ihr altes Verhaltensmuster zurückfallen wollte, rief sie direkt bei Dr. Nutzlar an. Sie musste sich angewöhnen, unangenehme Dinge sofort zu erledigen. Niemand meldete sich. Mist! Sie hätte das Problem gerne geklärt, bevor es zu Frau Winkelmaß ging. Apropos Winkelmaß …

»Habt ihr die Auktion mittlerweile aus dem Netz genommen?«, rief sie quer durchs Haus.

»Erledigt«, schrie Marleen zurück. Ein Rumpeln ertönte, als die beiden die Treppe heruntergedonnert kamen. »Und wir sind auch schon anwaltsmäßig fertig umgezogen.«

Tatsache! Lina bewunderte die beiden kurz. Da sie keine schicke Kleidung eingepackt hatten, hatten sie sich Sachen von Tante Charly ausborgen müssen. Marleen trug das einzige Kostüm, das sie gefunden hatten, Anna ein schickes bodenlanges Kleid.

»Ich ziehe mich nur schnell um!« Jetzt war Lina doch aufgeregt. Hastig eilte sie ins Schlafzimmer, wechselte ihre Arbeitsklamotten gegen einen Hosenanzug und machte sich dann mit ihren Freundinnen auf zur Anwaltskanzlei. Dabei konnte Lina vor Aufregung kaum still sitzen. Was erwartete sie jetzt? Wie schlimm konnte es werden?

Schrecklich gerne hätte sie jetzt Lukas an ihrer Seite gehabt! Eine halbe Stunde später warteten sie im Empfangsbereich einer Anwaltskanzlei im Herzen von Simmerath. Lina hinderte sich nur mit Mühe daran, an den Fingernägeln zu kauen. Als Frau Winkelmaß mit einer hochgewachsenen Dame im glutroten Kostüm um die Ecke kam, wäre sie am liebsten geflohen.

Du bist stark, sprach sie sich selbst Mut zu und straffte sich. *Du schaffst das!*

Die Frauen schüttelten einander recht steif die Hände und

folgten der Anwältin in einen düsteren Besprechungsraum. Lina war sofort eingeschüchtert und kämpfte mit ihren Nerven. Alles war so steril und roch nach Ärger.

Sie setzten sich einander gegenüber an einen langen Tisch und starrten sich an. Dann klappte die Anwältin gewichtig eine Aktenmappe auf.

»Wir setzen uns heute zusammen, um das weitere Vorgehen zur Vertragsauflösung zu besprechen. Meine Mandantin Helen Winkelmaß möchte nicht mehr länger die Galeristin Ihrer Tante sein. Die Bilder verkaufen sich nach wie vor sehr gut und sind nach ihrem Tod im Preis gestiegen, doch Ihre Online-Auktion hat dem Ruf meiner Mandantin schwer geschadet. Das Vertrauensverhältnis, das ohnehin auf wackeligen Beinen stand, ist endgültig zerstört. Wir schlagen Ihnen daher eine Ablösesumme vor, um vorzeitig aus dem Vertrag entlassen zu werden.«

Die gute Frau hätte auch chinesisch sprechen können. Lina sah sie vollkommen verblüfft an. »Okay«, sagte sie vorsichtig. »Dann zeigen Sie mal Ihr Angebot.«

Frau Winkelmaß und ihre Anwältin wechselten einen kurzen Blick. »Es gibt eine Bedingung: Wenn Sie das Angebot annehmen, verpflichten Sie sich gleichzeitig, das Geheimnis meiner Mandantin zu wahren.«

Lina verkniff sich die Nachfrage, was zur Hölle dieses Geheimnis überhaupt sein sollte, und nickte stattdessen mit wichtiger Miene.

Der Anwältin schien das zu genügen. Sie schrieb etwas auf einen Zettel und schob ihn über den Tisch Lina zu. »Unser Angebot.«

Lina atmete tief ein und faltete das Papier auseinander. Sie spürte, wie ihr das Blut in die Beine sackte. Das war … verrückt! Schweigend schob sie Anna den Zettel zu, die kurz die Zahl anstarrte und dann überlaut seufzte.

»Wir hatten mehr erhofft. Aber gut. Wir werden das Angebot besprechen. Wie genau sieht die Vereinbarung für die Vertragsauflösung aus? Und haben Sie noch eine Kopie vom ursprünglichen Vertrag?«, fragte Anna mit fester Stimme. Lina war sich sicher, dass sie genauso rätselte wie sie und auf gut Glück im Trüben fischte.

Die Anwältin warf ihr einen leicht verächtlichen Blick zu, schob ihnen dann aber zwei Blätter über den Tisch. Lina schnappte sich sofort den Vertrag, der in fürchterlichem Anwaltsdeutsch verfasst war. Der Inhalt ließ sie allerdings schmunzeln und ernsthaft am Rechtssystem zweifeln. Ihre Tante Charly. Das Schlitzohr.

»Sie hören von unserem Anwalt«, sagte sie, nachdem sie sich auch die Vertragsauflösung durchgelesen hatte. Entschlossen stand sie auf und zog Anna auf die Beine. Marleen folgte verwirrt.

»Schicken Sie die Vereinbarung über die Auflösung des Vertrages gleich mit, damit wir auch wirklich alles festgezurrt haben!«, fiel Lina gerade noch rechtzeitig ein.

»Natürlich. Das Angebot besteht aber nur noch bis morgen Abend.«

»Kein Problem«, brachte sie hervor. Sie umklammerte dabei fest Annas Hand und war dankbar für den Halt, den ihr ihre Freundin in diesem Moment gab. Hand in Hand gingen sie hinaus, dicht gefolgt von Marleen.

»Wie hoch war das Angebot?«, fragte sie aufgeregt, sobald sie aus dem Gebäude getreten waren.

Lina reichte ihr das Papier. »780.000 Euro. Wie es scheint, war meine mittellose Tante Charly nur nach außen hin arm wie eine Kirchenmaus. In Wirklichkeit muss sie ein neuer Picasso sein – und sie hat Frau Winkelmaß eiskalt erpresst!«

»Was? Erzähl!«

Lina kicherte in sich hinein. »Ich habe euch doch von der

rasenden Radfahrerin erzählt, die Rurberg terrorisiert. Das ist offenbar Frau Winkelmaß. Die Gute mit ihrem Hang zu klaren Linien und Formen, mit dem steifen Leben und der stets korrekten Körperhaltung lässt wohl jeden Abend die Sau raus. Tante Charly hat sie vom Rad geholt und sofort ihre Chance erkannt. Sie hat sie erpresst und gezwungen, ihre Galeristin zu werden. So detailliert steht das natürlich nicht im Vertrag, aber mal ehrlich: ›Versprechen, ein Geheimnis zu wahren‹ ist ja wohl nur Amtsdeutsch für ›jemanden erpressen‹.«

»Und die Sache mit den Gartenzwergen?«, fragte Anna verwirrt.

»Die hat Herr Rupert angefangen. Er wollte Frau Winkelmaß damit einfach nur ärgern und hat es meiner Tante in die Schuhe geschoben. Gartenzwerge waren nicht Teil der Abmachung. Zum Glück für Herrn Rupert. Er wird froh sein, dass ich nicht wegen seiner Streiche Probleme bekommen habe.«

»Und was machst du jetzt mit dem Angebot?«

»Das nehme ich an und gönne mir sogar einen Anwalt. Offenbar habe ich ja jetzt das Geld dazu. Vielleicht kann der auch gleich herausfinden, was Tante Charlys Notar von mir will.« In diesem Moment schwor sich Lina, ihre Post zukünftig immer sofort zu öffnen.

Noch auf dem Nachhauseweg organisierte sie sich einen Anwalt, der versprach, sich um alles zu kümmern, woraufhin Lina erleichtert aufatmete. Auf dem Rückweg waren die drei so aufgekratzt wie schon lange nicht mehr. Sie hielten unterwegs an einem Supermarkt an, kauften Sekt zum Feiern und verzogen sich dann in den Garten, um die letzten Sonnenstrahlen des Abends zu genießen.

»Deine Geldprobleme wärst du also los«, sagte Marleen und stieß mit Lina an. Morgen früh würden die beiden Freundinnen zurückfahren, um ihr altes Leben wieder aufzunehmen. Lina vermisste sie bereits jetzt. »Und was machst du mit Lukas?«

»Für den habe ich einen Plan«, erklärte Lina zufrieden. Dann weihte sie die beiden ein. Anna war danach äußerst skeptisch, Marleen begeistert.

»Tante Charly hätte das geliebt«, rief sie vergnügt.

»Tante Charly war nicht diejenige, die sie zu sein vorgab«, widersprach Anna. »Vielleicht war sie nur halb so flippig, wie sie alle glauben gemacht hat. Wenn man von der Höhe der Ablösesumme ausgeht, muss sie mit ihren Bildern ein Vermögen verdient haben! Das Geld liegt bestimmt auf irgendeinem Konto, das dein Notar verwaltet. Und das bekommst garantiert du!«

Das glaubte Lina mittlerweile ebenfalls. Wie seltsam, dass Tante Charly nie erwähnt hatte, wie erfolgreich und reich sie war. Die drei musterten schweigend das alte Häuschen, das Lina mit so viel Liebe aus seinem Dornröschenschlaf geholt hatte. »Nein«, meinte Lina nach einer Weile. »Meine Tante war genau so, wie sie gelebt hat. Geld hat ihr nichts bedeutet, genau so wenig wie Ruhm und Ehre. Sie hat ihr Häuschen genauso gemocht, wie es hier stand. Wenn sie es verändert hätte, hätte es nicht mehr zu ihr gepasst. Ich hoffe, sie verzeiht mir, dass ich es ein wenig aufgemotzt habe. So wild wie sie bin ich nämlich nicht, aber so spießig wie meine Eltern auch nicht. Zum Glück.«

Sie dachte unwillkürlich an Lukas in seinem Bonzenbunker. Ihre Tante hatte so viel über ihn gelästert und einen Heidenspaß dabei gehabt. Dabei war sie vermutlich sogar viel reicher als er gewesen. Lina hätte Charly zu gerne gefragt, warum sie nie etwas gesagt hatte. Ob es ihr unangenehm gewesen war?

»Ich vermisse Tante Charly«, seufzte Lina und hob ihr Sektglas an. »Auf Tante Charly und ihr Haus!«

»Auf Tante Charly!«, wiederholte Anna brav, wurde aber von Marleens Quietschen unterbrochen.

»Schaut nur! Lucky traut sich endlich aus dem Haus!«

Die drei sahen atemlos zu, wie die schwarze Katze ganz langsam die Nase aus der Haustür steckte und sich suchend umsah. Als sie die drei im Kräutergarten vor Picassos Grab entdeckte, eilte sie leicht geduckt zu ihnen herüber. Kaum war sie bei Lina angekommen, schnurrte sie um ihre Beine herum und maunzte leise.

»Sollen Katzen nicht erst drei Wochen im neuen Zuhause bleiben, bevor sie rausgelassen werden?«, fragte Anna nervös. »Nicht, dass sie wegläuft!«

»Die läuft nicht weg. Die weiß genau, wo ihr Herz hingehört. Und außerdem ist das hier nicht ihr Zuhause. Zumindest nicht das einzige.« Lina grinste breit, schnappte sich Lucky und knuddelte sie vergnügt.

Lukas

Ein Miauen riss Lukas aus dem Schlaf. Sofort saß er senkrecht im Bett und sah sich hektisch um. Dann entspannte er sich. Vermutlich hatte er von Karlo geträumt und sich den Laut nur eingebildet. Seufzend legte er sich hin, schreckte aber erneut auf.

Da! Schon wieder! Diesmal gab es keinen Zweifel.

Hastig machte er Licht, stand auf und lauschte. Etwas polterte unten im Wohnzimmer. Was war das?

Möglichst lautlos schlich er sich auf den Flur und hinunter ins dunkle Wohnzimmer. Als ein kleiner Schatten von links nach rechts huschte, hätte er vor Schreck fast aufgeschrien.

Das reichte jetzt! Entschlossen knipste er die Lampe an und staunte nicht schlecht, als eine kleine Katze ihn irritiert anblinzelte.

Sie war wunderschön mit ihren viel zu großen, recht spitzen verschiedenfarbigen Ohren, der weißen Schwanzspitze und der filigranen Haltung. Kein Vergleich mit dem doch ziemlich gemütlichen Karlo.

»Nanu, was machst du denn hier?«, fragte Lukas erstaunt. Sie musste durch die Katzenklappe gekommen sein. Um sie nicht zu erschrecken, ging er in die Hocke und hielt ihr eine Hand hin. Sie zögerte nur kurz, dann glitt sie vollkommen lautlos zu ihm und schmiegte sich an seine Finger.

Kein Halsband. Keine Tätowierung im Ohr und vermutlich auch kein Chip. War das hier eine Streunerin? Dafür sah sie allerdings zu gepflegt aus. Er strich ihr über das seidene Fell und ging dann zum Kühlschrank, um ihr ein Stück Wurst herauszuholen. Die Katze tänzelte um seine Beine und schnurrte.

Die Wurst war genauso schnell verschlungen wie bei Karlo, und genau wie bei ihm glitt ihr hungriger Blick sofort wieder Richtung Kühlschrank. Das System kannte sie also bereits.

»Mehr gibt es nicht. Eine Freundin von mir behauptet, dass Katzen nicht so viel fressen dürfen«, sagte Lukas zu ihr. Dann stand er eine Weile ratlos vor ihr. Und jetzt? Am liebsten hätte er sie behalten, allerdings vermisste sie jemand bestimmt ganz fürchterlich. Sollte er sie einfach aus dem Haus jagen?

Er beschloss, ihre Anwesenheit noch ein wenig zu genießen. Sie nahm die Einladung zum Spiel bereitwillig an, jagte hinter Karlos Kuschelmaus her, die noch in der Ecke lag, sauste durch den Rascheltunnel und eroberte in Windeseile Karlos alte Kratzbäume.

»Ich kenne jemanden, der hätte an dir sofort einen Narren gefressen.« Beim Gedanken an Lina wurde Lukas wehmütig. Sie hatte die ganze letzte Woche keinen Mucks von sich gegeben. Er hatte geschrieben, er wollte ihr so viel Zeit geben, wie sie brauchte. An dieses Versprechen musste er sich jetzt auch halten. Allerdings fiel es ihm schwer.

Er beschäftigte sich noch eine Weile mit seinem unerwarteten Besuch, dann legte er sich auf die Couch. »Du darfst gerne hier schlafen, aber morgen früh musst du wieder gehen!« Die Katze maunzte lediglich und kuschelte sich an ihn.

Als sie am nächsten Morgen noch da war, rief er beim Tierschutz an, fragte beim Tierarzt im Dorf und hängte Zettel an Bäume. *Katze gefunden. Zuhause gesucht.* Mehr konnte er zunächst nicht tun. Wenn die Kleine gewollt hätte, hätte sie jederzeit gehen können. Doch sie blieb bei ihm.

Nach einigen Tagen keimte eine verrückte Idee in Lukas auf. Sollte er es wagen? Einen Versuch war es jedenfalls wert. Am nächsten Morgen schlich er sich samt Katze in Linas Garten. Minka, wie er sie genannt hatte, lag völlig entspannt in seinen Armen, als sei es total normal, kurz vor Sonnenaufgang herumgetragen zu werden.

Mit angehaltenem Atem setzte er die Katze auf Linas Veranda ab. Sie sollte den Eindruck gewinnen, dass sich die Katze sie als Besitzerin ausgesucht hatte. Darüber würde sie sich gewiss freuen.

15

Katzendreieck mit Happy-End-Garantie

Lina

Lucky war zurückgekommen. Das hatte schon mal geklappt. Offenbar war die Katze eine Weile bei Lukas geblieben und hatte dann ihren Weg zu ihrem eigentlichen Zuhause gefunden. Jetzt musste Lina nur noch erreichen, dass sie von allein hin- und herpendelte.

Sie verwöhnte die Katze den Tag über, bevor sie sie spätabends wieder zu Lukas brachte. Diesmal war es erheblich einfacher, sie durch die Katzenklappe zu schieben. Beim ersten Mal hatte sie sich noch gewehrt. Jetzt schien sie das System bereits verstanden zu haben. Lina hörte sie drinnen laut maunzen. Sekunden später ging das Licht an, und sie vernahm Lukas' erfreute Stimme.

»Da bist du ja wieder!«

Lina kicherte leise in sich hinein und verschwand in der Dunkelheit. Es war toll, wenn ein Plan funktionierte.

In der Nacht schlief sie kaum. Dazu war sie viel zu aufgeregt. Kam Lucky am Morgen wieder zurück? Da! Ein Geräusch auf der Veranda!

Sofort war Lina auf den Beinen, polterte durch den Flur

und riss die Tür auf. Lucky saß tatsächlich vor ihren Füßen. Allerdings war sie nicht allein.

»Lukas«, rief Lina erstaunt. Der wirkte ertappt und lief rot an.

»Mir ist da eine Katze zugelaufen«, murmelte er. »Ich dachte, sie gehört bestimmt dir.«

Lina war einen Moment sprachlos, dann verstand sie. Er hatte den gleichen Plan verfolgt wie sie! Lucky war nicht einfach so zu ihr zurückgekommen. Lukas hatte sie gebracht. Sie beschloss, ihn nicht sofort aufzuklären.

»Jaaa«, sagte sie gedehnt. »Das da ist Lucky. Sie ist tatsächlich meine Katze.«

Lukas wirkte einen Moment verdutzt, dann lachte er leise. »Neee«, sagte er genauso gedehnt. »Das da ist Minka – und sie ist definitiv MIR zugelaufen. Aber ich leihe sie dir für heute aus.«

Die beiden schwiegen und blickten sich tief in die Augen.

Lucky streunte zwischen ihnen hin und her und verschwand schließlich nach drinnen. Etwas krachte zu Boden.

»Ich … sollte mal nachsehen«, meinte Lina zögernd.

»Ja, klar. Dann bis … zum nächsten Mal.« Lukas lächelte, hob eine Hand zum Gruß und verschwand. Zurück ließ er eine Lina, die zwischen himmelhoch jauchzend und totaler Verwirrung schwankte. Hätte sie ihn reinbitten sollen? Alles hier und jetzt aufklären? Und was dann?

Nachdenklich schloss sie die Haustür und sah nach Lucky, die wie ein Unschuldslämmchen zwischen den Scherben einer alten Vase saß. Die kleine Katze war definitiv quirliger und lebhafter als Picasso. Dementsprechend ging auch deutlich mehr zu Bruch.

»Sei froh, dass ich gerade vor Glück platzen könnte«, sagte sie zu ihr. »Daher lasse ich das jetzt mal durchgehen. Morgen früh musst du dich aber benehmen.«

So aufgeregt wie ein Schulmädchen kurz vor dem Abschlussball mit ihrem Schwarm schrieb Lina einen kleinen Zettel. Den faltete sie ordentlich zusammen und befestigte ihn an Luckys neuem Halsband. Danach ging sie arbeiten und versuchte sich abzulenken. Dennoch waren es lange, zähe Stunden bis zum Abend.

Diesmal schob sie die Katze so schnell es ging durch die Klappe und eilte dann eilig zurück. Lukas hatte sich in den letzten Wochen angewöhnt, das protzige Eingangstor geöffnet zu lassen. Als wollte er Besucher willkommen heißen. Oder als habe er auf sie gewartet. Bei dem Gedanken machte ihr Herz einen freudigen Hüpfer.

Sie war sich sicher, dass Lukas' Blick ihr folgte, bis sie um die Ecke verschwunden war.

In der Nacht bekam sie wirklich gar kein Auge zu. Stattdessen schob sie ihren Lesesessel in den Flur, setzte sich hinein und bewachte die Haustür. Sobald sie Schritte und ein Maunzen auf der Veranda hörte, hielt sie es kaum noch aus, doch sie zwang sich, sitzen zu bleiben. Lukas klopfte und verschwand. Erst dann öffnete Lina die Tür und ließ die Katze rein.

Sie trug ein neues Halsband, doch das Zettelchen war dasselbe von heute Morgen. Lächelnd zupfte Lina es ab und faltete es auseinander. Sie hatte vier Kästchen zum Ankreuzen aufgemalt. Die Überschrift lautete:

Willst du mit mir gehen?

Ja ☐

Nein ☐

Lass die Katze entscheiden ☐

Ich warte bei der Katzenminze auf dich ☐

Lukas hatte bis auf *Nein* alles angekreuzt.

»Gutes Mädchen«, sagte sie zu Lucky, die erwartungsvoll neben ihr saß und Linas Anspannung zu spüren schien. Sie kraulte ihr kurz das Köpfchen, dann straffte sie sich. In der Hoffnung, dass Lukas das letzte Kästchen ankreuzen würde, hatte sie sich ihr schönstes Sommerkleid angezogen. Ihr Haar war sorgfältig frisiert, ihr Gesicht dezent geschminkt. Sie wusste, dass Lukas das nicht so wichtig war, aber sie wusste auch, dass er sich darüber freuen würde.

Barfuß betrat sie den Garten und spürte das Gras unter ihren Füßen. Der Duft der Rosen erfüllte die Nacht. Ein wenig roch es auch nach dem angekündigten Regen. Zum Glück war ihr Dach endlich wieder dicht.

Lukas stand neben Picassos Grab. Als er sie näher kommen sah, ging er auf sie zu und breitete die Arme aus. Sein Lächeln sagte mehr als alle Worte dieser Welt.

Auch Lina strahlte ihn an, überwand die restliche Distanz und sank in seine Arme. Er zog sie fest an sich, zumindest für einen kurzen Moment. Dann trat er einen kleinen Schritt zurück und blickte sie an, um sie zu küssen. Liebevoll und leidenschaftlich zugleich.

Lina erwiderte den Kuss genauso ungestüm und quiekte erschrocken, als Lukas sie plötzlich hochhob und herumwirbelte.

»Das hat Minka gut gemacht«, sagte er grinsend.

»Lucky. Sie heißt Lucky«, stellte Lina richtig.

Lukas setzte sie abrupt ab, zog sie an sich und murmelte an ihren Lippen: »Darüber müssen wir wohl noch diskutieren.«

Lina sparte sich eine Antwort und küsste ihn stattdessen. »Ich liebe dich«, brachte sie schließlich leise hervor. Und noch viel leiser setzte sie hinzu: »Und sie heißt Lucky!«